黒木 亮
Kuroki Ryo

国家とハイエナ

幻冬舎

国家とハイエナ

目次

はじめに　7
プロローグ　8
第一章　ペルー対ハイエナ　24
第二章　ザンビアの英国人　55
第三章　運命の旋回　88
第四章　ブリュッセルの死闘　112
第五章　ネーム・アンド・シェイム　151

第六章　原油タンカー差し押さえ　191
第七章　英国王立裁判所　249
第八章　ゴールドフィンガー　282
第九章　ウェストミンスター宮殿の攻防　323
第十章　ギリシャの窮地　376
第十一章　アルゼンチンよ、泣かないで　392
エピローグ　486
経済・金融・法律用語集　528

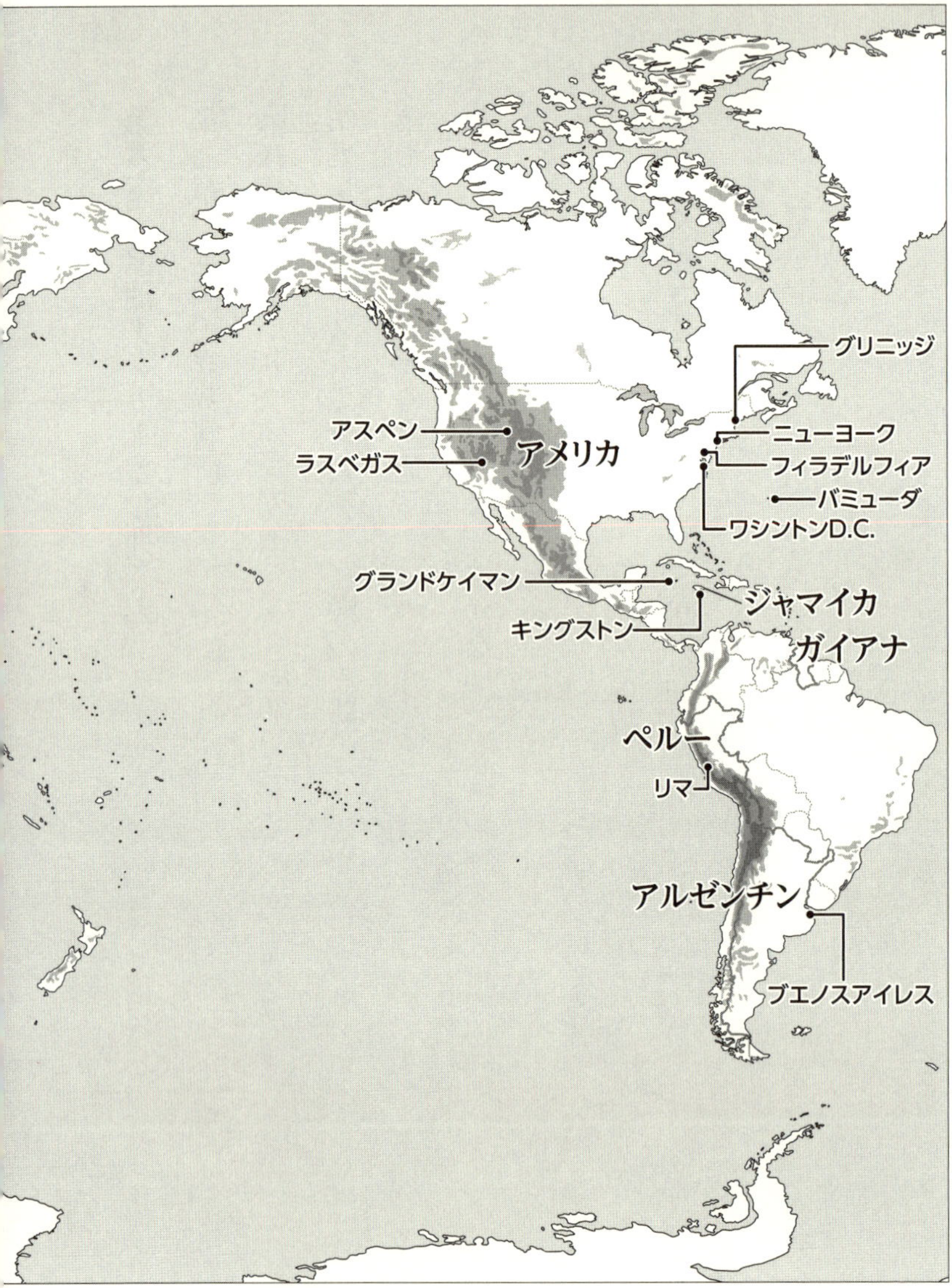

グリニッジ
アスペン
アメリカ
ニューヨーク
ラスベガス
フィラデルフィア
バミューダ
ワシントンD.C.
グランドケイマン
ジャマイカ
キングストン
ガイアナ
ペルー
リマ
アルゼンチン
ブエノスアイレス

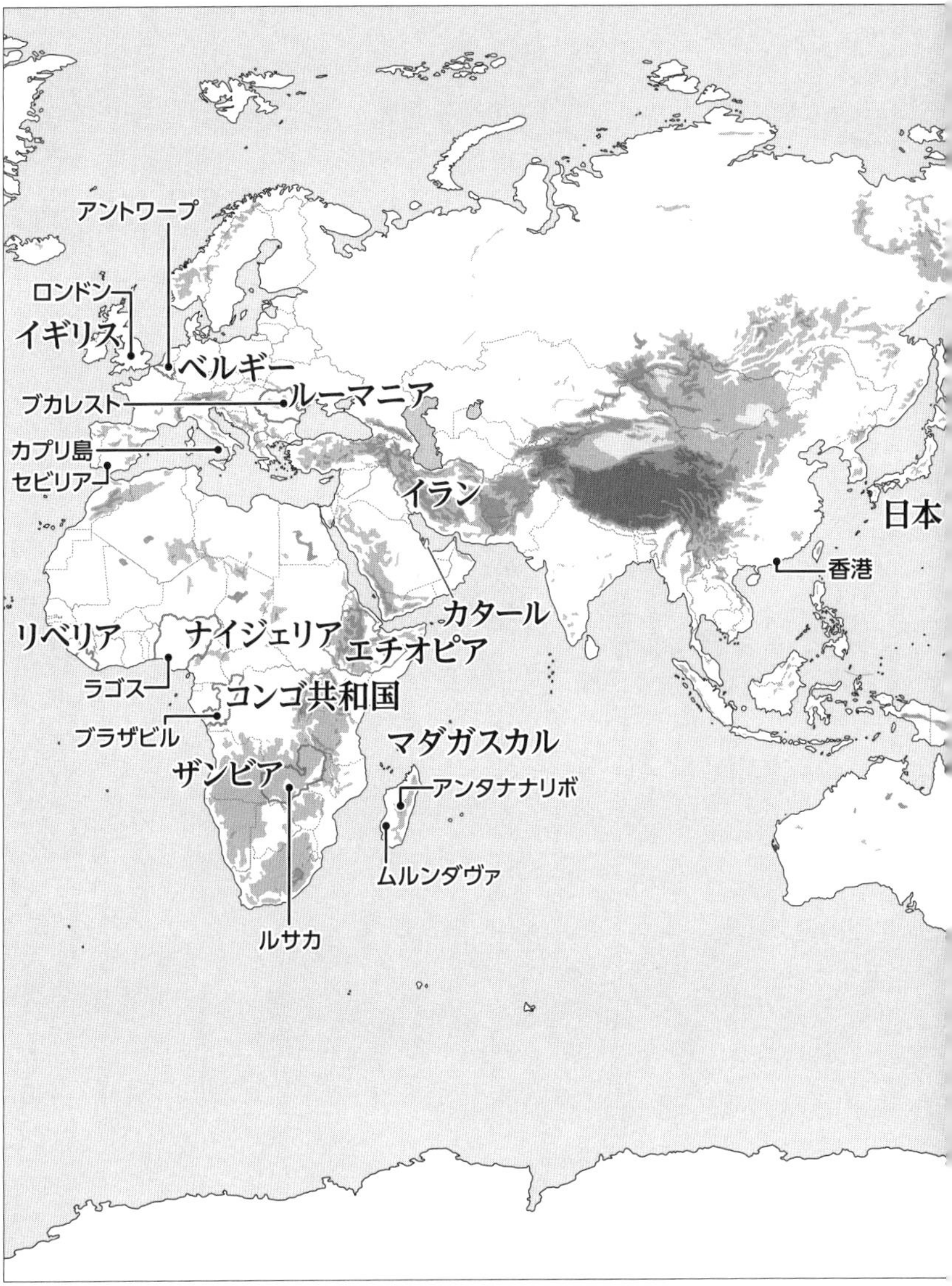

アントワープ
ロンドン
イギリス
ベルギー
ブカレスト
ルーマニア
カプリ島
セビリア
イラン
日本
香港
カタール
リベリア
ナイジェリア
エチオピア
ラゴス
コンゴ共和国
ブラザビル
マダガスカル
ザンビア
アンタナナリボ
ムルンダヴァ
ルサカ

主な登場人物

サミュエル・ジェイコブス……ジェイコブス・アソシエイツCEO
カール・フォックス……ウォール街の法律事務所のパートナー弁護士
デヴィ・アストラック……ワシントンDCの法律事務所のパートナー弁護士
沢木容子……NGO活動家
パトリック・シーハン……NGO職員
サイモン・ウェルズ……シーハンの大学の同級生で投資銀行のトレーダー
北川靖……パンゲア&カンパニーのパートナー
ジム・ホッジス……同
アデバヨ・グボイェガ……同
トニー……タイヤ・キッカー（カラ売り屋）
ロバート……サミュエル・ジェイコブスの長男
マーヴィン……同次男

はじめに

破綻した国家の債務をタダ同然の安値で手に入れ、額面に金利や遅延損害金を含めた全額を払えと米国や英国の裁判所で訴訟を起こし、投資額の十倍、二十倍のリターンを上げる〝ハイエナ・ファンド〟が存在する。

国際金融誌『Euromoney』の記事でそうしたファンドのことを初めて知ったときは、「こんな連中がいるのか！」と驚いた。彼らは、債権を回収するためにフランスの大手銀行を米組織犯罪規制法で法廷に引きずり出したり、債務国の原油を積んだタンカーを差し押さえたりもするという。

一方で、ハイエナ・ファンドの活動を阻止しようと各国のＮＧＯが運動を展開し、先進国政府や世界銀行に立法化や対策などを積極的に働きかけている。昨年、八十二歳で亡くなった北沢洋子さんもその一人で、生前、ご自宅を訪ねて貴重なお話を伺うことができた。

日本ではあまり報道されていないが、国際金融の現場では、破綻（ないしは腐敗）国家とハイエナ・ファンドとＮＧＯの三つ巴の戦いが繰り広げられてきたのである。

本書に書いてあることはすべて現実に起きたことである。国、企業、団体、政治家、著名アーティストなど、実名になっている箇所や社会的出来事の記述は事実に沿っている。

著者

プロローグ

コンゴ共和国の首都ブラザビルは大乾期にさしかかるところだった。

猛暑は衰える気配がなく、粘り付くような湿気が街に充満していた。ブラック・アフリカの密林地帯を灰色の大蛇のように流れるコンゴ川の濁流が南東部を縁取る街は、対岸のザイール（旧ベルギー領）で起きた革命騒ぎから逃げ延びて来た難民や、米・仏・ベルギー軍の兵士たち、報道やNGO関係者でごった返していた。

「……ルックス・フェアリー・オゥミノス、ダズント・イット？（いかにも不穏な風景だな）」

雨や埃《ほこり》で薄汚くなった高層ビル「エルフ・タワー」のガラス窓から、眼下に広がる市街地に嫌な表情を向け、米国人の男がつぶやいた。長身をピンストライプのダークスーツで包み、磨き上げられた「ボストニアン」の革靴が贅沢な光沢を放っていた。

カール・フォックスという名の、したたかで粘り強く、緻密な学究肌の弁護士だった。カリフォルニア大学バークレー校のロースクール（法科大学院）の出身で、二度の離婚歴があり、T・S・エリオットの詩を愛読する。

「あそこからも煙が上がっていますね」

　楕円形のテーブルについた韓国系米国人の男が、眼下の貧民街のような一角を指差し、不安そうな顔つきでぶるっと身震いした。フォックスがパートナーを務めるウォール街の法律事務所のアソシエイト（見習い弁護士）であった。

　地上のあちらこちらで上がっている禍々《まがまが》しい黒煙は、火器による小競り合いのあと、建物に火が放たれたことを示している。コンゴ共和国政府軍と、前大統領のドニ・サス＝ンゲソ（Denis Sassou-Nguesso）の私兵「コブラ」が衝突し、つい先ほどまでロケット弾や焼夷弾が炸裂する乾いた音が響いていた。巻き添えになるのを恐れた住民たちは建物の中に閉じこもり、ザイールからの難民たちは着の身着のままで郊外へ逃げ、報道関係者やＮＧＯの外国人たちは銃弾が飛んで来にくい高い建物に避難している。

「この分だと内戦勃発は確実でしょうね」

「うむ。……エルフは、ンゲソを支援しているらしいな」

　フランスのエルフ・アキテーヌ社は、一九六五年にド・ゴール大統領によって創設された石油会社で、フランスの旧植民地に蜘蛛の巣のようにネットワークを張り巡らし、単に石油やウランといったエネルギー資源を確保するだけでなく、米国のＣＩＡのような諜報活動を行なってきた「ラ・マンサル・ドゥラ・フランス（フランスの汚れた手）」である。

「リスバが、石油のリベートを二〇パーセントに引き上げろと一方的に要求したらしいです」

「それをエルフが蹴ったんだな？」

「そのようですね」

「ふん、フランス人は気取っているわりには吝嗇《りんしょく》だからな」

パスカル・リスバ（Pascal Lissouba）はコンゴ共和国（旧フランス領）の大統領である。パリ大学やユネスコ勤務の経験がある遺伝学者で、年齢は六十五歳。一九九二年の大統領選挙で、それまで十三年間、大統領の地位にあった軍人出身の政治家ドニ・サス＝ンゲソを打ち破って当選した。

コンゴ共和国が産出する原油の買い付けは、エルフとイタリアの石油公団アジップがほぼ独占しており、輸入価格の一〇パーセントをリベートとしてコンゴ側に支払っている。七月の終わりに実施が予定されている大統領選挙のために資金が必要なリスバが、リベートの二〇パーセントへの引上げを要求し、それをエルフが拒否したという噂だった。

「ンゲソのほうが、何かいい条件を出したというわけか？」

二人の背後の楕円形のテーブルについた男が威厳のある口調で訊いた。

丸いフレームの銀縁眼鏡をかけ、白いものがまじった髭《ひげ》を口の周りに蓄えた五十代前半の白人だった。視線は冷静で、対象物をどこまでも透視するような冷たい光をたたえている。

名前はサミュエル・ジェイコブス。ニュージャージー州出身のユダヤ人投資家である。

「ンゲソは、リベートを一〇パーセントの水準のままで据え置くか、さらに有利な条件をエルフに提示したようです」

韓国系米国人の男が、ジェイコブスのほうを見ていった。「その見返りに、フランス側は資金や武器の供与を行なっているようです」

「なるほど……。となると、いずれンゲソが大統領に返り咲いて、我々の交渉相手になる可能性があるということだな」

「そういうことでしょうね」

「いずれにせよ、一筋縄でいく交渉ではないだろうな」

ジェイコブスは最近、金利を含めて額面七千万ドルのコンゴ政府の債務を銀行など複数の債権者から八百万ドルほどで買い取り、金利やペナルティを含む全額を回収しようと目論んでいる。それを助けるのが、このフォックスの法律事務所だ。

「勝訴判決はとれるでしょう。そのあと、どう攻めるか……」

裁判で勝っても、回収できなければ何の意味もない。ましてや相手はびた一文払う気のない破たん国家である。すでにコンゴはとうの昔に対外債務の支払いを停止したデフォルト（債務不履行）状態で、金融市場ではコンゴ向け債権が二束三文で投げ売られている。

「コンゴ政府は、相当手の込んだやり方で石油を輸出しているようだな」

「連中の『黒い黄金』ですからね。ダミー会社を使って実態を隠したり、銀行から融資を受けて、タンカーに積んだ原油を担保に差し入れ、債権者の差し押さえを回避するスキームなんかも使っているようです」

タンカーの原油の全量を融資の担保に差し入れておけば、他の債権者は簡単に手出しできない。

「フランス人どもも関与しているんだろう?」

「BNP（パリ国立銀行）ですね。輸出前貸しの形で、融資をしているようですな」

輸出前貸しは輸出のための融資で、輸出代金を返済資金に充てる。

BNPは、パリに本店を置くフランス屈指の大手銀行で、デリバティブや貿易金融などのマーチャントバンキングに強みを持つ。

「ンゲソが大統領になっても、おそらく似たようなやり方でやるんでしょう」

「まあ、そのへんから崩していくことだろうな。スキームが複雑なほど、ぼろも出やすい」

そのとき、地上で再び激しい銃声が聞こえた。

「そろそろ、空港に行ったほうがいいんじゃないですか？」

韓国系米国人の男が、落ち着かない表情でいった。

「行こう。内戦に巻き込まれたんじゃ、かなわん」

ジェイコブスが立ち上がり、フォックスも足元の書類鞄を摑んだ。

三人が、ブラザビルのマヤマヤ国際空港からニューヨークに向かうジェイコブスのプライベート・ジェット、ガルフストリームG450型機に乗り込んだとき、ブラザビル市街で大きな火の手が上がり、本格的な戦闘が始まった。


同じ頃――

英国ロンドン市内の北東寄りにある地下鉄オールド・ストリート駅の周辺は、オフィス街と商店街が入り交じった猥雑な一帯である。ピザやシシカバブといった安い食べ物屋が多く、ストリップ・ショーを売り物にするパブも何軒かある。商店のショーウィンドーにはインドやパキスタン製の洋服や布地が陳列され、金融街シティに隣接しているわりには安普請の建物が多い。

古い商業ビルの一室で、十人ほどの人々が会議用のテーブルを囲んでいた。

「……ウィー・アー・ヴェリイ・マッチ・ディサポインテッド・ウィズ・ザ・ヒップク・イニシャティブ（……ＨＩＰＣ《ヒップク》イニシャティブにはがっかりさせられたわよね）」

六十代の日本人女性がいった。ショートカットで眼鏡をかけ、長年頭を使う仕事に従事してきた知的で油断のない顔つき。服装は、茶色い薄手のサマーセーターにスカートという質素なものである。名前は沢木容子。

「確かに、ヨーコのいうとおりだわね」

四十歳すぎの栗色の髪の英国人女性がうなずく。

HIPCイニシャティブというのは、昨年（一九九六年）秋にIMF・世界銀行の年次総会で発表された重債務貧困国に対する債務削減案で、HIPCはheavily indebted poor countries の略称である。一九八〇年代から発展途上国を苦しめてきた国家債務の削減に、IMF・世界銀行が初めて本腰を入れて取り組むもので、両機関に対して働きかけをしてきた世界各国のキリスト教団体、人権団体、NGOなどは一応歓迎の意を表した。

同制度は、パリクラブ加盟国政府が当該国に対する債権をIMF・世界銀行がサステイナブル（持続可能）と認めた水準まで減免するもので、通常は九割以上の債務が削減される。

しかし、四十一ヶ国（うちアフリカが三十三ヶ国）あるHIPCSが債務の減免を受けるためには、IMF・世銀の構造調整プログラムをまず三年間実施し、審査に合格した上でさらに三年間実施しなくてはならない。

「結局、六年かかるわけで、構造調整プログラムを強制させるための策略じゃないかっていわれても仕方がないよね」

年輩の白人男性がいった。沢木容子らが所属する発展途上国支援のNGOのロンドン事務所で債務問題を担当している英国人だった。

構造調整プログラムは、一九八〇年代に途上国の債務問題に対処するためにＩＭＦ・世銀が採用した手法だ。債務危機に陥った国に対して融資を行うと同時に、緊縮財政策を採らせて経済を改革することを狙いにしている。しかし、融資を受ける国は、貿易・外国投資・金融の自由化、各種規制の緩和、国営企業や公共サービスの民営化といった急激な改革を強制され、否応なくグローバル経済の荒波の中に放り込まれる。そのためかえって経済が混乱するケースが多い。オックスファム（貧困克服のための国際支援団体）、国境なき医師団、各種キリスト教団体、労働者団体などは、こぞって反対声明を出している。

「じゃあ、我々は、今後、どういう動きをしたらいいと思いますか？」

金髪で、そばかすが残り、優しくて知的だが、どこか頼りない風貌の三十代半ばの英国人男性が訊いた。名前はパトリック・シーハン。ケンブリッジ大学で開発経済学を修めている。

「もう一度我々の主張を、ＩＭＦ、世銀、Ｇ８各国に強くぶつけましょう」

そういって沢木容子は立ち上がり、ホワイトボードにキュッキュッと黒のマジックペンを走らせる。

①発展途上国、とりわけアフリカ諸国の債務危機は、植民地政策によってモノカルチャー（コーヒー、バナナ、カカオ、綿花、銅などの単一換金作物生産）経済を強いられていたところに、一次産品価格の下落、ＯＤＡ（政府開発援助）の減少、外国投資の急減などが起き、さらにＩＭＦ・世銀の構造調整プログラムによって引き起こされた。

②重債務貧困国の債務は決して巨額ではない。たとえばサハラ以南のブラック・アフリカ三十六ヶ

国全部の債務を合計しても、ブラジル一国より少ない。しかし、各国のGNP、政府の歳入、年間輸出額に対する比率は高く、経済を圧迫している。この問題に対処する方法は、完全な債務削減が最も適切である。

③削減の対象となる債務は、民間債務やODA等の二国間債務に限らず、IMF・世銀からの融資など、すべての債務でなくてはならない。

「次の大きな動きは、今年（一九九七年）秋のIMF・世銀総会と、来年五月のバーミンガムのG8サミットです。これに向けて、『ジュビリー2000』の動きを加速させていきましょう」

沢木容子の言葉に一同がうなずいた。

「ジュビリー2000」は、一九九〇年に全アフリカ・キリスト教協議会が「キリスト生誕二千年というお祝いの年に、アフリカの貧しい国々の債務を帳消しにしよう」と呼びかけたのが始まりで、一九九六年に英国のクリスチャン・エイドなどキリスト教三団体とオックスファムが賛同し、世界的な市民運動に発展しつつあった。「ジュビリー」は、旧約聖書に記《しる》された「ヨベルの年」から来た言葉である。七年を七度数えた年の翌年（五十年目）を意味し、古代イスラエルでは、その年の到来を角笛（ヨベル）を吹いて人々に報せ、すべての債務は帳消しにされ、奴隷も解放されたという。

「ところで、パット、ザンビアのほうはどう？」

行動計画についての話し合いが一段落したとき、栗色の髪の英国人女性が、パトリック・シーハンのほうを見た。

シーハンは、ザンビアの対外債務を減らすために、「デット・エクイティ・スワップ」をやろうとしていた。一九九〇年以降、アルゼンチン、メキシコ、フィリピン、モロッコなどが利用し、債務削減と外国投資促進を行なった手法である。

シーハンがこの件に取り組むことになったきっかけは、旧ソ連崩壊後の経済不振にあえぐルーマニアの外国貿易銀行を訪問したとき、ザンビア政府に対する債権を何とか回収できないかと相談を持ちかけられたことだった。一九七〇年代にルーマニアはザンビアに農業用トラクターを輸出し、代金を延べ払いにしたが、ザンビアからの支払いが滞っていた。

一方、債務不履行状態にあるザンビアのソブリン（国家）債務は、金融市場で額面の一一パーセント程度の価格で売買されている。そこでルーマニア側から債権を市場価格で買い取り、ザンビア政府にその三〜五割増し相当額の現地通貨（ザンビア・クワチャ）で買い戻させ、ザンビアに直接投資をしようとしている外国企業にクワチャを売って、債権買取資金を回収する。

これを行うことで、ルーマニア側は債権の一部を回収することができ、ザンビア側は額面の一四・三〜一六・五パーセントをクワチャで支払うことで、債務を帳消しにできる。直接投資をしようとする外国企業にとっても、元々外貨をクワチャに換えなくてはならないし、公定レートより多い金額をもらえるので、メリットがある。

「今、ルーマニア側、ザンビア側の両方と交渉中で、だいぶ話は進んできています」

手元の資料を見ながらシーハンがいった。

「ザンビア側はほぼオーケーで、ルーマニア側は一一パーセントという水準を受け入れるかどうかでまだ若干迷っていますが、たぶん折れてくると思います」

シーハンの言葉に一同がうなずく。

「外国の投資家のほうも、イギリスや南アの大手企業や日本の総合商社なんかに当たっていて、いくつか興味を示している会社があります」

「やっぱり鉱物関係なの？」

「ええ、外国投資を一番呼び込めるのは、やはり鉱業関係ですから」

ザンビアは、銅をはじめとして、コバルト、鉄、金、ウラン、マンガンといった鉱物資源が豊富である。一九六四年の独立当初は比較的豊かな国だったが、外貨収入をほぼ全面的に銅の輸出に依存していたため、銅価格の下落で外貨繰りに窮し、それを対外債務の借入れでまかなった。しかし、銅価格が回復しなかったため、債務の返済ができなくなった。

「債務の買い取りは、投資家が直接やるの？　それとも誰かがいったん買うの？」

ルーマニア側が保有する債権は元利合計で約二千九百八十万ドルで、その一一パーセントの場合、三百二十八万ドルが必要である。

「直接投資をやる投資家が買ってくれるのが一番いいんですが、今のところ二つ以上の投資家が利用する可能性もあるので、タックスヘイブン（租税回避地）にファンドを作っていったん買い取って、現地通貨に換金した上で、それを直接投資をする外国企業に売ろうと考えています」

「へえーっ、すごいわね、パット！　投資銀行みたいじゃない」

テーブルを囲んだ一同が感心し、シーハンは柔和なそばかす顔を赤らめた。

数週間後——

ニューヨークのカラ売り専業投資ファンド「パンゲア&カンパニー」の北川靖は、共同パートナーのジム・ホッジス、アデバヨ・グボイェガとともに、マンハッタンの最新アートの発信地、チェルシー地区のフォトギャラリーを訪れていた。

ギャラリーは煉瓦造りのビルの最上階にあり、フローリングの床は塵《ちり》一つなく磨き上げられ、オフホワイトの壁に掛けられた写真に、曇りガラスの天井を通して自然光が降り注いでいた。

「話には聞いていたが、リベリアって国は、ここまで破壊し尽くされているのか……」

展示されている写真を見ながら、北川は深くため息をついた。

爆弾で手足をふき飛ばされて亡くなった子供の遺体のそばで身をよじって泣く父親、後ろ手に縛られて至近距離から銃殺される男、ロケット弾から必死の形相で逃げ惑う人々、電気や水道などほとんどのインフラを失った廃墟のような町、路上に転がった死体のそばでカラシニコフ銃を握りしめて気勢を上げるドレッドヘアの男たち、内戦の犠牲者が埋められた砂浜で悲しげに祈りを捧げる白い民族衣装姿のキリスト教徒たち……。

「『地獄の黙示録』の世界そのものだな……」

ホッジスが呻《うめ》くようにいった。

米国で解放された黒人奴隷たちが一八四七年に建国し、一九八九年以来内戦が続いている西アフリカの小国リベリアの写真展だった。

現在、内戦は一九八〇年にクーデターで政権を握り、一九九〇年に反政府勢力に虐殺されたサミュエル・ドウ元大統領の流れを汲むＵＬＩＭＯ（リベリア民主統一解放運動）と、アメリコ・ライベリアン（米国から帰国したリベリア人）のチャールズ・テーラーが率いるＮＰＦＬ（リベリア国民愛国戦線）の戦闘に、ナイジェリア軍を中心とするＥＣＯＷＡＳ（西アフリカ諸国経済共同体）軍が介入し、さらに次々と軍閥が出現し、混沌とした無政府状態に陥っている。

「こんな瓦礫の山の首都は見たことがない」

ナイジェリア系黒人のグボイェガが悲痛な声を上げる。

目の前には、破壊された発電所や給水施設、屋根もドアもない家が並び、焼かれた自動車が転がる道路、酸素吸入のパイプや洗面器に至るまで徹底した略奪に遭って、薬も医療器具も手術室のドアさえもない病院で途方に暮れる患者や医師、骨と皮だけに痩せ細って死ぬ寸前の赤ん坊などの写真が展示されていた。

「二百六十万人の国民に医者の数が三十二人って……」

写真の説明を見て、北川は絶句する。

「ゲリラ戦だから、国中が戦場になっているんだな」

ホッジスがいった。

「本当だったら、ゴムや鉄鉱石にも恵まれていて、豊かな国になるはずなのになあ」

首都近郊の大型水力発電所付近で戦闘が激しくなり、関係者が四つの水門を閉めて避難したため、濁流がダムから溢れ、発電所が泥と水に浸かって使えなくなり、さらに、鉄、アルミ、銅などの金属や機械類が略奪され、首都には電気も飲料水も完全に来なくなったという。下水処理施設も破壊されたため、伝染病も蔓延していた。

「ところが、こんな悲惨な国の債権をセカンダリー（流通市場）でタダ同然で買って、全額払えと法廷に引きずり出して、分捕るハイエナみたいな連中がいるんだよな」

ホッジスの言葉に、北川とグボイェガはやりきれない表情でうなずく。詳しくは知らないが、ハイエナ・ファンドの存在は耳にしていた。

ギャラリーにはアフリカ問題に関心のありそうなNGO関係者、学生、アフリカ系黒人などが訪れ、熱心に写真を見ていた。出入り口にはリベリア支援を訴えるシンポジウムのビラや、募金箱が置かれている。

「ところで、あの二人組は何者なんだろうな?」

北川が、少し離れた場所で写真に見入っている二人の男を横目で示した。

丸い銀縁の眼鏡をかけ、白いものがまじった髭を口の周りに蓄えた五十がらみの威厳のある白人と、ピンストライプのダークスーツをりゅうと着こなした四十歳くらいの目付きの鋭い白人の男だった。チェルシーよりもウォール街が似合いそうなエネルギッシュな雰囲気である。

「ヤス、あれこそ、そのハイエナだ」

ホッジスが小声でいった。

「えっ?」

「サミュエル・ジェイコブスだ」

「何、ジェイコブス!? あの『法律書を持ったハイエナ』か!?」

北川も名前だけは知っている不良債権投資に強いヘッジファンドの創業者兼CEOだ。

「ほう、あれがそうなのか……」

グボイェガも興味深げに、口髭の男の横顔をじっと見る。

「法律書を持ったハイエナ」の異名をとるサミュエル・ジェイコブスは、ジェイコブス・アソシエイツという名のヘッジファンドを経営している。ハーバード大学のロースクール（法科大学院）を出て、不良債権投資に強かった準大手投資銀行ＤＬＪ（Donaldson, Lufkin & Jenrette）の社内弁護士として経験を積み、三十三歳のときに親戚や知人から集めた百三十万ドルを元手に自分のファンドを立ち上げた。現在の運用資産は百四十億ドル（約一兆六千二百億円）と巨額で、破綻した企業や国家の債務を安く買い叩き、得意の法廷闘争で高いリターンを上げている。

とことん債務者を絞り上げ、弱肉強食の米国資本主義社会でも顰蹙《ひんしゅく》を買うほどの冷酷ぶりだが、一方で、母校のハーバード大学や音楽団体への寄付活動や、貧者救済や警察支援などの慈善活動も行い、共和党の大口献金者でもある。妻とは離婚し、二人の息子はともにハーバードのメディカルスクール（医学大学院）とビジネススクールの学生である。

「ところで、ジェイコブスみたいなハイエナ・ファンドは、具体的にどうやってリターンを上げるんだ？」

グボイェガが首をかしげた。「仮に債権の全額について勝訴判決をとっても、債務国が払う気がなけりゃ、どうしようもないだろ？　相手は国家なんだから、首に縄付けて強制するわけにもいかないだろうし」

「そこだ」

ホッジスは人差し指を立て、我が意を得たりという表情。

「勝訴判決をとってからが、あいつらの本当の勝負だ。奴らの法廷闘争は二段構えだ。つまり勝訴判決をとると、それにもとづいて債務国の資産がある世界各地で、手当たり次第に資産差し押さえの訴訟を起こすんだ」

「本当か……⁉　しかし、そりゃ、大掛かりな話だな」

「うむ。今、ジェイコブスと一緒にいる男は、たぶんウォール街の法律事務所のフォックスというパートナー弁護士だろう。『ジェイコブスのマシンガン』と呼ばれている男だ」

ホッジスは横目でジェイコブスと一緒にいるフォックスを示す。

「『ジェイコブスのマシンガン』？」

北川が視線をやると、いかにも抜け目がなさそうで、働き盛りの男特有の生気を漂わせていた。

「奴が、ジェイコブスが雇った弁護士軍団の総帥だ。マシンガンのように次々と世界中で訴訟を起こす男だ」

「それでマシンガンだと……。しかし、えげつないな」

北川はしかめっ面。ウォール街は弱肉強食だが、そこまで極端なやり方がまかり通っているとは知らなかった。

「この写真展に来てるってことは、リベリアの債権も買っているのかな？」

「いや、それは聞いたことがないな。ただ、他のアフリカのソブリン・デット（国家債務）は買ってるだろうし、絵画の鑑賞が趣味らしいから、参考程度に覗きに来たんじゃないか」

北川とグボイェガはうなずく。

「確か、奴は今、ペルー政府と法廷闘争の真っ最中だよ」

ジェイコブスは額面約二千七十万ドルのペルーの商業銀行（Banco de la Nación ＝ペルー国立銀行）の債権を千百四十万ドルで手に入れ、同行が債務不履行に陥っていることを理由に、同行と債務保証をしていたペルー政府を相手どって、元本と金利、ペナルティ（遅延損害金）の全額を払えと、昨年、ニューヨークの連邦地裁で訴訟を起こしたという。

「勝てそうなのか？」

「勝つ可能性ありのようだな。まだ地裁で審理中だが、少なくともアメリカの金融機関がジェイコブスに債権を適法に譲渡したことは認められたし、ジェイコブスが正当な権利者として、元本と利息を請求する権利を有していることも認められそうな状況らしい」

「なるほど」

「額面は約二千七十万ドルだが、累積した金利やペナルティを加えると総額で五千五百万ドルくらいになってて、全額回収できれば、千百四十万ドルの投資額が四・八倍になるらしい」

「うーん、投資額の四・八倍のリターンねえ……！」

第一章　ペルー対ハイエナ

1

ペルーの首都リマは、太平洋に面した断崖の上の大都市である。街の歴史は、インカ帝国を征服したスペインの海外領土開拓者（コンキスタドール）フランシスコ・ピサロが建設に着手した一五三五年に遡《さかのぼ》る。かつては「諸王の都」と呼ばれ、スペインによる南米支配の牙城だった。太平洋に注ぎ込むリマック川とほぼ平行に大通りが市街地を貫き、町の北東寄りの「セントロ」と呼ばれる旧市街は、イスラム文化の影響を受けたバロック様式のサンフランシスコ教会やセビリア風のトーレ・タグレ宮など、植民地時代の面影を残した建物が多い。特権階級に収奪されてきたせいか、どこかごみごみとした印象で、貧困層の住む地区は治安が悪い。気候は海岸砂漠地域で、年間を通して雨は少ない。人々の大半は浅黒い肌のインディオとメスティーソ（白人との混血）で、黒いアンデス帽の下から長く編んだ髪を垂らした女たちが道端で泥つきの野菜や民芸品を商っている。

一九九六年十月――

植民地時代の建物やヤシの木が並び、あちらこちらに赤白赤の国旗がひるがえる「セントロ」の官庁街の一角にある経済財務省のビルの一室で、数人の男たちが、苦虫を嚙み潰したような表情で、会議用のテーブルを囲んでいた。

「……要は、Pay us in full or be sued（耳を揃えて元利金を支払うか、それとも訴えられるのがいいか）と、こういうことだな」

鮮やかな赤と白の縦縞模様に、ペルー特産の動植物をかたどった紋章を配した国旗を背にすわった公的債務局長が、ニューヨークのジェイコブス・アソシエイツから送られてきた手紙を手に、忌々しげな表情でいった。肌が浅黒く、二重瞼の目に油断のない光を宿した五十がらみの男だった。

「ジェイコブスは、端《はな》から交渉する気なんかありませんよ。奴は、法律書を持ったハイエナですから」

頭髪にきちんと櫛を入れ、銀縁眼鏡をかけた中年男がいった。ペルー国立銀行（Banco de la Nación）国際部の幹部だった。ペルー最大の政府系銀行である同行の本部は、経済財務省から徒歩二、三分の場所にある。

「訴訟不可避ということか……」

「ええ。向こうが牙を剝いてくる以上、徹底的に戦うしかないでしょう」

ペルー国立銀行の幹部の言葉に、経済財務省のスタッフや弁護士たちがうなずいた。

サミュエル・ジェイコブスは、この年の一月から三月にかけてペルー政府の保証が付いたペルー国立銀行向け融資債権を買い付けると、直ちに元利金を取り立てるために動き始めた。五月二日に、債権を取得したので、返済に関する交渉を始めたいと、ペルー政府とペルー国立銀行に手紙を送ってきた。また、代理人のカール・フォックスが、ペルー政府の顧問を務めているワシントンＤＣの法律事務所のパートナー、デヴィ・アストラック弁護士にカンファレンス・コール（会議電話）をかけ、同様の申し入れを行なった。これに対し、ペルーの経済財務省の公的債務局長が、ジェイコブス、ジェイコブスに債権を売ったＩＮＧ（オランダ国際）銀行とスイス銀行（Swiss Bank Corporation）、債権の管理者であるニューヨークのモルガン銀行（Morgan Guaranty Trust Company）のそれぞれに五月十七日付で手紙を出し、ペルー政府はジェイコブス・アソシエイツを正当な債権者とは認めないと通告した。理由は、元々の融資契約書に、債権の保有者は「financial institution」と書いてあり、ジェイコブス・アソシエイツはこれに該当しないからというものだった。またペルー政府は、モルガン銀行が、ジェイコブスを新たな債権者として登録しようとしていたのを止《や》めさせ、ＩＮＧ銀行とスイス銀行が債権者のままであれば本来支払う予定だった金利の支払いを行わなかった。

　ペルー政府は、「法律書を持ったハイエナ」の異名をとるジェイコブスを嫌っただけでなく、対外債務全体の削減とそのためのブレイディ・ボンドの発行条件について、銀行債権者委員会（Bank Advisory Committee、略称ＢＡＣ）と交渉していたため、ＢＡＣ以外の個別の債権者と交渉する気は毛頭なかった。

　これに対し、ジェイコブス側は牙を剥いてきた。五月二十一日に、ペルー政府とペルー国立銀行に対して話し合いのテーブルにつくよう再度手紙で促し、六月十九日には、ペルーがジェイコブスに対してとっている姿勢は「不当で、商業的に理由がなく（unjustified and commercially unreasonable）」、それによってジェイコブス側は金利の受け取りができないという損害を受けたと抗議し、同二十五日には、ジェイコブス自身がペルーに対して「債務不履行状態」を解消するように手紙で要請した。

「……Peru had no role in the assignment process, no right to veto Jacobs as a legitimate assignee and creditor, and no right to interfere Jacobs' right to the interest payments it was due（ペルー政府は、債権譲渡に関する何の役割も持っておらず、ジェイコブスが正当な債権者になることを拒否する権利も持っておらず、ジェイコブスが受け取るべき金利の支払いに介入する権利も持っていない）」だと？　ふざけやがって！」

公的債務局長は二重瞼の目を怒りで血走らせ、ジェイコブスからの手紙を握りつぶした。

「こうなったら、徹底的にやってやれ！　ハイエナ・ファンドごときが、一国の政府に戦いを挑むなどとは片腹痛い。奴らが弁護士費用で破綻するまで、徹底的に戦うんだ！」

三ヶ月後（九月）、ジェイコブス側とペルー側は、ニューヨークで一度だけ面会したが、話し合いは非難の応酬で、憎悪以外の結果はもたらさなかった。

十月十八日、ペルー政府とBACの交渉が完了まであと十日に迫ったとき、ジェイコブス側は揺さぶりをかけるように、ニューヨークの連邦地裁に、略式判決と仮差し押さえを求める申立てを行なった。ペルーが、融資債権と交換で発行するブレイディ・ボンドは、一部に米国債の担保が付いており、ジェイコブス側は、それを差し押さえようとした。しかし、裁判所は、必要性と緊急性がないとして、中立てを却下。債務削減とブレイディ・ボンド発行に関するペルー政府とＢＡＣとの契約は、十一月十八日に無事締結された。

ペルー政府とジェイコブスの闘いは、正式な訴訟として、ニューヨーク州南部連邦地裁で争われることになり、審理開始前のディスカバリー（証拠書類開示手続）に入った。

2

翌年（一九九七年）秋――

発展途上国支援のＮＧＯで働くパトリック・シーハンは、同僚の若い英国人女性とロンドンのキングズ・クロス駅の八番線からケンブリッジ行きの特急列車に乗り込んだ。開発経済学を学ぶ学生たちに、途上国債務問題に関する講演をするためだった。

一九世紀半ばに建てられた駅舎は、煤《すす》けた砂色の煉瓦壁で、ホームの天井は黒い鉄骨が剝き出しの大きなカマボコ型である。エジンバラ、ニューカッスル、リーズ、ヨークなど、北部や中部に向かう電車が出発を待っていた。『ハリー・ポッターと賢者の石』の魔法学校に向かう特急列車の発着駅でもある。

午前中の遅い時刻だったが、車内は、観光客、学生、研究者と思《おぼ》しい人々、ビジネスマンなどで混み合っていた。シーハンら二人と通路を挟んだ向かい側は英国人の老夫婦で、夫は英国の代表的な日刊紙「ＴＨＥ　ＴＩＭＥＳ」を読んでいる。

列車が発車し、十分ほど市街地や住宅街の中を走ると、車窓の向こうに広々とした畑、牧草地帯、林など牧歌的な風景が広がり、牧場では白や栗毛の馬、羊、牛などがのんびりと草を食《は》んでいた。空は青く澄み渡り、日差しは秋らしく明るい。

シーハンは、駅のホームで買った紙カップのコーヒーをすすりながら、持っていた経済誌のページをめくった。

太い文字の見出しが目を引いた。

〈Angolan troops invade Congo on the side of Sassou〉（アンゴラ軍、サス＝ンゲソを支援し、コンゴに侵攻）

（ついにアンゴラ軍が動いたのか……）

シーハンは複雑な思いで、コンゴ共和国の内戦の最新情報を報じる記事に視線を走らせる。

内戦は五月の終わりに始まった。きっかけは、前大統領のドニ・サス＝ンゲソが、地元のオヨ（コンゴ中部）から大統領選挙のキャンペーンのために伝統的な輿《こし》に乗って国道二号線を北上し、対立勢力で元首相のヨンビ＝オパンゴの本拠地オワンドにさしかかったところ、地元住民が、オワンドで輿に乗れるのは昔から地域の首長に限られ、現在は国家元首である大統領にしか認められないとクレームを付けたことだった。しかし、ンゲソがそれを無視して輿に乗ったまま進んだため、オパンゴの私兵と「コブラ」と呼ばれるンゲソの私兵の間で衝突が起き、「コブラ」がオパンゴ側の四人を殺害した。数日後、「コブラ」のメンバーが首都ブラザビルに戻ったため、大統領のパスカル・リスバは、ンゲソ勢力の力を削ぐ思惑もあり、市内東部にあるンゲソ邸を装甲車その他で完全武装した軍に包囲させた。一方、選挙戦に出遅れ、予想では四番手と見られていたンゲソは、虎視眈々とクーデターの機会を窺っていた。六月五日の昼前に「コブラ」の容疑者三人が逮捕されると、ンゲソ側は直ちに反撃を開始。銃撃戦は昼過ぎには市内中心部まで広がり、銀行や商店にも銃弾が降り注いだ。ンゲソは翌六月六日に宣戦布告し、クーデターが決定的になった。「コブラ」は市内北西部にあるマヤマヤ空港や中心部近くのラジオ局へと進撃し、これに政府軍がロケット弾や焼夷弾を大量に撃ち込んだ。地元住民たちは家財道具を抱えて避難を開始。元々無法者の集団として悪名が高かった「ズールー」と呼ばれるリスバ大統領の私兵たちは、敵との攻防戦そっちのけで商品を略奪し、ベルギー人やフランス人の民家に押し入り、十人、二十人がかりで女性たちを凌辱した。大統領が兵士たちに麻薬を打って戦意を煽《あお》り、恐怖心を取り除いているという噂も流れた。元々燃料不足に悩まされていた両軍は、ガソリンや軽油を確保するより、走っている車を強奪して燃料がなくなるまで乗り回し、サッカー場や道端に乗り捨てた。路上では、政府軍の将校が、小型車両に積んだ自動小銃や小型銃を道行く人々に配りながら、参戦を呼びかけ、銃を手にしたにわか民兵たちは強盗団と化して商店や民家を襲い、刑務所を襲撃して、服役中の凶悪犯を武器とともに脱走させた。市街戦勃発後の二週間で、戦死者、略奪がらみの死者、流れ弾に当たった民間人の死者など、死者数は二万人とも三万人とも噂された。六月十九日から五日間の停戦が実現したが、これは、遺体が幹線道路に溢れ返り、戦車や装甲車の通行を妨げ、コレラ等の熱帯性の病気が蔓延しそうだったからだ。ンゲソ前大統領の娘を三番目の妻に娶《めと》り、リスバ大統領とは子ども同士が結婚している、隣国ガボンのオマール・ボンゴ・オンディンバ大統領がブラザビル入りして調停を試みたが、所詮ンゲソの義理の息子ということで、功を奏さなかった。間もなくブラザビルからは民間人はほとんど姿を消し、重火器による無差別攻撃が激烈になり、高さのある建物は攻撃拠点としてことごとく兵士に占拠された。リスバ大統領はフランスのシラク大統領に援助を仰いだが拒絶され、ンゲソとフランスの両方を非難した。十月十四日には、ンゲソの反乱軍がマヤマヤ空港を落とし、大統領官邸も制圧し、リスバ大統領はブラザビルを放棄して国内南部のドリジに撤退。同時に、ンゲソから協力要請を受けたアンゴラ軍の兵士三百人がコンゴに侵攻した。

（これでンゲソのクーデター成功は確定的だな。……また新たな独裁政権の誕生か）

シーハンが雑誌から視線を上げ、車窓の向こうに視線を向けると、刈り取られた後の麦畑が一面に広がっていた。冬籠《ごも》り前の野ウサギのような薄茶色一色の風景だった。

一時間あまりで特急列車はケンブリッジ駅に到着した。観光客が多い駅で、ホームにはカフェやコーニッシュパイ（ひき肉、ジャガイモ、タマネギなどを煮込んだ餡を詰めたパイ）の店がいくつかあり、普通の地方駅より賑やかである。学生や地元の人々などかなりの数の乗客が列車を降り、自転車を押した人々もちらほらといた。

シーハンと同僚の英国人女性も改札を通って、駅前のバス停でケンブリッジ大学方面行きのバスを待った。シーハンがバス停に掲示されている時刻表を見ていると、同僚の女性がそっとそばにやって来て、シーハンの背中に片手を置き、一緒に時刻表を覗き込んだ。彼女の手は赤ん坊のように柔らかく、シーハンはどきどきした。

大手広告代理店に勤めている妻のエレンはケンブリッジ大学の同級生で、頭もよく、スポーツジムで鍛えたスリムな身体《からだ》つきのキャリア・ウーマンである。一方、若い同僚の女性は、風貌も考え方も少女の面影を残していて、一緒にいると懐かしさに似た甘い気持ちになる。シーハンは、最近、妻に内緒で彼女と二度ほど夕食を一緒にしたことがあった。

ケンブリッジ大学は駅から北西の方角に一キロ半ほど行ったところにある。

石畳の通りに沿って、何百年もの歴史を持つカレッジ（学生寮）、石造りの教会、書店、洋品店、土産物屋、カフェ、レストラン、自転車屋、骨董品店などが建ち並び、いかにも学生街といった趣《おもむき》である。カレッジの多くは煉瓦造りの古い建物で、たいてい中庭を持っていて、一歩足を踏み入れると、表通りの喧騒が嘘のような静寂とアカデミックな時が流れている。一五四六年に創設されたトリニティ・カレッジは、アイザック・ニュートンが中庭で音速を計算したカレッジで、過去二十九人のノーベル賞受賞者を輩出している。

「……えー、以上のように、一九八〇年代前半に、ソブリン（国家）債務が世界的な問題としてクローズアップされるようになったわけです」

シーハンは、ケンブリッジ大学のカレッジの一つで、開発経済学を学ぶ学生たちを前に、途上国債務問題について講演を始めた。

教室の窓からは、付近の木々の緑が間近に見え、その先のケム川はモスグリーンの水をたたえ、カンカン帽をかぶった学生の船頭が長い棒で水底を突いて進む「パント」と呼ばれる平たい小舟が、観光客を乗せてゆっくりと行き交っている。

「メキシコ、ブラジル、ベネズエラといった中南米諸国、フィリピンやインドネシアなどの東南アジア諸国、ナイジェリア、ザンビア、ザイール、コンゴなどのアフリカ諸国、ポーランドなどの東欧諸国が、対外債務を返済できなくなった理由は、一九七三年と七九年の二度のオイルショックによる先進国の景気低迷、それにともなってこれらの国々が輸出していた一次産品の価格が下落したこと、それから米国のカーター政権が、国内のインフレ退治のために高金利政策を実施し、それによって世界的な高金利時代になり、債務の金利負担が大きくなったことです」

正面右手の演壇でマイクを持って話すシーハンのそばの机に同僚の英国人女性がすわり、ノートパソコンを操作して、背後のスクリーンにスライドを映し出す。

「こうした途上国に対する債権者は、先進各国の商業銀行でした。彼らはこうした国々に対して、個々に債務を繰り延べる、いわゆる『リスケジューリング』で七、八年対処していましたが、債務や金利を減免したわけではありませんでした」

ノートを取りながら耳を傾ける三十人ほどの学生たちは、欧米人が多いが、インド系やアジア系の顔もあり、皆知的な風貌である。

「そのため債務者のほうも相変わらず債務を返済できず、問題は長引き、むしろ悪化するばかりでした。そうこうするうちに貸し手である先進国の銀行の信用までおかしくなってきたので、アメリカの財務長官ニコラス・ブレイディが腰を上げ、一九八九年三月に、抜本的な対策を打ち出しました。これが有名な『ブレイディ・プラン』です」

ブレイディ・プランは、債務国に期間十年～三十年という超長期で金利の低い（あるいは金利がないゼロ・クーポンの）債券を新たに何種類か発行させ、それを商業銀行などが持つ債権（主として融資）と交換し、実質的に三割から五割の債務を削減するものだった。メキシコ、ベネズエラ、フィリピン、アルゼンチン、モロッコ、ナイジェリア、ポーランドなど十三ヶ国がこの恩恵を受けた。

「一番最近の例では、ペルーが昨年、ブレイディ・プランの実施について約百八十の債権者と合意し、今、実現に向けて契約書の作成などを進めています」

ペルーは一九八四年以来債務不履行状態にあるが、ブレイディ・プランが実現すれば債務の三五パーセント程度が削減され、返済期間も十年〜三十年と長くなる。なお、合意した約百八十の債権者は大半が外国の商業銀行で、債権額はペルーの対外債務の九九パーセントに相当する。ただしブレイディ・プランへの参加を拒否しているホールドアウト（交渉拒否）の債権者が二つあり、そのうちの一つがジェイコブス・アソシエイツである。

「しかし、今見たように、ブレイディ・プランの適用を受けることができたのは、発展途上国というより、むしろ中進国といった国々ばかりです。いわゆるＨＩＰＣＳ《ヒップクス》と呼ばれる重債務貧困国の債務については、まだほとんど効果的な対策が打たれていないのが実情です」

背後のスライドが変わり、ＩＭＦ・世銀が定めた重債務貧困国の一覧表が映し出される。アジアはベトナム、ミャンマー、ラオスの三ヶ国、中南米はガイアナ、ニカラグアなど四ヶ国、中近東はイエメン一ヶ国、アフリカはアンゴラ、エチオピア、コンゴ、ケニア、ソマリア、リベリアなど三十三ヶ国である。

「ＨＩＰＣＳ問題に対する最初の具体的な動きは、三年前（一九九四年）にナポリで開かれたＧ７サミットでした」

日本から村山富市首相（社会党）が出席した同サミットでは、重債務貧困国の二国間公的債務（ＯＤＡ等）の六七パーセントを削減するという「ナポリ条項」が決定された。しかし、それ以前に繰り延べられた債務は削減対象から除外する等の条件が付されたため、実際に削減される額はわずかに止《とど》まった。またアフリカの場合、二国間公的債務より、ＩＭＦ、世銀、アフリカ開発銀行などの国際機関からの債務が多いので、ナポリ条項による削減額は限られていた。

「たとえば、ウガンダの場合、毎年の債務返済額のうち国際機関に対するものが七割もあり、ナポリ条項によって削減されたのは、債務総額の二パーセントにすぎませんでした」

シーハンは学生たちを見る。

「皆さん、考えてみて下さい。いくら『返せ』『あなたには返す義務が法律的にある』といっても、返済能力がない場合はどうしようもないですよね？」

何人かの学生がうなずく。

「個人の場合、債務が返済できなかったときは、破産という制度があります。破産すると、国によって多少制度が違いますが、会社の役員になれないとか、クレジットカードを持てないといった不利益を受ける代わりに、債務が帳消しにされ、一定期間が経過すれば、そうした制約も解除されます。企業にも同様な破産制度があります。ところが国家には破産制度がないわけです」

金髪でそばかすの残ったシーハンの顔に真剣さが宿る。

「わたしたちは、国家にも破産制度が設けられるべきだと考えています。さて……」

シーハンが、本題に戻る口調でいうと、同僚の女性がスライドを変え、昨年、ＩＭＦ・世銀が打ち出したＨＩＰＣイニシャティブの概要を示す。

「これが、ＨＩＰＣイニシャティブによる債務削減を受けるための条件です。構造調整プログラムを六年間もやらなくてはならないという問題がありまして……」

3

七ヶ月後（一九九八年初夏）——

マンハッタンでは、夏の到来を予感させる強い日差しが、新緑の街路樹に降り注いでいた。

ニューヨーク州南部連邦地裁は、ウォール街から一キロメートルほど北のパール通り五百番地に位置し、一七八九年に歴史を遡る裁判所である。御影石と大理石で仕上げられたすらりとした二十七階建てのビルは四年前に出来たばかりで、裁判所というより銀行の本店に見える。

米国の裁判制度は二本立てで、州ごとに地裁、控訴裁判所（高裁）、最高裁があるが、裁判の当事者の一方が外国人の場合は、これとは別系統の連邦裁判所で争われる。連邦裁判所は、連邦地裁（全米で九十四庁）、控訴裁判所（同十四庁）、最高裁（ワシントンDC）からなる。

連邦地裁の法廷の一つで、白熱した証人尋問が行われているところだった。

額面で約二千七十万ドルのデ・ラ・ナシオン（ペルー国立）銀行向け債権を持っているジェイコブス・アソシエイツが、債務の保証人であるペルー政府に元利金の支払いを求めて起こした訴訟だった。

「……あなたの経歴ですが、リーマン・ブラザーズ、ディロン・リード、モルガン・スタンレーのエマージング・マーケッツ（新興国市場）部門で働き、一時期、自分のファンドを運営し、現在は、ジェイコブス・アソシエイツで、いわゆるソブリン（国家）のディストレスト・デット（不良債権）の投資を担当しているということで、間違いないでしょうか？」

ペルー政府の代理人を務めるワシントンＤＣの法律事務所のパートナー弁護士、デヴィ・アストラックが証言席の中年の米国人を見すえて訊いた。国際金融訴訟を専門にするモーリシャス出身のインド系の女性で「債務国の守護神」の異名をとっている。

「間違いありません」

元インベストメント・バンカーらしい精力と抜け目のなさを漂わせた白人の男が答える。茶色がかった金髪をきちんと整え、肉付きのよい身体をダークスーツに包んでいた。

「あなたがサミュエル・ジェイコブス氏に、ペルー政府の保証が付いたデ・ラ・ナシオン銀行(Banco de la Nación)の債権を買うことを提案したのは、一九九六年一月ですか?」

「そうだと思います」

マイクの二つ付いた証言席にすわった投資マネージャーが答える。

「なぜペルーの債権を買うことを考えたのでしょうか?」

「ペルーは一九九四年以来対外債務の不履行状態にあるので、セカンダリー(流通市場)で安く買うことができました。一方、フジモリ大統領の改革で経済が上向いており、値上がりが期待できると考えたからです」

一九九〇年以来ペルーの大統領を務めている日系二世のアルベルト・フジモリは、ＩＭＦの指導の下に、ガソリン価格の値上げ、外国貿易や為替の自由化、国有財産の売却、石油・天然ガス・鉱物資源分野への外国投資の積極的誘致といった、大胆な経済改革を推し進め、野党から「独裁的」「フジモリは皇帝になりたがっている」という批判の声も起きている。

「あなたは訴訟を起こすことをジェイコブス氏に勧めませんでしたか?」

「いいえ。勧めるようなことはしておりません」

「では、訴訟を起こすことについて話したことはありませんか？」

「ええ、まあ、それはあると思います。……あくまで回収手段の一つとして、一般的にですが」

投資マネージャーは、警戒しながら答える。

債務者（ペルー）側は、ジェイコブスは、訴訟を起こす目的で債権を購入したので、債権譲渡は無効であると主張していた。一八一八年に設けられたニューヨーク州の裁判所法四百八十九条は「訴訟を起こす目的または意図をもって債権を購入することは違法な行為である」と規定している。これは中世の英国法やコモン・ロー（英米法系の法体系）において、訴訟で得られる利益の分配を目的として、弁護士が訴訟費用を肩代わり（訴訟に参加）する行為は「チャンパーティ（champerty）」と呼ばれ、訴訟の濫用につながる非倫理的行為なので、禁じられるべきであるという古い法理論にもとづく。

「あなたは、ソブリン債務者を相手どって訴訟を起こしたことがありますね？」

アストラックは、インドの女神像を思わせる二重瞼で、栗色の髪は肩まである。

「ええ……わたしがというよりも、所属先の投資銀行やわたしが運営していたファンドが訴訟を起こしたということですが」

原告席で、ジェイコブスの代理人を務めるカール・フォックスと部下の韓国系米国人のアソシエイト（見習い弁護士）が、時おりメモをとりながら、尋問の様子を見守っていた。

「あなたが関わった訴訟は、ポーランド、エクアドル、アイボリー・コースト（コートジボワール）、パナマ、コンゴの各政府を被告とするものですね？」

「ええ……そのように記憶しています」

「原告はどういう判決内容を求めて訴訟を起こしたのでしょうか？」

「それはまあ、債務を払ってほしいということですね」

「元利金全額を払えという要求ですね？　債権を二束三文で買って、元利金全額を払えという訴えを起こしたわけですね？」

「オブジェクション！（異議あり！）」

原告席でフォックスが弾かれたように立ち上がった。

「今の質問は、証人を悪質な債権回収者として印象づけようとする不当な質問です！」

「オブジェクション・オーバールールド（異議を却下します）」

黒い法服姿の裁判長が淡々といった。

「ジェイコブス・アソシエイツは、ペルー政府の保証が付いたデ・ラ・ナシオン銀行向け債権を誰から購入しましたか？」

アストラックが訊いた。

「ＩＮＧ（オランダ国際）銀行とスイス銀行（Swiss Bank Corporation）です」

「これは元々どういう種類の債権ですか？」

「ワーキング・キャピタル（運転資金）を目的とした銀行ローン（融資）です」

外国の金融機関が、デ・ラ・ナシオン銀行に運転資金（融資などに使う金）の融資をしており、それをジェイコブスが買ったということだ。

「シンジケート・ローン（協調融資）ではありませんね？」

「違います。バイラテラル（単独ローン）です」

「バイラテラル・ローンはシンジケート・ローンより大幅に安く売られていたと思いますが、違いますか？」

「大幅かどうかは分かりませんが、シンジケート・ローンよりは安かったと思います」

外部の弁護士がついてしっかりした契約書が作られ、債権管理もエージェント（事務管理）銀行が責任をもって行う協調融資に比べて、単独ローンは契約や管理が甘いので、流通市場では安く売られる傾向がある。

「ジェイコブス氏があえてバイラテラル・ローンを購入したのは、そちらのほうが大きな利益を上げられると考えたからですね？」

「いや、それはちょっと……彼の心中までは、分かりかねます」

「そうですか」

アストラックは深追いしない。ジェイコブスが、債権を安く買い、訴訟を起こして大きな利益を上げようとする強欲な投資家であると裁判官に対して印象付けられれば、それで十分だ。

「ジェイコブス・アソシエイツがＩＮＧ銀行とスイス銀行から債権を買ったのはいつのことでしょう？」

「二年前（一九九六年）の一月から三月にかけてだったと記憶しています」

「最初の取引は一月のいつでしょうか？」

「下旬だったと思います」

「一月三十一日ですね？」

「はい」

「一月十九日に、ペルー政府を訴えたプラビン・バンカー・アソシエイツの事件の判決が出されたことは、あなたもジェイコブス氏もご存じですね？」

プラビン・バンカー・アソシエイツ（Pravin Banker Associates Ltd.）は、ペルー政府の債務を安く買い、一〇〇パーセントの額面と金利を払えと訴えた米国デラウェア州のヘッジファンドだ。ニューヨーク州南部連邦地裁が下した判決は、プラビン・バンカーの全面勝訴だった。

「判決については知っています」

「その裁判について、ジェイコブス氏と話したことはありますか？」

「それはまあ……あると思います。似たようなペルーの債権の話ですから」

「プラビン・バンカー・アソシエイツと同じようにやれば、裁判で勝てると話したことはありませんか？」

「いいえ、ありません」

肉付きのよい白人投資マネージャーは、じりじりと迫ってくる矛先を懸命にかわす。

「話を少し元に戻して恐縮ですが、あなたがペルーの件で最初にジェイコブス氏に会ったのはいつ頃ですか？」

「え？　ああ、それは……一九九五年の秋の、十月ではなかったかと思います」

元インベストメント・バンカーは質問の意図が分からず、戸惑う。

「先ほど、ペルーの債権の購入を勧めたのは一九九六年の一月だとおっしゃいましたよね？　それはプラビン・バンカー・アソシエイツの事件の判決が出されたからじゃないんですか？」

男は、一瞬の動揺を押し隠すように、無表情になった。

「いえ、そういうことはありません」

「判決が出たのが十九日の金曜日。ジェイコブス氏が債権の一部を購入したのが、三十一日の水曜日。プラビン・バンカー・アソシエイツの勝訴を見極めた上で購入を決めたというふうに見えるんですけどね？」

「それは単なる偶然です。プラビン・バンカーの判決とは無関係です」


同じ頃——

コンゴ共和国の首都ブラザビル市内にある大統領宮殿の一室で、前年の内戦で勝利を収め、大統領に返り咲いたドニ・サス゠ンゲソが、数人の男たちと一緒に会議のテーブルについていた。

街は激しい内戦と略奪で見る影もなく破壊されていたが、広大な緑の庭園の中に建つ白亜のフランス植民地様式の大統領宮殿はいち早く修復され、鮮やかな赤い屋根の上に、緑、黄、赤の三色の国旗が蒸し暑い空気の中に翻《ひるがえ》っていた。

「……このスキームでやれば、債権者からの差し押さえを免《まぬが》れ、かつ必要な『政治資金』も自由に汲み上げることができます」

ゴムまりのように肉付きのよい顔の男がいった。ドニ・ゴカナというコンゴ人で、フランスの大学で原子物理学の博士号をとったあと、フランスの原子力委員会や石油会社のエルフで十一年間働き、昨年（一九九七年）、コンゴに戻って、石油に関する大統領特別顧問になった。

ゴカナが示したスキーム図には、コンゴの国営石油会社であるＳＮＰＣ（Société Nationale des

Pétroles du Congo）が、同社の一〇〇パーセント子会社であるコトレード（Cotrade = La Congolaise de Trading の略）という石油輸出会社に原油を売り、それをさらにＡＯＧＣ（Africa Oil & Gas Corporation）というコンゴのペーパー・カンパニーに転売し、さらにスフィンクス・バミューダというバミューダのペーパー・カンパニーに転売したあと、グレンコア（スイス）やヴィトール（同）といった石油トレーダーに売る仕組みが描かれていた。

「これでやれば、外国の債権者どもは、石油の代金に手出しできないというわけだな？」

細い眼に毒蛇のような光をたたえたンゲソ大統領が訊いた。

一九八〇年代から対外債務が不履行状態のコンゴ政府は、債権者（主に銀行）から債務返済を求める訴えを世界中で起こされ、石油輸出代金差し押さえの危険に晒されながら、原油の輸出を続けていた。

「原油の代金は、外国の石油トレーダーから前払いしてもらいます。前払いしてもらえないときは、外国の銀行からＳＮＰＣに輸出前貸し（融資）をしてもらい、タンカーの原油を担保にしますから、債権者どもは手出しできません」

てらてらと光る茶色い肌のゴカナが自信たっぷりにいった。

「どこの銀行が融資するんだ？」

「従来のＢＮＰ（パリ国立銀行）に加えて、こちらのパンアフリカ銀行（Banque Panafricaine）に、単独融資やシンジケート・ローン（協調融資）の形で積極的に協力してもらいます」

ゴカナの言葉に、身なりのよい壮年の黒人の男がうなずく。西洋的な洗練とアフリカの土俗的雰囲気がまじりあった独特の風貌だった。

男はガボンに生まれ、フランスと米国で教育を受けて経済学の博士号をとり、米系の投資銀行で腕を磨いたあと、アフリカの独裁者などから資金を集め、パンアフリカ銀行を設立した。同行はタックスヘイブン（租税回避地）であるモナコに本店を置き、アンゴラ、コンゴ共和国、コンゴ民主共和国、カメルーン、ナイジェリア、コートジボワールなど、サブサハラ地域を中心に支店網を張り巡らし、現地の政府や実業界に深く食い込み、まともな銀行は手を出さないリスクの高い案件や石油関係の取引を引き受け、違法なマネーロンダリングにも手を染めている。

「ただ、モナコや支店所在国の銀行監督当局の指導で、自己資本に対する融資比率とか、一社に対する融資総額などの規制がありますので、その範囲内で対応せざるを得ませんが」

パンアフリカ銀行の頭取は抜け目ない表情でいった。

「今後、エルフやアジップ以外の買い手を開拓していきますが、取引が浅いとなかなか前払いというわけにはいきませんので」

ゴカナがいった。

「全額融資ができない場合は、契約書上、担保権の額を大きくして、全額担保に入っているように見せればいいでしょう」

パンアフリカ銀行の頭取がいった。

「それを見せれば、他の債権者は手出しできないというわけです。融資の詳細までは簡単に調べられませんから」

「まあ、よろしく頼むわ」

ンゲソがコーヒー色の顔に粘着質な笑みを浮かべ、二人を見る。

「それで、コトレードのほうはクリステルが、ＡＯＧＣとスフィンクス・バミューダのほうは、お前がコントロールするというわけだな？」

クリステル・サス＝ンゲソは、ンゲソ大統領の息子で、金遣いが荒いという悪評がある。

「さようです。ミスター・クリステルがコトレードの社長、わたしがＡＯＧＣとスフィンクス・バミューダをコントロールし、原油取引を完全に掌握します」

本来、ＳＮＰＣから外国の石油トレーダーに直接売ればいいところに、わざわざ余計に三社を介在させる目的は、外国の債権者に輸出の実態を分からなくし、同時に中間マージンを抜くためだ。

コンゴ共和国の政権は、上から下まで腐敗と賄賂にまみれている。

「ところでエルフとアジップのほうは、大丈夫か？」

ンゲソ大統領が訊いた。

エルフ・アキテーヌ（仏）とアジップ（伊）は、リスバ前大統領時代に、コンゴの原油輸出をほぼ独占していた。ンゲソが、内戦前に彼らにちらつかせた約束を反故にして、原油への支配を強化すれば、両社は当然反発する。

「まあ、連中は今まで散々甘い汁を吸ってきたわけですからね」

ゴカナの口調に反感が滲む。「あんな上手い話がいつまでも続くとは、思ってないでしょう」

「しかし、フランスを怒らせると、まずいだろうが」

「その点は、承知しております。当面は、エルフやアジップにもいくらか売って、ガス抜きしますよ」

ゴカナの言葉に、ンゲソがうなずく。

「ところで……」

ンゲソが葉巻を口にくわえ、ダンヒルのライターをボシュッといわせる。

「こないだフランスとイギリスとアメリカで訴訟を起こしてきたジェイコブス何とかというのは、何なんだ?」

一度に三ヶ所で訴訟を起こされたことは今までなかった。

「アメリカの不良債権専門のヘッジファンドです」

財務大臣を務める男がいった。コーヒー色の肌に黒縁眼鏡をかけた忠実な能吏である。

「『法律書を持ったハイエナ』と呼ばれていて、訴訟が得意な連中のようです」

「『法律書を持ったハイエナ』? ……気色の悪い名前だな」

葉巻をくゆらせながら、ンゲソがコーヒー色の顔をしかめた。

「額面七千万ドルの我が国の債権を八百万ドルほどで買って、ペナルティや金利も含めて一億二千万ドルくらい払えと訴えてきています」

財務大臣の言葉に、一同がぎょっとなった。投資した額の十五倍を一挙に得ようとする強奪的やり口だ。

「我が国だけじゃなく、ペルーやアンゴラも訴えていて、アンゴラのほうは、こないだイギリスで勝訴したようです」

「そっちも二束三文で買った債権を全額払えってか?」

ンゲソが不快感もあらわにいった。

「そうです。イギリスの裁判所も、それを認めました」

「な、何という連中だ！　イギリスの裁判所も結託してるのか⁉　これは、新たな植民地支配じゃないか！」

翌週——

パンゲア&カンパニーの北川靖とアデバヨ・グボイェガの二人は、ロンドンを発ち、間もなくナイジェリアのラゴスに着陸するアンゴラ航空の機内にいた。

カラ売りをする予定のパンアフリカ銀行について調査するため、アンゴラまで行くところだった。

「……このパンアフリカ銀行ってのは、調べれば調べるほど、怪しい銀行だな」

ビジネスクラスのシートで、同行に関する記事を読みながら北川がいった。

手にした記事の束は、世界中の数千の新聞や雑誌の記事を過去数十年分に遡《さかのぼ》って検索することができる英文のデータベースで入手したものだった。

「アフリカの独裁政権への融資、マネーロンダリング、武器密輸、核物質取引、DGSE（フランス対外治安総局）やCIAなど各国の諜報機関との癒着、架空の投資話のでっち上げ……まるでBCCIの再来じゃないか」

BCCI（Bank of Credit and Commerce International）は、パキスタンの銀行家アガ・ハサン・アベディが設立した銀行で、ルクセンブルクを本拠地に、世界六十九ヶ国に三百六十五の拠点を張り巡らし、武器や麻薬の密輸、マネーロンダリングなどありとあらゆる悪事に手を染め、巨額の損失を出した挙句、七年前（一九九一年）に経営破たんした。

「頭取はガボン出身の男で、顧客のどんな要望にも応じることで、一介のインベストメント・バンカーから銀行の創業者にまでのし上がったんだそうだ。奴と握手したら、自分の指が五本ちゃんとついているか確認したほうがいいといわれてるらしい」

「まあ、その手の人間は、ニューヨークにも少なくはないけどな」

二人は苦笑した。

「だいたいモナコに本店があって、アフリカで活動していて、アメックスに上場してるなんて、怪しい以外の何物でもないよな」

タックスヘイブンのモナコには世界中から不正な金が流れ込むといわれている。また、ニューヨークにあるアメリカン証券取引所（略称アメックス）は、上場基準が緩やかで、怪しげな新興企業も少なくない。

間もなくアンゴラ航空機は、降下を始め、徐々に地上が近づいてきた。

「おお、アフリカらしい風景だなあ」

北川が窓の外を見ながらつぶやく。

眼下に、鬱蒼とした森がどこまでも広がっていた。雨が多い熱帯地方らしい濃い緑色に覆われた大地の彼方に、灰色の大河が大蛇のようにうねっていた。ナイル川、コンゴ川に次ぐ、アフリカ第三の大河ニジェール川だ。

やがてジャンボ機は、ナイジェリア最大の都市ラゴスに着陸した。

機が空港の駐機場に停止すると、ここで降りる乗客たちが、部族語や英語でがやがや話しながら、頭上の荷物入れから手荷物を下ろし始める。サングラスに金時計の怪しい黒人ビジネスマン、灰色の背広にアタッシェケースの役人ふう、貝や植物をかたどった模様入りの水色や黄色の民族衣装を着た女性たちなど、いかにもアフリカといった光景だ。

客室乗務員が、前方の乗降口の扉を開けた。

乗客が降り始めると思いきや、空港当局の役人と思しいスーツ姿の黒人の男たち二、三人とアンゴラ航空の地上職員、それにぱりっとしたスーツ姿の欧米人とアジア系の男がどやどやと機内に入ってきて、チーフパーサーの男性に何やら書類を見せて説明を始めた。

（いったい、何事だ？）

ビジネスクラスの前方にすわっていた北川とグボイェガは、怪訝な気分でその様子を眺める。

間もなく操縦室から機長が出てきて、当局の役人らと思しい男たちと言葉を交わし、驚いた表情で渡された紙に視線を這わせる。

「何だろうな？」

北川が隣のグボイェガに訊き、グボイェガは首をひねる。

相当取り込んだ事態のようで、しばらく話し合いが続く。

やがてチーフパーサーが疲れたような顔で、機内アナウンスのマイクを手にした。

「Ladies and gentlemen. I am afraid to inform you that this airplane has been repossessed by a creditor.（乗客の皆さま、この飛行機は債権者によって差し押さえられました）」

パンゲアの二人は仰天した。

「残念ながら、ここから先の飛行が継続できなくなりました。乗客の皆さまには、全員こちらで降りて頂きます」

その晩——

「……まったく、とんだ里帰りになったもんだ！」

ラゴス空港に近いシェラトン・ホテルのプールサイド・バーのテーブルで、ナイジェリア系米国人のグボイェガが忌々しげにビールのグラスを傾けた。

ラゴスでいきなり降ろされた二人は、散々の思いをしてホテルにたどり着いた。

空港は湿気で蒸し暑く、現地の人間の汗と埃の臭いがむっと充満していた。空港規則を無視して、タクシーの客引きや荷物運びたちが入国審査のカウンターの前で大声で呼び込みをしていた。二人は入国申請者の長蛇の列に並ばされた挙句、アンゴラ航空からの連絡が悪かったため、居丈高な審査官の男に「ビザがなければ入国できない」と告げられ、必死で説明しなくてはならなかった。ようやく入国を果たし、荷物受け取りのターンテーブルに行くと、荷物が出てきておらず、三十分以上も待たされた。何とか無事に荷物を受け取り、税関に行くと賄賂の要求。空港の外に出ると、今度は「俺の車に乗れ」と、白タクの運転手が蠅のように群がってきた。幸い携帯電話が通じたので、シェラトン・ホテルを予約し、運転手が途中で山賊に変身したら、せめてこれで戦おうと折り畳み傘を握りしめてタクシーに揺られた。車窓から見た風景は、貧しく、汚く、混沌のブラック・アフリカそのものだった。

「とにかく、今晩はゆっくり寝て、明日どうするか、考えようや」

北川も疲れた表情でビールをすする。緑色の瓶に星が一つ付いた青いラベルの「ＳＴＡＲ」という名の地元産で、バドワイザーのような軽い口当たりのラガーだった。

「しかし、ここにシェラトンがあって助かったなあ。ここだけはアメリカだ」

グボイェガがほっとした表情でクラブハウス・サンドイッチをつまみ、美味そうに頬張る。

植物の葉で編んだ屋根が付いたプールサイド・バーは、頭上で天井扇が回転し、水中の丸い照明が揺れるプールの水を幻想的に照らし出し、付近のヤシの木と相まって、リゾート地のように洒落《しゃれ》ていた。テーブルも椅子も籐製で、後方のバーカウンターでは、色とりどりの民族衣装風のシャツを着たバーテンダーたちが、カクテルを作っている。

「おい、あれ……」

北川が、顎をしゃくって、近くのテーブルについた二人の男を示す。

目つきの鋭い白人の中年男と、アジア系と思しい顔つきの若い男だった。二人ともカラフルな半袖シャツにチノパンというカジュアルな服装だが、全身に隙のない空気をまとっていた。

「おお、ありゃあ、飛行機を差し押さえに、乗り込んで来た奴らだなあ」

グボイェガが黒々とした顔と対照的な白眼がちな目を向ける。

「というか……どこかで見た顔だと思ったら、あいつら、サミュエル・ジェイコブスの弁護士じゃないか？」

「えっ⁉　……ああ、そうだ！　そういわれれば」

一年前にチェルシーのリベリアの写真展で見た、カール・フォックスという名のウォール街の法律事務所の弁護士とその部下の男だった。

「ちょっと話してみるか」

北川は立ち上がり、二人組のテーブルに歩み寄る。

「ハーイ、ミスター・フォックス、ハウドゥユードゥー？」

ビールのグラスを手にした北川は、微笑を浮かべて話しかけた。

「あなたがたは？」

フォックスは警戒した目で北川を見上げる。

「あんたらの差し押さえで、ラゴスに泊まる羽目になった者ですよ。ニューヨークでパンゲア&カンパニーというファンドをやっています」

縁なし眼鏡の北川が、米国東海岸訛りの英語でいうと、韓国系米国人の若い男の表情が動いた。

「パンゲアというと……カラ売り専業ファンドですか？」

「我々のことをご存じとは、光栄です」

北川が微笑すると、二人の警戒感が少し緩んだ。

「差し押さえが成功したお祝いに、酒でも奢ってもらいたいね」

「ふふ……。まあ一、二杯なら喜んで」

仕事が成功裏に済んで気分がよかったのか、フォックスは鷹揚だった。

「飛行機の差し押さえっていうのは、どうやってやるんですか？」

フォックスらと同じテーブルにつき、ビールを手酌でグラスに注ぎながら北川が訊いた。

北川は元々霞が関の有力官庁のキャリア官僚で、担保に関する実務はほとんど知らない。

米国の一流経営大学院で北川とクラスメートだったグボイェガは、人種的偏見を持つ大手投資銀行からことごとく入社を拒まれ、親や親戚から集めた金を運用しながら投資技術を磨いてきた男だが、やはり担保の実務に携《たずさ》わったことはない。

「アンゴラに関しては、イギリスの裁判所で債務を全額返済すべしという勝訴判決をとってあるんだよ」

　ナッツを口に放り込んで、フォックスがいった。

「その判決にもとづいて、ナイジェリアの裁判所から飛行機の差し押さえ命令を出してもらう。それをラゴス空港の管制官に示して、飛行機の離陸許可を差し止めてもらう。そうすると飛行機は飛べなくなる」

「はあ、なるほど。わりとシンプルな手続きなんですか？」

「いや、今いったのはアウトラインだけでね。国によって規則は様々だから、それを知っておかなきゃ」

　学究肌で緻密なフォックスの頭の中には、手続きの詳細が収められているようだ。

「たとえば、裁判所から命令をもらうのに供託金が要るかとか、外国のクルーが来て差し押さえた飛行機で領空内を飛行して回航地に持って行っていいかとか、まあ、こまごまとした規定があるんだな」

「なるほど……。で、あのアンゴラの飛行機はどうするんです？」

「一応、シアトルに持って行こうと思ってる」

　シアトルはボーイングの本拠地である。

「ボーイングの工場で一度整備して、競売にかけようかと思ってね」

　フォックスは、ドライマティーニのグラスを口に運び、舐めるように傾ける。

「まあ、アンゴラ政府がその前に、耳を揃えて元利金全額を払ってくれれば、そこまでやらなくて済むんで、こちらとしては有難いんだがね」

ジェイコブスは、一九八五年以来債務不履行状態にあるアンゴラ政府の資産を全世界で差し押さえにかかっているという。

「ところで、あなたがたは、どういう用事でアフリカに来ているんです？」

韓国系米国人の男が訊いた。細い目に銀縁眼鏡をかけ、色白で童顔の若手弁護士である。

「実は、今度、パンアフリカ銀行という銀行の株をカラ売りしたんで、連中の活動を調べに来たんです。アフリカでいろいろ怪しげなことをやっているらしいので」

「ほーう」

二人の弁護士は、北川の言葉に興味をひかれた顔つき。

「何か、そちらにも関係があるんですか？」

グボイエガが訊いた。

「まあねえ。……『敵の敵は味方』ってことになるかもしれないねえ」

第二章　ザンビアの英国人

1

爽やかなイングリッシュ・サマーの風が、街路のスズカケノ木の緑をそよがせていた。

パトリック・シーハンは、オールド・ストリートにあるＮＧＯのオフィスのパソコンで、ルーマニアのイオヌート・コステア財務次官宛ての手紙を作成しているところだった。

すでにザンビア政府側は、一九七〇年代にルーマニアから農業用トラクターを購入した際の額面約二千九百八十万ドルの債務を、シーハンが設立するＳＰＣ（special purpose company＝特別目的会社）が買い取ることに同意し、あとは売り手のルーマニア側を説得するだけだった。

〈……Zambia's economic situation remains dire and the country's unsustainable external debt burden makes it one of the countries likely to benefit from the HIPC initiative undertaken jointly by the World Bank, the IMF and the Group of Eight Industrial Countries.（ザンビアの経済状況は引き続き危機的で、返済不可能な額の対外債務を抱えているため、世銀、ＩＭＦ、Ｇ８によるＨＩＰＣ《ヒップク》イニシャティブの対象国になる見込みです。）〉

金髪のシーハンは時おり、まだそばかすの残る顔に頬杖をついて考え考えしながら、パソコンのキーボードを叩く。

〈ＨＩＰＣイニシャティブの対象国になると、ザンビアの二国間債権者はさらなる債務削減に応じなくてはなりません。これは債権国がパリクラブの参加国であろうとなかろうとです。二国間債務の削減率は最大で九〇パーセントとなり、残り一〇パーセントは二十三年間の分割払いとなります。〉

パリクラブは、先進各国政府で作っている債権者会議の通称で、ルーマニアはメンバーではない。同クラブは、途上国向け債権の取り扱いについての協調行動を協議する場で、フランスの経済・財政・産業省に事務局が置かれ、通常パリで会合が開催される。

〈なぜならアフリカ各国政府は、パリクラブに対して与えたものより有利な条件で、他の二国間債権者に対して返済を行なってはならないという議定書に同意を求められるのが慣行だからです。したがって、貴国政府は、我々が現在提案している一一パーセントよりもよい条件でザンビア向け債

権を回収することは難しいのが現実です。さらに二十三年間という超長期の返済を待つ必要があり……〉

シーハンは、額面約二千九百八十万ドルの債権をその一一パーセントの三百二十八万ドルで買い取るという提案をしていた。それをザンビア側と交渉して、デット・エクイティ・スワップに使う予定だった。SPCはカリブ海のタックスヘイブンである英領ヴァージン諸島に設立する予定で、金を出す投資家もほぼ決まっていた。


夕方――

仕事を終えると、シーハンはいつものように、地下鉄オールド・ストリート駅から電車に乗った。

妻のエレンと住む家は、ロンドン北部の高級住宅地にある一戸建てで、値段は四十五万ポンド（約一億四百万円）である。シーハンの年収一万五千ポンド（約三百四十五万円）では買えるはずもないが、大手広告代理店に勤務するエレンの収入がかなりあるので、ローンを組んで購入に踏み切った。

（それにしても……）

白人、インド系、アラブ系、黒人、アジア系など、様々な肌の色の乗客で混み合う車内の吊革につかまって揺られながら、シーハンは、いつもの物思いにふける。

（自分は、NGOを選んで、本当によかったのだろうか？）

ケンブリッジ大学で開発経済学を学び、途上国の発展のために親身になって協力できるのは、政治やビジネスとのしがらみがないNGOが一番だと思って就職を決めた。しかし、収入が少ないので、引け目や不自由を感じることがよくある。特に、弁護士になったり、投資銀行やコンサルティング会社で働いている同級生に会うと、身なりからして違うので、劣等感に苛《さいな》まれる。

（ぽんと、三百二十八万ドル〈約四億五千万円〉を出せるなんて、いったいいくら給料をもらってるんだろうなあ？）

ザンビア向け債権を買い取るSPCに出資する投資家は、米系投資銀行のロンドン現地法人の債券部門にいるサイモン・ウェルズという名の同級生だった。シーハンがあるとき、こんな案件をやっているんだと話したところ、面白そうだといって投資を即決した。自己中心的で傲慢な男で、シーハンはあまり好きではなかったが、腐れ縁で付き合いを続けていた。

（トレーダーっていうのは、恐ろしく儲かるんだろうなあ……）

サイモンはロンドン屈指の高級住宅地ナイツブリッジに住み、ジャガーを乗り回している。

今さら後悔しても仕方がないと思いながらも、物思いにふけらざるを得ない気分だった。

電車は遅れることなく走り続け、四十分ほどで、シーハンの家がある町の駅に到着した。

地下鉄線の駅だが、いくつか手前の駅から電車は地上に出て走るので、駅は地上に線路と改札口がある。平屋の駅舎は一九二四年の建築で、瓦屋根に煉瓦壁の地味な建物である。

シーハンの家は、駅から徒歩で十分ほどである。広大な住宅地の入り口には大きな門があり、背の高い栃の木やスズカケノ木が道に沿って立ち、十分な間隔を置いて立派な家々が建ち並んでいて、住宅地というより森林公園のようだ。

シーハンの家は、白壁に黒い木枠があるチューダー調である。前庭は石のタイルが敷き詰められ、向かって右手に木製の扉が付いた車庫がある。玄関を入ると居間で、大きなテーブルがあり、タイで買った金色の仏像や北米インディアンの織物などが飾られている。奥の広いガラス窓の向こうは、様々な花や木が植えられたイングリッシュ・ガーデンである。エレンは毎年初夏になると、友人たちを呼んでパーティーを開き、丹精込めて手入れした庭のお披露目をする。

シーハンは、明るい色調のアカシア材の大きなテーブルにすわり、ノートパソコンを立ち上げた。いくつか届いていたメールの中に、妻のエレンからのものがあった。エレンは仕事が終わるのが遅いため、よくシーハンとメールでやり取りをしている。たいてい、スーパーで買っておいてほしいものとか、電気の修理の手配といった家事に関する連絡事項である。

〈Serious subject to discuss〉（真面目なお話）

いつにない表題を見て、シーハンはどきりとした。

（真面目なお話？　……まさか、離婚してくれとか？）

一瞬、ＮＧＯの若い女性職員のことが思い浮かんだ。エレンに黙って、時々彼女と食事をしており、肉体関係などはないが、いつかそんなふうなことになりそうな気がしないでもない。

（しかし……エレンが、彼女のことを知っているとも思えないが……）

少し不安な気分でメールの本文をクリックした。

〈パットお帰り。今日の仕事はどうだった？　わたしは少し遅くなります。今朝話そうと思ったんだけれど、上手く切り出せなかったので、メールします。昨日、ベーカー・ストリートにあるプリンセス・ホスピタルに検査結果を聞きに行きました。〉

〈検査？　何の検査だ？〉

エレンからは、検査を受けるなどという話は、まったく聞いていない。

〈会社の健康診断で右胸に小さいしこりがあるといわれて、念のためにと思って検査に行ったんだけれど、結果はポジティブ（陽性）でした。乳がんだって。まだ七ミリで小さいから、手術も一時間足らずで終わるらしい。リンパ節に転移がないかどうかは調べる必要があるけど、手術後は、ホルモン・タブレットを服用する療法を受けるそうです。今週の金曜日に手術できるよっていわれたけれど、それはちょっと急すぎるので、一回帰ってまた来ますと伝えました。明後日の夕方五時に再診のアポイントメントをとったので、一緒に行ってくれる？　先生はプロフェッサー・ランビリスという名前で、よく知られた人のようです。来週のどこかで手術を受けようかと思っています。今日、保険会社にも確認してみます。〉

シーハンは息が詰まりそうだった。

エレンはこれまで病気らしい病気をしたことがない。それどころか、毎日スポーツジムに通い、酒もタバコもやらず、健康そのものだった。それが突然、がんになるなんて！

〈エレン、分かったよ。明後日一緒に病院に行こう。　パット〉

何と慰めていいのかまったく分からず、頭もひどく混乱し、それだけをタイプして送信した。

二日後――

シーハンはエレンと一緒にプリンセス・ホスピタルを訪れた。地下鉄ベーカー・ストリート駅から歩いてすぐで、マダム・タッソー蠟人形館のはす向かいにあった。

英国の病院は、国が運営する無料のＮＨＳ（National Health Service）のものとプライベートのものがあるが、プリンセス・ホスピタルは、米系資本が経営するプライベートの病院である。「プリンセス」の名は、若くして亡くなったヨーロッパのある国の王妃にちなんでいた。多額の費用がかかるが、エレンが勤める広告代理店が社員のための民間医療保険に入っていたので、全額保険会社が負担してくれる。

ブレスト・センター（乳がん専門部）の外科医、プロフェッサー・ランビリスは、ウェーブがかかった頭髪の四十代後半のギリシャ人だった。高校までアテネで教育を受け、英国の大学で医学を修めた乳がん専門の外科医である。この分野では一流で、英国の大学で教鞭を執っているので、プロフェッサー（教授）の肩書を持っている。この日は手術がなかったため、ビジネスマンのようなスーツ姿で、黄色のネクタイを締めていた。

エレンのがんは初期のもので、リンパ節には転移がないと予想されること、したがってキーモ・セラピー（抗がん剤治療）はやらなくても済むこと、手術を受ける際の注意事項、手術は一時間程度で終わり、傷跡はほとんど残らないこと、手術中にリンパ節に転移があるかどうかの検査をし、転移があった場合は脇の下のリンパ節をすべて郭清《かくせい》し、リンパ液を流すためのドレイン（管と容器）を針で装着すること、術後の日程、放射線治療とホルモン・セラピー（ホルモン療法）のやり方、などについて詳しく説明を受けた。艶やかな肉付きのよい顔に銀縁の眼鏡をかけ、高い知性を感じさせる眼差しのランビリス氏はホテルマンのようににこやかに、淀みなく話した。

エレンは手術後の傷跡や日常生活を気にしていて、ランビリス氏に熱心に質問をした。

二人が説明を受けるそばで、主任看護師（シニア・ナース）と看護師が、メモをとりながら話を聞いていた。主任看護師は四十歳すぎの金髪のニュージーランド人女性、看護師のほうは三十歳すぎの英国人女性だった。二人ともしっかりした感じで、よい給料でよい人材を揃えていることが窺えた。

そのほか、米国人の研修医も同席した。ロバート・ジェイコブスという名のハーバード大学メディカル・スクール（医学大学院）の四年生だった。日焼けした肌に真っ白い歯で、いかにも明るい米国の青年という風貌だった。器械体操か何かをやっているらしく、肩幅が広く、青い術衣の上からも筋骨が隆々としているのがよく分かった。プリンセス・ホスピタルに投資をしている米国の有力投資家の息子だという。

翌週金曜日――

シーハンとエレンは、朝四時に起床し、ボストンバッグに身の回り品を詰めて、シーハンが運転する車でプリンセス・ホスピタルに向かった。

エレンの病室は四階の個室で、電動式のベッド、テレビ、冷蔵庫、シャワー付トイレなどが備え付けられ、ホテルの一室のようだった。各階に給仕係がおり、患者も付き添い人も無料で食事や飲み物を注文でき、飛行機のビジネスクラスのような待遇である。

手術は午前十時半から始まった。立会いはできないので、シーハンは病室の外の廊下でエレンを見送った。「頑張ってね」というと、生まれて初めての手術を前に、少し青ざめた顔のエレンは「じゃあ、あとでね」といって、二人の看護師に付き添われ、エレベーターのほうへ歩いて行った。

病室の窓は東向きだった。付近はロンドンの街でも古い一角で、大きな窓からは、家々の屋根や煙突が見えた。遠くにブリティッシュ・テレコム社のオフィスビル兼テレビ塔「ＢＴタワー」が聳《そび》えていた。高さ一九一メートルで、ロンドンでは最も高い建築物の一つである。

（ロンドンに来て、病《やまい》を得て……）

室内の隅の椅子にすわり、明るい初夏の空に聳えるＢＴタワーを眺めながら、シーハンは涙が出そうで仕方がなかった。シーハンもエレンも地方の出身である。ケンブリッジ大学を一緒に卒業し、希望を胸にロンドンに出て、働き始めた。今までの暮らしはまずまず順調だったが、こういう苦境に陥ると、故郷を離れていることが実感される。

悲しい気分でしばらくぼんやりしたあと、シーハンは持ってきた鞄の中からパソコンを取り出して、仕事を始めた。ＮＧＯは少ない予算と少ない人数でやっているので、いつも忙しい。

部屋の隅のコンセントにコードをつなぎ、ノートパソコンを膝の上に載せて立ち上げ、作成途中の「ジュビリー２０００」運動の冊子用の原稿を開いた。

貧困国の債務解消を目指す「ジュビリー２０００」運動は、去る五月に英国のバーミンガムで開催されたG8サミットで、主張を世界に向けて強くアピールした。会場となったバーミンガム国際会議場を七万人の人々が手をつなぐ「人間の鎖（ヒューマン・チェーン）」でぐるりと取り囲み、角笛（ヨベル）を吹き鳴らし、歌を歌い、太鼓を叩き、「Drop the debt!（債務を帳消しにしろ！）」とシュプレヒコールを繰り返した。各国首脳は、この大規模なデモンストレーションを無視することはできず、議長国英国のトニー・ブレア首相が、急遽、「ジュビリー２０００」の代表に会い、最終日に採択されたコミュニケに、発展途上国の債務削減に向けて努力することが盛り込まれた。

〈I think it's wonderful. It's a real demonstration out of rage against the debt burden of the third world. They have been accumulated by dictators and have not served the people.（これは素晴らしいことだと思います。発展途上国が負っている債務に対する真の憤りのデモンストレーションです。そうした債務は各国の独裁者がもたらしたもので、人々の役には立っていません。）〉

冊子の原稿には、人間の鎖を背景にコメントする沢木容子の大きな写真が掲載されていた。

白髪まじりのショートカットで眼鏡をかけた顔は、六十代半ばとは思えないカリスマ性を宿していた。

（ヨーコは、強いな……）

日本が第二次大戦に敗れた昭和二十年に小学生だった沢木容子は、日本の大学を卒業した後、アジア・アフリカ解放運動に身を投じた。一九五〇年代後半から、エジプトのカイロにあったアジア・アフリカ人民連帯機構事務局に十年弱勤務。同機構は、一九五五年（昭和三十年）にインドネシアのバンドンで開催されたアジア・アフリカ会議を契機に設立された組織で、アジア・アフリカ諸国の植民地からの独立支援、アパルトヘイト反対、パレスチナ解放運動などを行なった。

その後、一九六〇年代後半に日本に帰国し、一貫して市民運動家として途上国問題に力を注いでいる。夫は、沢木と一緒にアジア・アフリカ人民連帯機構事務局で働いた日本人で、帰国後は共産圏貿易の専門商社に勤務し、沢木の活動を支えた。

シーハンは、新聞記事などの資料を見ながら、冊子の原稿をタイプしていった。

正午頃、給仕係の黒人の男性がやって来て、何か食べるかと訊いたが、悲しくて食欲がわかず、家から持ってきたデニッシュをぼそぼそと齧《かじ》った。

十二時五十分頃、病室のドアがノックされた。

シーハンがドアを開けると、男女の看護師がストレッチャーに乗せたエレンを運び入れた。

一目見た瞬間、シーハンは、悲しくて胸が押しつぶされそうだった。エレンは、苦しそうな表情で眠っていた。つい二時間半前には元気そうだったのが、一度にやつれ、まったく別人に見えた。

二人の看護師がかけ声とともに、エレンの身体を布団ごと持ち上げてベッドに移した。エレンの腕には、点滴の針が付けられ、ベッドのそばに、点滴用のスタンドが置かれた。

（どうして、こんなことに……）

シーハンは、泣けて仕方がなかった。悲しくて泣くのは、可愛がってくれていた祖父が亡くなった高校生のとき以来である。

シーハンは声を押し殺して泣き、エレンは眉間に縦皺を寄せた苦しげな表情で眠り続けた。

（ドレイン……？　あれはドレインなのか？）

ふと、ベッドの下の掛け金に掛けられたプラスチックの容器に気付いた。容器から透明な管が布団の中のエレンへと延び、血液まじりの液体がぽとりぽとりと落ちていた。

（ドレインがあるということは……リンパ節に転移があったということなのか？）

頭に暗く重たい衝撃があった。

同じ頃——

マンハッタンにあるニューヨーク州南部連邦地裁で、証人尋問が行われていた。

ジェイコブス・アソシエイツが、ペルー政府とペルー国立銀行（Banco de la Nación）に対して、額面約二千七十万ドルの元利金全額の支払いを求めた訴訟の新たな証人尋問だった。

「……ＳＢＣ（Swiss Bank Corporation）は、いつ頃、ジェイコブス・アソシエイツにペルー向け債権を売却したのでしょうか？」

ペルー側の代理人を務めるワシントンＤＣの法律事務所の女性パートナー、デヴィ・アストラック弁護士が訊いた。彫刻刀で彫ったような二重瞼がエキゾチックである。

「二年前（一九九六年）の一月三十一日、二月十三日、三月一日の三回に分けて売却しました」

頭髪を短めに整え、銀縁眼鏡をかけた証人席の男が答えた。ＳＢＣ（スイス銀行）でソブリン（国家）物の不良債権取引に携わっている三十代半ばの行員だった。

「それら三つの取引の契約書は、いつ調印されましたか？」

「三つとも四月十九日です」

「ということは、最初の取引は、契約締結まで二ヶ月と十九日かかっているわけですね。これは、この種の取引で標準的な日数でしょうか？」

「いえ。取引をしてから十五営業日以内というのが普通です。ＥＭＴＡの、ごくスタンダード（標準的）な債権譲渡契約書を使いますから」

ＥＭＴＡ（エマージング・マーケッツ・トレーダーズ・アソシエーション）は、新興国取引を手がけている業者（金融機関）の業界団体だ。

「これら三件の取引には、ＥＭＴＡの契約書が使われなかったということでしょうか？」

「ＥＭＴＡの契約書を作成して、ジェイコブス・アソシエイツに送ったのですが、『以前、パナマ向け債権を買ったときのと同じ契約書にしてくれ』といわれたので、新しい契約書に作り直して、二月七日に送りました」

原告代理人席にすわったカール・フォックスと韓国系米国人の部下が、メモをとりながら尋問を聴いていた。

「以前使ったものと同じ契約書にしてくれといわれて、その通りにしたわけですね。……ジェイコブス側は契約書の草案にすぐ同意したのでしょうか？」

「いえ。返事があったのは、二週間後の二月二十一日で、修正の要望が山ほど送られてきました」

「ほう、以前と同じ契約書だというのに、奇妙なことですね。……どういった点に関しての修正を求めてきたのでしょう？」

「もう、ありとあらゆる点に関する細かい修正ですね。税金に関する規定、レップ・アンド・ワランティ（表明・保証条項）、そのほか、金利、情報提供義務、契約解除事由、契約解除オプションとか、とにかく、ありとあらゆることでした」

スイス銀行の行員はうんざりした表情。

「あなたは、ほかの取引先から、そのような修正の要望を受けたことはありますか？」

「一、二点ならありますが、あれほど大量の要望はありません。正直、異様な感じがしました」

「異様、ですね」

アストラックは印象付けるように復唱した。

「それで、あなたはどうしたのですか？」

「法務部と相談し、極力相手の要望を受け入れる形にして、急いで契約書を修正し、先方に送りました」

「その後、どうなったのでしょう？」

「三月二十一日に、また別の修正の要望が送られてきました」

「三月二十一日というと、取引をしてから二ヶ月近く経っているわけですよね。……今度はどんな要望だったのでしょうか？」

「追加のレプレゼンテーション（表明）を二点求められました。当該債務がいまだに支払われていないことと、元の融資契約書と保証契約書が引き続き有効であることに関してです。それから、元の融資契約書のコピーも求められました」

レプレゼンテーションは、契約の前提となる重要事項や事実に関して「右内容に相違ない」と表明することで、それが真実でない場合は契約解除の事由になる。

「それからどうなりましたか？」

「ジェイコブス側は、債権譲渡契約の中にあった、『買い手（ジェイコブス・アソシエイツ）は一九九四年一月に発表されたペルーの民営化プログラムに同意する』という条項は、絶対に受け入れられないといってきました。また、ほかにも契約書の修正をいくつか求めてきました」

　借り手であるペルー国立銀行が民営化の対象となり、株主が変わると、信用力に影響があるとみなされるかもしれないので、債権の売り手はあらかじめ民営化プログラムの存在について同意するという買い手の確認を取っておく。

「あなたはどう対応しましたか？」

「ジェイコブス・アソシエイツのフォックスという弁護士が非常に強硬で、正直いって、もはや交渉は暗礁に乗り上げたと思いました。……わたしが感じたのは、ジェイコブス・アソシエイツは、契約書の文言とは関係のない別の理由があって、契約を締結したくないんじゃないかということです」

　一段高い法壇で、黒い法服姿の白人男性裁判官が尋問をじっと聴き、背後の壁で、米国の紋章である大きな白頭鷲が金色に輝いていた。

「しかし、最終的には、四月十九日に契約が締結できた。……どうしてでしょうか？」

「ジェイコブス側が突然、それまでの要求を撤回し、契約書に同意するといってきたからです」

「民営化に関する条項もですか？」

「民営化に関する条項にも同意するといってきました」

　スイス銀行の行員は、白けた顔つきでいった。

「三ヶ月近くにわたって、非常に強硬な態度で契約書の内容に様々なクレームを付けてきた買い手が、突然、すべての要求を取り下げて、契約書に同意するといってきた。あなたは、何が理由だと思いますか？」

「彼らは、契約の締結を引き延ばしたかったのだと思います」

「ほう、契約の締結を引き延ばす？　……理由について、何か心当たりがありますか？」

「はい。四月十二日に、ペルー対プラビン・バンカーの控訴審判決がありました。ジェイコブスはその判決を見極めてから、契約を締結しようとしていたんだと思います」

プラビン・バンカー・アソシエイツは、デラウェア州に法人登録しているヘッジファンドで、ジェイコブス同様、ペルーのソブリン債権を二束三文で手に入れ、全額払えと訴えていた。ニューヨーク州南部連邦地裁での裁判は、去る一月十九日に下された一審判決でプラビン・バンカー側が全面勝訴し、四月十二日の控訴審判決でも一審判決が支持された。

「つまり、プラビン・バンカーの判決を見極めるために、契約締結を引き延ばしていたと考えられると」

長い髪のアストラックは深くうなずき、裁判官の方を振り返って「尋問は以上です」と告げた。

「それでは、クロス・エグザミネーション（反対尋問）を」

裁判官に促され、ダークスーツ姿のカール・フォックスが立ち上がった。

スイス銀行の行員は、不安と警戒心が入り交じった目でフォックスを見る。

「最初に、証人は、取引後十五営業日以内に契約書が締結されるのが普通だといわれましたが、その根拠と、証人がどの程度この業界でご経験があるのかをお訊きしたいと思います」

絶対に躓《つまず》かせてやるぞという気迫を漲《みなぎ》らせ、フォックスは反対尋問を開始した。

2

翌月（一九九八年八月）下旬——

ザンビアの首都ルサカは、ジャカランダの季節で、市内のあちらこちらに薄紫色の花が咲いていた。英国植民地時代に造られた街は、中心街を東西南北に広い通りが延び、ラウンダバウト（ロータリー）が数多くある。一見、英国の地方都市のような佇まいだが、舗装されていない道は赤茶色で、車が排ガスを垂れ流しているため、街全体が灰青色のスモッグに覆われている。

「……ルーマニア外貿銀の計算では、元利合わせて二千九百八十三万四千三百六十八ドル六セントになるそうなんですが」

市内中心部の官庁街、チマンガ通りにあるザンビア財務・国家計画省の一室で、パトリック・シーハンは、対外債務管理部門の担当者二人に、ザンビアがルーマニアに対して負っている元利金の計算内容を示した。

元々の債務は、ザンビアがルーマニアから農業用トラクターやスペア・パーツを輸入した代金と訓練費用を含めた千五百万ドルで、一九七九年九月に、ルーマニア外国貿易銀行がザンビア商業銀行（Zambia Commercial Bank Limited）に融資し、ザンビア中央銀行の保証が付されていた。その後、ザンビアが債務不履行を起こしたため、一九八五年に債務繰延（リスケジューリング）契約が結ばれた。

「二千九百八十三万ドル……」

スティーブン・ムベウェという名の若い男が、シーハンが示したコンピューター帳票の数字に黒い顔を近づける。

「こちらの計算では、二千七百七十二万二千七百五十四ドル七十二セントなんですが」

中国製と思しい化繊の黒いスーツを着た、パトリシア・ニレンダという三十歳すぎの女性係長が手元のメモを見ながらいった。痩身で鳥のクロサギを思わせる女性である。

「その計算式、見せて頂けますか？」

シーハンがいうと、ニレンダ女史は黒い指で数枚のメモをつまんで差し出した。

シーハンはメモの内容をルーマニア外貿銀の記録と慎重に突き合わせる。

「これ、ドローダウン（融資の引出し）の日がルーマニア側の記録と違っていますね。それから、金利の計算が明らかに間違っています」

「えっ？」

「一九八五年のリスケ契約では、金利はベース・レートが八パーセントで、それにペナルティとして一パーセントが上乗せされています。しかし、そちらの計算では、金利全体を一パーセントで計算しています」

「ええっ、本当に⁉」

財務・国家計画省の二人は、驚いて記録を覗き込む。

（たぶん、ドローダウンの日も、ルーマニア側が正しいんだろうなあ……）

慌てて計算を確認する二人を見ながら、やれやれという気分だった。

元々の融資契約が二十年近く前のもので、ザンビア財務・国家計画省では担当者が何人も入れ替わり、その間に金利やペナルティに関して複雑な取り決めがある債務繰延契約が結ばれた。そもそも、繰延の対象となる元本の金額についてすらきちんと確定されていなかった。また、ルーマニア以外にも、軒並み対外債務の不履行を起こしているザンビアは、多数の国や銀行ごとに条件がばらばらの債務繰延契約を結び、契約書や書類の保存もずさんで、正確な債務の額が分からない状態になっている。

（これが、アフリカの現実か……）

壁際の棚には、茶色く変色した書類が雑然と積み上げられ、今にも崩れそうになっていた。

両国の計算の違いの原因の一つに、一回分の元利金、五十二万二千二百三ドル四十九セントが払われていなかった問題もあった。ザンビア財務・国家計画省はザンビア中央銀行に支払うよう依頼を出しており、払われたものとばかり思っていたので、なぜ払われなかったのか、中央銀行に照会することになった。

「ところで、あのう……」

ムベウェという男が、躊躇《ためら》いがちにいった。

「元々の契約書のコピーはないですかねえ？」

「えっ⁉　元々の契約書っていうと、一九七九年九月の千五百万ドルの融資契約書のことですか？」

シーハンが驚いて訊くと、二人は気まずそうにうなずいた。

契約書の原本を紛失したので、当時の省内メモを見ながら金利などを計算していたようだ。

財務・国家計画省での話し合いを終え、ビルの外に出ると、陽が傾きかけていた。

付近の官庁街では、勤め人たちが排ガスを盛大に吐き出すおんぼろバスで家路についたり、労働者たちが、街の郊外のスラムに帰るために、とぼとぼと歩いていた。

シーハンは、排ガスのひどさに呼吸ができず、口をハンカチでおおった。

(果たして上手く、債権の買い取りまで持っていけるだろうか……)

道で拾ったタクシーにがたがた揺られながら、ぼんやり考える。

ルーマニア側は、シーハンとの話し合いに応じながら、ザンビアとも独自に交渉を進めている。どうもシーハンが提案した額面一ドル当たり十一セントを上回る十二セントでザンビアに債務の買戻し(バイバック)を求めるつもりのようだ。ザンビア政府は、IMF・世銀のアドバイスにもとづき、パリクラブ以外の債権者から対外債務の買戻しを密かに進めている。アドバイスに従って額面の一一パーセントで債務を買い戻せば、八九パーセントの削減を得たのと同じ効果になる。

(まあ、こちらはハイエナ・ファンドじゃないから、どうしても買わなきゃならないということもないけど、これまで旅費なんかの経費も結構かかっているしなあ……)

ぶつけて凹《へこ》んだ車体を白と青に塗ったタクシーは、間もなく、シーハンが宿泊しているホテルに到着した。ルサカ市街を南北に延びる、長さ一・六キロメートルのカイロ・ロード沿いの安いビジネス・ホテルだった。

狭いシングルの部屋にはシャワーがあり、窓から付近のビルや駐車場が見える。ライティングデスクの上には電話、電気ポット、蠅・ゴキブリ退治用のスプレー式殺虫剤が置いてある。しょっちゅう停電になったり、電圧が変化したりするので、ノートパソコンのコードは小型の電源安定化器(スタビライザー)に繋げてある。

シーハンは、電気ポットで湯を沸かし、インスタントコーヒーを淹《い》れる。茜色に染まってゆく街を見ながらコーヒーを飲んでいると、またエレンのことが思い出され、悲しくて泣けてきた。

先月、乳がんの手術を受けたエレンは、近々、抗がん剤治療を始める。切除した脇の下の十四個のリンパ節のうち三つに転移があったためだ。三週間に一回、抗がん剤の投与を受け、それを一クールとして、六クールの治療をする。その後、二週間、放射線治療を受け、五年間女性ホルモン抑制剤を服用する。乳がんは女性ホルモンで増殖するからだ。

(どうして、エレンががんに……)

シーハンは、溢れ出る涙を手でぬぐいながら嗚咽《おえつ》する。

手術後エレンは二日間を病院ですごし、シーハンが運転する車で帰宅した。その晩、シーハンは、手術の影響で右手の自由が利かないエレンの金色の髪を洗ってやった。翌日からエレンは、麻酔の影響による便秘で苦しみ、シーハンが看護師に電話をして下剤の種類を教えてもらい、ブーツ（英国の薬局チェーン）に走って「ラクトゥロース」という下剤を買ってきた。エレンは、リンパ節を切除したために、右脇付近にリンパ液が溜まり、定期的にプリンセス・ホスピタルでリンパ液を抜いてもらっている。

シーハンとエレンは毎日インターネットでがんのことを調べ、本を読み、抗がん剤治療のことや、将来のことを話し合っていた。タバコも酒もやらず、毎日スポーツジムに通って健康そのものだったエレンががんになったのは、広告代理店の忙しい仕事のストレスのせいとしか考えられなかった。エレンは闘病のために半年間の休職が認められ、給料の七割が支給されている。さらに半年間休職の延長が認められる見込みで、給料は五割が支給される。その頃には、抗がん剤と放射線治療が終わり、一段落するが、仕事に復帰するかどうか、決めなくてはならない。できることなら、ストレスの少ない仕事に替わったほうがいいというのが、二人のほぼ一致した考えだった。

大きな問題が、家のローンだった。エレンがこよなく愛するイングリッシュ・ガーデンがある大きな家のローンは、まだ四十万ポンド（約九千四百五十万円）も残っている。シーハンの一万五千ポンドの年収では、金利すら払えない。

（いったい、どうすればいいんだ？）

夕暮れのルサカの街を見ながら、これまで何百回と繰り返した自問をする。

忙しい広告代理店の仕事に復帰しろとはとてもいえないし、エレンも望んでいない。かといって、あの家を手放すことは、エレンに大きな悲しみをもたらす。

（金さえあれば……。理想に突っ走って、ＮＧＯなんかに就職しなければ……！）

同じ頃――

「法律書を持ったハイエナ」サミュエル・ジェイコブスは、米国中西部インディアナ州の州都インディアナポリスにいた。

屋内競技場の観客席にすわったジェイコブスの目の前に、広々とした矩形《くけい》のフロアーが広がり、すぐ前に跳馬、中央に床運動場、右手奥にあん馬、その手前に吊り輪、左手奥に鉄棒、その手前に平行棒があった。

インディアナポリス市街にある競技場「マーケット・スクエア・アリーナ」で、学生の体操選手権が行われているところだった。

　天井付近で、ずらりと張り巡らされた各大学の校旗が華やいだ雰囲気を放っていた。

「ネクスト・フォー・ザ・フロアー・エクササイズ・イーズ……ロバート・ジェイコブス・オブ・ハーバード・メディカル・スクール！」

　アナウンスの声に拍手が湧き、スクールカラーのクリムゾン（濃い赤）のユニフォームに身を包んだロバート・ジェイコブスが、床運動場の一角で右手を高く挙げた。

　個人総合の決勝で、予選を勝ち抜いた二十四人が争う。

　腕が太く、日焼けしてがっしりした体格のロバートは、床運動場の中央に向ってリズムよく走りだす。ダン、ダンと音を立てて後方に二回転したあと、床を大きく蹴って、足を抱えてくるくると後方宙返り。ダン、と大きな音を立てて着地し、両手を大きく挙げる。

　会場から大きな拍手が湧く。

　続いて、足を抱え込んで前方二回宙返り、両手を床につき、コンパスのように開脚し、竹とんぼのようにくるくると回転。続いて倒立……。

「カモーン・ボブ……」

　白っぽい口髭のジェイコブスは、息子の演技に視線を注ぎ、思わずつぶやく。

　最後は、床の上で横一回転、後方一回転のあと、ダン、と強く床を蹴って高く跳躍し、開脚二回後方宙返りで着地した。

「オゥ、ブラボー！」

　会場から声が上がり、拍手が湧いた。

「グループ1」の六人の演技が終わると、選手たちは「GROUP1」というプラカードを掲げた女性に先導され、観客の手拍子を浴びながら、会場を時計回りに移動し、次の演技種目であるあん馬へと向かう。他の三つのグループの選手たちも行進し、それぞれ次の種目へと向かう。

ロバートはあん馬の脇に立ち、心を鎮めるように炭酸マグネシウムの白い粉を付けた手を少し擦り合わせ、両手で把手《はしゅ》（ポメル）をしっかりと摑み、あん馬に上がって、まず倒立。続いて、あん馬を足で挟むようにして二回ほど身体を振り、再び倒立。

天井から白く輝く照明が、日に焼けた筋肉の塊のような身体、クリムゾンのユニフォーム、白いソックスを鮮やかに照らし出す。

ロバートは旋回しながらあん馬の上を縦横に移動する。つま先まで意識がゆき届いた落ち着いた演技である。

「カモーン・ボブ、キープ・ゴーイング」

拳を握りしめたジェイコブスがつぶやく。

ロバートは身体を旋回させながら、あん馬の上をスムーズに移動し、やがて降り技に入る。いったん把手を摑んだあと、両足をV字形に開いて逆立ちし、身体をドリルのように回転させながら、逆立ちのまま、あん馬上を移動し、ぴたりと揃えた両脚で大きく円を描き、片手を羽のようにまっすぐ伸ばし、鳥が空を飛ぶように鮮やかに着地。

白い歯を見せてガッツポーズすると、会場から大きな歓声と拍手が湧いた。

ロバートは続く吊り輪で着地が乱れたが、跳馬、平行棒は手堅い演技でこなし、五種目が終わった時点で、二位以下と僅差ながら、全二十四選手中のトップに立った。

最後の種目は鉄棒である。演技が始まる前はウォーミングアップ・タイムで、グループ1の六人の選手たちが代わる代わる鉄棒に掴まって回転したり、飛んだり跳ねたりして、サーカス芸人の乱舞を見ているようだ。

三分間のウォーミングアップが終わると演技が開始され、やがてロバートの順番が回ってきた。

夏用ジャケット姿のサミュエル・ジェイコブスは、オペラグラスを取り出し、二つの丸いレンズを通して息子を見つめる。

ロバートは、炭酸マグネシウムの白い粉をしっかり手に擦り込むと、やってやるぞという表情を見せ、コーチの男性に抱え上げられて、鉄棒に飛びついた。

太い両腕の筋肉が見事な盛り上がりを見せる。

一回弾みをつけて大きく回転し、鉄棒の上で逆立ち。すぐに左右の手を入れ替えて、後方回転を開始。勢いをつけて鉄棒から手を離し、がっしりした身体が躍るように空中で舞った。

観客が固唾《かたず》を呑んで見守る中、ロバートは身体をひねりながら空中で回転し、再び鉄棒の上に舞い降りて、両手でしっかりと鉄棒を掴んだ。

「ウワァーオ！」

「ヒュー！」

観客席から歓声が上がり、拍手が湧く。

(よし、このままいけば優勝だ！)

好演技をするロバートを励ますように、会場から盛んに声援がかかる。

ロバートの回転は大きく、力強く、ダイナミックな演技である。

そのときジェイコブスのジャケットの内ポケットで、携帯電話が振動した。

「ハロー」

黒い携帯を取り出して耳にあて、小声で返事をした。

「ハイ、サム。ディス・イズ・カール」

電話をかけてきたのは、ニューヨークの弁護士、カール・フォックスだった。

「判決の件だな？　どうだった？」

この日、ニューヨーク州南部連邦地裁で、ジェイコブス・アソシエイツが、ペルー政府とペルー国立銀行を訴えた訴訟の一審判決が下されることになっていた。

「申し訳ありません。敗訴しました。全面敗訴です」

「何、全面敗訴だと⁉　どういうことなんだ⁉　理由は何なんだ⁉」

敗訴はまずないと考えていたジェイコブスの表情が険しくなる。

「チャンパーティです。我々がニューヨーク州裁判所法四百八十九条の規定に違反しているという判断です」

「な、何だと⁉」

ニューヨーク州裁判所法四百八十九条は、訴訟を起こす目的または意図をもって債権を購入することは、チャンパーティ（champerty）という非倫理的行為で、違法であるとしている。

「ああーっ！」

「えーっ⁉」

突然、観客席から悲鳴ともため息ともつかない声が上がった。

ジェイコブスが何事かとオペラグラスを目に当てると、ロバートが鉄棒に摑まったまま、尻尾の垂れ下がったトンボのような格好でもがいていた。回転の速度不足と両腕の疲労で、身体を支えられなくなったのだった。

週末――

コネチカット州グリニッジの緑豊かな住宅地にあるサミュエル・ジェイコブス邸は、一エーカー（約四〇四七平方メートル）の敷地に建つコテージ風二階建てである。寝室が十二あり、延べ床面積は一万六〇〇〇平方フィート（約一四八六平方メートル）。床はフローリングで壁は清潔な白。時価は千八百万ドル（約二十五億四千万円）である。

ジェイコブスは数年前に離婚し、今は、執事役の初老の白人女性、中国人の料理人、運転手兼雑用係のヒスパニックの男、黒人の家政婦と一緒に住んでいる。

会議用の部屋で、五人の男たちがガラスの天板の丸テーブルを囲んでいた。

室内の三方向に白木の枠の大きな窓が穿《うが》たれており、よく手入れされた庭の緑や付近の林が見え、狩猟をする人々を描いたルーベンスの絵画が壁に掛かっている。

書棚には、アイン・ランドの著作が何冊も並んでいる。ＦＲＢ（連邦準備制度理事会）議長、アラン・グリーンスパンも信奉するロシア系米国人の女性作家で、利益の追求は道徳にかない、自由市場は効率的かつ道徳的であるという、ジェイコブスの思想そのものの内容である。

「……こんな古代ギリシャ法やローマ法起源の二百年近く前の法律を引っ張り出してきて、現代国際金融の取引に判決を下すとは、端から結論ありきだったような感じもするな」

白いシャツの上に青い夏用のカーディガンを着たジェイコブスが、五十ページほどの判決文をめくりながら忌々しげにいった。
判決の核心部分は、次のように書かれていた。

〈in sum, (1) Jacobs' admission that their investment strategy was to be paid in full or sue, two investment managers' testimonies notwithstanding, equated to an intent to sue because they knew Peru would not, under the circumstances, pay in full（要約すると、(1)ジェイコブス・アソシエイツは、自分たちの投資戦略は全額の支払いを受けるか訴訟を起こすかであると認めており、二人の投資マネージャーはそうではないと証言したが、そのことは、訴訟を起こすという意思と同じであると考えられる。なぜならば、ペルーは決して全額を払おうとするような状況にはないということを、ジェイコブス側は知っていたからである）、(2)ジェイコブスは二人の投資マネージャーをペルーへの投資のために雇用したが、二人とも最近ソブリン（国家）を訴えた経験を多く持っている、(3)ジェイコブスは、プラビン・バンカー・アソシエイツがペルーを訴えた訴訟の控訴審判決が出るまで、ペルー債権買取りの契約締結を引き延ばした、(4)ジェイコブスが検討したと主張する訴訟以外の投資戦略は、真剣に検討されなかったか、あるいは彼らの利益目標からいって説得力がない、(5)ジェイコブスが、ペルーに対して申し出た話し合いは、訴訟を起こすための口実にすぎない。〉

「それで、カール、控訴審はどういう戦略でいくんだ？」
ジェイコブスが、銀縁眼鏡の厳しい視線を弁護士のフォックスに向ける。

「裁判所法のチャンパーティの規定の解釈について、徹底的に争おうと思っています」

真っ白なワイシャツを着たフォックスが、緊張した顔つきでいった。

「サム（ジェイコブス）のいう通り、この四百八十九条の規定は、コモン・ローの古い法理論にもとづくもので、今の時代の経済活動に適しません。この規定に関しては一世紀以上前から様々な判例があり、学説もさまざまです。今回の地裁判決は、その一つを採用したにすぎません」

二人のやり取りに耳を傾けているのは、フォックスの部下の韓国系米国人のアソシエイトと裁判で証言した二人の投資マネージャーだった。一人は、リーマン・ブラザーズなどのエマージング・マーケッツ（新興国市場）部門で長年働き、ペルーの債権購入を契機にジェイコブスに雇われた米国人である。もう一人は英国系のマーチャント・バンクにいた途上国債権取引のベテランで、同じくペルー債権購入を契機に雇われた英国人だった。

「控訴審では、この規定は廃止されるべきか、ごく限定的に解釈されるべきであると、過去の判例にもとづいて、法律論争を挑みたいと思います」

「それで勝てるか？　勝てなきゃ意味がないんだぞ」

「勝ちます。必ず勝ちます」

フォックスが決意を滲ませ、ジェイコブスが深く冷たい川のような光をたたえた目で見る。

「まあ、我々が訴訟を起こすという強い意図をもって債権を買ったことは、もはや容易には否定できんだろうから、やはり法律論でいくしかないだろうな」

自分自身も弁護士で、訴訟経験が豊かなジェイコブスが思案顔でいった。

ジェイコブスにペルー向け債権を売ったスイス銀行は、二回ほど、ジェイコブスに債権を売り戻さないかともちかけたが、ジェイコブス側は、かなり利益の上がる一回目の提案を即座に断り、二回目は売り戻しの値段さえ尋ねなかったことが裁判で明らかにされ、そのこともジェイコブスの訴訟を起こす意図を裏付けるものとされた。

「しかし、今回も、チャンパーティの法解釈については、かなり争ったが……」

ジェイコブス側は、一八八二年に債券の購入を巡って争われたモーゼス対マクディヴィットの判例を引用し、四百八十九条は限定的に解釈されるべきと主張した。すなわち、(1)同条が禁じているのは、訴訟費用や報酬の回収を目的とする訴訟である、(2)または、会社が弁護士を雇わずに行う同様の行為である、(3)債権の総《すべ》ての権限が譲渡されるケースには適用されない、(4)ジェイコブス・アソシエイツは、リミテッド・パートナーシップで、同条が規定する会社やアソシエーション（社団）ではない、(5)ペルーは債権譲渡契約の当事者ではないので、同条にもとづいて債権譲渡無効の主張はできない、といった論陣を張ったが、裁判所には受け入れられなかった。

「申し訳ありません。まさかああいう解釈をしてくるとは思わなかったので、法律論の展開が不十分でした」

本来学究肌のフォックスが無念の表情でいった。

「控訴審では、学者を証人に呼べ。今度は、徹底的に法律論で戦うんだ。この規定の解釈を限定的にしておかないと、今後に差しさわる」

「はい。もちろんです」

「議会に対するロビー活動もやらんといかんな。こういうアルカイックな（古代の）規定は、現代の経済活動を阻害するだけだ」

共和党に多額の寄付をしているジェイコブスは、同党のキングメーカーの異名を取り、政治家との個人的な親交やロビー活動を通じて、米国の政策に多大な影響力を及ぼしている。

翌日（月曜日）――

ジェイコブスは、朝日が差し込むダイニング・ルームで、次男のマーヴィンと朝食をとった。

ジェイコブス・アソシエイツは、セントラルパークの南側を見下ろす、五番街の五十六階建てのビルの四十三階にオフィスを構え、数十人の社員が働いているが、ジェイコブス自身は用事のあるときだけオフィスに顔を出し、普段は自宅から指揮を執っている。

「……ロンドンの暮らしはどうだ？　少しは慣れたか？」

中国人の料理人の手になる粥をすすりながらジェイコブスが訊いた。細かく切った貝柱を入れ、ザーサイ、生姜、ネギを載せた粥がジェイコブスのこのところのお気に入りである。

「まあ、ぼちぼちです。食事がまずいって聞いてましたが、意外と美味しいですよ」

木目の入ったダークブラウンのウォールナット（クルミ科の常緑樹）の長テーブルの向かい側にすわったマーヴィンは、スクランブルエッグ、ソーセージ、ベーコン、ハッシュブラウンポテトといったボリュームたっぷりの朝食の皿にナイフとフォークを入れる。兄のロバートとは一歳違いで、昨年、ハーバード・ビジネススクールを卒業し、現在は、ジェイコブス・アソシエイツのロンドン事務所の責任者である。風貌は兄に似ているが、目が大きく、少年の愛らしさを残している。

「食事が美味いのは、景気がいいからだろうな。それとEU（ヨーロッパ連合）の拡大で、いろんな人種が入ってきて、料理の種類が多くなったんだろう」

ジェイコブスの言葉に、マーヴィンがうなずく。

「ところで、ボブは、よくああいう場所に出入りしているのか？」

金色の糸でJの文字の刺繍が入った真っ白なナプキンで口の周りをぬぐい、不愉快そうにジェイコブスがいった。

インディアナポリスで開催された学生体操選手権の個人総合で三位に終わったロバートは、その晩、チームメートたちと残念会に繰り出した。市内のゲイバーで乱痴気騒ぎをし、その様子が、地元の新聞に小さな記事で載った。

「いや、僕はよく知らないですが……たまたまでしょう」

オレンジジュースのグラスを手にしたマーヴィンが、躊躇《ためら》いがちにいった。

「飲んで騒ぐのはいいが、ゲイが行くような場所には近づかんほうがいいな」

ジェイコブスは不快感もあらわにいった。

「ああいう連中中は、精神に欠陥があるんだ。ボブもお前も、将来のある身だ。社会の日陰者と交わっていいことは何一つない。……だいたい、男同士が裸で抱き合うなど、考えただけでもおぞましい」

マーヴィンは、一瞬、何かいいたげな顔つきになったが、父親の剣幕に圧倒されたように俯《うつむ》き、黙って食事を続けた。

テーブルの上に置いてあった携帯電話が鳴った。

「ハロー」

ジェイコブスは不機嫌な顔つきで、黒い端末を耳に当てる。

「……何、ロシアがモラトリアムを宣言⁉　本当か⁉　いつ発表したんだ⁉」

血相が一変した。モラトリアムは債務の支払い停止である。

「……うん、そうか……やはりGKO《ジーケーオー》か。ヨーロッパの市場はどうだ？」

マーヴィンも食事の手を止め、緊張した面持ちでジェイコブスを見つめる。

「……分かった。今日はこれからオフィスに出よう」

ジェイコブスは携帯の通話スイッチを切った。

「ロシアが債務の支払いを停止したんですか？」

「うむ。民間対外債務の支払いを九十日間停止すると発表したそうだ。ルーブルは切り下げ、年末までに期日が到来するGKOは償還せず、新たな国債に切り替えるそうだ」

GKOはルーブル建ての短期国債である。

「ヨーロッパの株式市場は全面安、ルーブルは暴落、エマージング（新興国市場）も暴落だ」

ジェイコブスは厳しい表情でいった。

「一番打撃を蒙《こうむ》るのは、欧米の金融機関だろうな。GKOにスペキュレート（投機）しているハウスが多かったからな」

GKOは金利が一〇〇パーセント以上もあり、ルーブルのドルに対する減価を考慮しても高い利益が上がるため、欧米の金融機関はこぞって買っていた。

「ウォール街やシティじゃ、年末にかけて首切りの嵐が吹くだろう」

マーヴィンがうなずく。

「まあ、我々の投資には大きな影響はない。むしろチャンスかもしれん」

ジェイコブスは立ち上がり、運転手兼雑用係のヒスパニックの男に車を用意するように命じた。

第三章　運命の旋回

1

　十月下旬のロンドンは木枯らしが吹き、めっきりと日が短くなる。

　パトリック・シーハンは、病院で三回目の抗がん剤の投与を受けたエレンを助手席に乗せ、自宅に向かって車を走らせていた。暗い夜道で対向車線の車のヘッドライトがオレンジ色に輝き、通り沿いのパブや商店から明かりが漏れ、赤い二階建てバスの中で帰宅する人々が蛍光灯の光に包まれている。

「どう、気分は？　大丈夫？」

　シーハンはハンドルを操りながら、エレンに訊いた。

「うん、今はね。副作用で苦しくなるのは、明日以降だから」

　抗がん剤の影響で頭髪が半分ほど抜け、カツラをかぶったエレンがいった。

抗がん剤の投与は、病院の地下にある専用のフロアーで行う。カーテンで仕切られた試着室くらいの広さのブースが二十ほどあり、それぞれに立派な革張りのソファーが置かれている。

薬の投与には一回数時間かかり、看護師たちが入れ替わり立ち替わりやってきて、針を刺し、薬の流れ具合を調整し、必要に応じて医師を呼ぶ。看護師は、フィリピン人、ハンガリー人、ブラジル人、アラブ人などで、英国系白人はごく少数である。

「少し慣れた？」

シーハンは遠慮がちに訊いた。

「慣れたというか、怖さはなくなったわ。でも静脈がもつか、心配だわ」

薬は、手術をした右の乳房とは反対側にある左手の静脈から点滴で入れる。抗がん剤は一種の毒なので、静脈が傷んで茶色く変色し、針を刺しづらくなっていた。もし針が入らないようになると、肩甲骨の下あたりをメスで切開し、点滴薬注入用のポートという小さな器具を身体に埋め込まなくてはならない。

「もう、これ以上、身体にメスは入れたくない」

エレンが悲痛な声でいった。

病気になって以来、エレンは内向的になり、傷を負った小動物のように家の中でじっと暮らしている。エネルギッシュに働いていたキャリア・ウーマンの頃の面影は、ほとんどない。

四十分ほどで、車は自宅に到着した。

「野菜を買ってくるよ」

シーハンは、車から降りたエレンに声をかける。

エレンは、免疫力を高めるために、毎日、ニンジン、ケール（青汁の材料の緑葉野菜）、リンゴ、トマト、セロリ、ピーマンなどでジュースを作って飲んでいる。材料の買い出しは、シーハンの役目である。

セインズベリーズというスーパーで野菜を買って帰ると、エレンは居間のソファーにいた。

頭髪が抜け落ちるのを防ぐため、エレンは柔らかい素材の帽子で頭をすっぽりと覆い、携帯電話で話していた。相手は、広告代理店の同僚のようだ。

「……ウェル、イフ・ザ・シチュエーション・リーチズ・ザット・ステージ（そうね、もし状況がそんなことになるんなら）……」

「……エニウェイ、サンキュー・フォー・ズィ・インフォメーション（いずれにせよ、教えてくれて有難う）。しばらく様子を見るわ。それじゃ、また」

話を終え、携帯電話をコーヒー・テーブルの上に置く。

「何かあったの？」

シーハンは、暖炉のガスのスイッチをひねり、マッチで火を点けて訊いた。

鼻筋のとおったエレンの顔が、普段より青ざめていた。

「悪い報せ。……ハッチングスが、わたしのボスになるみたい」

「えっ⁉」

エレンより十歳くらい上で、彼女を散々悩ましてきた男だ。高卒の叩き上げで、縄張り意識と猜疑心と劣等感が異常に強く、一流大学卒のエレンを目の敵にしている。

「ハッチングスは、わたしが休職しているのを幸いに、わたしの顧客の担当者に自分の子飼いを据えて、わたしを追い出す構えらしいわ」

「本当に……？」

シーハンの脳裏を暗い予感が走る。エレンが会社を辞めれば、家のローンが払えなくなる。

「身体がまともだったら、あんな奴の策略……撥《は》ね返してやるのに……」

両手で鼻と口を覆ったエレンの青白い顔に、苦悩が浮かんだ。


同じ頃——

パンゲア&カンパニーの北川靖は、マンハッタンの南寄りのグラマシー（Gramercy）地区にある寿司レストランで、友人のトニーと昼食をとっていた。

寿司とブラジル料理のコラボレーションという変わった店で、壁には食材、日の丸、漢字などをモチーフにした岡本太郎ふうの極彩色の絵が描かれ、シャンデリアから煌《きら》びやかな光が降り注いでいる。

「……こういう無国籍ぶりは、いかにもニューヨークだよな」

アボカドやロブスターを海苔で巻き、それを酢飯でくるみ、ゴマを付けたロール寿司をつまみながら、トニーが流ちょうな日本語でいって苦笑いした。

「タイヤ・キッカー」と呼ばれるタイプのカラ売り屋で、製品を自らテストしたり、顧客や納入業者から情報を収集して、投資方針を決める。呼び名は、自動車のタイヤを蹴って、車の良しあしを推し量《はか》る行為からきている。

「しかし、昼間からあんなに飲んで、仕事ができるもんかねえ？」

北川が近くのテーブルにいた米国人女性の二人組を目で示す。

短めのスカートにピンヒールを履き、モヒート（ラム酒とライム・ジュースのカクテル）をぐいぐいやりながら、スズキの味噌串焼きなどを食べていた。

「ところで、今の話だがよ、こっそり原油を輸出しているコンゴ政府に、汚職まみれの大統領に、それに加担している怪しげなパンアフリカ銀行と……ファッキング（クソったれ）な役者が見事に揃ってるじゃねえか」

ロール寿司を美味そうに食べ、トニーがいった。

米国人にしては小柄で、頭が禿げかかっており、眉間に小さな傷跡がある。エアバッグを売り物にするバイク・メーカーの株をカラ売りするために、同社の新型バイクに試乗し、ハンドル操作を誤って電柱に衝突したときの傷だ。

「どうもバミューダにあるスフィンクスという名のペーパー・カンパニーを使って、原油の輸出をやってるらしいんだが、取引の流れがよく分からないんだ」

「ほう、スフィンクスの謎か。しびれるネーミングじゃねえか」

トニーが、かっかっと笑う。

「どこにレジスター（登記）されてるんだ？」

「ＢＶＩだ」

ＢＶＩはブリティッシュ・ヴァージン・アイランズ（英領ヴァージン諸島）のこと。カリブ海にある英国の海外領土で、タックスヘイブンだ。

「バンク・アカウント（銀行口座）はどこに持ってるんだ？」

「それはまだ分からない。コンゴで調べるしかないんじゃないか？」

「そうだな。現地で情報を取るのが一番だろう」

トニーは、現地に飛んで関係者と上手くコネを作り、内部情報を取るのを得意としている。

「大統領の名前は、ドニ・サス゠ンゲソか……。イカゲソみたいな名前だな」

トニーの言い草に北川は苦笑した。

トニーは米国の大学で日本語を専攻し、池袋の三畳一間のアパートで暮らしながら東京の外資系証券会社に十年間勤務し、その間、日本中を旅して歩いた。趣味は日本文学で、好きな作家は紫式部、安部公房、三島由紀夫。

「それにしても、このパンアフリカ銀行ってのは、犯罪のデパートだな」

「うむ。ただ俺たちが、マネーロンダリングとか武器密輸とか核物質取引なんかの話を調べるのはちょっと難しい」

北川らの専門はあくまで経済分野だ。

「だから、この怪しげな原油輸出取引の実態を解明して、そこを突破口に、銀行の全容を暴いていきたいと思ってる」

北川の言葉にトニーがうなずいた。

「足代だ」

北川が百ドル札の束を入れた封筒を差し出すと、トニーは、すまねえな、といって受け取り、ジャケットの内ポケットにねじ込む。

「で、あんたがた、もう売ったのか？」

パンアフリカ銀行株をカラ売りしたのかという意味だ。

「四十ドル近辺で、五十万株ほどな」

「そうかい。俺もじゃあ、ちょっと乗っからせてもらうぜ」

カラ売りは、インサイダー情報に接していないうちにやらなくてはならない。トニーはコバンザメ流で、よくパンゲアのカラ売りに便乗する。


翌週——

秋晴れのロンドンでは、黄色く色づいた街路樹に明るい日差しが降り注いでいた。

しかし、金融街シティの通りを行き交うスーツ姿の人々の表情は重苦しかった。

八月に発生したロシアの経済危機と、それに続く米国ヘッジファンド界の雄LTCM（ロング・ターム・キャピタル・マネジメント）の破たんなどで、金融機関が軒並み損失を出し、クビ切りの嵐が吹き荒れていた。LTCMへの投資で九億五千万スイスフラン（約九百四十億円）の損失を出したUBS（スイス）やロシア国債で約六億ドルの損失を出した野村証券をはじめ、メリルリンチ、バークレイズ・キャピタル、ウェスト・ドイチェ・ランデスバンク（独）、バンコ・サンタンデール（西）などが、ロンドンだけで数百人規模の人員削減を発表している。

「……やあ、遅れてすまん」

長身の男が、シティにある地下鉄モアゲート駅のそばのパブに姿を現した。

サイモン・ウェルズという名のケンブリッジ大学の同級生で、米系投資銀行のロンドン現地法人でトレーダーをやっている男だった。

「お前、それ……」

シーハンが、サイモンが抱えた段ボール箱を指差す。

「これだ」

サイモンは首に手刀を当て、苦笑いした。

「債券部はロス（損失）の震源地だから、まあ、遅かれ早かれとは思ってたよ」

気落ちした様子もなく、足元に段ボール箱を置き、カウンターにビールを買いに行く。

「ところで、奥さんの具合、どうだ？」

テームズ川沿いに醸造所がある「ロンドン・プライド」という銘柄の一パイント（約五七〇cc）グラスを傾け、サイモンが訊いた。

「抗がん剤の三クール目が終わったところだよ。今のところ、大きなトラブルもない」

話しながら、シーハンは涙が出そうだった。当初のショックは多少和らぎ、しっかりしなくてはと毎日自分自身を叱咤していたが、思い出すたび悲しみに襲われる。

「サイモン、お前のほうは、これからどうするんだ？」

「実は、ロンドン・ビジネススクールでMBA（経営学修士）の勉強をしようと思っている。あそこはパート・タイムのEMBA（エグゼクティブMBA）コースがあるからな」

EMBAは働きながら経営学を学ぶ課程で、企業幹部の学生が多い。

「俺は大学を出てからずっとトレーダーで、トレーディング馬鹿だ。だから、ここらでちょっと真面目に勉強しなけりゃと思ってな。……ナイツブリッジの家もジャガーも売って、しばらく地道にやるさ」

サイモンは「ロンドン・プライド」をすすりながら、さばさばした調子でいった。ふてぶてしい雰囲気も相変わらずである。

（結構な割り増し退職金をもらったんだろうな……）

「それでなあ、例のザンビアの話なんだけどなあ……」

サイモンは一応、申し訳なさそうな口調で切り出した。

ザンビアの債権をルーマニア政府から買いとってデット・エクイティ・スワップをやるためのSPC（特別目的会社）に、サイモンは三百二十八万ドルを出資する約束になっていた。

「お前に話を聞いたとき、面白いと思って、トレーダーのノリで金を出すといったけれど……俺もこういう状況になっちまったんでなあ」

その言葉に、シーハンは青ざめたが、サイモンはそれほど申し訳なさそうでもなかった。

翌週――

「……何、ザンビアの債権を売りに来た奴がいるだと？」

コネチカット州グリニッジの大邸宅の書斎で、サミュエル・ジェイコブスが受話器を耳に当て、訝《いぶか》しげな表情になった。

窓から差し込む午前の日差しが、金融市場の動向を刻々と映し出す八つのパソコン・スクリーンを明るく包み、スクリーンの一つが、一年ほど前に連鎖破綻した日本の三洋証券、北海道拓殖銀行、山一証券の元社員たちの再就職活動のニュースを流していた。

「ルーマニア政府が一九七九年に農業用トラクターを輸出したときの融資債権で、元本と金利の合計で二千九百八十三万ドルちょっとです」

　受話器から、ジェイコブス・アソシエイツのロンドン事務所を預かる次男のマーヴィンの声が流れてきた。

「ザンビアなら買いたいものだな。ＨＩＰＣＳの中では大きい国だし、銅がある。海外資産は、旧宗主国のイギリスにあるだろう」

　勝訴判決を勝ち取り、在外資産を差し押さえるのがジェイコブスの常套手段だ。

「その売りたいという奴は何者なんだ？」

「パトリック・シーハンというイギリス人で、途上国支援をしているＮＧＯの職員です」

「途上国支援のＮＧＯ？　我々とは正反対の立場にいる人間じゃないか」

　ジェイコブスは、マスコミや途上国支援活動家からハイエナと非難されている。

「どうしてＮＧＯがザンビアの債権を持っているんだ？」

「デット・エクイティ・スワップをやろうとしていたようです」

「デット・エクイティ・スワップ？　しかしザンビアにはプログラムがないだろう？」

「その通りです」

「プログラムがなければまず無理だな。マネーサプライの縛りもある」

　ＨＩＰＣＳの多くはマネーサプライ（通貨供給量）に関してＩＭＦの厳格な監督を受け、二週間ごとに数値を報告させられている。デット・エクイティ・スワップのように通貨供給量を増やす政策は、あらかじめＩＭＦに認められたプログラムがないと難しい。

「金融実務に疎《うと》いＮＧＯの夢物語だな。……どうして我々に債権を買ってほしいんだ？」

「個人的に金に困っているようです。詳しいことはあえて訊きませんでしたが」

「なるほど……。金で節《せつ》を曲げるというわけか」

ジェイコブスは苦笑する。

「まあ、本人も相当悩んでいて、まだ迷っているふしも見受けられますが」

「いくらで買ってほしいというんだ？」

「三百二十八万ドル・プラス・フィー（手数料）百万ドルだそうです」

「フィー百万ドルか……それが奴の目当てなんだな？」

「そのようです。ただ、まだディールはコンプリート（完了）されていないそうなので、やろうと思えば、その男をバイパス（迂回）して、乗っ取ることは可能だと思いますが」

「ふむ……」

ジェイコブスは背中を黒い革張りの椅子の背もたれに預け、思案顔になる。

「どんな感じの男なんだ？」

「きわめてまっとうな感じですね。年は三十代半ばくらいでしょうか。ちょっと気が弱そうですが、人柄は誠実だと思います」

「そうか。……分かった。話を進めてみろ」

「え？　わざわざ百万ドル払うんですか？」

マーヴィンの口調に驚きが滲む。

「サクセス・フィー（成功報酬）ならいいだろう。あくまでディールが成立したらだ」

「はい、それならまあ」

案件を発掘し、国際金融取引に慣れていない発展途上国と交渉し、きちんとした契約を結ぶまでには、長い時間と労力と費用を要する。

「それに、この手の取引には、汚れ役が一人くらいいたほうがいいんだ、ふふっ」

2

十二月――

パトリック・シーハンは、ルサカのインターコンチネンタル・ホテル内にある「サファリ・バー」のソファーで人待ちをしていた。室内灯の落ちついた光に包まれたバーで、大きな窓に茶色いレースのカーテンが引かれ、首輪をした細い身体の黒人の木彫り人形がいくつか置かれていた。いかにもアフリカという雰囲気で、客は白人ビジネスマンが多い。

いちかばちかでジェイコブス・アソシエイツに持ち込んだザンビア向け債権売却の話は、いとも簡単に受け入れられ、月額二千五百ポンドのリテイナー・フィー（定期報酬）でコンサルタント契約も結び、ザンビア向け債権の獲得と回収を担当することになった。百万ドルのフィーは、債権購入手続きが完了したら五十万ドル、五百万ドル以上の回収に成功したら残り五十万ドルが支払われる。働いていたNGOは、妻の看病をしなくてはならないと嘘をついて休職扱いにしてもらい、時機を見て退職するつもりだった。

「ハロゥ、ミスター・シーハン。ナイス・トゥ・ミート・ユー。アイム・オースチン・バンダ」

縦縞の入った茶色いスーツを着た太った黒人の男が現れ、右手を差し出した。

マーヴィン・ジェイコブスから協力者として紹介された地元の元国会議員でビジネスマンだった。年齢は六十歳くらいで、白いものがまじった短く縮れた頭髪に大きく肉付きのよい顔をしていた。

「はじめまして。パトリック・シーハンです」

シーハンはバンダの肉厚の手を握り返す。

(とうとう始まった……自分もついにハイエナの仲間入りだ)

胸中で緊張と自己嫌悪が渦巻く。

「どうだね、インターコンチの泊まり心地は?」

バンダは、足を組んでソファーにすわり、黒いチョッキ姿のバーテンダーにスコッチウィスキーを注文した。いかにも地元の顔役といった貫禄を漂わせていた。

「ええ。部屋もきれいで、とても快適です」

シーハンは、ジェイコブス・アソシエイツの経費で、インターコンチネンタル・ホテルに宿泊していた。これまで泊った安いビジネス・ホテルとは雲泥の差で、まるで映画のセットのように思えた。

「ここはいいホテルだ。値段も高いがね」

バンダは、スーツのポケットから細い葉巻を取り出し、火を点ける。

「例の件だが、ザンビアは、ルーマニアに対して債権価格の一二パーセントでバイバック(買い戻し)することを提案したそうだ」

「えっ、本当ですか!?」

懸念していたことが現実になった。シーハンがこれまでルーマニア側に提示していた買取価格は額面の一一パーセントである。

「財務・国家計画省の連中から聞いたから、間違いはない。対外債務管理部門の局長代理のリチャード・チズカは、俺の義理の兄弟だからな」

焦げ茶色の鞄のようなでこぼこの顔ににんまりと笑みを浮かべ、葉巻をふかす。

バンダは財務・国家計画省にしょっちゅう出入りしたり、職員に電話をかけたりして内部情報を取っており、シーハンがルサカに来る前から頻繁に情報を送ってきていた。

「ルーマニアは交渉上手だから、あんたの提案をちらつかせて、ザンビアから上手く好条件を引き出したんだろう。ザンビアは、ＩＭＦやパリクラブに対して、額面の一一パーセントを超える額でバイバックしないと約束しているが、背に腹は代えられず、一二パーセントを提案したということだ」

シーハンは深刻な顔でうなずく。もしルーマニア側がその提案を受け入れれば、債権を買い取ることができなくなる。

「まあ、そう心配することもない」

バンダは煙の立ち昇る葉巻を手に不敵な目つきでいった。

「ザンビア側の提案は、一年後に一二パーセントを支払うというものだ。その支払いとて、外貨を手当てできるかどうか分からん」

バンダは、すべてお見通しだという自信に満ちていた。

白目の部分が赤っぽいその目は、シーハンがジェイコブスに対して、ディールはほぼ出来上がっているると苦しい嘘をついたことも見抜いているようだった。

「俺たちと取り引きするようルーマニア政府を説得するのは、あんたの役目だ。まあ、しっかりやってくれ。俺の財布にもかかわってくるからなあ」

バンダは笑いながら、スーツの内ポケットから四つに折り畳んだメモを取り出した。

受け取って開いてみると、銀行口座の明細が記されていた。カリブ海のタックスヘイブン、グランドケイマンにあるパンアフリカ銀行の支店のバンダの口座だった。

「俺の報酬は、その口座に振り込んでくれ。地元でばらまく工作資金も込みでな」


翌月（一九九九年一月）中旬——

白い雪に覆われたルーマニアの首都ブカレストの首相官邸の執務室で、ブラシのように豊かな口髭をたくわえた五十六歳の元経済学者、ラドゥ・ヴァシレ首相が黒縁眼鏡をずり下げ、一枚の書類に視線を落としていた。背後には艶《つや》やかな光沢を放つ紺・黄・赤三色の国旗がスタンドに掲げられ、壁に聖母マリアを描いた宗教画が一葉掛けられていた。


〈(1)ザンビア側とリコンサイル（突き合わせ）をした結果、我が政府の保有する債権額は二千九百八十三万四千三百六十八ドル六セントであると確認ができた。これに対してザンビア政府は一二パーセントでバイバックする考えを述べ、一月三十一日までに文書で正式提案するとした。一方、ジェイコブス・アソシエイツは一一パーセントで買い取ると提案している。
(2)金額だけを見るとザンビア政府の提案のほうが有利だが、支払い時期は一年先であり、同国の深刻な外貨不足に鑑《かんが》みれば、支払いは確実とはいえない。一方、ジェイコブス・アソシエイツのほうは、すでに支払資金をドイツのベルリナー銀行のエスクロウ・アカウント（信託口座）に入金済みであり、我々が債権および債権譲渡に関する書類一式を引き渡せば、今月末までに支払われる。

⑶以上の事情から、債権はジェイコブス・アソシエイツに売却するのが得策と思料する。〉

ルーマニア語で認《したた》められた報告書は、財務大臣のディセバル・トリミスからのものだった。

ヴァシレ首相は報告書を読むと、内容を反芻するかのように一瞬間を置いたあと、万年筆で自分のイニシャルをサインした。それを既決のトレーに放り込むと、次の書類に取りかかった。


同日――

ブカレストと時差が二時間あるロンドンは、寒い朝を迎えていた。

「おはよう。何してるの？」

シーハンが着替えてリビング・ルームに降りていくと、セーター姿のエレンが、テーブルの上に頬杖をついてノートパソコンの画面をじっと見ていた。

覗き込むと、乳がんで抗がん剤治療を受けた女性のブログで、頭髪が大部分抜けた写真が掲載されていた。

「これから、ちゃんと生えるかなあって」

柔らかい布の帽子で頭をすっぽり覆ったエレンが振り返って、寂しげに微笑した。

抗がん剤治療は十日ほど前に最終回が終わり、副作用もほぼなくなったが、髪の毛は六割がた抜け、眉毛もほとんどなくなっていた。

「生えるよ。だってみんな生えてるじゃないか」

シーハンは優しく励ます。すっきりとした紺色のセーターにアイロンの入ったチノパン姿で、金融業界の最先端で働く人間らしい服装をしていた。

「でも、まれに生えない人もいるらしいのよ」

「大丈夫だよ。心配しすぎないほうがいいよ」

長く苦しい抗がん剤治療がようやく終わり、二人とも安堵していた。抗がん剤を投与すると十日間くらいはぐったりし、白血球の数値が下がって感染症にかかりやすくなるので、外出もできない。風邪をエレンにうつしたりすると大変なことになるので、シーハンも風邪をひかないように気を張って暮らしていた。食事を作り、家事をやり、抗がん剤の影響で静脈の支脈にできる血栓を溶かすため、エレンの腹部に毎日注射を打ってやった。

エレンは間もなく二週間の放射線治療に入る。たまに皮膚に軽い火傷《やけど》のような症状が出る患者もいるらしいが、一回数分間の照射を受けるだけなので、副作用はほとんどない。

「そろそろお寿司が食べてみたいわ」

「そうだね。来週くらいに行ってみようか。カムデンタウンに新しい店ができたみたいだから」

エレンは日本の寿司が好物だが、抵抗力が弱っているときに生《なま》ものにあたったりすると取り返しのつかないことになるので、控えるように医師にいわれていた。

ジェイコブス・アソシエイツのロンドン事務所は、ピカデリー・サーカスのすぐ近くの瀟洒《しょうしゃ》なオフィスビルに入居している。付近はウェストエンドと呼ばれる繁華街で、リージェント・ストリートやジャーミン・ストリートに世界の流行の最先端をゆくファッションの店などが軒を連ねている。

その日、シーハンが出勤すると、ザンビア向け債権買取りの件で起用しているルーマニアの法律事務所の弁護士からファックスが入っていた。

〈Dear Mr. Sheehan, Please find attached the signed and executed copy of the assignment agreement for the Zambian debt.（シーハン様、調印されたザンビア向け債権の譲渡契約書をお送りします。）原本は、本日、クーリエで発送しました。〉

（よし、やった！）

シーハンは思わず拳を握りしめた。債権譲渡契約が成立し、ザンビア政府からアクノレッジメント（認諾書）を取得すれば、五十万ドルの成功報酬を受け取ることができる。来年夏にエレンが広告代理店を退職することが決まっているが、これで家を売る必要はなくなる。

シーハンは、ファックスをスキャンし、ジェイコブスとルーマニア政府双方から債権譲渡の実行手続きを委任されているベルリナー銀行（独）の担当者にメールで送信した。ベルリナー銀行は、不動産取引における司法書士のように、代金支払いと交換で権利譲渡手続きを実行し、契約書等関係書類の内容・形式にも遺漏なきを確保するために起用された。

シーハンは、信託口座に入金されている三百二十八万千七百八十ドルをルーマニア政府に送金するための依頼書を作成し、マーヴィン・ジェイコブスのところに持って行った。

「ご苦労様でした。おめでとうございます」

ガラスの個室の若いアメリカ人事務所長は、依頼書にサインすると、シーハンに返した。

「次はアクノレッジメント（認諾書）の取得ですね。しっかりお願いします」


三日後――

南半球にあるザンビアの首都ルサカは夏の真っ盛りで、青く晴れ渡った空に綿雲《わた》が浮かび、市内のあちらこちらで火焔樹《かえんじゅ》が燃えるような朱色の花を咲かせていた。

市内中心部チマンガ通りにあるザンビア財務・国家計画省の対外債務管理部門で、係官として勤務するスティーブン・ムベウェが、ルーマニア政府から突然送られてきたファックスの文面を見て驚愕していた。

〈1. Romania as owner with full title guarantee of the "Debt" gives notice that upon 19th January 1999, Romania assigned to Jacobs Associates all its rights and claims in the "Debt" with effect from 22nd January 1999.（「債権」の真正な所有者であるルーマニアは、一九九九年一月十九日付で「債権」に関するすべての権利と請求権をジェイコブス・アソシエイツに譲渡し、譲渡は一九九九年一月二十二日に有効となったことを通知する。）
2.「債権」とはザンビア共和国がルーマニア政府に対して負っている、元本と金利の合計が二千九百八十三万四千三百六十八ドル六セントである。
3. 我々は、ザンビアがジェイコブス・アソシエイツを法的に正当な債権者であることを認め、登録することを求める……〉

「たたたた、大変なことになりました！」

ムベウェは、ファックスを摑むと、同じフロアーにある、対外債務管理部門のリチャード・チズカ局長代理の部屋に駆け込んだ。

「スティーブン、いったい何事だ？」

書類を雑然と積み上げた机で、豆と豚肉を煮込んだ料理にシマ（トウモロコシの粉を蒸した主食）の昼食をとっていたチズカは、血相を変えて駆け込んできた若い部下を見て眉をひそめた。

「こ、これを見て下さい！　ルーマニアが例のローンをジェイコブス・アソシエイツに売ったと通知してきました」

ムベウェは、黒い指で数枚のファックスを差し出した。

「ええっ⁉」

チズカは慌てて口の周りをティッシュペーパーで拭き、文面に視線を走らせる。

「しかし……これは、一二パーセントで我々がバイバックするんじゃなかったのか？」

チズカがファックスから顔を上げて訊いた。表情に不審な気持ちがありありと表れていた。

ザンビア政府は、先月（十二月）中旬、担当者三人をブカレストに派遣し、ルーマニア財務省と債務額の確認や返済の話し合いを行なった。

「そうです。今月末までに正式な提案書を先方に送ることになっていました」

「そうだよな。……それなのに、誰かに売ったっていうのか？」

くたびれたワイシャツに紺色のネクタイを締めたチズカが眉間に縦皺を寄せる。

「それに、このジェイコブス・アソシエイツというのは、何なんだ?」

「分かりません」

ムベウェが首を振る。「住所がアメリカなので、ヘッジファンドか何かじゃないですか」

「うーん」

うなずきながらチズカは、どこかで聞いたような名前だなと思う。

(そういえば……オースチンが、そんなような名前を口にしていたな)

チズカは、一ヶ月ほど前から、義理の兄弟である元国会議員のオースチン・バンダに、ルーマニアから借りている債務のことを、しつこく訊かれていた。バンダは、チズカの職場や家にふらりとやってきて、ザンビア政府は債務をどうするつもりなのかとか、ルーマニア政府とはどんな話し合いをしているのかとか、根掘り葉掘り訊いていた。


ムベウェは直ちに直属の上司であるパトリシア・ニレンダ女史に相談し、ルーマニアに対して額面の一二パーセントで債務の買戻しを正式に提案する手紙を作成し、財務・国家計画省のボニファス・ノンデ次官のところに持って行った。しかし、予算編成で忙しい次官は、手紙を数日間放置した。

危機感を抱いた二人は、サインされていない手紙をルーマニア財務省にファックスした。しかし、先方からは、なしの礫《つぶて》だった。

ノンデ次官がムベウェを呼び、手紙の日付を改めさせ、ようやくサインしたのは、一月二十八日のことだった。ムベウェはそれをルーマニア財務省にファックスし、原本を、ルサカのルーマニア大使館のトライアン・ポペスク経済担当書記官のところに持って行った。しかし、ポペスク書記官は、ルーマニア政府はすでに債権をジェイコブスに売却したと告げた。

ムベウェはショックを受け、何とかバイバックを成立させようとする努力を諦めた。


二週間後（二月十二日・金曜日）――

ザンビアの元国会議員でジェイコブス・アソシエイツのローカル・コンサルタントを務めるオースチン・バンダが、ザンビア財務・国家計画省対外債務管理部門のリチャード・チズカ局長代理の部屋に、固太りの姿を現した。

「兄弟、これにサインしてくれ」

バンダが、一枚の紙をチズカに差し出した。

〈The Ministry of Finance and National Planning, acting for and on behalf of the Republic of Zambia, hereby acknowledge the assignment of the "Debt" to Jacobs Associates and confirm we will duly register your firm in our accounts as creditor and beneficial holder of the Debt.（財務・国家計画省はザンビア共和国を代理し、「債務」がジェイコブス・アソシエイツに譲渡されたことをここに認め、貴社を債権者兼受益人であることを帳簿に登録することを確約する。）〉
ルーマニア政府からジェイコブス・アソシエイツに債権が譲渡されたことを認める認諾書で、財務・国家計画省の用箋が使われ、署名者名は、Richard Chizuka, Acting Director for Permanent

Secretary（局長代理リチャード・チズカが次官になり代わって）とタイプされていた。

「この紙になあ、俺たち全員の大事な物がかかっているんだ」

バンダが、にやりと嗤《わら》った。

チズカはその言葉に、自分に何がしかの金が支払われるのだというニュアンスを感じたが、いくら払ってもらえるかはあえて訊かなかった。

「ジェイコブスの連中は、このレターで、自分たちの立場をヘッジ（確保）したいってわけだ。だから、早いとこサインしてくれるか」

バンダの言葉にうなずき、チズカは、使い古した万年筆を取り出し、無言で手紙にサインをした。


三十分後――

シーハンは、ルサカのインターコンチネンタル・ホテルの一室から、ロンドン事務所のマーヴィン・ジェイコブスに電話をかけた。

明るいベージュ色のカーペットが敷き詰められた部屋は掃除が行き届き、壁には、アフリカの動植物をパターン化した布を収めた額が二枚掛けられていた。

「……はい、先ほど、財務・国家計画省のチズカ局長代理が認諾のレターにサインして、今、わたしの目の前にあります」

窓際のソファーでバンダが足を組み、ゆったりと細い葉巻をふかし、時おり目の前の小さな丸テーブルの灰皿に灰を落としていた。

「そうですか、それは結構」

受話器からマーヴィン・ジェイコブスの米国東海岸訛りの英語が流れてくる。

「この電話が終わり次第、こちらにファックスしてもらえますか?」

「分かりました」

「ファックスを受け取ったら、あなたの口座に五十万ドルを振り込みましょう」

「有難うございます」

シーハンのそばかす顔に安堵の色が浮かぶ。

「それと、別途三十万ドルを振り込みますから、ロンドンに戻り次第、バンダ氏の口座に送金して下さい」

「え?　……わたしの口座から、送金するんですか?」

予期せぬ言葉にシーハンは戸惑う。

「そうですよ。バンダ氏は、あなたの指示に従って動くという契約になっているでしょう?　だから、お金もあなたから支払って下さい」

マーヴィンの口調には、有無をいわせぬ響きがあった。

「あ、ああ、そうなんですか。……分かりました」

釈然としなかったが、もとより逆らうことはできない。

第四章　ブリュッセルの死闘

1

（一九九九年）十月下旬――

サミュエル・ジェイコブスは、コネチカット州グリニッジの自宅の居間で、弁護士のカール・フォックスから電話を受けた。

色づき始めた庭の木々の葉を通して明るい秋の日差しが室内に降り注いでいた。

「……そうか、全面勝訴か！　よくやってくれた」

ブラックベリーを握りしめたジェイコブスは、満足そうにいった。

ペルー政府と争った裁判の控訴審で全面勝利したという報せが届いたところだった。

「学者を総動員して戦った甲斐がありました」

耳に当てた黒い端末から、フォックス弁護士の安堵した声が流れてくる。

連邦控訴裁判所が下した判決は、チャンパーティを禁ずるニューヨーク州裁判所法四百八十九条は、弁護士が報酬目的で訴訟を濫用するのを防ぐための規定であると限定的に解釈し、ジェイコブス・アソシエイツの行為については、訴訟自体が目的ではなく、債権の回収が最終的な目的なので、この規定は適用されないとした。

「ペルー側が上告しても、却下でしょう。これで判決確定と考えて間違いないです」

「そうか、それは結構。……さて、どうやってあちらの資産を差し押さえるかだな」

舌なめずりするハイエナのような目つきでいった。

「欧米の全部の銀行に差し押さえをかけるわけにはいかないですからね」

「やろうとしても、ペルー側は資金を移動させるだろうし、銀行も嘘をつくだろうな」

「そう思います」

「大きな魚が網に寄ってくるのを待つとするか」

ジェイコブスの声に暗い野望が滲む。

「というと……やはり、来年九月でしょうか？」

「うむ。狙い目はそこだろう。一気に襲いかかるんだ」

五ヶ月後（二〇〇〇年三月三十日）――

東京は好天で、明け方の気温が摂氏十二度前後という比較的暖かい日だった。

朝、沢木容子は、江東区の公団（住宅・都市整備公団）アパートの一室で仏壇の前にすわり、亡き夫の位牌に手を合わせた。

都営新宿線の大島《おおじま》駅付近は、大型の団地が建ち並び、中の橋商店街という下町情緒あふれる通りがある。春には梅、桜、沈丁花《じんちょうげ》、初夏にはツツジ、夏は百日紅《さるすべり》や紫蘭《しらん》、秋は金木犀《きんもくせい》、冬は椿が咲く町を沢木も夫も気に入り、昭和四十年代に越してきた。

カイロのアジア・アフリカ人民連帯機構事務局で一緒に働き、帰国後は共産圏貿易の専門商社に勤めて沢木の活動を支えた夫は、数年前に他界した。

部屋には、ナイル河畔で写した二人のセピア色の写真や、下町のバザールで買ったブリキ製のピラミッドの絵皿などが飾られていた。当時は、ナセル大統領の社会主義政策全盛時代で、農地改革を行なったり、パン、小麦、食用油、ガソリンなどに補助金を積極的に出したりしていた。沢木は夫とともに、市内のパンション（長期滞在者用ホテル）に住み、エジプト人と同じ物を食べて暮らした。缶入りの醤油だけは持っていたが、船便で送られてきたため、赤道を通過するときに味が著しく変わっていた。その変質した醤油を現地で売っているオクラにかけ、納豆のつもりで食べたりした。砂糖はソ連製のかちんかちんの代物で、湯に入れても溶けなかった。

その日、沢木容子は永田町の首相官邸を訪れ、午前十一時十五分から小渕恵三首相と面会した。七月下旬に開催される九州・沖縄サミットの議長国を務める日本政府に、途上国の債務削減問題について申し入れをするためだった。

二年前の五月に英国バーミンガムで開かれたG8サミットで「ジュビリー2000」運動が、途上国債務問題解決を世界に向けて発信したのを受け、米国のクリントン大統領や英国のゴードン・ブラウン財務相が債務削減提案を行い（クリントンは先進国全体で七百億ドル、ブラウンは同五百億ドル)、沢木らの運動は大きな推進力を得た。昨年六月にドイツのケルンで開かれたサミットでは、総額七百億ドルの債務削減が合意され、その中に、二国間債務の全面帳消しも含まれた。

こうした世界的債務削減運動にもっとも抵抗しているのが日本政府だった。欧米先進国が早い段階で政府開発援助(ODA)を無償援助(贈与)に切り替えたのに対し、いまだに円借款という有償援助(融資)が中心の日本は、HIPCSに対して約一兆千七百億円の債権を保有している。そのうちODA債権は、フランスの二倍、ドイツの三倍、米国の四倍に相当する約一兆三百億円で、もし削減されるとダメージが大きい。また、戦後、自ら「借りた物は返す」という考えで歯を食いしばって借金を返し、そうした自助努力によってこそ経済発展を実現できるという国家的信念も債務削減の妨げになっていた。

「それでは、面会時間は十分間ということでお願いします」

沢木らが応接室に通されると、首相秘書官の男性がいった。

テレビのニュースで見るとおりそのままに、椅子がコの字形に配置され、小渕恵三首相が真ん中にすわった。小渕の右隣に沢木容子、その隣に、沢木とともに日本における「ジュビリー2000」運動の共同代表を務める白柳誠一枢機卿(カトリック東京大司教区)と連合の鷲尾悦也会長の代理の鈴木英幸副事務局長(政策担当)がすわった。それぞれローマ・カトリック教会と国際自由労連に尻を叩かれて運動に加わっていた。首相の左隣には、藤田幸久衆議院議員(民主党)、武山百合子衆議院議員(自由党)、緒方靖夫参議院議員(共産党)ら、超党派の議員六人がすわった。

(まったく、こんなすわり方するなんて、話しづらいわねえ……)

沢木は心の中でぼやいた。首相に物をいうためには、椅子に半ずわりになって、斜めの角度から話さなくてはならない。中国共産党のトップと外国要人の会見のようだ。

「では、最初に記念撮影を」

藤田幸久議員と小渕首相が立ち上がり、申し入れ書を手渡すところを写真撮影した。

「最貧国の自立支援と債務帳消しを考える議員連盟」の羽田《は》孜《たつとむ》会長（元首相）からの申し入れ書で、九州・沖縄サミットに関する日本政府への要望が列記されていた。

〈1．議長国としてのイニシャティブ
(1)サミット参加国は、ケルン・サミットで確認された重債務貧困国四十一ヶ国の二国間ODA債務の帳消しを二〇〇〇年中に実施すること（すでに英米両国はこの方針を表明している）。
(2)多国間債務（IMF・世銀等国際機関からの債務）に関しては、構造調整プログラムを重債務貧困国の債務帳消し問題に組み入れないこと。これに関しては、IMFが保有する金の売却および参加国の拠出により二〇〇〇年中に債務帳消しを実施すること。また日本政府は議長国として各国の拠出金を明記すること。
2．最大の債権国としてのイニシャティブ
(1)日本政府は、ケルン・サミットで主張した四十年もかかる「債務救済無償援助スキーム」ではなく、特別立法を制定し、直接二〇〇〇年中に債務帳消しを実施すること。
(2)以上の内容を沖縄サミット前に公表すること。〉
「小渕首相、サミットの議長として、ケルン・サミット前にドイツのシュレーダー首相がしたようなリーダーシップを発揮して頂きたく思います。それから、債務の帳消しを名目にＩＭＦが構造調整プログラムを強制しないこと、日本に関しては、四十年という長い期間ではなく、一気に債務の帳消しをするようにお願いします」

元々難民救済などの市民活動家だった藤田議員がいった。間もなく五十歳になる穏やかな感じの男性である。

前年のケルン・サミット前に、ドイツのゲアハルト・シュレーダー首相は、二国間（ＯＤＡ）債務の全面的帳消し、ＩＭＦが保有する金の売却、ＨＩＰＣＳ信託基金への拠出など、大胆な提案を発表した。

藤田に続いて他の五人の国会議員が一人ずつ発言をし、ここで半分の五分が経過した。

続いて、沢木、白柳、鈴木の三人が要請書を首相に手渡すところを記念撮影。

要請書は、超党派議員連盟の申し入れ書とほぼ同じ趣旨で、先進各国の途上国債務問題に対する取り組みや日本が保有する債権の帳消しの方法について詳しく書いてあった。

「小渕総理、『ジュビリー２０００』は今世紀最大の市民運動になっています」

白髪まじりのショートカットでグレーのスーツを着た沢木は、首相をまっすぐ見ていった。

日本では二年前（一九九八年）に、労組・ＮＧＯ・キリスト教関連団体など約五十の団体と、六十人からなる超党派の国会議員団によって運動推進のための連合体が結成された。

「昨年のケルン・サミット以降、Ｇ８各国は次々と二国間債務の帳消しを発表し、残るは日本だけです。総理のご決断をお願いします」

「はい、はい」

おちょぼ口の首相は、人の好さそうな顔でうなずく。

「沖縄サミットの議題の中に途上国債務の問題が入っていないので、独立の最優先事項として入れて頂きたいと思います」

「ああ、そうでしたか。はい、はい」

「それから、ブセナの会場にNGOが入れるよう、アクセスの確保をお願いします」

サミットは、沖縄県名護市の高級リゾート・ホテル「ザ・ブセナテラス」で開かれる。

「ああ、はい」

小渕は愛想だけはよいが、どこか上の空。ひどく疲れているようで、顔色も悪い。

「総理、議題はシェルパ（サミットにおける各国首脳の補佐役）が取り扱っていますが、債務問題が総理にきちんと報告されていないのではないでしょうか。シェルパによく伝えて下さい」

藤田議員が見かねたようにいった。

「え、えっ？　シエ、シェルパ？」

小渕はシェルパという言葉も知らない様子。

（これはひどいわ。……小沢一郎の連立離脱問題で、途上国債務問題どころじゃないのかしら？）

自民・公明両党と連立政権を組む自由党の小沢一郎党首が、小渕首相に対して、自民・自由両党の合流を提案していた。これに対し、自民党内の反小沢勢力が、小沢抜きでなら復党を認めると主張し、小沢が、ならば連立解消だと応酬し、揉めていた。

「えー、では、わたしのほうから一言……」

小渕が先ほどから握りしめていた一枚のペーパーを読み上げ始める。

隣にすわった沢木が覗き込むと、「我が国の債務救済無償援助スキームについて」というタイトルが付いている、外務官僚が作ったブリーフィング・ペーパーだった。

債務救済無償援助スキームは、借入れ国にまず債務を返済させ、返済が確認でき次第、それと同額の無償援助を供与し、その資金であらかじめ合意された品目リストの中から、物資等の購入をさせるものだ。借入れ国は、物資こそタダで貰えるが、返済のための資金は引き続き自力で、しかも外貨で用意しなくてはならない。また、債務完済までに最長で四十年という円借款の残存期間と同じ時間がかかる。

「えー……、1．日本のODAは、途上国の自助努力を促すのを目的としており、そのためには無償の資金援助はしない。しかし、貧困国に対しては『債務救済無償援助スキーム』を実施している。2．債務の帳消しは、日本のODA政策の根本的な方針転換を意味するので、長期にわたるODA政策の見直しが必要である。3．日本は経済の不況下にあり、債務の帳消しには国民の支持が得られない……」

小渕は、ペーパーを棒読みする。

沢木が覗き込むと、ペーパーの余白に、小渕のものと思しい字で、〈江戸時代には徳政令（注・正しくは棄捐令《きえんれい》）があったが、こんにちでは、借りたものを返すのは当たり前。チャラにすると経済が成り立たない〉〈わたしは『平成の借金王』と呼ばれているが、これは個人の借金ではなく、国家の借金〉

（なに、これ？）

「平成の借金王」のくだりは、面会のテーマとはまったく関係がない。昨日、夕刊紙に赤字国債を急激に増やしたことを批判され、大きな見出しにそう書かれたので、怒って何か一言いいたいということのようだ。

「……えー、徳川時代には徳政令というものがありましたが、こんにちでは……」

「総理、借りたものを返すとか、返さないとかの次元の話ではありません！」

沢木の剣幕に、小渕は驚いて顔を上げる。

「重債務貧困国では、食べ物や医薬品に回すべき金を借金の返済に回し、毎日毎日人が死んでいるんです。経済の問題ではなく、命の問題です。予防接種をしていれば救われる子どもたちの命と引き換えで債務を払っているのです」

「……」

「近代以前の社会では、借金が返せないと牢屋に入れられました。江戸時代には、借金を返すために娘を女郎屋に売ったりしました。しかし、現代の文明社会では、会社も個人も破産制度があり、刑事罰を受けることも、首を吊る必要もありません」

静まり返った室内に、沢木の怒りの声が響く。

「しかるに国家の借金には、自己破産という制度がありません。それで人がたくさん死んでいるんです。あなたがおっしゃる、借りたものは返すというのは、江戸時代以前の発想です！」

「あ、ああ……そうですか、はい」

小渕は、どこかうつろな視線でうなずく。

「えー、それでまあ……わたしは『平成の借金王』と呼ばれたりしているわけですが……」

小渕が話し終わると、ちょうど十分が経過した。

「以上で面会を終わります」

秘書官が宣言すると同時に、小渕はすっくと立ち上がり、そそくさと部屋から出て行った。


翌日——

沢木容子は、千代田区の半蔵門駅に近いホテルのレストランで、同じ途上国支援のＮＧＯのロンドン事務所で働く英国人女性と昼食をとった。

帝国ホテル系の新しいビジネス・ホテルで、レストランは二階まで吹き抜けになっており、美術館を思わせる。全面ガラス張りの巨大な水槽のような窓の向こうには、明るい春の日差しに包まれた桜田濠《ほり》と、ほぼ満開の皇居の桜が見える。

「……とにかく、昨日はがっかりだったわよね」

栗色の髪で体格のよい英国人中年女性がぼやいた。英国のノッチンガム大学を出たエネルギッシュな人柄で、昨日、沢木が小渕首相と面会したあと、参議院議員会館で国会議員らと一緒に開いた記者会見に出席した。

会見には国会詰めの記者たちが多数参加したが、一行の記事やニュースにもならず、日本のメディアの関心の低さを裏付けた。沢木らが小渕首相に面会したことすら、「首相の動静」に記述がなかった。

「わたしも日本人として情けなくなったわ」

海藻入りサラダをフォークで口に運びながら、沢木がしかめ面になる。

「村山首相のときは、あんなにひどいことはなかったんだけど」

沢木は五年前（一九九五年三月）に、百十八ヶ国の首脳が参加した国連社会開発サミットがコペンハーゲンで開かれる前に、当時の村山富一首相（社会党）に面会した。そのときは写真撮影のようなセレモニーはなく、村山は沢木らＮＧＯの代表者たちに具体的な質問をし、きちんとした話し合いが行われた。

「こうなったら、日本政府をターゲットに、徹底的にキャンペーンを展開するしかないわね」

「ええ。世界中の日本大使館にデモをして、小渕首相に手紙やメールを送って、声を大にして世界に訴えましょう」

沢木は、すでに小渕首相に対して債務削減を求める年賀状キャンペーンを組織し、この正月には一万五千通の年賀状が首相官邸に送られた。これを聞いたオーストラリア、英国、北欧諸国、バングラデシュなどの「ジュビリー２０００」の支持団体や支持者たちも、九州・沖縄サミットでの日本のイニシャティブを求める葉書キャンペーンを行なった。また、二月からは、毎週火曜日に、外務省と大蔵省（現財務省）に対してデモを行なっている。

「例の音楽雑誌に載せる記事も出来てきたわ」

沢木が、書類鞄の中から、一束の原稿を取り出した。

ロックやポップスを扱う『ＳＮＯＯＺＥＲ』という日本の音楽雑誌に載せる特集記事の原稿だった。沢木らは、同誌をつうじて若者たちを動かそうと考えていた。

「へえ、なかなかいい感じじゃない」

特集の最初は、「ジュビリー２０００」の国際戦略を担当している英国人男性の寄稿だった。

〈僕はボノやトム・ヨーク、ペリー・ファレル、ユッスン・ンドゥール、坂本龍一ら、多くのミュージシャン達とともに世界中を旅してきた。ヨーロッパ、アメリカ中の政治家達にも働きかけてきた。でも、この問題を解く鍵を持っているのは日本、そして何よりも日本の一般の人々だ——今年、G8サミットを主催するのは日本なのだから。率直に言うと、鍵を握っているのは、今これを読んでいる君達なのだ。〉

〈まず、歴史を振り返ってみよう。ほんの10年前まで、豊かな国々は共産主義と戦っていた。が、その争いが実際に起きた場所は貧しい国々、主にアフリカだった。リッチな国々はザイールのモブツやインドネシアのスハルト、フィリピンのマルコスといった、腐敗した独裁者に巨額の金を貸した。我々の政府は、共産主義と対抗するために、彼らを権力の座につかせておきたがったのだ。そして、彼らやその家族は金を銀行の隠し口座にため込み、一般の貧しい人々が今も借金を払わされている。子供達が死んでいっているのは、それが原因なのだ。〉

続いて、海外アーティストの来日コンサートなどを手がける会社の社長のインタビュー、「ジュビリー2000」運動についてのQ＆A、アイルランドのロック・バンド「U2（ユーツー）」のボーカル、ボノのメッセージ、米国のロック・バンド「ジェーンズ・アディクション」のボーカル、ペリー・ファレルのインタビュー、英国のロック・バンド「レディオヘッド」のボーカル、トム・ヨークのウェッブ上での討論、トム・ヨークのインタビュー、編集長田中宗一郎の寄稿となっていて、十八ページの特集記事である。

Q＆Aでは、⑴日本はHIPCSから毎年約三億七千万ドル（約四百億円）の債務の返済を受けているが、日本人一人あたりにすると二・五ドルにすぎず、年にビール一本か喫茶店でコーヒー一杯飲むのを我慢すれば、これらの国々を救える、(2)最貧国の債務帳消しにかかる費用は、日本政府が住専、銀行、生保の破綻処理（あるいは救済）のために投じる約六十兆円に比べれば、五十分の一以下（約一兆千七百億円）にすぎない、と説明していた。


「ところで、ヨーコ、話は変わるけど……」

原稿から視線を上げ、英国人女性が悩ましげな顔つきでいった。

「パトリックのことなんだけどね……アメリカのハイエナ・ファンドで働いているらしいのよ」

「ええっ⁉　……それ、どういうこと⁉」

パトリック・シーハンは、ちょっと気が弱いが、途上国支援に誠実に取り組んでいて、ハイエナ・ファンドなどとは、正反対の立場にいる青年だと思っていた。

「奥さんが乳がんになってね」

英国人女性は気の毒そうにいった。

「看護のために休職したいってことで、去年の秋から休職扱いにしたんだけど、ジェイコブス・アソシエイツっていう、途上国債権を二束三文で買って、全額払えと訴えるヘッジファンドのロンドン事務所で働いているらしいのよ」

「どうしてまた……そんなことに？」

沢木は驚きが覚めやらない。

「奥さんが会社を辞めることになって、家のローンが払えなくなったらしいわ」

「うーん……」

「例のザンビアのデット・エクイティ・スワップ案件が、投資家がお金を出せなくなって駄目になったでしょう？　それをジェイコブスに持ち込んだらしいの」

「はあーっ……」

沢木は白髪まじりの頭に手をやる。「それにしても、おそろしく極端な話ね……」


二日後（四月二日）――

沢木容子が、江東区の公団アパートのダイニング・ルームのテーブルで、ご飯、姫タケノコと油揚げの煮物、味噌汁という昼食をとりながら、テレビのニュースを観ていると、画面に〈小渕首相、緊急入院〉という文字が現れた。

（え、緊急入院？）

驚いて画面を凝視すると、女性アナウンサーが記事を読み上げ始めた。

「小渕総理大臣は、総理大臣公邸で身体の不調を訴えて、東京都内の病院に入院しました。現在、病院で医師による検査を受けているものとみられ、明日以降、通常どおり公務を行うことができるかどうかは分かっていません」

（まあ……）

茶碗と箸を手にしたまま、沢木は眉をひそめる。

「小渕総理大臣は、昨夜、自由党の連立政権からの離脱問題を巡って、総理大臣官邸で自由党の小沢党首、公明党の神崎代表と三党の党首会談を行なったあと、自由党との連立を解消することを表明しました」

（自由党の離脱問題で疲れていたのかしら。……それとも、わたしが怒鳴ったのが原因？）


翌週（四月十一日・火曜日）――

「ジュビリー２０００」運動を支援するＮＧＯや『ＳＮＯＯＺＥＲ』の記事を読んだ日本の若者たち、来日中のケニア、ウガンダ、タンザニアの人々が、大蔵省と外務省を人間の鎖で囲んだ。年齢も国籍も様々な約百人は、爽やかな青空の下、「人の鎖で債務の鎖を断ち切ろう」「戦争と貧困なき社会を目指して」といった横断幕を掲げ、拳を突き上げて債務の帳消しを訴えた。蝶をかたどった髪留めを着け、「チョウ消し」とアピールする若い女性もいた。仕事で抜けられないという若者たちに、沢木らは「歯医者に行くといいなさい」とアドバイスして、参加を呼びかけた。


四月十六日には、ワシントンでＩＭＦと世界銀行の閣僚級会合が開催されたのに合わせ、約六千人が激しいデモを行い、約六百人が逮捕された。

同月下旬には、音楽家、坂本龍一が全国の新聞に九州・沖縄サミットにおける日本のイニシャティブを期待する記事を寄稿した。

〈……世界の指導者たちは、「ジュビリー２０００」の声に耳を傾け始めた。クリントン米大統領は昨年九月、同国が最貧国に対して持っている債権の全額帳消しを表明したし、英国、イタリア、カナダの首相も同様の約束をした。（中略）次は、わが国こそがリーダーシップを発揮する時だ。日本の指導者にとって、七月の主要国首脳会議（九州・沖縄サミット）はとても大切なはず。ぜひ

とも、サミットの場で債権帳消しについて真剣な話し合いをしてほしいと願っている。〉
一方、四月二日に倒れた小渕恵三首相は重度の脳梗塞と分かり、四月五日に内閣は総辞職。党幹事長だった森喜朗が後任となり、新内閣を発足させた。小渕は意識を回復することなく、五月十四日に享年六十二で息を引き取った。

それから間もなく――

パトリック・シーハンは、ロンドン随一の歓楽街ソーホーで、大学時代の友人たちと飲んでいた。

夜の帳《とばり》はすっかり降り、レストランやカフェの、赤、青、緑など派手なネオンの光が、古い石畳の道を照らし出し、パブからは笑い声や話し声や音楽が聞こえていた。怪しげなストリップ小屋の前では、派手な化粧の女が道行く男たちに声をかけ、そばで酔っぱらいがふらふら彷徨《さまよ》っている。

少し先のシャフツベリー・アヴェニューの角のオペラ劇場のそばの交差点では、煌《きら》びやかな光の中を大勢の人や車が行き交っている。

「……シーハン、お前もずいぶん変わったなあ」

シティの大手法律事務所で渉外弁護士をやっているケンブリッジ大学の同級生が笑った。

金曜日の夜で、パブの店内は立錐《りっすい》の余地もなく混み合い、耳が痛くなるほどの騒々しさだった。

ほとんどの客が立ち飲みである。

「え？　俺、そんなに変わったかなあ？」

そばかすが残る顔をアルコールで赤らめたシーハンが訊く。

ノーネクタイにスーツというスマート・カジュアル姿で、右手にビール瓶を持ち、左手で、パブで知り合った若い女性の腰を抱いていた。

「もういっぱしのインベストメント・バンカーみたいだぞ。話し方も速くなったし」

ビールのパイント・グラスを手にした、英国財務省に勤める別の同級生がにやにやしながらいう。

「そうか？　話し方、変わったかなあ？」

シーハンはまんざらでもない気分。これまで金を稼いでいる同級生に会うたびに劣等感に苛《さいな》まれたが、金も入り、ヘッジファンドで働くようにもなり、やっと引け目がなくなった。

「今をときめくジェイコブス・アソシエイツでディール・メーカーをやってるんだから、そりゃあ、抜け目もなくなるよな」

ネクタイをゆるめ、そばの壁にもたれかかった別の同級生がいった。米系投資銀行のロンドン現地法人をクビになったあと、ロンドン・ビジネススクールのＥＭＢＡ（エグゼクティブＭＢＡ）コースで勉強しているサイモン・ウェルズだった。

「今、どんなディールやってるんだ？」

サイモンの口調には、相変わらずどこか見下したような響きがあった。

「ディールかあ？　……このあいだ、ザンビア債権のパーチェス（購入）をクローズ（完了）して、今は、コンゴとかシエラレオネとかウクライナとかの案件を狙ってるところだなあ」

シーハンは自分が関わっていない案件も、自分がやっているように話す。いつも自分を馬鹿にしてきたサイモンに対抗したい気持ちだった。スイスの高級腕時計をはめた片手は、相変わらず若い女性の腰のあたりの感触を楽しんでいた。

2

米国屈指の商業銀行、チェース・マンハッタン銀行の本店は、ニューヨーク・ミッドタウンのパーク街二百七十番地にそそり立つ五十二階建て、高さ二一五メートルの摩天楼である。黒い縦縞が入ったデザインは、ピンストライプが入ったバンカーのスーツのようだ。

九月初旬――

広いフロアーで大勢の社員がパソコンの画面と手元の資料を突き合わせながらキーボードを叩いたり、取引の詳細が打ち出されたコンピューター帳票を見ながら打ち合わせをしたり、他行の担当者と電話をしたりしている送金部門で、外国送金担当の白人男性マネージャーが、パソコンの画面に開いた一通のメールに目を凝らしていた。

〈……accordingly, we are ordered by the court to retain any money received from the Peruvian government and not to remit them to bond holders.（……したがって、我々は裁判所の命令にもとづき、ペルー政府から送られてくる資金を留め置くこととし、債券保有者に送金してはならない。）〉

メールは、債券の事務管理をやっている部署のマネージャーから送られてきたものだった。

ペルー政府は一九九六年に、ジェイコブス・アソシエイツとプラビン・バンカー・アソシエイツを除く全債権者とブレイディ・プラン（債務削減）に合意し、ブレイディ・ボンド（一部に米国債の担保が付いた期間十～三十年の債券）を発行し、既存の債権との交換を済ませた。ブレイディ・ボンドの事務管理銀行はチェース・マンハッタン銀行が務めている。

送金担当の白人男性マネージャーは、メールを一読すると受話器を取り上げ、送信者である債券の事務管理部門のマネージャーに電話をかけた。

「これ、裁判所が差し押さえ命令を出したってこと？」

白人男性マネージャーが訊いた。

「そういうこと。メールに添付した判決と命令のとおりだよ」

別の階にいる債券の事務管理部門のマネージャーの男が東海岸訛りの英語でいった。

ニューヨーク州裁判所法のチャンパーティの規定について激しく争われたジェイコブス・アソシエイツとペルー政府の四年越しの裁判は、元本と延滞金利の合計五千五百七十万ドル（プラス判決後の金利）の支払いをペルー政府に命じる判決が去る六月二十二日に確定し、米国で商業活動に使用されているペルー政府とペルー国立銀行の資産に対する判決の執行（差し押さえ）も認められた。ジェイコブス・アソシエイツはそれにもとづき、九月七日に第一回の利払い期日が到来するブレイディ・ボンドの支払資金に対する差し押さえ命令を別途裁判所から取得し、債券の事務管理銀行であるチェース・マンハッタン銀行に通知してきたのだった。

「このジェイコブス・アソシエイツっていうのは、ヘッジファンドか？」

送金担当のマネージャーが訊いた。

「不良債権専門のハイエナ・ファンドの代表格だ。ニューヨークだけじゃなく、ドイツ、オランダ、ベルギー、イギリス、ルクセンブルク、カナダでもペルー政府の資産差し押さえの訴訟を起こしている」

「へーえ。そりゃ、弁護士費用だけでも莫大だろうな。……不良債権ビジネスって、そんなに儲かるもんなのかねえ?」

「このペルーの債権は元々千百四十万ドルでセカンダリー（流通市場）で買ったものらしい。全額獲れれば四千四百三十万ドル（約四十八億円）の儲けってわけだ」

「ふえー、ごつい！　……世の中には、恐ろしい商売をやってる連中がいるもんだな」

「まあ、我々には縁のない世界だがね」

債券の事務管理部門のマネージャーは笑った。「いずれにせよ、そういうことなんで、もし金が入ってきたら、ユーロクリアには送金しないで預かっておいてくれ」

ユーロクリア社（Euroclear SA/NV）はベルギーのブリュッセルにある国際決済会社で、ペルーは同社を通じ、ブレイディ・ボンドの利払いを個々の債券保有者に対して行なっている。

同じ頃——

ペルーの首都リマは冬から春に変わる季節だったが、不揃いな建築物が絨毯のように埋め尽くした人口六百三十万人の街を、冬の名残をとどめる分厚い雲がおおっていた。

ごみごみした「セントロ」の官庁街の一角にあるペルー経済財務省のビルの一室で、険しい表情の男たちが、会議用電話機から流れてくる声に耳を傾けていた。

「……残念ながら、ニューヨークの裁判所の判断は、チェース・マンハッタン銀行は単にペルー政府のエージェント（代理人）にすぎず、振り込まれた資金は引き続きペルー政府の所有物であるとしました」

黒い三本足の会議用電話機から流れてくるよくとおる声の主は、ワシントンの大手法律事務所の女性弁護士デヴィ・アストラックであった。

「デヴィ、じゃあ、我々はどうしたらいいんだ？」

会議用電話機に屈《かが》みこむようにして、公的債務局の課長が悲痛な声で訊いた。米国の大学を出ており、英語は流暢である。

「別の銀行からユーロクリアに送金するしかないと思います。……できますか？」

「難しいかもしれないが、何とか考えてみる」

「とにかく、利払いを履行しないわけにはいきません。そうしないと、ボンド全体がデフォルト（債務不履行）になってしまいます」

万一デフォルトになれば、総額三十八億三千七百万ドル（約四千百五十億円）に上るブレイディ・ボンドを一括償還しなくてはならない。

「それからもう一つ、心配なことがあります」

アストラックがいった。「ジェイコブスが、ユーロクリアに対する差し押さえ命令を申し立てる可能性があります。あるというか、彼らなら必ずその手に出てくると思います」

「うーん……」

男たちが呻く。

「デヴィ、どうしたらいいと思う？」

五十がらみの公的債務局長が訊く。

「戦うしかないでしょう」

アストラックの口調に決意が滲む。「向こうから差し押さえの申立てが出されたら、ペルー政府とジェイコブス・アソシエイツは債務の返済について交渉しているところで、多くの債券保有者に影響を与える差し押さえをする必要性と緊急性はないと訴えます」


三週間後（九月二十二日・金曜日）――

サミュエル・ジェイコブスは、弁護士のカール・フォックスとともに、ベルギーの首都ブリュッセルから五六キロメートル北にある第二の都市アントワープを訪れていた。

ペルー政府にトドメを刺すべく、昨日、ユーロクリア社にペルー政府からの資金を受け取ることと、債券保有者に対して利払いをすることの両方を禁じる差止命令を出すよう、ブリュッセルの商業裁判所に申し立てたところだった。

初秋のアントワープでは、黄色く色づき始めたスズカケノ木の葉をとおし、絢爛たる日差しが降り注ぎ、路面電車が規則正しい音を立てて石畳の道を行き交っていた。

「……このルーベンスの絵をどう思う？」

両手を腰の後ろで組み、小ぶりの絵画の前に立ったジェイコブスが訊いた。

『羊飼いの礼拝』という作品で、マリア、ヨゼフ、羊飼いなど七人が、飼い葉桶の中の生まれたばかりのキリストに視線を注ぐ姿を描いた油彩スケッチだった。

「はあ……素晴らしいですね」

かたわらに立ったフォックスがいった。

二人が訪れていたのは、旧市街にある「ルーベンス・ハウス」だった。

かつてルーベンスが二十五年間にわたって自宅兼アトリエにした豪壮な石造りの邸宅で、現在は博物館としてルーベンスやルーベンスゆかりの芸術家たちの作品を展示している。

「では、あの絵はどうだ？」

ジェイコブスが、別の絵画を鬚《ひげ》に覆われた顎で示す。

ルーベンスの友人であるベルギーの画家が描いた静物画だった。アヒル、カワセミ、ムクドリなど、調理される前の十羽あまりの鳥を描いた静物画で、黒い背景と赤や茶色の鳥の羽のコントラストが鮮やかである。

「いや……わたしは、絵はよく分かりませんので」

「そういえば、きみは絵より詩のほうだったな。……しかし、悪くはないだろう？」

「ええ、悪くないと思います」

「ルーベンスよりいいか？」

「いや、どうでしょうか……わたしにはちょっと」

「俺はルーベンスよりいいと思うよ」

ジェイコブスは迷いのない口調でいった。

「は？　そうですか？」

「絵画や文学は、所詮、名声だ。何かのはずみで評判になり、それが伝説になり、値段を吊り上げる」

ジェイコブスは、じっと絵を見詰めながら話す。

「名作といわれるものの中には石ころも多い。逆に、名もない作品でも、はっとさせられる稀代の傑作がある。……それを見破るのが、インベスター（投資家）というものだろうな」

天井が低い室内はやや薄暗く、窓ガラスは歳月の作用でうっすらと曇っている。そこから差し込む秋の日差しは微妙な明るさと影をもたらし、ルーベンスの作品にふさわしい世界を創り出していた。二人のそばで、フランス人らしい男女のグループが、壁にかけられた絵を見たり、ガイドブックの記述を追ったりしていた。

フォックスの背広の内ポケットのスマートフォンが、控えめな着信音を鳴らした。

「ちょっと失礼します」

フォックスは部屋の外にあるバルコニーへと向かう。

「……ああ、俺だ。決定はどうだった？」

イタリア風の庭園を見下ろす、オープンエアーのバルコニーで、フォックスはスマートフォンを耳に当てた。電話をかけてきたのは、ブリュッセルの商業裁判所にいる部下の男だった。

「何、却下された⁉　本当か⁉」

かたわらにやって来たジェイコブスが、険しい顔つきになる。

「いったい、どういう理由なんだ⁉」

同じ頃——
ワシントンDCのビジネス街、Kストリートに面したビルに入居している大手法律事務所の一室で、栗色の長い髪のデヴィ・アストラック弁護士が、浅黒い肌の顔にエキゾチックな笑みを浮かべ、丸テーブルの会議用電話機に向かっていた。

窓の外で、通りを挟んだ向かいの近代的なビルの壁に掲げられた星条旗が翻っていた。

「……ええ、そうです。ブリュッセルの商業裁判所は、たった今、ジェイコブスの申立てを却下しました」

「おおおーっ！」

ダークグレーの会議用電話機から、リマにいるペルー経済財務省の男たちの安堵の声が流れてきた。

「裁判所は我々が主張したとおり、ペルー政府からの資金の受け取りやブレイディ・ボンドの支払いを、ユーロクリア社に禁じる必要性や緊急性はないと判断しました」

ベルギーの法律では、差止命令は「絶対的な必要性」と「極度の緊急性」が要件となっている。

「これでブレイディ・ボンドの利払いができるのか⁉」

公的債務局長の声に期待が滲む。

ペルー政府は、資金の差し押さえを恐れて、どこの銀行からも送金しておらず、九月七日に期日が到来した利払いを履行していない。債券の発行契約では、三十日間の猶予が認められており、その間に利払いをすれば、デフォルトは回避できる。

「残念ながら、ジェイコブス側は、裁判所の決定を不服として、抗告する意向です。今日は金曜日でもう間に合いませんから、週明けの申立てになると思います」

「やはり、抗告か……」

リマにいる公的債務局長は落胆した声。

「彼らは徹底的に戦い抜くのがスタイルですから」

アストラックが慰めるようにいう。「抗告に対する決定が出るのは、来週火曜か水曜になると思います。彼らの目論みを阻止できるよう、全力を尽くします」


翌日――

サミュエル・ジェイコブスは、ブリュッセルの法律事務所の会議室で、カール・フォックスら弁護士四人とペルー債権の関係書類や裁判所の決定文に目をとおしていた。フォックスが所属する米系大手法律事務所のブリュッセル事務所で、ベルギーにおける裁判手続きの一切を担当している。

土曜日だったが、ブラインドが半開きになったガラス壁の向こうのフロアーでは、数人の弁護士やアシスタントたちが休日出勤していた。

「……カール、どう思う?」

目の前の書類から視線を上げ、丸い銀縁の眼鏡を外してジェイコブスが訊いた。

両目に、絶対に負けられないという闘志を宿していた。

「『パリパス』で勝負するのが一番だと思います」

フォックスも気迫のこもった視線をジェイコブスに返す。

「パリパス（pari passu）」は、ラテン語由来の法律用語で、返済順位において他の債権者に劣後しないことを意味する。

「『パリパス』か。なるほど」

「『絶対的な必要性』と『極度の緊急性』で争うと、裁判官の主観が入るので、勝てるかどうか分かりません。むしろ負ける危険性のほうが大きいと思います」

フォックスの言葉に、ジェイコブスがうなずく。

「このとおり、当初の保証契約書にもきちんと『パリパス』条項が入っています」

フォックスは、付箋を付けた保証契約書のコピーをジェイコブスに差し出した。一九八三年五月三十一日付でペルー政府がペルー国立銀行の債務を保証した契約書の十一条のRepresentations and Warranties〈表明・保証条項〉の項目(c)に、次のとおり記載されていた。

〈The Guarantor represents and warrants as follows;
(b) This Guaranty is the legal, valid and binding obligation of the Guarantor, enforceable against the Guarantor in accordance with its terms.
(c) The obligations of the Guarantor hereunder do rank and will rank at least pari passu in priority of payment with all other External Indebtedness of the Guarantor, and interest thereon.〉
〈保証人〈ペルー政府〉は、以下について表明し保証する。(b)この保証は、合法的かつ有効で拘束力がある保証人の義務で、定められた内容のとおり保証人に対して強制することができる。(c)本保証契約に定める保証人の義務は、現在においても将来においても、保証人の他のすべての対外債務およびその金利の支払いと優先順位において、少なくともパリパス〈等位〉にランクする。〉

「よし。では、その方針で抗告しよう」

ジェイコブスが決然といった。

「我々の率直な要望を裁判所に理解してもらおうじゃないか。……難しい法律論じゃない。借りた金はきちんと返してもらう、『他の債務に劣後させないで払う』と保証書に書いたら、そのとおりにしてもらう。シンプルで当然の要求だ」

フォックスら四人の弁護士は、直ちに抗告申立書の作成に取りかかった。


週明けの月曜日（九月二十五日）——

ジェイコブス・アソシエイツは、商業裁判所の決定を不服として、ブリュッセル控訴裁判所に抗告した。

申し立ての骨子は、次のとおりだった。
(1)ジェイコブス・アソシエイツは、ペルー政府に対して五千五百万ドル以上の債権を有しており、ニューヨーク州の連邦裁判所から、強制執行できる二つの勝訴判決を得ている。
(2)ペルー政府は、パリパス条項に違反して、ジェイコブス・アソシエイツ以外の外国債権者（ブレイディ・ボンド保有者）に対して支払いをしようと企て、そのためにユーロクリア社の決済システムを使おうとしている。
(3)この企てを阻止する唯一の手段は、ユーロクリア社に同政府からの資金受け取りと債券保有者に対する支払いを禁じる差止命令を出すことである。

同じ頃――

香港のビクトリア湾は、いつものようにグリーンの海水を豊かにたたえ、白と緑二色のスター・フェリーが白い浪を引いて、高層ビルが林立する香港島と九龍半島の間を行き交っていた。

「タイヤ・キッカー」のトニーは、香港島の商業・ビジネス街、クイーンズウェイ三十八番地にある区域法院（地方裁判所）の一室で、裁判記録を閲覧していた。コンゴ共和国政府とパンアフリカ銀行の怪しい石油輸出前貸しについて調べにやって来たのだった。

（……ほう、こんなものまで裁判で出てきているのか）

頭髪の薄いトニーは分厚いファイルを開き、斜視がかった目で綴られている書類に視線を凝らす。

それは、ジェイコブス・アソシエイツとは別のハイエナ・ファンドが、債務の全額支払いを求めてコンゴ共和国を訴えた訴訟の記録だった。香港にも英米と同じように、裁判が始まる前のディスカバリー（証拠開示）手続きがあり、原告と被告それぞれが持つ膨大な量の関係書類を開示し、相互にチェックするようになっている。

（パリのホテル、ル・ブリストルで一万五千百十三フラン、ルイ・ヴィトンで三回買い物をして七万千四百五十二フラン、ラコステで五千六百九十九フラン、アラン・フィガレで九千二百三十三フラン……）

アラン・フィガレは、パリのオペラ座前にある高級ワイシャツ・ネクタイ店だ。

（このパリのボボア・ドジュルデュイ〈Bobois d'Aujourd'hui〉というのは何だ？　使った金額は三万八千二十三フラン……）

それはパリの高級家具店だった。日本円換算で約五十三万円である。

（シャネルで十万フラン、クリスチャン・ディオールで二万八千八百九十フラン、ランセルで一万三千九十フラン……。こいつは異常なブランド好きだな）

書類はコンゴ共和国大統領ドニ・サス＝ンゲソの息子、クリステル・サス＝ンゲソのクレジットカードの請求書だった。課税逃れのために香港にペーパー・カンパニーを設立し、その会社の名義で香港のクレジットカードを取得し、世界中でショッピングに使っていた。訴訟が香港で提起されたため、ディスカバリーで出てきたものだ。

（こっちは香港で使ったやつか……）

ページを繰り、明細に視線を凝らす。

ランセル（フランスの鞄メーカー）の香港支店、地元の美術品店、レストランなどで、それぞれ二万香港ドル（約二十八万円）程度を使っていた。

（お次はドバイ、と）

ドバイでは、アルマーニ、ジバンシィ、エルメネジルド・ゼニアなどの品物を扱う「ロデオ・ドライブ」という店で、多額の買い物をしていた。

それ以外に、モナコ、マルベーリャ（スペイン・アンダルシア地方のリゾート）、北京などで、ホテル、洋服、鞄、飲食などに使った明細が記載されていた。

（このイカゲソの愚息は、呆れた浪費野郎だな。これすべて、貧しい国民の資産たるべき原油輸出代金からくすねた金ってわけじゃねえか）

トニーは、使い古して絆創膏で補修したシャープペンシルを紙に走らせ、詳細にメモを取る。

（お、これは……！）

クレジットカードの請求書が送られている住所を見て、はたと気づいた。

（この中環《セントラル》のクイーンズ・ロード五番地のヘンリー・ビルディング八階って住所は、パンアフリカ銀行の香港駐在員事務所とまったく同じじゃないか。……なるほど）

癒着の構図が透けて見えた。

別のファイルには、コンゴ共和国の石油取引の関係書類が綴られていた。

（このＡＯＧＣ〈Africa Oil & Gas Corporation〉という会社は何だ？ 石油会社か？）

トニーは分厚い書類の記述を目で追いながら、考え込む。

コンゴ政府が、スフィンクスというバミューダの会社を使って原油を密かに輸出しているらしいことは北川靖から聞いていたが、ＡＯＧＣという会社名は初耳だった。

（複数のペーパー・カンパニーを絡ませて、取引を複雑にしてるってところか。……社長の名前は、ドニ・ゴカナ、か。こいつは確か……）

石油担当のコンゴの大統領特別顧問だ。

別のファイルには、スフィンクス・バミューダやＡＯＧＣの銀行口座の入出金明細が綴られていた。二百ページ以上もの膨大な量だったが、トニーは偏執狂的な執拗さで、その明細を書き写していく。資料の数字を徹底的に読み込んで、真実を探り当てるのがカラ売り屋の真骨頂だ。

翌日（九月二十六日・火曜日）――

サミュエル・ジェイコブスと弁護士たちが、ブリュッセルの法律事務所の会議室で、控訴裁判所の決定を待っていた。

明るい午後の日差しが、黒を基調とする近代的なデザインの会議室に差し込んでいた。

「……待たせるな」

テーブルの中央にすわったジェイコブスが、かすかな苛立ちを滲ませた。

目の前の大きな銀の盆には、先ほど全員で食べたサンドイッチの残りが散らかっていた。

「今回の決定は、本件以外の案件にも大きく影響するでしょうから、慎重になっているんじゃないでしょうか」

フォックスがテーブルの上で両手を組んでいった。「どんな判断をするにせよ、世界中のメディアや学者からの批評は免れないでしょうから」

「そうかもしれんな。……ところで、ザンビアのほうは、どうだ？」

ジェイコブスは銀のコーヒー・ポットに手を伸ばしながら、フォックスの隣にすわった次男のマーヴィンに訊いた。

一年半ほど前に、パトリック・シーハンを使って手に入れたザンビア向け債権の返済交渉のことだった。

「今、現地のマランボという弁護士とシーハンという例のイギリス人にじっくり交渉をやらせています。あまり性急にやって、またチャンパーティだといわれてもつまらないですから」

ロンドンから駆け付けたマーヴィンがいった。

「それでいい。急ぐことはない。時間が経てば経つほど、金利が膨らんで、我々のリターンが大きくなるからな、ふふっ」

ザンビアが払うべき金利は年八パーセントで、これは約二千九百八十三万ドルの元本に対して発生する。一方、ジェイコブスが支払ったのは元本の一一パーセントの約三百二十八万ドルにすぎない。発生する金利の額は、ジェイコブスの投資額に対して年率七三パーセントのリターンとなる。

会議室の隅の電話機が鳴った。

「来たかな?」

フォックスがサイドベンツ入りのダークスーツの裾を翻して立ち上がる。

「……うん、そうか。うん……」

受話器を耳に当てたフォックスが緊張した面持ちで相槌を打つ。

室内は水を打ったように静まり返り、男たちは電話のやり取りに耳をそばだてる。

「……そうか、リボーク(破棄)か!」

フォックスが受話器を耳に当てたまま、男たちのほうを振り返って、右の拳でガッツポーズを作ると、室内で歓声が上がった。

一時間後――

ブリュッセルと時差が六時間あるペルーの首都リマは早朝の通勤時間だった。

春先の肌寒い曇り空の下をバスやミニバンを改造した小型バス、乗用車などが渋滞しながら流れ、道端の屋台で出勤前の人々が生ジュースを飲み、白ヘルメットの警官が、インカ・コーラの宣伝が付いた台の上で交通整理をしている。石造りの官庁の建物の正面屋上では、鮮やかな赤と白の国旗が風に翻り、東の方角にはアンデス山脈の灰色の山影が横たわっている。

「……原決定破棄だって⁉　そんな馬鹿な！」

旧市街セントロの一角にある経済財務省の一室で、浅黒い顔の公的債務局長が会議用電話機を前に、愕然としていた。

「残念ながら、先ほど、ブリュッセルの控訴裁判所が、四日前の商業裁判所の決定を破棄しました」

三本脚の会議用電話機から、ワシントンDCにいる「債務国の守護神」デヴィ・アストラック弁護士の無念そうな声が流れてきた。ワシントンもリマと同じ早朝の時刻である。

「どうしてそういう決定になったんですか？」

公的債務局長のかたわらにすわった課長が焦燥感を滲ませて訊いた。

「控訴裁判所が、ペルー政府がブレイディ・ボンドの保有者に利払いをして、ジェイコブスに利払いをしないことは、保証契約書のパリパス条項に違反すると判断したのです」

「……」

「もし、ブレイディ・ボンドの保有者に金利を支払うなら、ジェイコブスにも支払わなくてはならない。資金が十分にない場合は、プロラタ（按分）して同じ比率で払わなくてはならない。そういう判断です」

「うーん……」

男たちが呻《うめ》く。

「パリパス条項については、これまで判例がなく、解釈も統一されていませんでした。学説によっては、この規定は、単に同順位の無担保債権者間で返済の優劣をつけないという趣旨で、最終的に破産財産の配当をプロラタにすればよく、ある無担保債権者の金利の支払いを別の無担保債権者より遅くしたからといって、これに違反しないとするものもあります」

「デヴィ、その学説で戦えないのか？」

公的債務局長が悲痛な声で訊く。

「ベルギーのコート・オブ・カセイション（Court of Cassation＝破棄院）に不服を申し立てることは手続的に可能です」

他国の最高裁判所に相当する最終審の裁判所で、フランスやイタリアでも同様に「破棄院」と呼ばれる。

「ただし、コート・オブ・カセイションは、その名のとおり、原決定を支持するか破棄するかだけです。そこで独自の判決を出して、それが確定するわけではありません。もし原決定が破棄された場合は、再び控訴裁判所で審理のやり直しになります」

「そ、そうなのか……」

浅黒い肌でがっしりした体軀の公的債務局長が、がっくりと肩を落とす。

ブレイディ・ボンドの利払い期限は十一日後だ。間に合わなければデフォルトで、総額三十八億三千七百万ドルの債券全額の償還義務が生じ、それができなければ国際金融市場から追放され、経済は混乱に陥る。

「デヴィ、ジェイコブス側と交渉することはできないか？」

公的債務局長が訊いた。「たとえば、五千八百四十五万ドル全額じゃなく、半分で手を打てるように交渉はできないか？」

「率直にいって、難しいと思います」

アストラックは、悩ましげにいった。「今しがた、向こうのカール・フォックス弁護士に電話して、話し合いの可能性を探ってみましたが、ジェイコブスは話し合いに応じる気は一切ないようです」

「本当か⁉」

「残念ながら。……おそらく、ブレイディの金利支払い期限が切迫していて、こちらが窮地に陥っているのを見透かしているのでしょう」

「くっ……クソっ！　ハイエナ野郎め！」

公的債務局長が歯軋りし、テーブルを囲んだ男たちも悔しそうに顔を歪める。

「局長、どうしますか？　まだ戦いますか？　……わたしとしても非常に残念で、申し訳ないのですが、率直にいって、勝ち目はほとんどないと思います」

「デヴィ、我々は、最後まで諦めない。それが大臣の指示でもある」

公的債務局長は、悲壮感を滲ませていった。

ペルーの経済財務大臣は、五十歳の経済学者、カルロス・ボローニャ・ベールである。現アルベルト・フジモリ大統領の下で一九九一年から二年間経済財務大臣を務め、去る七月に再び同じポストに就任した人物だ。

「駄目で元々かもしれないが、破棄院に不服を申し立ててくれ。それから、ジェイコブス側を、何とか話し合いのテーブルにつかせるよう、交渉を続けてくれ」

それから間もなく——

ペルー経済財務大臣のカルロス・ボローニャ・ベールは、大統領官邸にアルベルト・フジモリ大統領を訪《たず》ねた。

官邸は経済財務省から目と鼻の先のアルマス広場に面したペルー政庁の中にある。フランス・バロック様式の石造りの二階建てで、前庭と鉄柵があり、米国のホワイトハウスのペルー版といった趣《おもむき》の建物である。

「……ヴィエンド・ラス・シルクンスタンシアス（そうか）。ハイエナ・ファンドに屈するしかないか」

脚や背もたれが金箔で装飾された貴族風のソファーにすわり、アルベルト・フジモリ大統領がスペイン語でいった。年齢は六十二歳で、白髪まじりのオールバックの頭髪に大き目のフレームの眼鏡の顔は、日本人の企業経営者を思わせる。

「我々も四年間戦い抜いたのですが、残念ながら、力及びませんでした」

そばの椅子にすわったボローニャ・ベールの顔に悔しさが滲む。白髪まじりの頭髪を横分けにした童顔で、色鮮やかな黄色いネクタイを締めていた。

「ブレイディ・ボンドの利払い期限まで時間がありません。ジェイコブスへの送金や先方による受領の確認、ジェイコブス側によるニューヨークやブリュッセルの裁判所への申立ての取り下げ、ユーロクリアへの送金といった一連の手続きを考えると、もはや今日にも決断をしなければなりません」

「分かった。やむを得ないということだな」

フジモリはうなずき、目の前の低いコーヒー・テーブルの大理石の天板の上にあったペンを取り、経済財務省からの報告書に青いインクでイニシャルを書き込む。

「これはこれで仕方がないとして、もう二度とハイエナ・ファンドのカモにされないよう、手は打ってあるんだろうな？」

ボローニャ・ベールのほうをじろりと見たフジモリの顔には、十年間にわたって大統領を務めてきた権力者の威圧感があった。

「新規の借入れや債券の発行の契約書には、コレクティブ・アクション条項（collective action clause）を入れるようにしています。今後は、このようなことは起きません」

コレクティブ・アクション条項（略称ＣＡＣ＝集団行動条項）は、一部の債権者が契約内容の変更に同意しなくても、一定の割合の債権者が承諾すれば、強制的に契約内容の変更ができるとする条項である。デヴィ・アストラック弁護士らが、発展途上国の財務省や法務省の担当者に対して、ハイエナ・ファンドの餌食にならないよう、新規の契約書にはこの条項を入れるよう指導している。

「それから、市場で出回っている我が国の債務は、場合によっては政府がバイバックすることも考えています。いずれにせよ、デフォルトせずに、流通市場での債権価格をパー（額面）に維持していれば、ハイエナ・ファンドも手出しししません」

ボローニャ・ベールの説明にフジモリはうなずく。

「それにしても、千百四十万ドルで買った債権で、四年半後に五千八百四十五万ドルを分捕るというんだから、法外だな」

口調に苦々しい思いが滲む。半年複利で年率三九・八パーセントのリターンだ。

「ところで、カルロス」

フジモリがサインした報告書を返しながらいった。

「俺ももうあまり長くないかもしれん。きみも、先々のことを考えておいたほうがいいかもしれんな」

フジモリは、大統領の三選を禁じた憲法の条項を、一期目は旧憲法下だったからと強引に解釈し、去る五月に三選を果たした。しかし、選挙の透明性に関して内外から強い批判を浴び、強権的政治手法に対する国民の批判も高まっていた。今月になって、側近であるウラジミロ・モンテシノス国家情報局顧問の巨額不正蓄財疑惑が浮上し、フジモリがモンテシノスをパナマに亡命させて事件の幕引きを図ったのを契機に、野党やマスコミがフジモリの辞任を激しく要求するようになった。軍の一部はクーデターを画策し、国内情勢は揺れに揺れている。


九月二十九日——

ペルー政府はジェイコブス側と交渉するのを諦め、五千八百四十五万ドル全額を支払って四年越しの争いにケリを付けた。

ジェイコブスの銀行口座へ送金するための書類にサインをする公的債務局長の手は、怒りと無念の思いで小刻みに震えていた。サインを終えると書類を乱暴に摑んで部下に渡し、昂《たかぶ》った気持ちを静めるために、タバコを三本立て続けに吸った。

第五章　ネーム・アンド・シェイム

1

〽　プラチーダ・エ・ロンダー、プロスペーロ・エ・イル・ヴェントー
　　ヴェーニーテー・アッラジレー、バルケッター・ミィアー
　　サァンタァールゥチィアー！　サンタールチィアー！

サミュエル・ジェイコブス、次男のマーヴィン、マーヴィンのガールフレンドのジェーンという米国人女性が乗った小舟が、イタリア・カプリ島の青の洞窟の中を、波に揺られながら進んでいた。ペルーからまんまと五千八百四十五万ドルを毟《むし》り取って一年近くが経ち、そろそろ次の獲物と本格的な戦いに入るべく、ジェイコブスは地中海の太陽の下で英気を養っていた。

三人の小舟が遊覧している洞窟は、直径が五〇メートルくらいあり、外から差し込んでくる日光

が海底で反射し、海を幻想的な青色に輝かせていた。

暗い洞窟内には、観光客を乗せた七、八艘の小舟が浮かび、櫂《かい》を操る船頭たちが歌う「サンタ・ルチア」や「帰れソレントへ」などが岩にはね返って朗々とこだまし合っていた。

「レット・ミー・テイク・ユア・ピクチャー（写真をお撮りしましょう）」

手足が丸太のように太く、毛深い船頭が、愛想よくいった。

「サンキュー」

ポロシャツ姿のマーヴィンが、デジタルカメラを差し出す。

船頭がカメラを構え、ジェイコブスたちはにっこり微笑んで写真に納まった。

日焼けしただるまのような船頭は、再び櫂を取り、舟を漕ぎ始める。

「この船頭、さっきからずいぶん愛想がいいな。ぼるつもりじゃないか？」

ジェイコブスが悪戯《いたずら》っぽい表情でマーヴィンに囁《ささや》く。

「ええ、たぶんそうでしょうね」

くっきりとした眉で、少年の面影を残したマーヴィンが苦笑する。

洞窟内は暗いので、それぞれの舟の上に立った船頭たちは、青く揺らめく海面上の黒い影になって、ゆっくりと大きな輪を描いて洞窟内を一周する。

三人の小舟も洞窟内を一周し、出入り口の穴に差しかかった。

穴は狭く、出るときは全員が船底に背中を付けるようにして身体を低くする。

波が下がったときを見計らって、船頭が一気に小舟を漕ぎ出した。

外に出ると、あたりは南欧らしい明るい陽光に満ちていた。

季節は九月初旬で、日中の気温は三十度前後に達する。

「チップ・フォーミー」

洞窟から一〇メートルほど離れた船着き場まで戻ると、船頭がジェイコブスにいった。

ジェイコブスが、折り畳んだ薄緑色の五ユーロ札（約五百四十円）を差し出すと、船頭はそれを開き、「ケ・エブレーオ・スピロルチョ！（けっ、ユダヤのケチ野郎め！）」と舌打ちした。


翌朝――

ジェイコブスは自分の別荘の屋外テラスでマーヴィンと朝食をとった。

別荘は、島の西部の自然豊かな高級住宅地アナカプリ地区にある。白壁の三階建てで、合計八つのスイート・ルームがある一階と二階はホテルとして地元のイタリア人に経営させている。

ジェイコブスの別荘は三階部分で、ベランダ付のリビング、書斎、二つの寝室などがある。

敷地内に四百坪の果樹園があり、高さ三メートルほどのレモンの木々の葉の間に、熟していない緑色の実や黄色い実が生《な》っていた。

果樹園の隣に大きなテントが張られ、その下にバーカウンターと四角いテーブルが六脚置かれ、野外テラスになっている。

爽やかな朝の空気の中で、ホテルの宿泊客たちが食事をとっていた。この日は、米国人の老夫婦と三十代半ばくらいの娘、ドイツ人夫婦、台湾からの裕福そうな一家四人だった。

そばに一五メートルほどの屋外プールがあり、澄んだ水を涼しそうにたたえていた。

「……ジェーンは、どうしたんだ？」

ヨーグルトをかけたフルーツにクロワッサンの朝食をとりながら、ジェイコブスが訊いた。

「ちょっと疲れたんで、今朝は部屋で休んでます」

マーヴィンがいった。中背で金髪のジェーンは、東部の名門校イェール大学の出身で、現在はロンドンの美術商で働いている。父親はシカゴの大手食品メーカーの重役である。

「ナポリから船に乗ったりしなけりゃならんからな。確かにロンドンからでも、ちょっとした長旅だな」

ジェイコブスは自分のプライベート・ジェット、ガルフストリームG450型機でロンドンまでやって来て、マーヴィンとジェーンを拾ってナポリまで飛び、そこから自分のクルーザーでカプリ島に渡った。

肌の浅黒い男性コックがやって来て、二人のカップに熱いコーヒーを注ぐ。十九歳でカプリ島に来て二十一年になるスリランカ人だった。

「ところで、パンゲアのレポートを見たか?」

昨日、パンゲア&カンパニーが、主に企業のプレスリリースに使われる配信サービス「PRニューズワイヤ」をつうじて、パンアフリカ銀行に関する分析レポートを発表した。

〈Pangaea & Company is pleased to announce it has issued a report on Banque Panafricaine with focus on its opaque relationship with the Republic of Congo and purported source of revenue.(パンゲア&カンパニーは、パンアフリカ銀行に関し、同行のコンゴ共和国との不透明な関係と見せかけの収入源に関するレポートを発表しました)〉

九十ページからなるレポートは、二つの問題点を指摘し、詳細な資料と分析によって裏付けていた。(1)コンゴ共和国は、タックスヘイブンにある複数のペーパー・カンパニーを介在させ、汚職の疑いが極めて濃厚な原油の輸出を行なっている。パンアフリカ銀行はそのスキームに輸出前貸しを供与し、汚職に手を貸している。汚職の証拠の一つが、同国の大統領の息子であるクリステル・サス＝ンゲソの世界中での浪費である。(2)パンアフリカ銀行は、同行の頭取が個人的に設立した香港の Mediterranean Trust & Co.（地中海信託会社）というペーパー・カンパニーとデリバティブか債券現先と思しい不透明な金融取引を行い、利益をかさ上げしている。

レポートに対して、パンアフリカ銀行は、「個別の融資案件に関しては、顧客に対する守秘義務上コメントできない。地中海信託会社との取引は、純粋な商取引である。当行の業務はすべて関係法規に則っており、違法行為は一切ない」と声明を発表し、同行を買い推奨している証券会社は「そもそもパンゲアは、社会正義を実現するための組織ではない。彼らは、株価を下落させて儲けるカラ売り屋だ」と反論した。一方、パンアフリカ銀行の引受証券会社の一つは、「パンゲアのトラックレコード（過去の実績）は確かに優れている。もし彼らが指摘するような事実があるなら、次なる問いは、我々はパンアフリカ銀行に騙されたのかどうかということだ」と慎重なコメントを出した。レポートの発表で、パンアフリカ銀行の株価は一五パーセント下落した。

「サス＝ンゲソの息子の浪費ぶりには唖然としますね」

マーヴィンが苦笑した。「国民に一人一日一ドル以下の暮らしを強いながら、大統領の息子が、パリのショッピングで五千ドル、一万ドル単位の金を惜しげもなく使ってるんですから」

「こういうことをやっているから、ＮＧＯから途上国の債務は独裁者のためで、国民には返済義務はないといわれるんだ」

ジェイコブスがクロワッサンに杏のジャムを塗りながらいった。

「この三十五ページのクレジットカードの請求書は、今のところ大して役に立たないと思いますが、パンゲアが原油輸出スキームの概要をほぼ特定して、『ファースト・イン・ファースト・アウト（先入れ先出し法）』で、金の流れも解明してくれたのは有難いですね」

先入れ先出し法は、商品の在庫が入った順に出て行くと仮定して、金の流れ（および棚卸資産の原価）を決める会計上の手法である。パンゲアは、香港の裁判で開示されたAOGC（Africa Oil & Gas Corporation）やスフィンクス・バミューダの銀行口座を一年近くかけてみっちり分析し、AOGCやスフィンクス・バミューダが、原油輸出代金の一部をかすめ取るための装置であると断じていた。

「敵の敵は友というやつだな」

ジェイコブスが不敵に嗤《わら》う。「パンゲアの分析はたぶん正しいんだろう。もう少し内容を裁判向きに詰めて、証拠として提出すれば、勝訴判決はとれるだろう」

「そうですね」

「あとは、どこで金を押さえるかだ。……コンゴはブレイディをやる予定がないから、去年のペルーのようなチャンスはない」

ジェイコブスのハイエナのような目がぎらりと輝く。

「連中が金を持っているとすれば、パリじゃないでしょうか」

コンゴ共和国はフランスが旧宗主国で、経済的にも結びつきが強い。

すでにジェイコブス・アソシエイツは、パリ、ニューヨーク、ロンドンで債務の返還を求める訴訟を起こした。

「パリは一つの大きな可能性だろうな。あと、あるとすれば……」

ジェイコブスがコーヒーを一口すすり、思案顔になる。

太陽が少し高くなったようで、首筋に日差しを感じた。レモン畑では、小さなトカゲが木の幹をちょろちょろと這い回り、黒い小さな鳥が、虫を探して地面をつついていた。

「ところで、父さん」

マーヴィンが話題を変えるようにいった。

「兄さんのことなんだけど……」

長男で器械体操選手のロバートは、ハーバード大学の医学大学院を卒業し、ニューヨークの大学病院で外科医として勤務していた。

「ロバートが、どうかしたのか？」

ジェイコブスは、息子の思いつめたような表情に、よくない話だろうと直感した。

「実は……兄さん、結婚したい人がいるんだけど、なかなか父さんに話せないようなんだ」

「ほう、そうなのか！　……しかし、なぜ話せないんだ？」

嬉しさと怪訝な気分がないまぜで訊いた。ロバートはこれまでガールフレンドを家に連れて来たことが一度もない。結婚する気がないのかと、ジェイコブスは気をもんでいた。

（よほど悪い家柄の娘か、それとも、子持ちの年増でもあるのか？　まさか家庭のある人妻か……？）

「もうかなり前から付き合っているパートナーみたいな人で、年齢は、まあ、七歳くらい上なんだけれど」

「七歳？　かなり年上なんだな……。まあ、そういう結婚もあるのかもしれんが」

ジェイコブスはやや落胆した。ロバートもマーヴィンも、学歴も人柄も最上級の若者で、目の中に入れても痛くないほど溺愛してきた。できればロバートにも、ジェーンのような、容姿、人柄、頭脳、家柄すべてに申し分のない女性と結婚してもらいたいと願っていた。

「その女性は、何の仕事をしているんだ？」

「いや、その……」

マーヴィンは戸惑ったように口ごもる。

「ＩＴのエンジニアです。マイクロソフトのバイスプレジデントです」

バイスプレジデントは課長級の社員である。

「ほう、なかなか立派な職業についているじゃないか」

（七歳年上なだけなら、たいして問題とも思えないが……）

ジェイコブスは、すっきりしない表情のマーヴィンを見詰める。

「ええ、ちゃんとした人ですよ。……ただ、ちょっと」

「ただ、ちょっと？」

「ええ。実は……」

マーヴィンの顔に覚悟を決めたような気配がよぎる。

「実は、相手の人というのは……男性なんです」

「な、な、な、なにーっ⁉」

ジェイコブスは思わず叫び、テラスにいたホテルの客たちが一斉に視線を向けた。

「ほ、本当なのか⁉」

愕然とした表情で訊いたジェイコブスの視界の中で、マーヴィンが重苦しい表情でうなずいた。

(こ、こんなことが……⁉)

身体の内側で、すべてのものががらがらと音を立てて崩れ落ちていくようだった。

「父さん、兄さんのことを理解してやってほしい。ゲイは異常なことじゃないんだよ」

マーヴィンの必死の言葉が、遠くで鳴っているラジオのようだった。

近所にあるサンタ・ソフィア教会から、時を告げるカーン、カーンという乾いた鐘の音が、朝の涼しい空気をとおして聞こえてきた。


その晩——

ジェイコブスは、三階の自室のベランダで、ブランデーグラスを手に苦い物思いに耽《ふけ》った。

ベランダには地中海ブルーのタイルが敷き詰められ、青白い月明かりの中の果樹園を眺めることができる。

小さな丸テーブルのガラスの天板の上には、アイン・ランドが自己本位は美徳であるというメッセージを込めて書いた大河小説『水源』が読みかけのまま置いてあった。社会規範や世間の基準など、歯牙にもかけない主人公の若き建築家の生きざまはジェイコブスそっくりだったが、今は繙《ひもと》く気にもなれなかった。

(何が悪かったのだ？　育て方が悪かったのか……？)

丸いフレームの銀縁眼鏡の両目がアルコールと苦悩で充血していた。

（なぜマーヴィンはゲイではないのに、ロバートはゲイになどなったのだ？）

琥珀色のブランデーを苦い思いとともに呷《あお》る。

（何かストレスでもあったのか？　何か女を嫌いになるような出来事があったのか？）

もしやあのことが原因なのか、いやもしかすると別のこれが原因なのかと、様々な出来事が脳裏によみがえる。それらは、ロバートが子供の頃、教師から「この子は大人の色感の絵を描く」といわれたことだったり、母親の口紅に興味を持ったりしたことだった。

（それにしても、迂闊だった！　なぜ俺は気が付かなかったんだ？　早く気付いていれば、打てる手もあっただろうに！）

目の前のテーブルの上には、朝食のあとマーヴィンから手渡されたインターネットのウェブサイトからの十数ページの資料が置かれていた。ゲイやレズビアンを正しく理解し、家族として本人にどう向き合い、どのように支えてやるべきかといった内容の助言や体験談が書かれていた。ページの右下に表示されているプリントアウトされた日付は相当古く、何度も読んだ形跡があり、マーヴィンが一年以上話す機会を待っていたのが分かる。

しかし、ジェイコブスはそれを読む気がどうしても起きなかった。

（とにかく、一度、ロバートと向き合うしかないだろう。……こんなことで、マーヴィンの結婚に影響が出たりしなければいいが……）

心配事があとからあとから湧き起こってきて、ジェイコブスは打ちのめされそうだった。

別荘の正面玄関が面した通りを挟んだ向かいのレストランからは、木陰の野外席で食事をする人々の賑やかな話し声が潮騒のように聞こえてきていた。

自分の家族はああいう楽しげな食事をできる時が再び持てるのだろうかという暗い思いを胸に、ジェイコブスはベランダの椅子で考え込んだ。


数日後——

ロンドンは、日差しの中に秋の気配が感じられる季節になっていた。

パトリック・シーハンは、北の郊外の高級住宅地にある自宅の居間でパソコンに向かっていた。

（へー、きれいだなあ！）

画面に映し出された写真を見て、心の中で感嘆の声を上げた。

濃い緑色の葉に包まれた赤い艶々のサクランボ、黒い土の上に敷き詰められた藁の上に生《な》っている真っ赤なイチゴ、何列もの畝《うね》に植えられた緑の野菜畑と背後の屏風のような林の写真だった。畑の中には半袖シャツに半ズボン姿の人々が七、八人いて、イチゴを摘んだり、写真を撮ったりしている。

（エレンも楽しそうだ……）

麦わら帽子をかぶったエレンは、大粒のサクランボのそばでにっこりほほ笑んでいた。

この日、エレンは友人たちとロンドンの南に位置するサリー州の農園にイチゴ・サクランボ狩りに出かけていた。今は仕事を辞め、ガーデニングをしたりしながら、のんびり暮らしている。

妻の幸福そうな顔を見て、シーハンはしみじみと嬉しさを噛みしめた。

抗がん剤治療から二年半が経ち、今、エレンは女性ホルモン抑制剤（乳がんは女性ホルモンで増殖するため）の小さな錠剤を毎日一粒飲むだけになった。一年半くらい前までは顔も青白く、身体もほっそりと頼りなげだったが、今は金髪も生え、見た目もすっかり元通りになった。以前は、たまたま不正出血があったりすると、今度は子宮がんになったんじゃないかと怯えたり、退職後五年間は使える会社の医療保険が使えなくなった頃にがんが再発したらどうしようかとか、自分はシーハンの重荷になっているんじゃないかと心配したりしていたが、そうしたこともなくなった。ただふとしたことで、死の恐怖が脳裏をよぎることがあるようなので、シーハンは病気のことはなるべく話さないようにしていた。

（さて……）

しばらく農園とエレンの写真を眺めたあと、画面のメールボックスを閉じ、年季の入ったアカシア材の大きなテーブルの上に広げた契約書の草案のチェックに取りかかる。

二年半前にルーマニア政府から額面の一一パーセントで買い取ったザンビア向け融資の繰り延べ《リスケジューリング》契約書の草案だった。買い取ったときの額面（元本と金利の合計）は二千九百八十三万ドルだったが、その後も返済は滞っているので、八パーセントの金利と一パーセントの延滞ペナルティが加算され、債権額は三千五百万ドル以上に膨れ上がっていた。

ジェイコブス・アソシエイツは、ザンビア政府に三年分割払いで返済させようと交渉中で、契約書はそのために用意したのものだった。

〈Jurisdiction, Waiver of Sovereign Immunity

The Borrower will submit to the non-exclusive jurisdiction of the courts of England, and will appoint agents for service of process in London. The Borrower will acknowledge that this transaction is a commercial transaction and expressly waive sovereign immunity from jurisdiction, attachment or execution.〉

〈裁判管轄と主権免責特権の放棄　債務者〈注・ザンビア政府〉は英国の裁判所の非排他的裁判管轄に服し、ロンドンにおける裁判手続代理人を指名する。債務者は本取引が商業取引であることを認め、裁判管轄、差し押さえ、執行からの主権免責特権を明白に放棄する。〉

（イングランドの裁判管轄に、ソブリン・イミュニティ放棄か……）

数十ページの草案に書かれた裁判管轄と主権免責特権放棄の条項の文言《ワーディング》を確認しながら、シーハンはどうやってザンビア財務・国家計画省と交渉すべきか思案を巡らせる。

ジェイコブス・アソシエイツのロンドン事務所長のマーヴィンからは、債務の繰り延べとともに、相手にイングランドの裁判管轄を受け入れさせ、ソブリン・イミュニティ（主権免責特権）を放棄させるよう指示されていた。

ソブリン・イミュニティとは、国家は他国の裁判管轄に服す義務がないという国際慣習法上の原則で、これがあると国家を裁判で訴えたり、国有財産を差し押さえたりすることができない。そのため、国家や政府機関を相手に、債券の引受けや貿易取引、プロジェクトの請負いといった商行為を行う場合は、ソブリン・イミュニティを契約で放棄させ、もめ事や支払い遅延が起きた場合は、先進国の裁判所に訴えることができるようにしておく。しかし、ルーマニアとザンビアの農業用トラクター輸出にからむ延払い契約書には、両当事者ともに政府であったため、そうした規定がなかった。

（最初からこの点を強調すると、ザンビア側も警戒するだろうなあ……）

シーハンは、該当の条項を見ながら思案する。

（何もいわずに草案を渡して、もし何か訊いてきたら、ジェイコブスのような民間企業が取引相手のときは普通の条項だと当然のような顔で説明するか……）


数日後（二〇〇一年九月十一日・火曜日）の夕方――

京都は未明に雨が降ったが、やがて雨雲は去り、蟬の鳴き声がする残暑の一日だった。

沢木容子は、市内北部の貴船山と鞍馬山の間を流れる貴船川沿いの料理旅館に、同じ途上国支援のNGOのロンドン事務所で働く英国人女性を夕食に招いた。

「オゥ、ディス・イズ・エキゾティック！（うわぁ、これは日本的な情緒があるわねえ！）」

栗色の髪で体格のよい英国人中年女性が、氷のような白いしぶきを上げて旅館の裏手を流れる貴船川と、その上にしつらえられた座敷を見て感嘆の声を漏らした。茣蓙《ござ》で覆われた板張りの川床の上に緋毛氈《ひもうせん》が敷かれ、それぞれに座卓が置かれていた。

陽は傾き始めていたが、気温はまだ二十七度くらいある。しかし、床下をざあざあ音を立てて流れる川から、冷気が立ち昇ってきて、なんとも心地よい。

「うーん、ビールがこんなに美味しいとは！」

座卓で冷えたビールをごくごくと喉に流し込んで、二人は満面の笑みを交わした。

今しがた、一時間半かけて、鞍馬寺から貴船神社に抜けるハイキングコースを歩いてきたところだった。山伏の修行の映像に出てくるような険しい山中の道で、途中に木の根が絡み合うように地を這っている「木の根道」などもあり、汗だくになった。

「それにしても日本ならではねえ、こういうのは」

英国人女性は感じ入った表情で川床を見渡す。周囲の座卓で、三十代と思しい女性たちの四人組、地元の人らしい家族連れ、欧米人のカップルなど五、六組が食事をとっていた。

「亡くなった夫が京都の人で、カイロから日本に帰国して間もない頃、連れて来てくれたのよ」

ショートカットで理知的な面立ちの沢木がいった。

数年前に病気で亡くなった夫は、横浜国立大学の社会科学研究会の同志だった。対日講和条約が発効してまだ間がなく、横浜港は依然として接収されたままで、桜木町駅前にはカマボコ型の米軍兵舎が並んでいた。二人は全港湾労組の原動機付の小舟を借りて、横浜港にあった米軍施設を隠し撮りし、俯瞰図を作って学園祭で展示し、助教授になりたてのマルクス経済学者・長洲一二（のち神奈川県知事）から絶賛を受けた。

「ところで、小渕総理が急死したのにはびっくりしたわね」

冬瓜のすり流しスープを陶製の小さなスプーンで口に運びながら、英国人女性がいった。

「そうね。わたしが怒ったせいかと思っちゃったわよ」

最初の盆の鮎のから揚げをつまんだ箸を止めて、沢木が苦笑いした。

「でも、日本の債務削減がようやくG8並みになったのは、ヨーコたちが頑張ったからよね」

「わたしたちというより、世界中のみんなが頑張ってくれたからよ」

沢木らが国際的なキャンペーンを巻き起こし、世界中から日本の首相官邸に数百万通の陳情の手紙が届いたりした結果、日本政府は昨年六月二十八日に、ジュネーブで開催中の国連社会開発サミットで、有馬龍夫代表（外務省参与）が、NGOなどから強い批判を浴びていた「債務救済無償援助スキーム」を実質的に放棄し、その前年（一九九九年）六月のケルン・サミットで合意されたHIPCS《ヒップクス》（重債務貧困国）向けの総額七百億ドルの債務免除を履行すると宣言した。

「タイミングもよかったわね。日本がG8の議長国になったところに、みんなが声を大にして批判したもんだから、せめて他の先進国並みにしないと、九州・沖縄サミットに臨めないと思ったみたいね」

「森首相が五月にG8各国を歴訪したときも、何人もの首脳からNGOの主張を重視すべきだっていわれて、認識をかなり改めたらしいわ」

小渕の後を継いで首相になった森喜朗は、九州・沖縄サミットで議長を務めた。

「まあ、日本が公約を実行するのはこれからだから、しっかり監視しないとね」

「ええ。それに、HIPCイニシャティブ自体、最初から問題含みだから、そっちも何とかしないと」

HIPCイニシャティブにもとづく債務削減を受けるためには、IMF・世銀の構造調整プログラムを実施し、百項目にも及ぶ条件を課され、審査に合格しなくてはならない。たとえばザンビアは、同プログラムを忠実に実施し、初等教育の有料化、医療の有料化、国営鉱山会社の民営化、食料品など日用品への補助金廃止などを行なった。この犠牲になったのが貧困層で、エイズ・ワクチンを買う金にも事欠いて、子どもの十三人に一人がエイズで両親を亡くして孤児になり、国民の平均寿命は四十歳前後と極めて短い。さらに対外債務を買い戻すためにIMFから借りた融資は削減対象ではなく、その返済が今年（二〇〇一年）から始まるため、ますます耐乏生活を強いられている。沢木たちは、ケルン・サミットで合意した七百億ドルは、貧困国の全債務二千億ドルの約三分の一でしかないとして、債務の全面的削減を目標に運動を続けていた。


夕食を終えると、二人は叡山電鉄とタクシーを乗り継いで京都市街に戻った。

古都の町はとっぷりと暮れ、祇園や先斗町《ぽんとちょう》の通りには、料理屋や商店の灯が点っていた。

「明日も残暑が厳しそうねえ」

清水寺に続く坂道の途中にある旅館に戻ったとき、沢木が星空を見上げてつぶやいた。

二階建ての旅館は、大浴場とトイレが共同だが、値段は手ごろで、館内は塵一つなく清掃され、テレビで外国の放送も観ることができた。

部屋は八畳の和室で、すでに布団が二組敷かれていた。

「オゥ、ホワッツ・ディス？（あら、これはいったい何？）」

風呂から戻り、部屋に戻ってテレビをつけた英国人女性が怪訝そうな声を上げた。

米国のCNNのニュース番組だった。

「イズ・ディス・ワールド・トレード・センター・イン・ニューヨーク・シティ？」

ドライヤーで髪を乾かし終えた浴衣姿の沢木が、テレビの画面を覗き込んでつぶやく。

様々な形のビル群を従えるようにそびえ立つ二つの超高層ビルの一つの上のほうから、黒っぽい煙が激しい勢いで噴き出ていて、沢木は一瞬火事かと思った。

「……It's obviously something devastating that has happened. And again, there are unconfirmed reports that a plane has crashed into one of the towers there.（……明らかに壊滅的な出来事が起きています。繰り返しますが、飛行機がタワーの一つに衝突したという未確認情報があります）」

男性キャスターが緊迫した口調で話していた。

「飛行機がワールド・トレード・センターに衝突？　これ、現実に起きていることなの？」

「そうらしいわ。信じられない……！」

ニュースを報じているCNNのキャスターやスタッフたちも何が起きたのか摑めておらず、興奮した口調でやり取りをしていた。

「Sean, what kind of plane was it? Was it a small plane, a jet?（ショーン、それはどういう種類の飛行機？　小さな飛行機、ジェット機？）」と男性キャスター。

「It was a jet. It looked like a two-engine jet, maybe 737.（ジェット機でした。双発機で、737かもしれません）」

事故を目撃したCNNの男性プロデューサーが答えた。

「ということは、大型の旅客機ですね」

「大型のジェット旅客機です」

「目撃したとき、どこにいたんですか？」

「『5ペン・プラザ』の二十一階です」

5 Pennsylvania Plazaは、エンパイア・ステートビルの近くにあるオフィスビルで、ワールド・トレード・センターからの距離は四キロメートル強である。

画面には、禍々《まがまが》しい煙を噴き上げるワールド・トレード・センターの北棟が様々な角度や距離から映し出されていた。

沢木と英国人女性は、慄然とした気持ちで視線をくぎ付けにした。

午後十時三分（米国東部時間午前九時三分）、画面右手から灰色の影がすーっと現れた。

（あっ、飛行機⁉）

灰色の機影は、煙を上げている北棟の背後に吸い込まれるように消えて行った。

次の瞬間、北棟の背後で、大きな炎と煙が原爆のきのこ雲のように湧き起こった。

「And there's more explosions right now! ......hold on......people are running!（今、別の爆発が起きました！　……ちょっと待って下さい……人々が走り出しています！）」

スタジオのキャスターと話していた現場の男性が絶叫した。

「The whole building exploded some more, the whole top part! The building's still intact. People are running up the street!（ビル全体がまた爆発しました、ビルの上のほう全体です！　ビルはまだ形を保っています！　人々が通りを走っています！）」

ユナイテッド航空一七五便のボーイング７６７型機が、世界貿易センター南棟に突入したのだった。


事件は、アルカイダに所属するエジプト人、ムハンマド・アタを中心とするアラブ人グループによって引き起こされた同時多発テロだった。アメリカン航空とユナイテッド航空の四機の旅客機がハイジャックされ、二機が世界貿易センターに、一機がバージニア州アーリントンの国防総省（ペンタゴン）に激突し、残る一機がペンシルベニア州シャンクスビル（首都ワシントンＤＣの北西二四〇キロメートル）に墜落した。全体の犠牲者数は三千人あまりに上り、世界貿易センターは二棟とも倒壊した。

米国のジョージ・W・ブッシュ大統領（ジュニア）は直ちに非常事態宣言を発し、さらなるテロに備え、州兵と予備兵を動員し、数日間にわたってすべての国境を閉鎖した。操縦室内の会話や客室乗務員が電話で伝えた犯人の座席番号などから、アルカイダにより計画・実行されたテロであると断定。同組織のリーダーであるオサマ・ビン＝ラディンを匿《かくま》っているアフガニスタンのタリバン政権に引き渡しを求めたが、拒否されたため、十月二日、ＮＡＴＯ（北大西洋条約機構）軍とともに、タリバンに対する武力攻撃を開始した。


十一月の終わり——

同時多発テロから約二ヶ月半のマンハッタンは、テロの深い傷跡と、負けまいとする人々の決意が入りまじった独特の雰囲気に包まれていた。

世界貿易センターの跡地では二十四時間態勢で瓦礫が撤去されているが、まだ三千人以上が行方不明である。街には、壁やオフィス用品が燃えた嫌な臭いと煙が今も漂い、観光客はめっきり減り、あちらこちらにある消防署の前には、犠牲になった消防士たちを悼むたくさんの花束やカードや蠟燭が供えられていた。一方、ニューヨーク証券取引所は九月十七日に、ウォール街の二路線の地下鉄駅も十月末に業務を再開し、人々はテロの前と同じように忙しく働いている。

「……ほう、さすがに歴史と格式のあるクラブだなあ」

五番街を挟んでセントラルパークのそばに建つニッカー・ボッカー・クラブの古めかしい煉瓦の建物に入って、北川とグボイェガが受付エリアを見回した。

一八七一年に創設されたニューヨークで最も格式の高いジェントルメンズ・クラブ（会員制）は天井が高く、シャンデリアが渋みのある光を降り注いでいた。

クロークの壁には、数百人の会員の名札がずらりと掛けられている。

「ようこそ。そっちのクロークでコートを預けてくれ」

隙のないダークスーツ姿の弁護士カール・フォックスが二人を握手で迎えた。相棒の韓国系米国人の若手弁護士も一緒だった。三年前にナイジェリアのラゴスで知り合って以来、たまに会って情報交換をする仲になっていた。特にコンゴ共和国に関しては、敵の敵は友人という関係だ。

「まずはアペリティフ（食前酒）でも飲みながら、ゆっくりしよう」

フォックスはパンゲアの二人を二階に案内した。

ヨーロッパのカントリーサイドの貴族の館のような広々としたラウンジには絨毯が敷き詰められ、大きなシャンデリアが下がり、中央の暖炉で炎が赤々と燃えていた。

壁には、クラブの理事長を務めたジョン・ロックフェラー（ロックフェラー財閥創始者）とJ・P・モルガン（モルガン財閥創始者）の肖像画が掛けられている。

「このクラブは、ロックフェラー一族はみんなメンバーだったんだが、もうだいぶ亡くなって、今はデーヴィッドだけなんだよな」

肖像画を見上げて、フォックスが独りごちるようにいった。

現在八十六歳のデーヴィッド・ロックフェラーは、同家の第三代当主で、チェース・マンハッタン銀行頭取などを務めた。「ロックフェラー・センター」を買収した三菱地所が、日本のバブル崩壊後に同センターへの破産法適用を申請しようとしたとき猛反対し、三菱地所本社に乗り込んで来たり、宮澤喜一元首相をつうじて破産法適用を阻止しようとしたりしたこともある。

「ところで、ヤス、足をどうかしたのか?」

北川は先ほどから片足を引きずり気味にしていた。

「こないだ、ニューヨークシティマラソンで、ちょっと無理をしたもんでね」

一七七センチの身体に、珍しくジャケットとネクタイ姿の北川が苦笑いした。

去る十一月四日に、ニューヨークシティマラソンが予定通り開催され、百ヶ国以上から集まった約二万五千人のランナーたちがニューヨークの五つの地区を駆け抜けた。

「そうか……。うちの法律事務所でも何人か参加したよ。テロで犠牲になった友達の写真を握りしめたり、シャツに貼り付けて走った奴もいたようだ」

食前酒は、今ニューヨークで流行の、リレ(Lillet)と呼ばれる酒精強化ワインにオレンジの皮の汁を絞り、氷を入れたものだった。

「テロのあといろんな会社の株が下がったから、カラ売り業には悪くなかったんじゃないですか?」

ソファーにすわった韓国系米国人の男がリレのグラスを手に訊いた。

「まあまあだね」

「BPA(Banque Panafricaine = パンアフリカ銀行)のカラ売りは、手仕舞ったんですか?」

パンゲアはコンゴ共和国に対して怪しげな石油前貸しをやっている同行の株をカラ売りした。

「いや、まだだ。今回のテロでは、米系以外の銀行はそんなに影響を受けてないし、奴らのやってる怪しげな石油輸出前貸しについても、マーケットは問題視するに至ってないからな。……そっちはどうだ？」

「コンゴとＢＰＡに関しては、正直いって、ちょっと攻めあぐねてる」

澄んだオレンジ色のリレを舐めるようにして、フォックスが思案顔でいった。「要は、コンゴのアセット（資産）がどこにあって、それをどうやって押さえるかだが、今のところ尻尾が摑めていない」

債務の全額返済を命じる判決を獲得したとしても、相手に返済する気がないため、資産を差し押さえるしかない。

「まあ、いつもの悩みだがね」

食前酒を飲み終えると、四人は一つ上の階にあるメイン・ダイニング・ルームに移動した。

広々としたダイニング・ルームは普通のレストランの一・五倍くらいの高さの天井からシャンデリアが下がり、窓の向こうに紅葉した木々が贅沢な色どりを見せていた。

「ここに入会するのは大変なんだろうな」

純白のクロスがかけられたテーブルでメニューを開き、グボイェガが訊いた。

「まあな。当然、現役の会員の推薦が要るし、十人からなる入会審査コミッティ（委員会）の審査をパスしなけりゃならん。十人のうち一人でも駄目だといえば通らない」

三菱商事の会長も、何とか入ろうとしたが、果たせなかったという。

「推薦しようか？　審査に一年くらいかかるが」

「いいよ。今さら他人に面接されて、お前はいいとか悪いとかいわれたくない」

グボイェガの言葉に一同は微笑した。権威と常識に背を向けて生きるカラ売り屋らしい。

「このレストランはフランス人がシェフだから、味は悪くないぜ」

フォックスは各人の注文を聞き、オーダー用の小さな紙に鉛筆で書き込んだ。普通のレストランと違う、昔からの注文の仕方だという。

ランチ・タイムだが、広々とした室内に客は他に二組しかいなかった。いかにも社会的地位のありそうな年輩の男の二人組と、父親と息子らしい二人組だった。皆、仕立てのよい背広にネクタイ姿である。

「ジェイコブスはアルゼンチン債を相当買っているようだな」

トウモロコシのガスパッチョ（冷製スープ）をスプーンで口に運びながら北川が訊いた。

「よく知ってるな」

コンソメスープをすすっていたフォックスがいった。

「マーケットにいる連中と付き合ってれば、いろんな話が耳に入ってくるよ。結構大きな買いを入れてるそうじゃないか」

「らしいね。俺たち弁護士の出番はもうちょっと後だが」

十二年前に対外債務の不履行《デフォルト》を引き起こして世界中の顰蹙《ひんしゅく》を買い、大幅な債務削減と通貨制度の改革（アルゼンチン・ペソとドルの交換比率を一対一に固定）をしたアルゼンチンが再び経済危機に陥っていた。恒常的な財政赤字を外貨の借入れで補てんして対外債務を膨らませ、債務の返済ができなくなったのだ。国債利回りは米国債プラス二三パーセントという空前の水準まで上昇し、銀行の取り付け騒ぎも起き、昨年（二〇〇〇年）半ばから銀行預金の四割が流出した。

「しかし、アルゼンチンはどうしようもないな。札付きのデフォルト（債務不履行）常習犯だな」

グボイェガがため息をついた。

アルゼンチンは、一八二六年の共和国建国以来、一八〇〇年代に二回、一九五〇年代に二回の債務不履行を引き起こしたほか、一九八二年と八九年にもデフォルトし、そのつど債務の繰り延べ《リスケジューリング》をしている。

「おそらく十二月後半にデフォルト宣言、それから債務削減交渉だろう。……ジェイコブスはホールドアウト（交渉拒否）して、時機を見て法廷闘争開始だがね」

フォックスの言葉に一同がうなずく。

hold out の直訳は「粘り抜く」で、金融の世界では債務再編に応じない債権者を意味する。

「当面はコンゴ共和国とザンビアとの戦いに全力投球ってところだ」

間もなく、初老の米国人ウェイトレスがメイン・ディッシュを運んできた。

「こないだ雑誌でジェイコブス氏のインタビューを読んだよ」

脂が乗ったヒラメのグリルにナイフを入れながら北川がいった。「雑誌の記者に『if the legal chase might not be a little fun（法律的に追い詰めていくのは、あんまり楽しいもんじゃないんじゃないですか）』と訊かれて『Fun? Skiing is fun. This is work.（楽しいだって？　スキーは楽しみだが、これは仕事だ）』とにべもなく答えてて、いかにも彼らしかったよ」

スキーはジェイコブスの趣味の一つで、時々コロラド州やスイス・アルプスのスキー・リゾートに自家用ジェット機で出かけている。

「彼は、獲物に襲いかかるときは常に全力だからな」

クラブハウス・サンドイッチを手にしたフォックスがいった。

「ここんとこは、家族のことで色々あって疲れてはいるようだが」

「家族の……？」

パンゲアの二人は狐につままれたような気分。メディアに登場するジェイコブスは、常にエネルギッシュで、発言も論理的で隙がない。

「実はな……」

フォックスはちょっと悩まし気な顔をした。

「上の息子がカミングアウトしたんだ」

「え？」

「つまり、自分はゲイだと告白したんだ」

パンゲアの二人が絶句し、韓国系米国人の男が口をへの字に結んでうなずく。

「サム（ジェイコブス）は、それまで同性愛とは無縁の人生だったから、驚天動地の出来事だったらしい」

「まあ……だろうな」

「息子は二人ともハーバード出の秀才だし、見た目も性格もいいから、サムは目の中に入れても痛くないほど溺愛している」

一同はうなずく。

「最初は精神の病か何かだと思って、叱り付けたり、説得しようとしたらしい」

「そりゃあ、無理だろう」

グボイェガが小さく悲鳴を上げるようにいった。自分自身も黒人として差別を受けることがあり、性的少数者に対しては同情的だ。

「その通り。無理な話だ。WHO（世界保健機関）も、一九九三年に『同性愛はいかなる意味でも治療の対象にならない』と宣言してるしな」

同性愛は単なる性的指向で、異常でも、倒錯でも、精神疾患でもない。

「それで、ジェイコブス氏はどうしたんだ？」

訊かれてフォックスはにやりとした。

「ここからが彼のすごいところなんだが、同性愛について猛烈な勉強を開始したよ」

「ほーう……」

「最初は相当な葛藤があったはずだが、それも克服して、驚くほどのスピードで学習した。専門の法律面も含めてな」

ジェイコブスは、元々ハーバード大学法科大学院出の弁護士である。

「今じゃ、LGBT（lesbian, gay, bisexual, transgender ＝性的少数者）の強力な支援者になって、息子を合法的に結婚させるために、法律改正運動に乗り出そうとしてるよ」

「ほおーっ、そりゃあ……！」

「まあ、俺同様、サムも典型的なヘテロセクシャル（異性愛者）だから、内心では今も葛藤を抱えているとは思うけどね。……俺自身も理屈では分かっているつもりでも、やはり男が男を好きになる気持ちは完全には理解できん」

2

約一年後（二〇〇二年十二月十八日）——

沢木容子は、ロンドンの中心街から一五キロメートルほど南にあるクロイドンの町で、デモ隊の人々に向かってマイクで訴えていた。

「……well, Nestlé's claim on the nationalization of 27 years ago may be legitimate strictly speaking, but what about common sense that you don't force money from the hands of people who are starving?（ネスレが二十七年前に起きた国有化の賠償を求めるのは厳密にいえば合法なのかもしれません。しかし、飢えている人たちからはお金を取り上げないという常識について、彼らはどう考えているのでしょうか？）」

「イエース！」

英国人が中心の百人を超えるデモ隊の人々から一斉に賛同の声が上がる。

沢木の背後には、地上二十四階建て、高さ九二メートルの茶色い高層ビルが、クロイドンの雑多な人種の街を睥睨《へいげい》するかのように聳え立っていた。最上部には、トレードマークの巣の親子鳥とNestléの文字が大きく掲げられている。八百人強の社員が勤務するスイスの巨大食品メーカー、ネスレ社の英国とアイルランドの本部であった。

「エチオピアは内戦や慢性的な干ばつで、百万人以上の人々が亡くなり、今も千百万人が飢餓で食糧援助を必要としています！」

「イエース！」

「ネスレがエチオピアに要求している六百万ドル（約七億二千万円）があれば、百万人以上の人々が一ヶ月間食糧を手にすることができます。あるいは六千五百の井戸を掘って、四百万人以上の人々に清潔な水を提供することができます。あるいは六十五万人の人々が下痢の薬を買うことができます」

冬の寒風の中で、ユニクロの黒いフード付きダウンコート姿の沢木は声を張り上げる。

「ネスレの年間の税引き前利益は六十二億ドル（七千四百四十億円）です。六百万ドルは、その〇・一パーセント以下に過ぎません！」

デモは、エチオピアの前政権が行なった二十七年前の国有化の賠償をネスレが要求したことに反対するもので、「Name and Shame《ネーム・アンド・シェイム》（名指しして不名誉とする）」キャンペーンと名付けられ、貧困撲滅を目指す世界的NGOオックスファム（本部・英国オックスフォード）が開始し、数多くのNGOや個人が加わっていた。

エチオピアは軍事政権時代の一九七五年に、ドイツ企業が過半数の株式を所有していたエチオピア畜産開発会社（Ethiopian Livestock Development Company）を国有化した。その後、一九八六年に同ドイツ企業をネスレが買収し、一九九一年に軍事政権が崩壊したあとにできた現政権が、一九九八年に同社を地元の民間企業に八百七十三万ドルで売却した。これに対し、ネスレは一九七五年のドルとエチオピア・ブル（birr）の為替レートにもとづいて六百万ドルを要求し、エチオピア政府側は現在の為替レートにもとづいて百五十万ドルならば支払うと回答していた。

「こりゃあ、ちょっと嫌な雰囲気になってきたなあ」

ネスレのビルから地上のデモ隊を見下ろしながら、広報チームのマネージャーを務めるスイス人の男が表情を曇らせた。

「粉ミルク問題みたいな不買運動が起きたら、目も当てられませんね」

広報チームのイギリス人女性がいった。

ネスレは、発展途上国に対して過剰な粉ミルクの販売活動を行い、母乳分泌が不活発になったり、粉ミルク漬けにされた貧しい人々が買う金がないため、不潔な水で粉ミルクを薄めて作り、乳児の病気が多発するといった問題を引き起こし、一九七〇年代後半から世界的な不買運動を起こされ、今もそれに苦しんでいる。

「とにかく本社の指示を早急に仰ごう」

スイス人マネージャーは窓際から離れると、自分の席に戻り、スイスのレマン湖畔のヴヴェイ（Vevey）の町にある本社に電話をかけた。


デモを受けて、英国のメディアなどが一斉にネスレを非難し、オックスファムをはじめとするNGOは約四万通の抗議の手紙やEメールをネスレに送った。

当初は「国有化の賠償をきちんと払うことは、エチオピアにとっても、外国の投資家からの信頼を高めるメリットがある」と主張していたネスレも、形勢不利と見て取り、デモの二日後に広報部のディレクター、フランソワ・ペロードがBBCのインタビューで「受け取った金はエチオピアに再投資する。また六百万ドル以下でも受け入れるかもしれない」と述べた。

しかし、メディアやNGOは納得せず、ネスレに対する非難は止まなかった。交渉の仲介をしている世界銀行の担当者も「百万ドルで十分なはずなのに、ネスレは取れるだけ取ろうとしている」と述べた。

十二月二十二日・日曜日、ネスレ本社CEOのピーター・ブラベック＝レッツマットは、賠償請求をすべてエチオピアの飢餓救済のために寄付すると緊急発表した。

その後、エチオピア政府とネスレが話し合いを行い、エチオピア政府が払う百五十万ドルをネスレが同国の飢餓救済のために寄付するということで最終的な決着が着いた。

エチオピア政府とネスレが合意書に調印していた頃（二〇〇三年一月下旬）――

コネチカット州グリニッジの大邸宅の書斎で、茶色いハイネックのセーター姿のサミュエル・ジェイコブスは、コーヒーをすすりながら、経済誌に目を通していた。

窓の向こうでは降りしきる雪の中で、冬枯れの木々が寒々とした白い姿を晒していた。

室内の八つのパソコン・スクリーンの一つに、アルゼンチンの首都ブエノスアイレスの商店街の割れたガラス窓や壁の落書きが映し出され、女性キャスターが緊迫した表情で現地の状況を説明していた。同国は先月二十三日に債務不履行を宣言し、全国的に略奪や暴動が起きていた。

（……ほう、年率二五パーセントのリターンか。若いのに、大したもんだな）

読んでいたのは、サード・ポイント・マネジメントという名の企業再建・アクティビスト型ヘッジファンドを運営しているダニエル・ローブ（Daniel S. Loeb）という四十歳のユダヤ人の男に関する記事だった。

ジェイコブスは、長男のロバートのためにも、同性婚を立法化しようと考えていた。そのためには一人ではなく、共に闘える人間が必要である。それは資金力と政治的影響力のある人間でなくてはならない。成功しているファンド・マネージャーで、同性婚に対して肯定的な発言をしているダニエル・ローブは、候補者の一人だ。

（ジュリアーニにも、一働きしてもらう必要がありそうだな……）

昨年末まで八年間にわたってニューヨーク市長を務めたルドルフ・ジュリアーニは、ジェイコブスが長年にわたって金銭面を含めて支援してきた政治家で、選挙キャンペーンにはジェイコブスのプライベート・ジェットを提供した。ジュリアーニは市長在任中、同性パートナーに対する様々な保護を立法化した実績もある。

デスクの背後の大きな書棚には、過去一年四ヶ月ほどで読んだ同性愛や同性婚に関する本がずらりと並んでいた。ジェイコブスはそれらの本で、LGBTは（統計により異なるが）人口の四〜七パーセントを占め、本当の自分を隠して生きていかなくてはならない彼ら（彼女ら）の苦しさ、家族なら適用される医療保険も適用されないこと、法律的に関係が認められていないゆえに、パートナーの死に際にも立ち会うことができず、共に築いた財産の相続もできないこと、結婚もできず、子供も持てないため、最後は孤独死するケースが多いことなどを知った。

同性婚や登録パートナーシップの制度があるのはオランダ、ノルウェー、スウェーデンなど、ヨーロッパのごく一部の国々に限られ、米国ではどの州も認めていない。

デスクの上の電話が鳴った。

「フォックスさんたちがいらっしゃいました」

執事役の初老の白人女性に告げられ、ジェイコブスは会議用の部屋に向かった。

狩猟をする人々を描いたルーベンスの絵画が壁に掛かっている会議用の部屋では、フォックス、韓国系米国人の若手弁護士、ロンドン事務所を預かるマーヴィンの三人がガラスの天板の丸テーブルを囲んでいた。

「どうだ、ロンドンの訴訟の準備のほうは？」

テーブルにつくと、ジェイコブスは単刀直入に訊いた。

ジェイコブス・アソシエイツは、コンゴ共和国に対してロンドンで裁判を起こし、額面七千万ドルの債権と発生した金利とペナルティの全額返済を求める予定である。元々の買い付け価格は金利やペナルティを含めた債権額の六パーセント程度に過ぎないが、全額返済の判決を勝ち取り、どこかで資産を押さえて回収しようと目論んでいた。ロンドンで裁判を起こすのは、それら債権の元々の契約書や譲渡契約書が、イングランド法を準拠法とし、裁判管轄をロンドンの裁判所にしているためだ。

「順調に進んでおります。来月には、訴訟を提起する予定です」

ダークスーツ姿のフォックスが抜け目のなさそうな目でジェイコブスを見ていった。

「そうか、それは結構」

「それから前々から検討しておりました、ＳＮＰＣ（コンゴ国営石油公社）に石油輸出前貸しを提供しているパンアフリカ銀行を訴える方策ですが……」

フォックスは思わせぶりに一呼吸置いた。

「思いがけない手が見つかりそうです。９・11（米同時多発テロ）の賜物《たまもの》です」

「９・11の賜物？」

ジェイコブスは興味をひかれた表情。

「こちらをご覧下さい」

フォックスは数ページの書類を差し出した。

ジェイコブスが受け取って見ると、米国愛国者法（USA Patriot Act）と米組織犯罪規制法(Racketeer Influenced and Corrupt Organizations Act, 略称ＲＩＣＯ法）の条文の一部だった。

「9・11のテロのあと、テロを防止するための法律が必要だという議論が国内で沸騰し、愛国者法ができたのはご存知の通りです」

国内外のテロと戦うために、電話、電子メール、医療情報、金融情報、その他の情報に関する政府の調査権の拡大、外国人に対する情報収集の規制緩和、金融資産の移転や（法人を含む）外国人に対する規制強化などを定めた法律である。

「愛国者法によって、新たに the misappropriation, theft, or embezzlement of public funds by or for the benefit of a public official（公務員による公的資金の横領、窃盗、着服）がＲＩＣＯ法上の犯罪に加えられました」

ＲＩＣＯ法は、元々マフィアなどの組織犯罪に対処するため、一九七〇年に作られたものだ。同法を犯した者は、最高二十年の拘禁刑と罰金に処せられ、犯罪で損害を被《こうむ》った者は、損害額の三倍の賠償請求をすることができる。

「もしコンゴとパンアフリカ銀行がやっている、複数のペーパー・カンパニーを介在させた輸出前貸しの目的が、他の債権者からの輸出代金の差し押さえを逃《のが》れるためだけであれば、ＲＩＣＯ法にもとづいて訴えることはできません」

ジェイコブスがうなずく。

「しかし、そこに汚職の要素が加われば、話は別になります。そして、その汚職の証拠が、このクレジットカードの利用明細というわけです」

フォックスは三十五ページにわたる書類を手に持って示す。

「タイヤ・キッカー」のトニーが香港の裁判所で発見した、コンゴ共和国大統領ドニ・サス＝ンゲソの息子、クリステル・サス＝ンゲソのクレジットカードの請求書のコピーだった。

「なるほど、面白い。テロリストの贈り物といったところか」

もしパンアフリカ銀行に勝訴できれば、資産の所在を隠しているコンゴ政府と違って、確実に金が取れるだけでなく、ＲＩＣＯ法の規定によって三倍も取れる。

「よし、やってみよう。ただし、汚職の金の流れを確実に立証できるよう、もう少し証拠を固めてからだ」


約二ヶ月後――

沢木容子は、ロンドンのウェストミンスター地区にあるパブで、所属するＮＧＯの英国人スタッフ三人と一緒に軽い昼食をとっていた。

テームズ河畔に聳える「ビッグ・ベン」（大時鐘）の塔と国会議事堂（ウェストミンスター宮殿）から歩いて数分のストーレイズ・ゲート通りは、大きなスズカケノ街路樹の、思いのほか静かな一角である。古い煉瓦の建物の地上階（日本でいう一階）にある「ウェストミンスター・アームズ」では、磨き上げられた木製の壁やランプの真鍮《しんちゅう》が古色蒼然とした艶を放ち、国会や付近の中央官庁の職員や、観光客たちが遅めの昼食をとっていた。店内には、採決の開始を知らせるベルが備え付けられており、これが鳴ると、一杯やっていた議員たちは慌てて国会に駆け付ける。

「……この『ザ・ガーディアン』の記事、結構効いてると思うね」

窓際の立ち飲み用のテーブルで、パン、チーズ、ゆで卵、ハム、葉物野菜などを無造作に盛った「プラウマンズ・ランチ（ploughman's lunch＝農夫のランチ）」を手でつまみながら、英国人の男がいった。

昨日、沢木らは、「アイスランド（Iceland）」という英国最大の冷凍食品小売りチェーンを経営するビッグ・フード・グループ社（本社・北ウェールズ）に対する抗議デモを行なった。同社が、南米のＨＩＰＣＳ（重債務貧困国）の一つであるガイアナ（旧英領ギアナ）政府に対して、千二百万ポンド（約二十二億円）の支払いを請求していることに対する「ネーム・アンド・シェイム」キャンペーンで、国際的正義の実現と南半球の発展を目指すWorld Development Movementという別のＮＧＯ（本部・ロンドン）と共に呼びかけたものだった。デモの場所は、ガイアナ系住民が多いロンドン南部のクラッパム（Clapham）にある「アイスランド」の店舗前だった。

「メディアが支援してくれるのは、心強いわね」

ハム、トマト、卵焼き、葉物野菜を挟んだサンドイッチを食べ終えた沢木が、コーヒーを飲んでいった。

七十歳になり、数日前にエコノミー・クラスの飛行機で日本からやって来たばかりだったが、睡眠や休息を小刻みに取り、疲れはおくびにも出さない。

「ガイアナ政府がすでに六百万ポンドも払ってるから、メディアも記事は書きやすいわよね」

9・11のテロが起きたとき、沢木と一緒に京都にいた英国人女性がいった。

ビッグ・フード・グループ社の請求は、二十七年前の一九七六年に、英国のブッカー社がガイアナで行なっていた砂糖プランテーションが国有化された際に、ガイアナ政府が賠償として与えた千三百万ポンドの約束手形にもとづいていた。ガイアナ政府は、六百万ポンドまで払ったが、それ以降は支払いが滞り、三年前にブッカー社を買収したビッグ・フード・グループ社が支払いを求めて、世界銀行の仲裁機関である投資紛争解決国際センター（International Centre for Settlement of Investment Disputes, 本部・ワシントンＤＣ）で仲裁手続きを開始した。

「だいたいブッカー家は散々ガイアナを搾取してきたんだから、むしろ彼らが賠償金を払ってもいいくらいだよね」

英国人男性の言葉に一同はうなずく。

ロンドンを本拠とするブッカー家は海運と食品卸業を営み、一九世紀初頭から英領ギアナに進出し、一九世紀の終わり頃には同国の砂糖プランテーションのほとんどを手中に収めた。また、運輸、輸出入、消費財の卸し・小売り、薬品製造、印刷・出版業にも手を広げ、政治経済に多大な影響力をふるい、「英領ギアナ」は「ブッカー領ギアナ」と呼ばれるほどだった。しかし、その後同国が一九六六年に独立してガイアナになると、資産を国有化された。ちなみに英国の著名な文学賞であるブッカー賞は、同家が創設したものだ。

「そろそろ時間だわね。行きましょうか」

沢木が腕時計を見ながらいうと、一同は慌てて食事を終え、ポケットから小銭を出して割り勘で代金を払った。

これから英国の国会議員に会い、ガイアナの件や、途上国債務の軽減の障害となっている世銀など多国籍金融機関の硬直的な対応、ジェイコブスなどハイエナ・ファンドに対処するための立法などについて、陳情することになっていた。

3

翌年（二〇〇四年）夏——

マンハッタン・ミッドタウンの高層階にあるパンゲア&カンパニーの会議室のテーブルの上に夥《おびただ》しい書類が積み上げられ、北川、ホッジス、グボイェガ、トニーの四人がそれらを読んだり、悩まし気に頭を掻いたりしながら話し合っていた。

書類の多くはエクセルのスプレッドシートのように、細かい升目にアルファベットの略号、港の名前、タンカーのサイズ（トン単位）、数字、年月日などが記載されていた。

「……誰がどのタンカーをいつからいつまで傭船して、いつ頃どこでオイル（原油）を積み込んで、どこに運んでったかって情報は、タンカー・ブローカーが取引先に定期的に出してる傭船実績レポートとか、プラッツのスクリーンなんかで見ることができる」

禿げかかった額の下の眉間に、小さな傷跡があるトニーがいった。

プラッツは、米国の大手出版社マグロウヒル傘下のエネルギー商品市況情報会社で、オンラインで各種情報を顧客に提供している。

テーブルの上に積み上げられた書類は、プラッツのスクリーンのプリントアウトやトニーがロンドンのタンカー・ブローカー各社から集めた傭船実績レポートだった。

「もっと確実なのは、インスペクターやサーベイヤーと呼ばれる連中から、直接情報を取ることだ」

「それは、どういう連中なんだ？」

茶色い頭髪で、がっちりした体格のホッジスが訊いた。手には、アフリカとアジア方面のタンカーの傭船状況を、黒、灰色、赤の数字やグラフで示したブローカーのレポートを持っていた。

「契約通り原油がタンカーに積み込まれたか、品質や数量を現地でチェックする業者だ。彼らが石油関係者なんかに結構情報を横流ししてるらしい」

「そんな業者がいるのか？　それはもちろん、アフリカの現地のいい加減な連中じゃなくて、欧米の会社ということか？」

長く黒い指でメモを取りながらグボイェガが訊いた。

「うむ。アメリカとかイギリスのちゃんとした会社で、世界中にオフィスを構えて業務をやってる連中だ」

「なるほど……」

「それからもちろん、タンカー・ブローカーと親しくなって、直《ちょく》で情報を取ることもできる」

ロンドンにはH Clarkson & Company Ltd., E A Gibson Shipbrokers Ltd., Simpson, Spence & Youngといったタンカー・ブローカーが数多く存在し、傭船を仲介している。

「船名が分かれば、マリン・トラフィック（www.marinetraffic.com）というサイトで、どこを航行しているか、地図上の位置を確認できる」

トニーは、ノートパソコンのスクリーンにサイトを開いて示す。

船名の下に船舶識別番号やコールサイン（無線用信号符字）、船籍などの基本情報と写真が掲載され、いつ頃どこに着くかの情報や、世界地図上に赤い矢印で現在位置が表示されていた。

「コンゴのオイルは、結構グレンコアが買ってるんだなあ……」

プラスチック・カップのコーヒーをすすりながら、北川が資料の記述を追う。

グレンコアは伝説の商品トレーダー、マーク・リッチが創設した世界屈指の商品取引会社で、本社はスイスのバール（Baar）にある。ニューヨーク大学卒のユダヤ人、リッチは、スイスに留《とど》まったまま、脱税やイランとの不正な取引をした罪で米国で起訴され、有罪になった。逮捕を免れるため、十七年間スイスから出ないで暮らしていたが、妻が米民主党に百万ドル以上の献金を行い、三年前に、任期終了数時間前のクリントン大統領から恩赦を受けた。

「グレンコアはオイルを買ったとき、どこに売るかは決めてるのか？」

「連中は相場師だから、そういうことは決してしないそうだ」

「ほーう、そういうものなのか」

「ただ、結果的に中国に多く行ってるんだなあ」

資料を見ながら北川がいった。

「コンゴからアジア方面に船を向けて、途中で売って、中国の港にタンカーを仕向けるんだろう」

「なるほど……。西アフリカのコンゴからだと、喜望峰を回って、モザンビーク海峡を抜けて、インド洋に出るって感じか」

第六章　原油タンカー差し押さえ

1

二〇〇四年九月――

北川とグボイェガは、マダガスカルの首都のアンタナナリボから国の西海岸にある港町ムルンダヴァまで行く約七〇〇キロメートルの道を、三菱自動車の４ＷＤ車で走っていた。

マダガスカルは、モザンビーク海峡を挟んでアフリカ南東部沖のインド洋に浮かぶ島国だ。面積は日本の約一・六倍で、人口は約千六百五十万人。様々なキツネザルが住む自然の宝庫である。

南半球は春になったところで、窓の外には赤茶色の丘陵地帯が広がり、ジャカランダが紫色の花を咲かせ始めていた。ゼブ牛という背中にこぶが一つある牛を使って水田や畑で作業をしている農民たちが近くや遠くに現れては消える。マダガスカル人は、祖先がマレーシアやインドネシアのあたりから海流に乗って渡って来たので、肌は褐色で風貌もアジア系である。

「……この分で行くと、何とか夕方には到着できるかなあ」

４ＷＤ車の後部座席で腕時計に視線を落として北川がいった。

「大丈夫じゃないか。今朝は暗いうちに出発したから」

揺れる車内で地図を見ていたグボイェガがいった。

ムルンダヴァまでの舗装道路はかなり傷んでおり、車は右に寄ったり左に寄ったりして、窪みや亀裂を避けながら走り続けていた。

「とにかく山賊に遭わないよう、明るいうちに着きたいね」

マダガスカルでは武装した山賊が出没し、車を襲って金品を奪う。指輪が外れなくて、手首を切り落とされた女性もいる。しかし、日中の幹線道路にはあまり出ないといわれる。

「ところでヤス、腹具合はどうだ？　俺、今朝から下痢気味で……」

「バヨ（アデバヨの愛称）、お前もか？　実は俺もなんだ」

北川が顔をしかめた。「変なものを食べた覚えはないんだが……」

二人は昨日、ニューヨークからパリ経由でアンタナナリボに到着し、市内にあるフランス人経営の四つ星ホテルで一泊した。食事には用心し、すべてホテル内でとった。

「こういう国だから、いくら用心しても、いろんな細菌がいるんだろうなあ」

マダガスカルは、一人当たりの国民所得がカンボジアやバングラデシュの半分以下という世界最貧国の一つで、ＨＩＰＣＳに入っている。

道端を大きなポリタンクを頭に載せたり手に提《さ》げたりした女たちが黙々と歩いていた。何キロメートルも離れた場所に、水を汲みに行くのだ。赤茶色の丘陵地帯や緑の林や水田を背景に、色鮮やかな原色の服をまとった褐色の肌の女たちが歩いている光景は絵画のようだが、かなりの重労働で、笑顔の者は一人もいない。

４ＷＤ車は、途中二度のトイレ休憩と、中間地点を少しすぎたミアンドリヴァズという小さな町で昼食のための休憩をとり、走り続けた。

「おお、なんかサバンナみたいな景色になったなあ」

時速約九〇キロメートルで走る車の窓の向こうを見ながら、グボイェガがいった。

現れては消えていた田や畑が姿を消し、赤茶けた丘陵や低い山々が十重二十重《とえはたえ》に地の果てまで続く雄大な風景がしばらく続き、その後、バナナやヤシの木が点在するケニアのサバンナそっくりの大平原が現れた。

４ＷＤ車は、すれ違う車もあまりない大平原の中の一本道をひたすら走り続ける。

道はゆるやかに蛇行したり、上下したりし、時おり遠くに黒々としたヤシの林が見える。

しばらくすると運転手が表情を曇らせ、スピードを落とした。

（ん？　エンジンの調子でも悪いのか？）

やがて運転手が道端に車を停め、ボンネットを開けると、湯気と煙が立ち昇った。

「故障したのか？」

車から降りた北川とグボイェガが、ガイド兼通訳のマダガスカル人の男に訊いた。

走行中助手席にすわっていたガイド兼通訳は、中学卒業後、専門学校で英語を習った三十代半ばの男である。

「どうもエンジンの具合が悪いみたいです」

中背で痩せた、インドネシア人ふうの褐色の肌の男は、眉間に縦皺を寄せる。

「ほんとかよ……」

付近には、自動車の修理屋どころか民家もない、大平原の真っ只中だ。

「ロードサービス（故障車両救援サービス）みたいなものは、この国にあるの？」

「そういうものはありません。だいいち、この場所は携帯電話の通信圏外なので、電話もかけられません」

ガイド兼通訳の男の言葉にパンゲアの二人は愕然となった。

「じゃあ……もし、車が直らなかったら、どうするわけ？」

「通りすがりの車にメッセージを渡して、ムルンダヴァで泊まる予定のホテルに届けてもらって、迎えに来てもらうしかありません」

北川とグボイェガは絶句した。

（まさか、山賊が出たりしないだろうな……）

坊主頭の若い運転手は、車に積んでいたミネラルウォーターをラジエーターのタンクに入れてみたり、エンジンをかけたり止めたりして、三十分ほど何とか直そうとしたが、結局、埒《らち》が明かなかった。

二十分に一台くらいトラックやマイクロバスが通りかかるので、ガイド兼通訳の男がムルンダヴァ方面に向かう車を停めて、紙に書いた伝言を託した。まるで江戸時代に逆戻りしたような頼りない通信方法である。

「何時くらいに迎えに来てくれると思う？」

「ここからムルンダヴァまでは二時間半くらいなので、すべてが順調にいって、夜九時頃とか……」

通訳兼ガイドの男は口ごもった。上手くいかなければ、野宿するしかないと喉元まで出かかっている顔である。

「参ったなあ……。食べ物もないし」

北川は、陽が傾き始めた大平原を眺めながらため息をついた。

通りすがりの車が、水やビスケットを恵んでくれた。

陽が本格的に傾き始め、大平原が茜色に染まってゆく。

「すごい太陽だなあ……！」

大平原の上で沈みゆく紅色の巨大な太陽を見て、北川が感嘆の声を漏らした。大地が燃えるように輝き、アフリカらしい雄大な光景だ。

やがて空の上のほうから青黒い闇がゆっくりと降りてきて、紅色の夕焼けを覆い始めた。

太陽が地平線に近づくと、低空の部分が紅色から紫色に変わった。

太陽は燃え尽きるように小さくなり、午後六時頃、地平線の彼方に没した。

付近には民家も街灯もなく、あたりは漆黒の闇に呑み込まれた。

運転手とガイド兼通訳の男は何やらぼそぼそと話しながらタバコを吸い始めた。

４ＷＤ車のヘッドライトが、片側一車線の道路と付近の草むらを頼りなげに照らし出していた。

（こりゃあ、山賊が出たら完全にアウトだ……）

時おりトラックや、乗客や荷物を満載にした「タクシー・ブルース」と呼ばれるマイクロバスが闇の向こうから現れ、かたわらを走り去る。ブルース（brousse）はフランス語で藪の多い土地、すなわち田舎を意味し、途中二回の休憩を挟んで、アンタナナリボとムルンダヴァの間を十八時間かけて走る。料金は日本円に換算して片道千七百円ほどだという。

「ゴォーッシュ！（おおっ！）すごい星空だ！」

グボイェガが突然大きな声を上げた。

頭上を見上げた北川も感嘆の声を漏らす。

「えっ？　うわぁー……！」

普段の三分の一くらいの高さのところで、満天の星が通常の倍くらいの明るさで輝いていた。

「これが噂に聞く、マダガスカルの星空か……」

二人とも息を呑んで絢爛豪華な星座の競演に見惚れた。

やがて首が疲れたので、二人は4WD車の後部座席にすわり、目を閉じる。朝早く出たので、少し眠気がさしてきた。

今夜はやはり野宿かと諦めかけた頃、闇の向こうからマイクロバスが一台現れた。

古いフォルクスワーゲンのバスは目の前で停まり、運転手兼オーナーらしい筋骨隆々とした中年の男、妻と思しい女、荷物の積み下ろし係の若者、車の修理工だという中年男が降り、4WD車の運転手、ガイド兼通訳の男と話し始めた。

（本当にちゃんと来るんだなあ……しかも修理工まで連れて）

江戸時代式通信方法も捨てたものではない。

修理工は、汚れた普通のシャツに穴の開いたズボンをはき、工具類を入れた麦わらの買い物籠《かご》を提《さ》げ、サンダル履きだった。車のボンネットを開け、しばらくあちらこちらをいじったが、直しようがないという顔で首を振った。

「それじゃあ、あの車でムルンダヴァまで行きますから、乗り換えて下さい」

ガイド兼通訳の男にいわれ、パンゲアの二人は４ＷＤ車からマイクロバスに乗り換える。スーツケースは、マイクロバスの若者が運んだ。

乗って来た三菱の４ＷＤ車の運転手のほうは、明日、車両運搬用トレーラーが来るまでここで待つという。マダガスカルには幸い猛獣も毒蛇もいない。あとは山賊が出ないことを祈るのみだ。

定員二十八人の中型マイクロバスは、激しく車体を揺らしながら、真っ暗な道を走り始めた。

普段タクシー・ブルースとして酷使されている車で、窓ガラスの一部がなく、シートは手垢と汗で汚れ、サスペンションもあまり機能していなかった。

途中何度か暗闇の中に集落が浮かび上がり、木の枝とバナナやヤシの葉で造った民家の前で、人々が何やら煮炊きをしたり、鍬を背負った農民が夜道を歩いていたり、鶏が道を横切ったりするのが見えた。一度、マイクロバスが小さな集落で停車し、荷物係の若者が降りてどこかへ行ったので、また故障かと心配したが、水を汲みに行っただけだった。


ムルンダヴァの町に到着したのは午前二時頃だった。

マダガスカル西部で二番目に大きな町で、人口は五万人強。海に面した港町で、気温も湿度も高い。一六世紀頃、西部海岸一帯を支配し、今は主に牛の牧畜を行うサカラヴァ族、漁労に従事するヴェーゾ族、イスラム教徒、インド・パキスタン系など、雑多な人々が住んでいる。

北川とグボイェガは、町の西寄りの、海に通じる運河沿いにある、フランス人経営のホテルにチェックインした。プールを中心に、パピルスの葉で葺《ふ》いた僻地の小学校のような三角屋根の建物が三棟建っていて、塀の上には鮮やかな紅色のブーゲンビリアが咲き誇っていた。下水の設備が悪いらしく、敷地内に小便臭が漂い、室内は蒸し暑く、蚊とゴキブリがいて、シャワーの排水も悪く、北川は気分が滅入った。幸いベッドの上に蚊帳があったので、効きの悪いクーラーを一番強くして、蚊帳の中に入って眠った。

翌朝——

目覚めると、昨晩の蒸し暑さが嘘のように涼しくなっていた。

北川は、ベッドから下りると、ベランダとの境にあるガラス戸に歩み寄った。

一〇メートルほど先にある運河に朝靄《あさもや》がかかり、その中から、二十人くらいの人々を乗せた木造の帆船がゆっくりと現れ、海のほうに向かって進んで行った。二本のマストを持つ船体は古く、くたびれていたが、アフリカらしいピンクと緑の原色に塗装されていた。

北川は幻想的な風景にしばし見入ったあと、薄手の長袖シャツとズボンに着替え、朝食をとるため階下に降りて行った。

レストランは板張りのオープンエアー・スタイルで、灰色の運河に面していた。

壁や柱にはマダガスカルの動植物をモチーフにした彫刻が施され、昨晩感じた敷地内の小便臭は、気温が下がったせいか、ほとんど感じない。

「ハイ、モーニング」

四人掛けのテーブルの一つで朝食をとっていたグボイェガが手を挙げた。

「寝られたか？」

向かいの席にすわりながら、北川が訊いた。

「ああ。昨日は丸々一昼夜の旅でへとへとだったから、死んだように寝たよ」

バゲットにバターとイチゴジャムを塗りながら、グボイェガがいった。

「しっかし、昨日は参ったよなあ。結構新しい三菱の４ＷＤだったから、故障するなんて、頭の片隅にもなかったよな」

白い制服姿のウェイターが、オレンジジュース、バゲット、カフェオーレなどを運んできた。

「うーん、このオレンジジュース、よく冷えてて、身体に染みる」

汗をかいたグラスのジュースを一口飲んで、北川は満足そうな笑みを浮かべる。

「このホテル、フランス人が経営してるだけあって、気配りが行き届いてるよ。バゲットも温めたものを出してくるし、ウェイター連中も常に客のほうに注意を払ってるし。フランスの植民地時代って、こんなふうだったんだろうなあ」

「ゆうべ着いたときは、とんでもないホテルに来てしまったと思ったけどな」

カップにカフェオーレを注ぎながら、北川が苦笑した。

「今日、俺たちが使うクルーザーはあれだな」

グボイェガが、運河のほうを目で示した。

レストランの先に、すのこ板を敷いた小さな船着き場があり、白い小型のクルーザーが係留されていた。ホテルのオーナーや客が、沖合でカジキマグロ、ロウニンアジ、大型のハタ類などを釣るのに使われている船であった。

それから間もなく――

二人はホテルの小型クルーザーに乗り込んだ。

運河は幅四〇メートルほどで、付近の家々が汚水を垂れ流しているため糞尿臭く、茶色く濁っていた。岸辺にはマングローブが群生している。

エンジン音を立て、灰色の川面を七〇〇メートルほど進むと、海に出た。

三〇〇メートルほど向こうに小島が浮かんでいた。ヴェーゾ族が住む漁村がある島で、ヤシの木々の間に、パピルスの枝と葉で造られた家々が見えた。カヤックの渡し船が一五人ほどの客を満載にしてムルンダヴァのほうに向かって進んで来ていた。町に働きに行ったり、物を売りに行ったりする女性が多く、着古しだが、ピンク、黄色、茶色、オレンジなどカラフルな服装で、麦わらで編んだ大きな籠《かご》を持っている者もいる。運賃は片道二十円ほどだという。

白いクルーザーは、グォーン、グォーンという腹に響くエンジン音を立て、漁村を左手に見ながら北の方角に針路を取り、一キロメートルあまり進んだところで、モザンビーク海峡に出た。

白い浪が砂浜に打ち寄せ、遮るものが何一つない広大な海が目の前に広がった。

近くに小型の漁船、エビ漁の二、三人乗りの小舟、カヌーなどが浮かび、沖合を沿岸輸送用の大型木造帆船が二、三隻移動していた。彼方の水平線上には、貨物船らしい淡い灰色の小さな影が見える。

「モザンビーク方向の沖合に最短距離で行くよう、西北西にひたすらまっすぐ進むようにいってくれ」

操舵室の後方の席にすわった北川が、ガイド兼通訳の男に英語でいい、男が船長にマダガスカル語で伝える。褐色の肌の船長は頭髪を短く刈り込んでいて、見た目は老けているがおそらく四十代で、仕事は堅実そうである。

クルーザーはエンジン音を立てながら、三〇ノット（時速約五六キロメートル）近いスピードで進む。正面から浪を受け、ゴール目前の競走馬のように船首を大きく上下させながらまっすぐ沖に向かって行く。

太陽が高く昇り始め、気温が上昇し、潮風が頬に心地よい。

一時間あまり進むと、大小の貨物船やタンカーが間近に見えるところまで来た。手前の船影は黒っぽく、遠くになるほど色が薄い。

「海賊船はいなさそうだな」

操舵室の上の屋根付きの小さな見張り用の席に上がって、グボイェガが双眼鏡で周囲を見回す。

モザンビーク海峡には、海賊も出没する。

「あれはちょっとでかいな……」

グボイェガと並んですわり、双眼鏡を目に当てた北川が、つぶやく。

二つのレンズの中に、北の方角に向かう一隻の大型タンカーが捉えられていた。

「ありゃあ、パナマックス級だ。違うな」

双眼鏡を目に当てたままグボイェガがいった。

全長約二二〇メートルで、五〇万バレルの原油を運ぶパナマックス（Panamax）級タンカーだった。名前はパナマ運河を航行できる最大船型であることを示す。

海は青のグラデーションで、手前は緑色がかっており、その先は藍色で、彼方の水平線は白っぽく見える。

「あっちはＶＬＣＣか……」

一五〇万〜二三〇万バレルの原油を運ぶ超大型タンカー（Very Large Crude Carrier の略）だ。全長がおよそ三三〇メートルもある。

「トニーが摑んだ情報だと、ちょうど今日あたりここを通過するはずなんだが……」

目の前をかなりの数の大型船舶が行き交っていた。中東、アジア方面と、西アフリカ、ヨーロッパ、南北アフリカなどを結ぶ大型客船、貨物船、タンカーなどである。この一帯で活動する海賊を取り締まる南アフリカの哨戒艇と思しい灰色の武装船の姿もあった。

「おい、あれ違うか？」

双眼鏡を目に当てたままグボイェガがいった。

「え、どれだ？」

「左、十時の方角だ」

北川が双眼鏡を向けると、揺れる視界の中を、黒い船体で後方の艦橋が白いタンカーが近づいて来ていた。

ＶＬＣＣより一回り小ぶりのスエズマックス（Suezmax）級だ。スエズ運河を航行できる最大船型で、全長約二七五メートル。

トニーからの情報では、グレンコアはカーゴ（五〇万バレル）単位で取引し、今回はスエズマックス級の「ノルディック・ホーク（Nordic Hawk＝北欧の鷹）」というパナマ船籍のタンカーを使っているという。

「あれの可能性があるな。近づいてみよう」

頭髪やシャツを風になぶられながら、北川は鉄製の猿梯子をつたって甲板に降り、操舵室に入って、船長にタンカーに向かって進むよう指示した。

再び見張り台に戻ると、黒い船体の堂々たる姿のタンカーがぐんぐんと近づいて来ていた。

「あれだ！　今、船名が見えた！　ノルディック・ホークだ！」

グボイェガが、グレンコアが傭船したタンカーの船名を書いたメモを手に握りしめ、双眼鏡の中のタンカーの名前と交互に見比べながら、興奮した口調でいった。

「よし、写真を撮ろう」

北川が大きな望遠レンズ付きの一眼レフ・カメラをケースの中から取り出す。

クルーザーは白浪を蹴立て、ぐんぐんとタンカーに近づいて行く。

頭上から強い太陽の光が照り付け、風で揺れる海面を銀色に染める。

一眼レフのレンズが、黒く塗装された舳先の「Nordic Hawk」という白い文字を捉えた瞬間、北川は、カシャカシャカシャカシャ、カシャカシャカシャと、連続シャッターを切った。


翌年（二〇〇五年）二月――

マンハッタンの凧は冬の名残を止《とど》めていたが、明るい日差しが春の気配を伝えていた。

ウォール街の高層ビルにオフィスを構える大手法律事務所の会議室で、長い楕円形のテーブルを囲んで十人ほどの弁護士が電話会議をしていた。

大きく穿たれた窓の向こうには、年代や様式も様々な摩天楼群がひしめき合っている。ビルの色は灰色や茶色が多いが、少し離れたものは霞んだように青色がかって見える。

磨き上げられたマホガニー材のテーブルの中央に、直径四〇センチほどのブーメラン形で三本足の会議用電話機が置かれていた。そこから一メートルほどまっすぐコードが延び、直径一二センチほどの子機が付いていて、ヒトデの親子のように見える。

「……それで、ザンビア側は何といってるんだ?」

真っ白なワイシャツにストライプ柄のネクタイを締めた「ジェイコブスのマシンガン」カール・フォックスが、テーブルの中央で、会議用電話機に向かって米国訛りの英語で訊いた。

若手から中堅までの男女の弁護士がテーブルを囲み、メモをとったりしながら、やり取りに耳を澄ましていた。

「前財務・国家計画大臣がリスケジューリング・アグリーメント(債務繰り延べ契約書)にサインしたのは、国の正式な承認手続きを経ておらず、また汚職もあるので、契約は無効だと主張しています」

会議用電話機から流れるロンドン事務所の同僚の言葉に、フォックスは、小さく、けっ! と吐き捨てた。

ジェイコブス・アソシエイツは、ルーマニア政府から額面の一一パーセントで買い取ったザンビア向け融資の返済が滞っていたので、それを三十六回で分割返済させるよう交渉し、二〇〇三年四月に繰り延べ契約書にサインさせることに成功した。しかし、ザンビアが返済したのは、最初の三回分だけで、最後に払ったのは一昨年（二〇〇三年）十一月だった。

「それから、国内で汚職に関する犯罪捜査を開始したそうで、ジェイコブスのロンドン事務所のパトリック・シーハンに、捜査当局から出頭命令が来ています」

「パトリック・シーハン？　誰だ、そりゃ？」

「ジェイコブスのロンドン事務所で、ザンビアとの交渉を担当しているイギリス人です。ちょっと気の弱そうな男で、出頭要請に縮み上がってます」

時差が五時間あるロンドンの同僚が答えた。

シーハンは、現地で雇った法務大臣を務めたこともあるマランボという名の弁護士と一緒にザンビア側と交渉し、繰り延べ契約書にサインさせることに成功した。数回にわたって行われた交渉では、ザンビア側が、契約書に書かれていたソブリン・イミュニティ（主権免責特権）の放棄を嫌ったために難航し、「ちゃんと返済する気があるなら、ソブリン・イミュニティを放棄しても何の問題もないじゃないですか？」「それはそうだが、万一政府の予算が付かない不測の事態もあり得るので」「この点は、ジェイコブス・アソシエイツにとってきわめて重要なんです。受け入れられないなら、訴訟を起こしますよ」「いや、ちょっと待ってくれ。司法長官に相談するから」といった激しい応酬の末に、ザンビア側が折れた。

ザンビア側が訴訟を回避したいと強く思っていた一方、ジェイコブス側も、訴訟を起こしてもソブリン・イミュニティの存在で敗れる可能性が高く、神経戦だった。

「ザンビア側がいう、国の正式な承認手続きっていうのは、何か特別なものがあるんですか？」

フォックスのそばにすわった韓国系米国人の若手弁護士が訊いた。

「ザンビアの憲法五十四条三項に、司法長官の要件や職務が定められていて、そこに司法長官の法律的助言なしに、政府は条約その他の文書にサインすることはできないと書かれている」

ロンドンにいる英国人弁護士が、知的な響きのクイーンズ・イングリッシュでいった。

「ただ、この規定を読むと、表現が曖昧で、口頭で一定程度のコミュニケーション（意思疎通）があれば足りるとも解せる」

「そういったコミュニケーションはあったんですか？」

フォックスの配下の中堅男性弁護士が訊いた。

「それはしょっちゅうあったそうだ。本件に関する司法長官の手紙もある。……それから、ザンビアの一九五八年財務大臣法の中に財務大臣のサイン権限が規定されていて、その四章の2に、『財務大臣によって作成・発行され、大臣の印章が押された書類は、反証がない限り、有効なものである』と定められている」

「汚職っていうのは何なんだ？　誰かに金をやったのか？」

フォックスが訊いた。

「ジェイコブスは、ザンビアでオースチン・バンダという地元工作のコンサルタントを雇っていて、その男が、財務・国家計画省の対外債務管理部門のチズカとかいう局長代理に、何千ドルか渡したようです」

バンダはザンビアの元国会議員で、リチャード・チズカの義理の兄弟だ。

「そんなことやってんのか……。ったく、しょうがねえな！」

フォックスは苦々しげに舌打ちした。「どう反論する？」

「幸いチズカは、その後異動して、バンダが金を渡したのは、債権譲渡の契約が成立してから何年も後です。賄賂とは簡単に認定できないと思います」

「オーケー、それならいい。裁判ではバンダとこちらの関係をなるべく否定する手だな。……デフォルト宣言とターミネーションのノーティス（債務不履行と契約解除の通知）は出したんだな？」

ザンビアは債務繰り延べ契約にもとづいて一昨年（二〇〇三年）四月に百万ドル、六月に百万ドル、十一月十日に百四十一万八千七百三十四ドル七十六セントを支払ったが、それ以降の返済をせず、デフォルト状態に陥っていた。

「ノーティスは去年の十二月十四日に出してます。それに対する先方の返答が、犯罪捜査を開始したという通告です」

ザンビアでは政権が替わり、新大統領のレヴィー・ムワナワサが前大統領のフレデリック・チルバの不正を摘発するための大規模な捜査を開始していた。

「ふん、政争絡みか、それとも窮鼠《きゅうそ》猫を嚙むってやつか……。いずれにせよ、訴訟を起こす頃合いだな」

当初に投じた三百二十八万ドルに対する名目債権額は五千五百万ドル以上に膨れ上がり、果実は十分に熟した。

「それから、ザンビア側はデヴィ・アストラックを代理人に起用するようです」

モーリシャス出身で、「債務国の守護神」という異名をとる女性弁護士だ。

「なにっ、アストラックを？」

「訴訟不可避と見て、駆け込んだようです」

「そうか……。これはちょっと心してかからんといかんな」

フォックスが油断のない目つきでいった。

「コンゴのほうはどうだ？」

「はい、今、抗告段階なんですが……」

ジェイコブス・アソシエイツは、一年ほど前にロンドンの裁判所から、保有する額面七千万ドルの債権と、金利とペナルティを合わせた一億二千七百万ドルの勝訴判決を得、それにもとづいて二ヶ月ほど前に、裁判所に差し押さえの申し立てをした。対象資産は、英国内にあるコンゴ政府やコンゴの国営石油会社ＳＮＰＣ（Société Nationale des Pétroles du Congo）、ＳＮＰＣの英国現地法人などの資産である。しかし、裁判所に却下されたため、現在、控訴裁判所（Court of Appeal＝日本の高等裁判所に相当）に抗告している。

「率直にいって、旗色はよくありません」

ロンドンにいる英国人の同僚がいった。

「何が気にくわんのだ、裁判官は？　当初の取得価格やこちらの正体も明かしたんだろう？」

一審で却下された理由の一つは、それら債権をいくらの値段で取得したのかジェイコブス側が明らかにしなかったことだ。英国法上、対価（consideration＝約因）の支払いは債権譲渡が有効に成立するための要件で、裁判官はその確認が必要であるとした。また税務その他の都合上、ジェイコブスはカリブ海のタックスヘイブンであるグランドケイマンに設立したペーパー・カンパニーを通じてコンゴ向け債権を取得していたが、一審ではペーパー・カンパニーの背後にいる自分たちの正体を明かしていなかった。

「裁判官がネガティブな理由は三つあって、一つは、差し押さえの対象となる資産が特定されていないため、差し押さえ命令を出しても実効性がなく、命令の管理もできない、二つ目は、過去に、この種の差し押さえ命令を出した判例は、オリジナル（すなわち元々）の債権者のためのもので、セカンダリー（流通市場）で買った債権者のために出した例がない、三つ目は、大きな金額の差し押さえなので、コンゴ側も裁判に参加させて、彼らの主張を聴くべきである、というものです」

ジェイコブスが、当該コンゴ債権を買ったのは、大手米系投資銀行ソロモン・ブラザーズの他、International Bank of Miami N.A., Westgate International LP, FH International Financial Services, Inc. からだが、四社とも仲介業者で元々の債権者ではない。

「チッ……」

フォックスは忌々しげに舌打ちした。

「まあ前例だとか、呼んでも出てこないコンゴの連中については、裁判官はどこかの時点で仕方がないと納得するとは思われますが……対象資産が特定できないっていうのが、我々もちょっと押し切れないところです」

「うーん、そこはなあ……。ペルーのときは、チェース・マンハッタンやユーロクリアに入って来る資金というピンポイントのターゲットだったからなあ」

フォックスが悩ましげにいった。

「いずれにせよ、もうちょっと押してみます。……ところでＲＩＣＯでパンアフリカ銀行をやるのは近々ですか？」

「来月の予定だ」

ジェイコブスは、米組織犯罪規制法（略称ＲＩＣＯ法）にもとづいてパンアフリカ銀行、ＳＮＰＣ、ＳＮＰＣのコンゴ人会長個人を訴える予定である。他の債権者による差し押さえを免れるために、複数のペーパー・カンパニーを介在させて石油輸出前貸しを行い、国庫に入るべき原油代金の一部をドニ・サス＝ンゲソ大統領とその一族が着服するのに加担し、ジェイコブスに債権を回収できないという損害を与えたため、損害額の三倍を請求するという民事訴訟だ。

「勝算はどうですか？」

「楽な戦いじゃないさ。ただ、ディスカバリーまで持っていければ、原油の輸出代金なんかが振込まれている口座の情報も出てくるだろうから、そこからまた別の手を打てるだろう」

次々と訴訟を起こして、攻撃の糸口を探すのがジェイコブスとフォックスの常套手段だ。

「ところで、アルゼンチンの債務再編のほうは、どうだ？」

フォックスが会議用電話機に向かって訊いた。

「債務再編を受け入れた債権者が五〇パーセントを超えた模様です」

時差が二時間先のブエノスアイレス事務所にいる米国人弁護士が答えた。

二〇〇一年に債務不履行を起こしたアルゼンチンは、債権者（投資家）と十分な話し合いもないまま、前月（二〇〇五年一月）中旬から、一方的に既存の債務を新たに発行する債券に交換する債務再編に踏み切った。新たに発行する債券は三種類で、削減率と金利によって満期日がそれぞれ、二〇三三年、二〇三八年、二〇四五年で、債権者はどれを受け取るかを選ぶことができるが、いずれにせよ七割以上という大幅な債権カットを強いられる。

「アルゼンチンの脅迫がまかり通ったってわけか」

新債券の発行目論見書には、「交換に応じないリスク」として「原債券は永久にデフォルトのままかもしれず」「アルゼンチンは（原債券にもとづく）債権回収の試みには反対するつもりである」とした上で、原債券を支払う意向はないと繰り返し述べられていた。

「五〇パーセントを超えたってことは、債務の交換に弾みが付いたってことだな？」

「そのようですね。債権者は、『これが最終提案で、応じないと投資を回収するチャンスを失うぞ』っていうアルゼンチン政府の高圧的な態度を腹に据えかねていましたが、もはや背に腹は代えられなくなって、国内の債権者を中心に、雪崩を打って交換に応じ始めたようです」

二〇〇三年九月にドバイで開かれていたＩＭＦ・世銀総会でアルゼンチン政府が発表した民間債務（民間の投資家が保有する政府債務）の再編案は、元本の七五パーセントをカットし、元本に関わる遅延金利も払わないというもので、債権者たちは怒り心頭に発して拒否した。

「ふん、盗人猛々しいとは、まさにこのことだな。……どれぐらいいきそうなんだ？」

今回の債務再編（削減）は約千三十億ドル（約十三兆八千億円）に上る民間債権者が保有する債務のうち八百十八億ドルの債券に対するもので、法人を含む債権者数は百万人以上いる。この中には、一九九六年から二〇〇〇年の間に発行されたサムライ債（円建て）が千九百十五億円含まれ、島根県出雲市の市教育文化振興財団や佐賀商工共済協同組合などが保有しており、泣く泣く交換に応じたり、ジェイコブスのような買い手に元本の二割強の値段で売却処分したりしている。

「最終的には七五パーセント前後の債権者が応じると思われます」

「オーケー、分かった。まあ、これは長い戦いになるな」

ジェイコブスは債券の交換に応じず、全額返済を求めてホールドアウト（交渉拒否）し、今後アルゼンチン政府に対して法廷闘争を挑んでいく予定だ。

電話会議を終えると、フォックスはガラス張りの自分の個室に戻り、デスクのパソコンでメールをチェックする。

ジェイコブスが、カメルーン、シエラレオネ、ニカラグア、ウガンダなども英米仏他の裁判所で訴えているため、訴訟の状況に関して各地の弁護士から多数のメールが入っていた。

「カール、速達です」

女性秘書がガラスの扉をノックし、一通の手紙を持ってきた。

差出人の名前を見て、フォックスは顔をしかめた。

(また養育費の請求書か……やれやれ)

二度の離婚歴のあるフォックスは、四人の子供の養育費の支払いに追われている。

机の上に置いたスマートフォンがブルルッ、ブルルッと振動した。

発信者を見ると、サミュエル・ジェイコブスだった。

「フォックスです」

フォックスはスマートフォンを耳に当てて答えた。

「カール、面白いものが出てきたぞ」

ジェイコブスはいつになく上機嫌だった。

「パンゲアのウェブサイトを見てみろ」

ジェイコブスにいわれ、フォックスはパソコンにブックマークしてあるパンゲア&カンパニーのホームページのURLをクリックした。

「これは……！」

画面の中央に大きなタンカーの写真が現れた。

船体の周りに白い浪の縁取りをつくり、外洋と思しい大海原を進んで行く大型タンカーだった。望遠レンズで撮影されたもののようで、少し灰青色に霞んでいるように見える。

「コンゴの原油を積んだグレンコアのタンカーだ」

ジェイコブスがいった。

「グレンコアの？」

「パンゲアの連中がモザンビーク海峡で写したものだ」

「モザンビーク海峡……ということは、アジア向けですか？」

「可能性が高いのは中国だろう。アジア最大の石油消費国だからな」

「あとは、KL（クアラルンプール）、シンガポール、香港、台北といったところか」

最近はタンカーの航続距離が延びており、燃料のC重油（船舶用大型エンジンに用いられる低価格重油）が続く限り途中の補給なしで西アフリカから中国まで行ける。ただし揚港（荷卸し港）は一つとは限らず、複数のこともある。

「どれくらいの融資と担保が付けられてますかね？」

ジェイコブス側は、原油輸出前貸しの金額が、一回の原油輸出の三～五割程度にすぎないという情報を摑んでいた。これはパンアフリカ銀行の体力では、輸出の全額をカバーできる融資ができないためだった。従って、タンカーを差し押さえれば、輸出前貸しを返済しても、なお余剰が出る。

「パンゲアからの情報だと、前貸しをやらずに輸出しているケースも結構あるらしい」

「やはり体力の問題で、パンアフリカ銀行もおいそれと融資残高を増やせないということでしょうね」

同行は、ブラック・アフリカで乱脈融資を行なっている噂もあり、財務基盤は脆弱といわれる。

「いずれにせよ、タンカーが輸出前貸しの契約書類を持って航行しているはずもないだろうから、差し押さえには何の問題もないだろう」

輸出前貸しも担保の設定も、あくまでパンアフリカ銀行とコンゴ側の融資契約書類上の取り決めで、登記等はされていない。

「できればマラッカ海峡あたりで決着を付けたいですね。中国まで行くと裁判所や港の手続きがややこしいですから」

マレー半島とスマトラ島に挟まれたマラッカ海峡は、アジアに向かうタンカーが必ず通る海の石油街道だ。船舶を差し押さえるには、債権の存在を証明する書類を裁判所に示し、裁判所から、船の航行に必要な船舶国籍証の引渡命令を出してもらい、寄港地で執行官が証書を取り上げて船を抑留する。

「首尾よくシンガポールに寄港すればそこで差し押さえだ。駄目なら、香港、上海、青島《チンタオ》あたりまで追って行くしかないだろう」

「そうですね」

「パンゲアのサイトにコンゴからの積み出し予定が掲載されているから、その中にまだマラッカまで来ていないタンカーがあるはずだ」

「そうですか！　分かりました。すぐに動きます」

フォックスは電話を切ると、パンゲアのサイトでコンゴからの積み出し予定とタンカーの船名を確認し、「マリン・トラフィック（www.marinetraffic.com）」のサイトに船名を打ち込む。

スクリーンに世界地図が示され、タンカーがインド洋のセーシェル諸島のそばを東北東の方角に向かって進んでいる血のように真っ赤な矢印が現れた。

（ここにいるのか……！）

獲物を発見した両目がぎらぎら輝く。

「アジアでグレンコアのタンカーを差し押さえるぞ！　書類の準備だ！」

ガラスの個室の扉を開け、パーティションで仕切られたデスクにすわっている若手アソシエイト（パートナーになる前の弁護士）たちに怒鳴った。


三月上旬――

パンゲア＆カンパニーのオフィスの田の字形に集まった四つのデスクの一つで、グボイェガが長い脚を組んで椅子にすわり、壁に取り付けられたスクリーンの映像を眺めていた。

「Señor Vicepresidente de la Nación; señores presidentes de las Cámaras Legislativas; señores Gobernadores y Jefe de Gobierno de la Ciudad de Buenos Aires; señores Ministros del Poder Ejecutivo Nacional.....（副大統領、国会議員の皆さん、知事の皆さん、ブエノスアイレス市長、各大臣の皆さん……）」

アルゼンチンの国会議事堂で、ネストル・キルチネル大統領がスペイン語で演説していた。

日本の国会より狭いすり鉢状の議場に、約二百六十人の議員たちが八段の席に肩を寄せ合うように集まっていた。

「……La deuda se hizo intolerable, agravó la más larga y profunda recesión económica en por lo menos un siglo y medio, comenzada en 1998……（公的債務は持ちこたえられない水準になり、一九八八年からは、少なくともこの一世紀半の間で最も長く深刻なリセッションへと悪化し……）」

ドイツ系スイス人の父とクロアチア系チリ人の母の間に生まれた五十五歳の元弁護士の大統領は、栗色がかった金髪を後ろのほうに流し、高い鼻をしたヨーロッパ貴族のような風貌である。

オフィスのドアが開いて、昼食を買いに行っていた北川靖が戻って来た。

「ほーう、アルゼンチン大統領の演説か」

北川は立ったまま、マクドナルドの紙袋からハンバーガーを取り出し、スクリーンを見ながらかぶりつく。

大統領の演説はスペイン語だが、英語の字幕が表示されていた。

「……今回の債務再編によって、我が国はドラスティックに債務を削減することに成功し、デフォルト状態は解消しました」

キルチネルは、威厳を付けるように区切りを多く、強調したいところは一際大きな声を出し、時おり原稿から目を上げ、議場をぎっしりと埋めた議員たちを見回すようにして話し続けていた。

「……今回の債務再編を妨害しようとした者たちは、手早く利益を掴み取ろうとする異常な人間たちです。彼らは、有利な立場や分析能力を利用し、債務国に対して圧力をかけてきます。彼らの利益追求は、中小投資家保護に反し……」

「はー、いいたいことといってるねえ」

ハンバーガーを手にした北川はやれやれといった表情。

「交換率が七六パーセントに達したから、高らかに勝利宣言をしようってんだろ」

椅子にすわったグボイェガがいった。

「性悪なのはアルゼンチンのほうだよな。こんな投資家無視の強引な債務削減のやり方が当たり前になったら、国際金融市場で資金の出し手がなくなるぞ」

「まあ、これからホールドアウト（交渉拒否）の連中が、法廷で戦いを挑んでいくから、このままじゃすまないだろうけどな」

投資銀行や商業銀行は、アルゼンチン国内に支店を持っていたり、国債や民営化株式の引き受けといった仕事があるため、やむなく交換に応じたが、ハイエナ・ファンドにはそうしたしがらみがない。

「しかし、性悪国家対ハイエナ・ファンドじゃ、どっちも正義がなくて、なんともいえないね」

北川は苦笑いしながら、衝立《パーティション》で仕切られたグボイェガの向かいのデスクにすわる。

（あっ、何だ……⁉）

目の前のパソコン画面の一つに視線をやって、はっとなった。

カラ売りをしている銘柄に大きな株価の変動があったときに点灯する赤いアラート（警告）ランプが点っていた。パンアフリカ銀行に関するアラートだった。

（おおっ、これは⁉）

北川は急いで株価チャートを開く。

緑色を背景にオレンジ色の線が断崖を描くように落ち込んでいた。

北川は、受話器を取り上げ、パンゲアのプライムブローカー（カラ売りのための株券を調達したりする証券会社）であるモルガン・スタンレーの担当者を呼び出した。

「ＢＰＡ（パンアフリカ銀行）の株価がいきなり一割くらい下がってる。理由を教えてくれ」

「ちょっと待って下さい」

米国人女性担当者は、電話を無音《ミュート》にした。

「ジェイコブス・アソシエイツにＲＩＣＯ法違反で民事訴訟を起こされて、刑事でも訴追される可能性があるという情報がマーケットに流れています」

一分ほど待たせてから、米国人女性がいった。

「ＲＩＣＯ法？」

「元々マフィアを取り締まるための法律です。９・11テロのあと、公務員の汚職も対象になるよう改正されたそうです」

「ふーん……」

初めて聞く話なので、北川にはどういうことか咄嗟に分からなかった。


夕方——

パンゲアの三人は会議室で、会議用電話機から流れてくる英語の声に耳を傾けていた。

「……ＲＩＣＯで訴えるっていうのは、反社会的企業というレッテルを貼って、相手の信用力を落とす効果はあると思うけど、最終的に裁判で勝つのは難しいと思うよ」

電話の相手は、パンゲアの三人が出た米国の一流経営大学院を併設する大学のロースクールの卒業生で、ニューヨークで企業法務の弁護士をしている男だった。

「理由は？」

ホッジスが訊いた。

「まず、コンゴ政府が一〇〇パーセントの株式を持ってるＳＮＰＣと、同社のコンゴ人会長個人については、ソブリン・イミュニティ（主権免責特権）が認められるはずだ。原油の輸出が商業取引でも、米国内の取引でないと、ソブリン・イミュニティがあるという一九九三年の判例がある」

「個人にもソブリン・イミュニティが認められるのか？」

グボイェガは理解しがたいという表情。

「個人に認められるというより、ＳＮＰＣにソブリン・イミュニティが認められると、その会長個人に民事責任を問う根拠がなくなるってことだな」

「あっ、なるほど」

「それとジュリスディクション（裁判管轄）の問題がある。一連の原油輸出スキームと輸出前貸しが米国外で行われているので、米国の裁判所に裁判管轄権がないとして、訴えを門前払いされる可能性がある」

「うーん……」

パンアフリカ銀行が訴訟で負けて多額の賠償責任を負えば、株価がさらに下がると期待していたが、そうは問屋が卸さないようだ。

「特に、控訴裁判所（日本の高裁に相当）はコンサバ（保守的）な裁判官が多いから、判例やジュリスディクションは厳格に解釈してくるはずだ。仮に一審でジェイコブス側が勝っても、控訴審でひっくり返されると思う」

「刑事訴追の可能性は？」

「それはもう、政治の風向き次第だろう。けど、今のところはないだろうな」

かつてニューヨーク南地区の連邦検事だったルドルフ・ジュリアーニ（のちニューヨーク市長）が、ＲＩＣＯ法を適用して息の根を止めるぞと脅しをかけ、準大手投資銀行ドレクセル・バーナムと、同社の「ジャンクボンドの帝王」で億万長者のマイケル・ミルケンにインサイダー取引や脱税幇助の罪を認めさせ、破滅させたことがある。事件化された大きな理由の一つは、政治家を目指していたジュリアーニが、大金持ちを懲らしめ、知名度を上げようとしたことだった。

「ということは、パンアフリカ銀行の株価もいずれ戻るってことか……」

北川はがっかりした表情。

市場から買い戻して、カラ売りを手仕舞うには、一割くらい下がっただけでは旨味がない。なぜならカラ売りをするには、借株料を支払う必要があり、それを補って余りある利益を上げなくてはならないからだ。

借株料は、株価指数に組み込まれているような流動性の高い銘柄なら、年率〇・五パーセント程度である。借り手が大手ヘッジファンドの場合は、さらに値引き交渉もできる。しかし、パンアフリカ銀行は指数銘柄ではなく、パンゲアも規模としては中小のファンドなので、借株料は一・五パーセント程度かかっていて、戦いが長引けば長引くほど、ボディーブローのように効いてくる。

それから間もなく――

パンゲア&カンパニーのオフィスに、フランス訛りの見知らぬ男から電話がかかってきた。

パンアフリカ銀行に関する情報を提供したいので、人に知られないような面会の場所を設けてほしいという。

北川たちは半信半疑だったが、観光客が数多く出入りするマンハッタンの大型ホテルの部屋を押さえて、男に会うことにした。

「どうも、初めまして」

北川とグボイェガが待つ部屋に現れたのは、麻のジャケットに洒落《しゃれ》た赤と青の縦縞が入ったシャツを着た中年フランス人だった。

（アフリカに住んでいる人間だな……）

日焼けした顔には深い皺が刻まれ、長めの金髪も着ている服もくたびれていて、一目でアフリカに住んでいる人間と見てとれた。かなり緊張しているようで、笑顔は強張《こわば》っており、握手をした手はじっとり汗ばんでいた。

「あなたがたのウェブサイトを見まして、ＢＰＡ（Banque Panafricaine＝パンアフリカ銀行）のことを色々調べておられるようなので、ご協力できないかと思いましてね」

売れないモデルのような中年フランス人は、ソファーにすわり、落ち着きのない表情でいった。

「これを買ってもらえませんかね」

フランス語で数十ページの書類を差し出した。

「これは……⁉」

受け取って一瞥したパンゲアの二人は目を瞠《みは》った。二人ともある程度フランス語はできる。

「パンアフリカ銀行の内部監査報告書のコピーです」

フランス人の男がいった。

「そこに書いてある通り、ＢＰＡは相当な不良債権を抱え込んでいて、貸倒引当金も十分に積んでいない。アフリカの独裁者や政商にいわれるまま、乱脈融資を行なってきたわけですから、当然の結果です。監査法人もさすがにこれでは監査証明を出せないといっています」

監査証明は財務諸表が企業の業績や財務状況を表しているという一種の報告書だ。

北川とグボイェガは報告書のページを繰り、食い入るように記述内容を追った。

報告書は、巨額の不良債権のみならず、タックスヘイブンを利用した怪しげな資金移動や、脱税目的の裏口座と思しい多数の匿名口座の存在なども指摘していた。

「これをどこで入手されたんですか？」

「ＢＰＡで働いている友人からです。彼が直接持って来るわけにもいかなくて、わたしが依頼されたというわけです」

（おそらくどこかの支店か本店で働いている行員から手に入れたのだろう。……アフリカってところは、上から下まで腐っているな）

パンゲアの二人は、胸の底で嫌悪感を覚えた。

「以前、パンアフリカ銀行の不正を表沙汰にしようとした元行員がいたんですが、自宅で覆面の男たちに半殺しにされましてね。今回は、わたしが間に入って、ワン・クッション置こうということです」

フランス人が北川の心中を推し量ったようにいった。

「非常に興味深い報告書ですが、これが本物だということは、どうやって証明されますか？」

「報告書の最後に監査法人の幹部二名のサインがあります。どこかで照合されたらどうですか？」

「うーん……」

（他の企業の監査報告書にもサインしている可能性はあるんだろうな。もしかすると、幹部クラスの社員のサイン・リストをどこかで入手できるかもしれない）

「あるいは監査法人に直接訊いてみてはどうですか？　先方もＢＰＡには相当腹を立てているようですから、案外本当のことを教えてくれるかもしれませんよ」

「腹を立てているというのは？」

「長年ＢＰＡの監査を引き受けてきたのですが、毎回書類を隠されたり、タックスヘイブンの口座に関して嘘をつかれたりして、相当不信感が募《つの》っていて、もう監査を降りることも考えているようですな」

「なるほど……」

「いくらで買ってもらえますか？」

「いくら欲しいんです？」

「十万ドルでどうですか？」

フランス人が上目遣いで二人の顔を窺う。

「いや、それはちょっと……。これが本物のコピーであることの確認がとれることが前提で、二万ドルでどうでしょう？」

結局、交渉で三万ドルとなり、まずは本物であることを確認することになった。フランス人が、パンアフリカ銀行の友人に頼み、監査法人の二人の担当者のサインがある書類や手紙を何通か送って寄越し、突き合わせてみると、どうやら本物らしかった。北川らが、ツテを頼って、そのフランスの監査法人の人間に報告書の真贋《しんがん》を密かに訊くと、「サインは確かに二人のもので、書式や記述内容等を見る限り、報告書は本物の可能性が高い」という返答だった。さらに北川らは、直接監査法人に問い合わせた。広報の担当者は、本物であるとはいわなかったが、偽物であるともいわず、北川らは本物であるらしいと嗅ぎとった。

2

コンゴ共和国（旧フランス領）の首都ブラザビルと、コンゴ民主共和国（旧ベルギー領で旧名ザイール）の首都キンシャサを隔てるコンゴ川は、いつものように濁った灰色の水をたたえ、人々の不幸や悲しみまでも押し流そうとするかのように滔々と流れ続けていた。雨季の終わりが近づき、水量は少し減っているが、三キロメートルの川幅は相変わらず海峡のようだ。

ブラザビルの街はがらんとしていて、工事中なのか廃墟なのか分からない建物が多い。金持ちの家は高い塀と鉄条網で囲まれ、道を走る外国製の高級車は埃と泥水で汚れている。レストランでは猿の肉が料理され、バーでは男たちが昼間からだらしなく酔っぱらっている。大勢いる警官や兵隊たちは、金を持っていそうな人や車に目を付けては賄賂をせびる。

コンゴ川の岸辺から六〇〇メートルほど市の中心街へ行ったあたりで、エイドリアン・コナス通りとデュ・キャンプ通りが交差し、そばに肉厚の鋼管を縦に切ったような形の銀色の高層ビルが聳えている。「エルフ・タワー」からは五〇〇メートルほどの距離である。

夕日を受けると黄金色に輝く威風堂々としたビルは、国家経済の屋台骨である国営石油会社SNPCの本社である。

四月十二日・火曜日——

SNPC本社の高層階にある社長室で、社長のドニ・ゴカナが血相を変えていた。

「グレンコアのタンカーがシンガポールで差し押さえられて、原油代金をジェイコブスに払うよう裁判所に命令されただと⁉　そんな馬鹿な！」

真っ白なワイシャツに紺と白のストライプ柄のネクタイを締めたゴカナは、口から泡を飛ばして叫んだ。

「間違いありません。バミューダのスフィンクスにイギリスの裁判所から『サード・パーティ・デット・オーダー』が送られて来ています。グレンコアにも連絡しましたが、やはり同じものが行ってるそうです」

骨格のがっしりしたコーヒー色の肌の男がいった。

フランスの大学で石油探鉱の博士課程を修めたあと、ナイジェリア国営石油公社（Nigerian National Petroleum Corporation）で石油輸出営業の経験を積み、現在はゴカナの右腕として欧米への原油の営業を担当しているイケチュクゥ・ヌウォボドという名のナイジェリア人であった。

スフィンクス・バミューダは、石油の輸出スキームの一番最後にあるペーパー・カンパニーで、グレンコアに対する直接の売り手になっている。

「いつそんな命令が出されたんだ？」

フランス製の洒落た眼鏡をかけたゴカナの丸顔に危機感が滲む。

「一昨日です」

「サード・パーティ・デット・オーダー」は、裁判外の第三者に対して、正当な債権者に支払うよう命じるものだ。この場合の第三者はグレンコア、正当な債権者はジェイコブスである。

「ちょっと待て、グレンコアに確認する」

ゴカナは慌てて机の上の受話器を取り上げ、ロンドンのグレンコアで西アフリカ原油の担当ディレクターを務めているフランク・デストリバッツというフランス人に電話をかけた。

「ボンジュール、イシ・ゴカナ・デュ・エスエヌペーセー（ハロー、SNPCのゴカナだ。今、こちらに連絡が入ったんだが……）」

話しながらゴカナは苛々したように太い脚で貧乏ゆすりをする。

「……ウィ、ウィ……アボン（うん、うん……そうか）。とにかく、我々にとって、そんな支払い命令を認めることはできない。直ちにイギリスの裁判所に不服を申し立てる。だから支払いはしないでくれ」

受話器を置くと、社内の弁護士を呼び出した。

「おい、グレンコアのカーゴがジェイコブスに押さえられたぞ」

「えっ、本当ですか⁉」

黒い肌に黒縁眼鏡の弁護士が驚く。

「しかもイギリスの裁判所がグレンコアに、原油代金をスフィンクスでなく、ジェイコブスに払うよう命令を出した。これは何としてでも阻止しなくてはならん。策を考えてくれ」

「金額はいくらなんですか？」

黒縁眼鏡の弁護士が訊いた。

「カーゴ二杯分で四千九百万ドル（約五十二億円）だ」

「そうですか……うーん」

弁護士は当惑したように首をかしげる。

「何か手はないのか？　……アサインメント（債権譲渡）はどうだ？　原油代金の受け取り債権をスフィンクスからＡＯＧＣに譲渡するんだ」

ＡＯＧＣ（Africa Oil & Gas Corporation）は、一連の原油輸出スキームのために作ったペーパー・カンパニーで、コンゴに登記されている。イギリスの裁判所の支払い命令は、グレンコアからスフィンクス・バミューダへの支払いに関するものなので、債権譲渡で受取人をＡＯＧＣに変更すれば、命令の対象債権が存在しなくなる。

「それは、うーん……不可能ではないとは思いますが」

「ほかに手はないだろ？　すぐに債権譲渡の契約書を作ってくれ」

「わ、分かりました。書類作成には、グレンコアとＳＮＰＣの原油輸出契約書とか一連の契約書が必要です。債権譲渡契約書の中で、原契約書に言及する必要がありますから」

「分かった。至急、原油輸出部門からそっちにＥメールで送らせる。それから、直ちにイギリスの裁判所に不服申立てをしてくれ。そうしないと、グレンコアがジェイコブスに金を払うのを止められん」

「承知しました」

弁護士が退出すると、ゴカナはどかりと椅子に腰を下ろし、眉間に縦皺を寄せて考え込む。

（ほかに何か打つ手はないか？　何とかジェイコブスの魔手から逃れる手はないか……？）

てらてらと光るコーヒー色の肌にじっとりと脂汗が滲む。

（それにしても、タンカーを押さえてくるとは……ハイエナ・ファンドめ！）

机上の電話が鳴った。

「ゴカナだ」

不愛想に答えた。

「大変です！　今、ロンドンの弁護士に調べさせたら、ジェイコブスがスフィンクス・バミューダの資産開示と差し押さえ命令の請求をしたそうです」

先ほどの社内弁護士だった。

「ななな、何だとー⁉」

「恐らく二、三日中には決定が出るものと思われます」

「クソっ、次々と……！」

バミューダは英国の海外領土なので、英国本土の判決や決定の効力が容易に及ぶ。

「分かった。それは財務部に対処させる」

弁護士との話を終えると、ゴカナは直ちに電話で財務部長を呼び出した。

「おい、スフィンクス・バミューダの銀行口座の残高をゼロにするよう、至急外国送金の手続きをしてくれ。送金先は……そうだな、パンアフリカ銀行にあるＡＯＧＣの口座だ。分かったな？　すぐやれよ」

翌日——

原油代金を受け取る権利をスフィンクス・バミューダからＡＯＧＣに譲渡する契約書が作成され、それぞれのペーパー・カンパニーの名目上の社長になっているＳＮＰＣの幹部が署名し、直ちにクーリエ便とＥメールでロンドンのグレンコアに送られた。譲渡契約書の日付は、タンカーの差し押さえと英国の裁判所からの支払い命令が出される以前の三月三十日にされた。

またスフィンクス・バミューダがバミューダのＨＳＢＣ（香港上海銀行）に保有している口座の資金を全額パンアフリカ銀行に送る送金依頼書も作成され、クーリエ便でＨＳＢＣに送られた。

英国の裁判所は四月十八日を期限として、スフィンクス・バミューダの資産開示を命じたが、同社を管理しているゴカナはそれを無視した。

翌週——

「……畜生、間一髪で逃げられたか！」

ウォール街の法律事務所の個室のデスクで、カール・フォックスが歯噛みした。

「イギリスの裁判所の資産開示と差し押さえの命令書がクーリエ便で到着する二、三日前に、バミューダのＨＳＢＣのスフィンクスの口座から、パンアフリカ銀行の口座に二百万ドルと四百万ユーロが送金されて、残高はほとんどゼロになっています」

フォックスのデスクの前の椅子にすわった韓国系米国人の若手弁護士がいった。

「そのパンアフリカ銀行の口座はどこにあるんだ？」

「ブラザビルです」

フォックスは顔をしかめた。コンゴでまともな司法手続きが行われる可能性はゼロだ。

「ゴカナの野郎、闇の世界に金を逃がしやがったか……」

フォックスは、欧米の司法手続きが及び、自分たちが勝負できる国々を昼の世界、それ以外を闇の世界と呼んでいる。

「AOGCの銀行口座の資産開示と差し押さえも難しいですしね」

AOGCはコンゴにあるペーパー・カンパニーだ。

「まあ、グレンコアのカーゴを押さえられたのは上出来だった。あとはイギリスの法廷でガチンコ対決だな」

「はい。……それから、グレンコア以外のタンカーも押さえられる可能性がないか、引き続き情報収集しています」

「情報源はパンゲアか？」

「ええ。現地で探りを入れているようです。インサイダー取引にならないよう、我々への直接の情報提供はありませんが、順次サイトにアップしています」

「分かった。差し押さえられるものは全部やるぞ、徹底的に」

同日夜――

フォックスが仕事を終えたのは、午後十一時過ぎだった。

「……じゃあ、先に失礼するぞ」

ベージュのステンカラーコートをラフに羽織り、書類鞄とファイルを手にしたフォックスは、ガラス張りの個室のそばのデスクで仕事をしていた韓国系米国人の若手弁護士に声をかけた。

「お疲れ様です。わたしもそろそろ失礼します」

低いパーティション越しに銀縁眼鏡の顔を覗かせて、韓国系の男が答えた。

パートナーや秘書はほとんどが帰宅し、オフィス内は人影が少なかった。将来のパートナーを目指して滅私奉公中の若手アソシエイトたちが働いているだけである。ゴミ箱には彼らが夕食に食べたハンバーガーやピザの包装紙、デリバリーの中華料理の紙の容器や割り箸などが乱雑に捨てられていた。

フォックスは高速エレベーターで一階まで降り、入退出管理ゲートに自分のＩＤカードをタッチして、大きな回転扉から外に出た。

夜のウォール街は昼間の喧騒が嘘のように静まり返っていた。バーやレストランも夜はほとんど営業していない。投資銀行や法律事務所が入居している摩天楼だけは窓に明りを点しているが、トリニティ教会はゴシック式の尖塔を持つ黒い影になり、地上は暗い峡谷《きょうこく》のようだった。

（えーと、車は……）

フォックスは人影のない通りを見回した。遅い時刻まで仕事をしたときは、事務所が契約しているハイヤーで東六十三丁目の自宅に帰る。

そのとき、背後に人影が近づいた。

「ミスター・カール・フォックス」

名前を呼ばれてフォックスが振り返ると、右手をポケットに入れたトレンチコート姿の男が立っていた。ソフト帽を目深にかぶっており、顔はよく分からない。

フォックスは危険なものを感じた。

「申し訳ないが、人違いだ。俺はそういう名前じゃない」

フォックスは踵《きびす》を返そうとした。

回転する視界の端で、トレンチコートの男がポケットから何かを摑んだ右手を出すのが見えた。

(拳銃だ！)

フォックスは駆け出した。

次の瞬間、バスッ、バスッと音がして、消音器《サイレンサー》付きの銃口から二発の銃弾が発射された。

ステンカラーコートが大きく波打ち、フォックスはどうと前のめりに倒れ込んだ。

トレンチコートの男は、路上に倒れて動かないフォックスを一瞥すると、足早に立ち去った。

「カァール！　カァールーッ！」

韓国系の若手弁護士がちょうどビルから出て来て、叫びながらフォックスに駆け寄った。

「カァール！　……オー、マイ・ガーッ！」

蒼白な顔でぴくりともしないフォックスのそばに屈み込む。

フォックスは書類鞄を胸の下にし、左手をくの字に曲げ、うつ伏せで倒れ込んでいた。

「……行ったか？」

てっきり死んだと思っていたフォックスが、つぶやくように訊いた。

「えっ⁉」

韓国系の若手弁護士は驚く。

「クソっ、いきなり撃ちやがって！　パリで買ったスーツとコートが台無しだ」

フォックスは忌々しげにいい、立ち上がった。

「ご無事でしたか⁉」

韓国系若手弁護士が、涙目で、泣き笑いのような顔をした。

「こないだ防弾チョッキを新調したばかりだからな。ちょっと重たいが、性能は間違いないようだな」

フォックスはスーツの下に着込んでいたグレーのベスト型の防弾チョッキを見せた。

「おおかたコンゴかアルゼンチンに繋がってる連中か、あるいはパンアフリカ銀行あたりが差し向けた殺し屋だろう。だが、俺はまだ死ぬわけにはいかんのだ」

コートやズボンの汚れを手で払いながら、不敵な表情でいった。

二度の離婚歴のあるフォックスは、すでに莫大な慰謝料を払ったほか、男二人、女二人の合計四人の子どもの養育費を払い続けていた。


数日後（四月二十五日）——

ＳＮＰＣの原油輸出の責任者を務めるナイジェリア人、イケチュクゥ・ヌウォボドは、急遽、コンゴからロンドンに飛び、グレンコアのオフィスを訪れた。

場所は市街西寄りの繁華街メイフェアー地区のバークレー通り五十番地。ポートランド石造りのどっしりとした六階建てのビルで、約三百人の社員が働いている。秘書やアシスタントを含む全社員の平均年収が約五千万円という超高給企業である。

社内に入ると、投資銀行のトレーディングフロアーのように無数のスクリーンが市場の動きを刻々と表示し、ノーネクタイのトレーダーたちが肩で風を切って闊歩している。

ヌウォボドは、ガラス張りの会議室の一つで、グレンコアの三人と向き合った。

「……アイク（Ikechukwu の最初の三文字をとったヌウォボドの愛称）、申し訳ないが、グレンコアはAOGCに金を払うことはできない」

グレンコアの西アフリカ原油担当ディレクター、フランク・デストリバッツが英語でいった。ノーネクタイに黒っぽいスーツ姿のフランス人であった。

「我々は、イギリスの裁判所からジェイコブス・アソシエイツに金を支払うよう命じられているのでね」

グレンコアの社内弁護士がいった。隙がなさそうな面長の中年英国人男性である。

目の前のテーブルの上に、AOGCからグレンコアに対するインボイス（支払い請求書）とスフィンクス・バミューダとAOGC間の債権譲渡契約書のコピーが置かれていた

「しかし、イギリスの裁判所の命令は、グレンコアに対してスフィンクス・バミューダが有している債権に関するもので、この書類を見れば、命令が出される前からそういう債権は存在していないことが分かるはずだ」

淡い黄色のワイシャツに、赤と紺のストライプのネクタイを締めたヌウォボドがいった。

「アイク、残念ながら、そういうことにはならないんだよな」

目つきの鋭い男がいった。マーティン・ウェイクフィールドという名のトレーダーで、ナイジェリア、ガボン、コンゴ、アンゴラなどとの原油取引を担当している英国人だった。

「第一に、グレンコアとＳＮＰＣの石油輸出契約では、原油代金の債権譲渡には、グレンコアの同意が必要とされている。第二に、裁判所から支払い命令が出ている以上、それに反する譲渡の同意を与えることはできない」

「下手すりゃ、司法妨害罪に問われるんでね」

英国人の弁護士が付け加えた。

「じ、じゃあ……原油代金をどこに支払うつもりなんだ？」

「どこへでも。裁判所の命令に従ってね。代金を払いさえすれば、原油は我々のものだから」

ウェイクフィールドは涼しい顔でいった。

原油価格は年が明けてからバレルあたり十ドルも上昇しており、グレンコアはタンカーが差し押さえられてもまったく気にしていない。

同じ頃、ロンドンより時差が一時間先のブラザビルでは、そろそろ陽が傾く時刻だった。

「……いつも世話んなって、すまねえな。少ないがとっといてくれ」

ブラザビル市街にあるバーで、「タイヤ・キッカー」のトニーが、百ドル札が十枚ほど入った封筒を差し出した。

壁や天井が派手な原色に塗られた店内には、ビートの利いたアフリカ音楽が流れ、バーカウンターの内側で蝶ネクタイに銀色のベスト姿のバーテンダーがカクテルを作り、ソファー席では売春婦と思しい地元の女が豚のように太った白人の男にしなだれかかっている。

「遠慮なくもらっておくぜ」

サングラスをかけた米国人の男が、封筒を受け取り、ズボンのポケットにねじ込んだ。

コンゴから積み出される石油の品質や数量をチェックし、証明書を発行するインスペクター業務を行なっている米国企業の駐在員だった。

「どうだい、最近は何か変化があるかい？」

緑色のボトルのビールをラッパ飲みして、トニーが訊いた。ハイネケンの資本で現地生産されている「ミュッツィング」というラガーだった。

話題はもちろんSNPCによる原油の輸出についてである。

「原油の輸出者をスフィンクス・バミューダからAOGCに変え始めてるぜ」

「ほう、なるほど」

（差し押さえを逃れようって魂胆か……）

トニーは、ビールを飲みながら思案する。

「次の船積みスケジュールだ。今度の売り先はヴィトールだ」

米国人の男が、鉛筆書きの文字がある小さな紙きれを差し出した。

ヴィトール（Vitol）はスイスのジュネーブに本社を構えるオランダ系の大手エネルギー・商品取引会社だ。

「貴重な情報だ。有難く頂くぜ」

翌月——

ジェイコブスはインドのムンバイ港でヴィトールのタンカーを差し押さえた。

3

七月二日・土曜日——

京葉線海浜幕張駅から歩いて十分ほどの国際展示場、幕張メッセ（千葉市美浜区）は、夏らしく晴れ上がった青空の下にあった。気温は二十七度ほどで、梅雨明け前の蒸し暑い日だった。

幕張メッセの巨大な展示ホールに、一万人近い若者たちが詰めかけていた。

天井の高さが約三〇メートルもある空間に特設ステージが設けられ、舞台後方の大きなスクリーンの上にオレンジ色のＪＡＰＡＮの文字、左右に「ＬＩＶＥ８」のシンボルマークであるアフリカ大陸と数字の８を象《かたど》ったギターの看板が掲げられていた。

「結構入ってるじゃん」

「募金しただけでビョーク見られんなら得だよね」

会場をほぼ満杯にした立ち見の若者たちが開演を待っていた。

七月六日からスコットランドのグレンイーグルズ・ホテルで開催されるＧ８サミット（第三十一回主要国首脳会議）に先駆けて、アフリカ支援や途上国債務の削減を訴えるための世界的チャリティ・コンサートの日本会場であった。提唱者は、一九八五年にエチオピアの飢餓救済のための世界的チャリティ・コンサート「ライヴ・エイド」を提唱したアイルランド出身のロック歌手、ボブ・ゲルドフだ。

今回の「LIVE8」には、約百七十組の大物アーティストたちが参加し、幕張の日本会場を皮切りに、ヨハネスブルク、ロンドン、モスクワ、パリ、ベルリン、ローマ、フィラデルフィアなどG8の国々を含む世界十一ヶ所で同日開催される。

午後二時、ステージが明るく照明され、大きな歓声とともに演奏が始まった。

RIZE《ライズ》という名の日本人男性三人組のロックバンドだった。リーダーは、一九七〇年代に『気絶するほど悩ましい』などの曲で一世を風靡したミュージシャン、Char《チャー》の息子である。ギターやマイクを持ったままハイテンションで舞台の上を飛び跳ね、ラッパーのように観客に向かって連続的に叫びながら演奏する今風のスタイルである。

二組目は十代の若者に人気がある英国の男性四人組のポップ・バンド、マクフライ（McFly）で、その次は、米国の五人組パンク・バンド、グッド・シャーロット（Good Charlotte）が渋いアメリカン・ロックを披露。観客たちは、貧困をなくそうという意思を示す白い腕輪を掲げて応えた。

四組目は日本のドリカム（Dreams Come True）で、ノースリーブの白いブラウスにゆったりしたパンツ姿のボーカル吉田美和が、『何度でも』の歌詞の「叫べ！」のところで観客たちに叫ぶよう求め、「こんなんじゃ、まだまだスコットランドの八人に届かないよ！」と発破をかけ、同曲と『LOVE LOVE LOVE』など五曲を熱唱した。

観客お目当てのビョークは後半に登場した。三十九歳のアイスランドの世界的人気歌手で、ゆったりとしたマントのような青系統色の衣装を翻し、『Pagan Poetry』『All Is Full of Love』など八曲を四十分間にわたって歌い上げた。

　ロンドン会場では日本から八時間遅れ、現地時間午後二時にコンサートが始まった。提唱者のボブ・ゲルドフ、U2、ポール・マッカートニー、エルトン・ジョン、マライア・キャリー、スティング、ミック・ジャガー、コールドプレイ、ピンク・フロイドらが曲を披露し、特別ゲストに、アナン国連事務総長、ビル・ゲイツ、ブラッド・ピット、デーヴィッド・ベッカムらが登場する豪華版だった。純白の衣装で登場したマドンナは、かつて飢えた母親にすがる痩せ衰えた赤ん坊で、「ライヴ・エイド」の収益で救われて美しく成長したエチオピア人女性とステージ上で抱擁したあと、『Like a Prayer』など三曲を披露し、薄曇りの空の下のハイドパークを立錐の余地なく埋め尽くした二十万人の大観衆を魅了した。U2のボノがアフリカの惨状について語ったときは、会場が水を打ったように静まり返り、観客たちはその言葉に聞き入った。

　同じ頃、モスクワの赤の広場、フランスのベルサイユ宮殿、ベルリンの戦勝記念塔、トロントのパーク・プレイスなどに設けられた特設ステージでも、著名ミュージシャンたちが、アフリカへの支援を呼びかけ、曲を披露した。

　スコットランドの中心都市、エジンバラでは、NGO、教会、労働組合などが呼びかけ、二十万人以上が集まり、「アフリカの貧困を過去の歴史にしよう」と書いたプラカードを掲げてデモを行なった。ローマ法王ベネディクト十六世の「先進国の人々は、貧困にあえぐアフリカの国々を救うために、それぞれの国の指導者に約束を守るよう、訴え続けてもらいたい」というメッセージも披露された。

四日後の七月六日から八日まで、グレンイーグルズ・ホテルで開催されたG8サミットでは、議長を務める英国のトニー・ブレア首相の提唱で、アフリカ諸国に対する開発支援と地球規模の気候変動という、サミットとしては異例の中長期的課題が主要議題とされ、別名「アフリカ・サミット」と呼ばれた。日本からは小泉純一郎首相が出席し、世界経済・貿易・石油、気候変動、北朝鮮の核と拉致の問題、会期中に発生したロンドンの地下鉄・バス同時テロなど、広範囲に及ぶ問題が議論された。

最終日の議長総括では、アフリカ支援に関して、⑴アフリカ諸国への国際支援を今後五年間で倍増し、年間で二百五十億ドルにすること、⑵HIPCS（重債務貧困国）のうちIMF・世銀のプログラムを良好に実施しているアフリカ十四ヶ国（ザンビア、マダガスカル、ガーナ、エチオピア、モザンビーク、ウガンダ、マリ、セネガル他）を含む十八ヶ国に対してIMF、世銀、アフリカ開銀が有する債権の一〇〇パーセントを放棄すること、などの合意が発表された。

G8サミットが終了して間もなく——

沢木容子は、一人暮らしをする江東区のUR（都市再生機構）のアパートの書斎でパソコンに向かい、所属する国際NGOの全世界のスタッフに向けてメールを書いた。

〈Dear All, The Live 8 and Gleneagles Summit brought certain achievements in reducing impoverished countries' debt.（皆さん、LIVE8とグレンイーグルズのサミットは、貧困国の債務を削減するという意味で一定の成果がありました。）一九九九年のケルン・サミットで二国間債務の全面帳消しが約束され、最後まで抵抗していた日本政府も方針転換して、二〇〇三年度から完全帳消しを実施するようになりました。今回、これまで手付かずだったＩＭＦ、世銀など、多国籍金融機関向けの債務が帳消しされることになったのは一つの前進です。しかし、それには厳しく、かつ我々から見て不当な条件が付けられており、本来四十数ヶ国が対象となるべきところが、わずか十八ヶ国しか対象とされていません。我々は引き続き、債務の全額帳消しを働きかけなくてはなりません。〉

〈ＬＩＶＥ８では、ビル・ゲイツ、マドンナ、デーヴィッド・ベッカム、マライア・キャリーといった億万長者たちが、アフリカ救済を訴えました。それ自体は結構なことですが、彼らは自分たちの国の補助金制度や巨大企業がアフリカの貧しい国々の農業を圧迫し、農民を破たんさせていることを知りません。たとえば綿花を例に取ってみると、二〇〇三年にメキシコのカンクンで開かれたＷＴＯ閣僚会議で、ブルキナファソ、マリ、チャド、ベナンの綿花生産四ヶ国が共同で米国に対し、綿花の輸出補助金の撤廃を要求しました。米国の綿花生産業者は国から年間四十億ドルの輸出補助金を受け取っています。これはアフリカの小国のＧＮＰを上回り、米国の全アフリカに対するＯＤＡの三倍の額です。こうした補助金漬けの安い綿花が世界市場に出回る結果、アフリカの農民たちが破たんに追い込まれているのです。英国では農地や乳牛に対する補助金が王族の私有地にまで支払われています。その結果、ジャマイカの農民は英国からの安いミルクの輸入で苦しんでいます。アフリカの飢えの大きな原因は米国やＥＵの政策にあるのです。わたしたちは、今後このことを世界に強く訴えていきましょう。〉

〈二〇〇二年と二〇〇三年に行なったネスレとビッグ・フード・グループに対するネーム・アンド・シェイム・キャンペーンは成功裏に終わり、エチオピアとガイアナに対する請求は取り下げられました。我々のキャンペーンによって、不買運動が起きるのではないかと企業側が恐れたことが大きいと思います。しかし、不買運動を恐れることなく、堂々と貧しい国々を搾取しているグループがいます。ジェイコブス・アソシエイツをはじめとする訴訟型投資ファンドです。彼らは国家《ソブリン》の債務を二束三文で買い、欧米の裁判所から一〇〇パーセントの額面と発生した利息とペナルティの全額支払いを命じる判決をとり、その国の資産を差し押さえて莫大な利益を手にしています。コンゴ共和国のサス＝ンゲソ大統領、インドネシアのスハルト元大統領、その他大勢の発展途上国の支配者の例に見られるように、そもそもこうした国々の債務の多くは、為政者の私利と裏金のために生じたもので、一般の国民は恩恵を受けていません。そうした昔の不当な債務を安値で買い叩き、それにもとづいて全額を返済させるやり方は、国民を二重に苦しめます。先進国政府や多国籍金融機関の途上国向け債務削減に一応の目途がついた今、我々はこうしたハイエナ・ファンドの活動阻止に本格的に乗り出さなくてはなりません。〉

同じ頃——

マンハッタンのパンゲア＆カンパニーのオフィスで、北川靖がパソコン・スクリーンに表示されたレポートの記述内容に舐めるような視線を這わせ、最後の確認をしていた。

パンアフリカ銀行の内部監査報告書と同報告書が指摘する問題点に関する分析レポートを自社の

サイトにアップするところだった。

三ヶ月にわたり、監査を担当したフランスの監査法人に間接・直接に当たったり、その他の情報と照らし合わせたりしながら、報告書が本物であることを確かめ、株価下落の決定打となるレポートを書き上げた。しかし慎重を期して、「本監査報告書について、監査を行なった監査法人は本物であるとも偽物であるとも明言せず、パンアフリカ銀行は、ノーコメントという返答だった。パンゲア&カンパニーは、報告書の内容をパンアフリカ銀行の財務諸表等と突き合わせた結果、信憑性が極めて高いと信じるが、投資家は報告書の内容を独自にverify（正確性を確認）し、自己責任で投資の決定をしなくてはならない」と但し書きを付けた。

（……よし、いくか）

北川は記述内容の確認を終えると、意を決してパソコンのマウスをクリックした。

次の瞬間、パンゲア&カンパニーのサイトにレポートがアップされ、同時に、「ＰＲニューズワイヤ」のサイトに〈パンゲア&カンパニー、パンアフリカ銀行の問題点を指摘し、売り推奨〉というタイトルが現れた。

「おー、下がってきたな」

間もなく、衝立《パーティション》の向こう側にすわったホッジスが嬉しそうにいった。

先ほどまで四十ドル台半ばだったパンアフリカ銀行の株価が四十二ドル前後まで下がってきた。

北川のデスクの電話が鳴り始めた。

レポートを読んだ投資家たちが、真偽の確認や追加情報を求めているのだ。

「……監査報告書はあるフランス人から手に入れた。向こうからのタレコミだ。内容については、公開されているＢＰＡ（パンアフリカ銀行）の財務諸表と突き合わせ、矛盾がないことを確認している」

　縁なし眼鏡の北川は、鋭い視線で手元の資料を見ながら、相手の質問に回答する。

「もちろん、ＢＰＡにも当たった。否定しないでノーコメントということは、認めるということだろう。ああ、そういうことだ。……あの銀行は一言でいえば、西アフリカ一帯の政府や政商と繋がって、彼らの資金をロンダリング（洗浄）している組織だ。国家元首や政府高官の子弟を大量にコネ入社させて、高額の報酬も払っている。アフリカのＢＣＣＩだよ」

　目の前のスクリーンに視線をやると、緑色を背景にオレンジ色の折れ線が、株価が四十ドル割れ寸前であることを示していた。

「アロゥ（もしもし）、そちらはパンゲア＆カンパニーの北川さんですか？」

　何人かあとに取った電話の英語は、フランス訛りだった。

「わたくしはワシントンのフランス大使館でアタッシェを務めているベルトランと申します」

　アタッシェは経済、法律、軍事などの専門分野を受け持つ外交官だ。

（外交官がいったい何の用だ？）

　大使館員からの初めての電話に、北川は訝《いぶか》った。

「あの監査報告書はどちらで手に入れられたのでしょうか？」

「あるフランス人の方からです」

　北川は多少の皮肉を込めて答えた。

「その方のお名前は？」

「存じません。訊いたのですが、教えてくれませんでした」

件《くだん》のフランス人が告げたのは自分の携帯電話の番号と、三万ドルを受け取るためのスイスの銀行の匿名口座《ナンバード・アカウント》の番号だけだった。

「そうですか。……あの銀行にはあまり深入りされないほうがよろしいと思います」

（何をいい出すんだ、この男は）

「それはなぜでしょう？」

「あの銀行は色々複雑なんです。まあ、あの、背景なんかがですね」

「……」

「ですから、あまり関わらないほうがあなたのためにもよろしいと思います」

「背景とおっしゃいますと、どんな背景ですか？」

簡単に退《ひ》き下がっては、カラ売り屋は務まらない。

「アフリカ内外の色々な組織と繋がりがあるとか、そういったことですよ」

「そのことがわたしにどんな不利益を及ぼすのでしょうか？」

北川は食い下がる。

「ヴァリアス（色んな、です）。……それじゃ、これで」

相手は思わせぶりにいって電話を切った。

（何なんだ、この男は！）

北川は、問い質そうと思って、ワシントンのフランス大使館に電話を入れた。男がかけてきたとき、電話機に表示されていた番号は、確かにフランス大使館の番号だった。

しかし電話に出た受付の女性は、ベルトランという名の職員はいないと答えた。


二日後——

マンハッタンは陽が傾く時刻で、パンゲア&カンパニーのオフィスがある高層階の窓の向こうでは、付近のビルや地上に点り始めた明り、ネオン、自動車のライトなど、様々な色の光が一日の終わりを告げていた。

オフィスの会議室で、北川、グボイェガ、ホッジスの三人がワイングラスを手に話をしていた。

この日は、三人のビジネススクール時代のクラスメートで、ボルドーでワイナリーを経営しているフランス人の男が、自分でつくったワインを送ってきてくれた。届いた木箱を開けると、普通のワインボトルよりいくぶん細長い三本の洒落たボトルが収められ、それぞれ赤、白、ロゼだった。

「まったく、どういうことなんだ……」

ロゼ・ワインのグラスを手に、北川が憮然とした表情をしていた。

レポート発表で一時三十四ドルまで下がったパンアフリカ銀行の株に、翌日から猛烈な買いが入り、五十ドル近くまで上昇してしまった。プライムブローカーのモルガン・スタンレーに誰が買っているのか問い合わせると、フランスの大手銀行数行が示し合わせたように大量の買い注文を入れているという答えだった。

「ヤス、そのベルトランという男、フランスの諜報機関の職員かもしれないぞ」

ホッジスが北川のグラスにロゼ・ワインを注ぎながらいった。

「諜報機関の職員?」

「うむ。連中は、ほかの職員が知らない通名《つうめい》を使うことがあるらしい」

「うーん、そうか。……しかしどうしてフランスの諜報機関の職員が、あんな脅しめいた電話をかけてくるんだ?」

「パンアフリカ銀行のことを探られたくないんだろう」

ピスタチオをつまみに白ワインを飲んでいたグボイェガがいった。「こないだBCCIに関する本を読んだが、BCCIに関しては十年以上にわたって何百件も情報が寄せられて、ホワイトハウスも国務省もCIAもFRB（連邦準備銀行）も実態を知っていたが、司法省が中心になって犯罪捜査の妨害をしていたそうだ」

北川とホッジスがうなずく。

「CIAはBCCIを使って、外国に工作資金を送ったり、BCCIが用意した武器や傭兵を利用したりしていた。CIAの手先としてキューバやニカラグアなどの左翼政権に対抗していたパナマのノリエガ将軍のマネーロンダリングをBCCIが手がけるのも黙認していた。アフガニスタンでソ連と戦ったムジャーヒディーンを支援したパキスタンにBCCIが武器を仲介するのも黙認していた。国務省は、BCCIと結びついているアブダビやサウジアラビアとの外交関係悪化を恐れて、BCCIの犯罪を見て見ぬふりをした」

「それと同じことがパンアフリカ銀行にもいえるということか?」

「うむ。あれはまさにアフリカ版BCCIだ」

「なるほど……。そう考えると、フランスの銀行が一斉に買いを入れてきたのも合点がいくな」

「今、欧米の銀行は、サブプライム・ローンを組み込んだ証券化商品の引受けや販売で大儲けしてるから、体力もあるよな」

グボイェガの言葉に、北川とホッジスがうなずいた。

（このぶんでいくと、ますます長期戦になるなあ……）

北川は厳しい表情でグラスのロゼ・ワインを傾けた。戦っている相手は単なる一銀行ではなく、西アフリカ一帯の国家とそれを背後で操るフランス政府の連合体ということだ。

第七章　英国王立裁判所

1

二〇〇五年十月——

ロンドン市街では、街路樹のスズカケノ木が黄色く色づいていた。

「ジェイコブスのマシンガン」カール・フォックスは、分厚い書類と書類鞄を手にブラックキャブから降り立った。

目の前にパリのノートルダム寺院を思わせる荘厳なゴシック建築が聳えていた。高さ七五メートルの尖塔を中央に持ち、東西南北各一四〇メートルの建物は、英国の王立裁判所だった。場所はテームズ川に近く、目の前のストランド街は交通量が多い。東の方角を見ると、道の真ん中に、そこから金融街シティであることを示す、龍を戴《いただ》いた記念塔が立っている。

フォックスは、相棒の韓国系米国人の弁護士ら数人を従え、分厚い書類のファイルを抱えたダークスーツ姿の男女の弁護士たちの列に並び、曼荼羅のように無数の小さな聖人像で飾られた尖ったアーチ型の正面入り口から裁判所の中に入って行った。

グレンコアとヴィトールのタンカーを差し押さえたジェイコブス・アソシエイツ対コンゴ共和国の訴訟の控訴審であった。二年前の一審判決は、ジェイコブス側を正当な債権者と認め、コンゴ政府に元利金の全額支払いを命じた。コンゴ政府はハイエナ・ファンドの訴訟に対して、無視を決め込んでいたが、タンカーを差し押さえられて尻に火が点き、控訴審から争うことにした。

差し押さえられた原油輸出総額は約一億七千六百万ドルだった。パンアフリカ銀行の輸出前貸しを返済しても、七千八百万ドルが残り、ジェイコブスが支払いを求めている一億二千七百万ドルの六割強をカバーできる。

争点は、石油を輸出したスフィンクス・バミューダ社やＡＯＧＣ社（Africa Oil & Gas Corporation）とコンゴ政府は実質的に同一か否かである。コンゴ側は、二社はコンゴ政府とは関係のない独立した会社で、原油の輸出代金とコンゴ向け債権の相殺はできないと主張し、ジェイコブス側は、二社はコンゴ政府と実質同一で、相殺はできると主張していた。

一階（日本でいう二階）にある十六号法廷は、三階分くらいの高さが吹き抜けになっていて、大きな井戸の底のような空間だった。淡いオレンジ色のランプがいくつか下がっており、建築当時の一八七〇年代の雰囲気をそっくり止《とど》めている。

正面の裁判長席は一・五メートルくらいの高さがあり、約五十人がすわれる傍聴席は、ヨーロッパの教会のように細長い木のテーブルに木のベンチで、後方に行くほど高くなっている六段の階段状である。左右と後方の壁には書棚が設けられ、製本された事件記録や法律雑誌がぎっしり並べられている。

淡い金色のカツラに黒い法服姿の裁判長が法壇後方から姿を現すと、法壇前にすわった書記官が号令をかけ、全員が立ち上がって一礼した。

この日は、SNPC（コンゴ国営石油公社）社長、ドニ・ゴカナに対する反対尋問であった。

「まずあなたの経歴ですが、フランスの原子力委員会や石油会社のエルフで十一年間働いたあと、一九九七年にコンゴに戻って、一九九八年二月に、サス＝ンゲソ大統領の石油分野に関する特別顧問になったということですね？」

法壇のすぐ下にすわった書記官の目の前に並べられた最前列のテーブルの右端に立ったフォックスが訊いた。英国の慣例に従って、淡い金色のカツラに黒いガウン姿であった。

「大統領特別顧問として、まずどういう仕事をされたのでしょうか？」

「当時は内戦が終わり、ンゲソ大統領が就任して間もない頃で、大統領は石油産業の再編成を考えていました」

傍聴席から見て左側の証人席にすわったゴカナが答えた。証人席は法壇より五〇センチほど低く、低い囲いに囲まれており、傍聴席からはゴカナの右の横顔が見える。

「わたしの仕事は、エルフやアジップとの輸出契約や両社から受けていた輸出前貸しの条件を見直し、適切な輸出の仕組みを作ることでした」

石油産業はコンゴ経済の屋台骨で、ＧＤＰの六七パーセント、政府歳入の七八パーセントを占める。当時、同国の原油の買い付けは、エルフとイタリアのアジップがほぼ独占し、輸出価格の一〇パーセントをリベートとしてコンゴ側に支払っていた。

「国が石油産業の支配権をエルフとアジップから取り戻すために、ＳＮＰＣが一九九八年に設立されたというわけですね？」

フォックスとゴカナは七、八メートル離れているが、樫材で内装された石造りの壁に音がよく響き、マイクなしで問題なく聞き取れる。天井からは録音用の六本のマイクが下がっていた。

「まあ、そういうことです」

「ＳＮＰＣが原油を、同社の一〇〇パーセント子会社であるコトレード（Cotrade = La Congolaise de Trading の略）に売り、コトレードがそれをＡＯＧＣに売り、ＡＯＧＣがそれをスフィンクス・バミューダに売り、スフィンクス・バミューダが欧米の原油トレーダーに売るという仕組みは、あなたが考えたものですね？」

「わたしというより、むしろ弁護士のアドバイス……いや、その、各社の個々の取引の結果、自然にそうなったものです」

法壇の裁判長は、オックスフォード大学卒で、十年以上無事故で務めたベテラン弁護士に与えられる称号「クイーンズ・カウンセル」（略称ＱＣ）を得たのち、二〇〇一年に裁判官になった五十六歳の男性である。

「わたしどもから見ると、ＡＯＧＣもスフィンクス・バミューダも実体のないペーパー・カンパニーで、こういう複雑な輸出の仕組みを作ったのは、実態をカモフラージュし、債権者からの差し押さえを免れるためとしか思えないんですがね」

「いや、そういうことはありません。たとえばコトレードは国営会社であるＳＮＰＣの一〇〇パーセント子会社で、大統領の子息のクリステル（ンゲソ）氏が社長ですから、わたしの一存で物事を決められるようなことはありません」

「しかしあなたは大統領の特別顧問だ」

「繰り返しての答えになりますが、これは差し押さえ逃れのためではなく、それぞれ純粋に独立してビジネスをやっているコトレード、ＡＯＧＣ、スフィンクス・バミューダが、純商業的に取引をした結果、こうなったものです」

艶のよいコーヒー色の丸顔に洒落た眼鏡のゴカナは、ダブルのスーツ姿である。

「しかし、コトレードも、ＡＯＧＣも、スフィンクス・バミューダも、コンゴの原油輸出しかやっていない会社でしょう？」

「いや、ＡＯＧＣは、原油の取引以外にも色々な業務をやっています」

「どういう業務ですか？」

「子会社を通じて、国内でガソリン・スタンドを経営していますし……」

「ガソリン・スタンドというのは、どちらにあるのですか？」

「ポワント＝ノワール（Pointe-Noire）です」

国の南西部にある港町である。

「そこ以外は？」

「いや、そこ一ヶ所だけです……。それ以外にも、ＧＰＬという石油関係の会社の五五パーセントの株式を持っていますし、そのほかにも子会社を持っています」

「あなたがたの主張が正しいのか、書類等で確かめたいと思いましてね。裁判所に文書提出命令の申し立てをしたわけですよ」

「……」

「あなたがたは、裁判所に命じられたにもかかわらず、ＡＯＧＣ社の銀行口座の入出金明細書、同社の決算書、石油輸出の明細、輸出前貸しの明細など、数多くの書類を提出していない」

フォックスが、学生を咎める寮の舎監のような口調でたたみかけた。

「グレンコアのタンカーが差し押さえられた四月以降の石油取引に関する情報も一切出していない。……要は提出すると、不都合なことがあるということじゃないんですか？」

「いや、そういうことではなく、手続き的に……」

「スフィンクス・バミューダの銀行口座の明細を見ても分かりますが、石油輸出代金の大半はいったんＡＯＧＣ社の口座にプールされ、そこから色々なところに出て行っているようですね」

フォックスは追及の手を緩めない。

「要はンゲソ大統領がピンハネした分とか、あなたが報酬として得た分なんかが表に出てしまうとまずいということでしょうか？」

「いや、そういうことではなくて、現在パンアフリカ銀行に口座の明細書を送ってくれるよう依頼しているところです」

しかし、裁判所から開示命令が出されたのは、半年も前のことだ。

「開示命令がありながら、いまもって関係書類を提出していない理由は何なのですか？」

裁判長が割って入った。視線や口調がやり手弁護士時代の精力的な雰囲気を彷彿とさせる。

「ええと、それは、大陸法系のシビル・ロー（制定法主義）の裁判管轄と英米法系のコモン・ロー

（判例法主義）の裁判管轄の違いがありまして……」

ゴカナはわけの分からない言い訳をする。

「シビル・ローであろうが、コモン・ローであろうが、裁判所の提出命令に従うのは当然のことだと思うがね」

裁判長が、苛立った口調で咎める。

「ええ、ですから、そのへんも含めて、ユーノッド弁護士に都度照会しておりまして、そのため、提出に手間取ることがありました」

ユーノッド（Junod）というのは、ゴカナが一連の原油輸出の仕組みに関して法律的助言を受けているスイスの弁護士である。

「マロンガ氏は、AOGCの収入の九九・五パーセントは、原油の輸出取引から来ているとこの法廷で証言しました。認めますか？」

マロンガというのは、AOGCの名目上の社長のコンゴ人で、同社の事務手続きを担当している。

「もう少しほかの収入が多いのではないかと思いますが……。まあ、設立間もない子会社もありますので」

「あなたはSNPCの社長であると同時に、AOGCの九〇パーセントの株式を握り、スフィンクス・バミューダのベネフィシャル・オーナー（実質的株主）ですね？」

スフィンクス・バミューダは、同地のサービス会社が株主となり、名前だけの役員を提供している。同サービス会社は、自分たちはスフィンクス・バミューダの活動については何も知らず、すべてゴカナが取り仕切っているという宣誓供述書を提出していた。こうしたやり方は、他のタックスヘイブン（租税回避地）にあるペーパー・カンパニーでも同様である。

またスフィンクス・バミューダの設立関係書類には、ゴカナがPrincipal（主体）であると記されていた。

「そしてあなたは、ＡＯＧＣとスフィンクス・バミューダの銀行口座を一人で管理していた。間違いないですね？」

「どうしてそういうことがいえるのでしょうか？」

ゴカナが訊き返した。

「ＡＯＧＣについては、マロンガ氏がそのように証言している。自分はＡＯＧＣがいつどんな原油の取引をしているのかまったく知らないと」

「……」

「スフィンクス・バミューダのＨＳＢＣの口座に関しては、ディスカバリー・プロセスで出てきた署名者リストにはあなたの名前しかない」

「……」

ゴカナは返事をしなかったが、フォックスはそれで十分と考え、追い込まない。

「銀行口座の明細が提出されていないのでお訊きしますが、ＡＯＧＣからの資金の流れはどういうことになっているのでしょうか？」

「主には原油の輸出代金が同社の銀行口座に入り、それをわたしが、種々のニーズを勘案し、最も適切に振り分けるということです。まあ、主には原油の仕入れ代金の支払いですが」

ゴカナは抽象的な言葉で逃げようとする。

「原油の仕入れ代金以外の種々のニーズというのは、具体的には何ですか？」

「会社ですから、色々経費がかかり、その支払いです」

「大統領一族への支払いは？」

「それはなかったと記憶しています」

コンゴ政府の関係者、メディア関係者、一般傍聴人などがすわった傍聴席からは、時おり書類をめくる音や小さなしわぶきが聞こえる。

「あなたは部下のヌウォボド氏とともに、SNPCの社長としてコンゴの原油輸出を取り仕切り、間にコトレードを介在させ、さらにAOGCとスフィンクス・バミューダを一人でコントロールしていますよね？」

「違います。コトレードは、大統領の子息のクリステル（ンゲソ）氏が社長を務めています。AOGCがコトレードと交渉し、契約して、原油を買い付けています」

「ではAOGCとスフィンクス・バミューダの交渉は、誰と誰がやるのですか？」

「AOGC社長のマロンガ氏とわたしです。契約書も存在しています」

その答えに、フォックスはにやりと嗤《わら》った。

「確かに一部の取引について契約書は存在しますが、あなたがAOGCとスフィンクス・バミューダの両方を代表してサインしているものが複数ある」

ゴカナは無表情を装ったが、杜撰《ずさん》な書類を作ったことにほぞを噛んでいる雰囲気。

「ファイル3のタブ（見出し）7を見て下さい」

フォックスにいわれ、ゴカナは手元の分厚いファイルを開き、法壇の裁判長もファイルを開く。

「これはディスカバリーの過程で出てきたグレンコアとヴィトールの社内メモ、Eメール、契約書、インボイス（請求書）、数量証明書、融資引出通知書、取引入力票などです」

フォックスが、目の前のテーブルの上に置いた箱型の台の上で開いたファイルを見ていった。

グレンコアのEメールには、ゴカナやヌウォボドと会って、原油輸出を打診されたときの発言内容や、本当に原油が準備されているのか、現地の原油ターミナルのオペレーターであるトタール社に問い合わせたときの回答なども詳細に記されていた。

「これを読む限り、すべての原油輸出取引は、あなたがSNPCの社長としてサインし、AOGCやスフィンクス・バミューダの口座に代金を支払うよう指示している」

「……」

「どのタンカーに積むかの指示は、グレンコアやヴィトールから直接SNPCに連絡がいっている。また、船積み書類やインボイスはSNPCから直接グレンコアやヴィトールに送られている。コトレードも、AOGCも、スフィンクス・バミューダも一切経由していない」

フォックスは強調するように声を大きくする。

「あなたは、一連の取引で、SNPC、AOGC、スフィンクス・バミューダの三社を代表している。コトレードについては、一連の取引の記録において、誰が発言したとか、何かをしたとかという関与を示す形跡は何もない。これが取引の実態でしょう?」

フォックスは、挑むようにいった。

「あなたのほうからは、SNPC、コトレード、AOGC、スフィンクス・バミューダ間の交渉に関するメモやEメールは、ディスカバリー上の義務であるにもかかわらず、一切提出されていない」

　フォックスは裁判長の注意を引くように大きな声で指摘した。

「あなたがいうように、原油取引が純粋に商業的な取引として行われたのなら、十や二十のメモやEメールがあって当然ではありませんか？　記録がないと、どういう経緯や条件で取引が成立したのか分かりませんからね」

「我々はお互いによく知っているので、取引は電話や口頭で行なって、内容は頭の中に記録するのです」

　ゴカナの開き直った答えに、傍聴席から失笑が漏れた。

「スフィンクス・バミューダとAOGC社の間の原油取引は、実体のないペーパー上のものであることは認めますね？」

「まあ……そういう種類の取引ともいえます」

　ゴカナは渋々認めた。この点については、先月（九月）スフィンクス・バミューダの関係書類を開示した段階で明らかになり、AOGC社長のマロンガも法廷で認めた。

「ファイル4のタブ2を見て下さい。……これは、グレンコアの社内ミーティング・メモです」

　ゴカナと裁判長がファイルの該当箇所を開き、視線を落とす。

「これによると、四月二十五日にヌウォボド氏がロンドンのグレンコアを訪問し、差し押さえを逃れるため、原油代金を受け取る権利をスフィンクス・バミューダからAOGCにバック・デートで（日付を遡って）譲渡することに同意してほしいと要請したとある。これはジェイコブスのみならず、裁判所をも欺こうとするけしからん企みだと思いますが、認めますか？」

「ヌウォボド氏からロンドンに行くことは聞いたような気がしますが、ミーティングの詳細については承知していません」

ゴカナは質問を予想していたらしく、素早く答えた。

「ほう、それは奇異なことですなあ。ヌウォボド氏はあなたの部下で、あなたがサインした書類を持って、大事な取引先に会いに行くというのに、何もご存知なかったというわけですか?」

フォックスは粘着質な視線をゴカナに浴びせ、その様子を裁判長がじっと見つめる。

「あなたやヌウォボド氏は、グレンコアやヴィトールから非常に強い信頼を得ていたようですね。ヌウォボド氏に関する、グレンコアのマーティン・ウェイクフィールド(Martin Wakefield)という西アフリカ原油担当トレーダーの陳述書がありますので、その一部を参考に読んでみましょう」

フォックスは目の前のファイルを手に取って、口を開く。

「The company was of no real importance to me - what matters was my personal contact with Ike Nwobodo who, over many years, had proved to be a professional and trustworthy contract party.(取引相手がどの会社であるかに実質的な重要性はなく、大事なのは、アイク・ヌウォボドとの個人的コンタクトだった。彼は長年にわたってプロフェッショナルで信頼できる契約相手であることを実証した)」

陳述書を読み終えると、フォックスは裁判長のほうを向いた。

「反対尋問は以上です」

「今日は楽勝だったな」

法廷から廊下に出ると、カツラを外しながらフォックスがいった。

廊下は、裁判所が建設された一八七〇年代のままの灰色と白の四角い石のタイル張りで、足音がよく響く。天井を支える梁《はり》はアーチ型で、古い修道院の内部を思わせる。

「コンゴもSNPCも一連のペーパー・カンパニーも同一のものだというのは、フランスの裁判所や本件の一審も認めてますからね」

黒いガウン姿の韓国系米国人の弁護士が、書類のファイルと脱いだカツラを手に、歩きながらいった。

ウォーカー・インターナショナルやAFキャップ・インクなど複数の米系ヘッジファンドがフランスでSNPCの銀行預金などを差し押さえ、コンゴ向け債権と相殺してよいという判決を得ていた。

「連中が同じ穴のムジナで、ペーパー・カンパニーを使って金を動かしてるだけっていうのは、一目瞭然だよな。なのに一から真面目に証明しなけりゃ判決を書けんというわけだ。税金の無駄遣いじゃないか、こりゃ」

「まあ、こちらは儲かるからいいですけどね」

韓国系の男が苦笑する。

「それにしてもこのカツラってやつは、何回着けても慣れんもんだな」

フォックスが口をへの字に曲げ、手にしたカツラを眺める。

「昔、ヨーロッパでノミやシラミが流行していた時代に、衛生状態を保つために人々が髪を短く切って、カツラを着用していた名残らしいですね」

「しかも証人の周りをうろうろしたり、書類をかざしたりできんから、どうも調子が出ん」

「イギリスは紳士の国ですからねえ」

「時差で午前中は最悪だし。……しばらくイギリスで裁判はやりたくないもんだな」

「そりゃ無理でしょう。来年あたりザンビアがありますから」

「ああ、ザンビアか。そうだなあ……」

夕方——

「……パット、大丈夫？」

ロンドン北部の高級住宅地にある大きな一戸建ての家に帰宅したエレンが、居間のソファーで正体不明になっているシーハンを見て、心配そうに声をかけた。

エレンは乳がんの手術と抗がん剤治療を受けてから七年が経ち、五年間続けた女性ホルモン抑制剤の服用も終わり、すっかり元気になった。今は、ガーデニングの経験を生かして、家々を回って庭の手入れをするガードナー（庭師）をやっている。まだ顧客の数は多くなく、収入は少ないが、自然の中でできるストレスの少ない仕事だった。

「またこんなにお酒を飲んで……」

ソファーの前のコーヒー・テーブルの上には、空になったスコッチウィスキーの瓶や飲みかけの水割り、つまみに食べたチーズやナッツの残りや包装紙が散らかっていた。

夏にザンビアのルサカで、地元の検察の取り調べを二ヶ月にわたって受けた頃から、シーハンは気分が落ち込むようになり、それを解消するために、昼間から酒を飲むようになった。

「あ、エレン、お帰り」

シーハンが目覚め、酒でむくんだ赤い顔をエレンに向けた。

「どう、気分は？」

エレンはシーハンの酒臭い息に、鼻筋の通った顔を微《かす》かにしかめる。

「う、うん……ああ、もう夕方か。うん、だいぶ気分は楽だよ」

藍色の闇が降り始めた窓のほうをうつろな目で見て、シーハンがいった。

このところ、朝起きると、今日も長い一日が始まるのかと気分がどんと落ち込み、夕方になると、少しだけ気力が回復する毎日だった。

「これは……？」

エレンがコーヒー・テーブルの上にクレジットカードの請求書があるのに気づいた。

「八千四百二十ポンド（約百七十三万円）……？」

手に取ってみると、高級スーツや高級腕時計をいくつも買ったことが記されていた。

「パット、こんなに買い物したの？」

相手を刺激しないように、努めて穏やかに訊いた。

シーハンは、元気だと思っていたら突然ふさぎ込んだり、ふさぎ込んだかと思うと、突然興奮して一人で喋り出したりするようなことがある。原因はザンビアでの取り調べにあることは明らかだった。当時は、英国の新聞にもシーハンの名前が出て、エレンもずいぶん不安になり、取り調べの後半はザンビアのホテルに一緒に滞在し、シーハンを励ましながら毎日を過ごした。

「なんか、気が大きくなっちゃって、色々買っちゃったんだ……。珍しく気分がよかったんで、勢いがついちゃったのかなあ」

シーハンはソファーでうな垂れた。「今からでもキャンセルできるものは、なるべくキャンセルしなけりゃと思うんだけど、人と話すのが億劫で……」

悲し気な夫の顔を見て、エレンは暗澹とした気分になった。


翌日——

サミュエル・ジェイコブスは、休暇で滞在中の南イタリアで昼食のテーブルについていた。

ブーツの形をしたイタリアの踵《かかと》のあたりにあるポリニャーノ・ア・マーレというリゾート地で、「グロッタ・パラッツェーゼ（洞窟の宮殿）」という断崖に穿《うが》たれた空間に造られた高級イタリアン・レストランだった。

二段に分かれた断崖に三十ほどのテーブル席があり、身なりのよい人々が食事をしていた。揃って細身のウェイターたちは、紺色のスーツをきりりと着こなし、まるでニューヨークかパリの三つ星レストランのようだ。

「さすがに海の上だけあって、寒いな」

アペリティフのシェリー酒を一口飲んで、ジェイコブスがいった。

眼下一〇メートルほどのところから青いアドリア海が見渡す限り広がり、足元の断崖に白い浪が音を立てて打ち寄せていた。風で波立つ青い海には、二、三人乗りの小さな漁船が一艘浮かび、漁をしている。

「この海の向こうには、アルバニアやセルビアがあるんだね」

ジェイコブスと一緒に純白のクロスがかかった丸テーブルについていたのは、長男で医師のロバートと、こざっぱりとした感じのパートナーの白人男性だった。

ジェイコブスは二人のよき理解者となり、同性婚法制定のためのロビー活動を精力的に行なっていた。

「む、マーヴィンだな。ちょっと失礼する」

テーブルの上で振動したブラックベリーを摑んで、ジェイコブスが立ち上がった。

「……何？　例のイギリス人が？　……うん、うん……」

ジェイコブスは広いオープンエアーのレストランの入り口近くまで歩いて行き、電話で話をする。

「……分かった。とにかく奴はザンビアの裁判の証人尋問の要だ。気を付けて見ておいてくれ」

話を終えると、ジェイコブスはフローリングの床を歩いてテーブルに戻った。

スターターの手長エビのモッツァレラ・チーズ添えがちょうど運ばれて来たところだった。イタリアの富裕層の間で今流行《はやり》の素材を生かした和風の料理だった。

「ダッド、何かあったの？」

生の手長エビにナイフとフォークを入れながら、濃紺のジャケット姿のロバートが訊いた。

元体操選手だけあって肩幅が広く、白い歯が印象的である。

「うむ……」

ピンクのシャツの上に薄茶色のカーディガンを羽織ったジェイコブスは、話したものかどうか迷っているように、小さく舌打ちした。

「実はな……ロンドン事務所で雇っているイギリス人の男が、最近情緒不安定になってるらしいんだ」

「へえ……。どんな様子なの？」

三十歳をすぎ、現在はボストンの病院に務めているロバートは興味をひかれた表情。専門は胸部外科だが、当然医療全般の知識は持っている。

「普段はふさぎ込んで、無気力なんだそうだ。ただ、突然気分が昂《たかぶ》って、大言壮語したり、二日続けて徹夜で仕事をしたり、意味のない買い物を大量にしたりするらしい」

「なるほど……。元々はどういう性格の人なの？」

「どちらかというと気が弱い、真面目な性格の男らしいな」

クリーミーなモッツァレラ・チーズをフォークで口に運びながら、ジェイコブスはいった。

「その人には何か、強い精神的なストレスを受けるような出来事があった？」

「うん、まあ……実は、ザンビアの案件を担当しているんだが、この夏に汚職の嫌疑をかけられて、現地の検察に出頭して、二週間ほど事情聴取を受けたことがある」

「なるほど」

「幸い証拠不十分ということで不起訴になったんだが、やはりああいう国で刑務所に入れられるかもしれないということで、相当な恐怖を感じたようだな」

「何か症状みたいなものを本人が訴えたりしているということはあるの？」

「頭の中にさざ波が立っているようだ、と漏らしたことがあるらしい」

ロバートはうなずき、思案顔でグラスの白ワインを口に運ぶ。

「ダッド、その人はたぶん、バイポーラー・ディスオーダー（bipolar disorder ＝ 双極性障害）だと思うよ」

「バイポーラー・ディスオーダー？」

「うん。平たくいうと、躁うつ病だよ」

「躁うつ病……」

「とにかく、早く精神科の医者に診せたほうがいいよ。それと、できることなら、そのザンビアの案件から外してやることだね」

「ザンビアの案件から外す？　……うーむ」

ジェイコブスはナイフとフォークを手にしたまま、白いものがまじった口髭をぴくりと震わせた。

足元の断崖の下では、相変わらず波が打ち寄せる音が続いていた。

2

翌月（十一月二十八日）——

ロンドンは重苦しい冬空で、明け方の気温は摂氏三度という冷え込みの厳しい日だった。

地元紙の朝刊は、ブリュッセルで行われているEU（欧州連合）の中期予算の審議で、フランスやスペインに手厚く配分される農業補助金を削減したい英国と、英国にだけ認められた分担金の払い戻し（リベート）制度を見直すべきだとするフランスが対立していることを報じていた。

市街中心部のテームズ川近くにあるストランドの王立裁判所では、ジェイコブス・アソシエイツ対コンゴ共和国の訴訟の控訴審が判決いい渡しを迎えた。

「それでは判決をいい渡します」

法壇にすわった、灰青色のぎょろりとした目で鼻の高いクック裁判長がいった。淡い金色のカツラをかぶり、背広の上に黒の法服をまとっていた。

フォックスは、傍聴席から見て法廷の右斜め前方の席でじっと耳を傾ける。そばに同じようにカツラに黒い法服姿の相棒の韓国系米国人の弁護士がすわり、同じ長テーブルの左寄りには、コンゴ政府の代理人の弁護士たちが着席していた。

「The Claimant/Judgement Creditor, Jacobs Associates, obtained four judgements against the Republic of Congo since 20 December 2002 in relation to sums due under various loan and credit agreements.....（原告で判決債権者のジェイコブス・アソシエイツは、二〇〇二年十二月二十日以降、コンゴ共和国に対する複数の融資契約において支払い期限が到来した元利金に関し四つの判決や決定を得て、……）」

最初に事案の概要を述べたあと、クック裁判長は、事実関係に対する自分の見解を述べる。

「It is plain, in my judgement, that following the imposition of the Interim Third Party Debt Orders and freezing injunctions, by this and foreign courts, Mr. Gokana, with Mr. Malonga's assistance, sought to evade the effect of the courts' orders by assigning the proceeds of sale of the cargo with a backdated assignments and lied to the Court about it.（本裁判所と外国の裁判所から、複数の〈暫定的な〉サードパーティー・デット・オーダーと資産凍結命令が出されたため、ゴカナ氏はそれらの命令から逃れるため、マロンガ氏に手伝わせて、原油の輸出代金を日付を遡っ

て譲渡し、そのことについて裁判所に嘘をついたことは明白である）」

クック裁判長は厳しい口調でいった。

「ＳＮＰＣ、コトレード、ＡＯＧＣ、スフィンクス・バミューダの文書提出状況は極めて不満足なものである。彼らが意図的に書類を隠したことは明白で、アフリカで使われているシビル・ロー（制定法主義）の裁判管轄と、コモン・ロー（判例法主義）の違いによって生じたものではない」

「ゴカナ氏は、ＡＯＧＣを代表して、原油購入に関し、コトレードのクリステル・サス＝ンゲソ氏と交渉したと主張する。ＳＮＰＣの社長であるゴカナ氏が、どんな意味のある商業的交渉をクリステル氏とできるのか、わたしにはまったく理解不能である」

裁判長は厳しい言葉で、ゴカナをはじめとするコンゴ側を批判する。

「コトレード、ＡＯＧＣ、スフィンクス・バミューダが実質的にコンゴ共和国と同一であることの立証責任はジェイコブス側にあるが、コンゴ側の不十分な情報開示が裁判を妨げ、コトレードが裁判に参加しなかったことは、計算ずくの行為であることに疑いはない」

「ＡＯＧＣとスフィンクス・バミューダの二社は、設立以来今日に至るまで、ゴカナ氏が一人でコントロールしてきた会社で、それら複数の会社を介在させた原油輸出の仕組みは、コンゴ政府との関係を隠すことが目的である。またパンアフリカ銀行などからの輸出前貸しは、原油輸出代金に担保権を設定し、他の債権者からの差し押さえを免れることが目的で、これ以外にこの仕組みが作られたまっとうな理由を見つけることは困難である。この仕組みは、コンゴ政府の利益のために考案された“sham”（ぺてん）である」

「確かにＡＯＧＣは、原油輸出以外のビジネスを少し行なっているが、原油輸出の仕組みにおける同社の役割はぺてんで、適宜金を吸い上げる〝サイフォン〟以上の役割は持っていない」

「コンゴ側から提出されたコトレード、ＡＯＧＣ、スフィンクス・バミューダ間の一部の契約書類は完全に見せかけだけのもので、ゴカナ氏がどこに送金したいと思ったかを示す以上の意味はない。すべての取引はコスメティック（粉飾）で、関係者に一部の金が渡っている可能性も否定できない」

「そうした原油輸出の仕組みを考案し、実施した人々は、自分たちの義務を免れようとした不正直な人間たちである」

「驚くべきことに、担保を取らずに、パンアフリカ銀行やグレンコアなどの石油トレーダーが、ペーパー・カンパニーであるスフィンクス・バミューダに数千万ドル単位の輸出前貸しを行なっているケースがあり、これはスフィンクス・バミューダがコンゴ政府と同一とみなされていることを示している」

裁判長は判決の根拠を縷々《るる》述べた後、結論に入る。

「I am driven to the conclusion that, notwithstanding the evidence of Mr. Gokana and others' live witness, there could in reality have been no arm's length transactions concluded between SNPC/Cotrade on the one hand, and Mr. Gokana for AOGC/Sphynx Bermuda on the other.（したがって、ゴカナ氏他の法廷証言に反し、ＳＮＰＣ―コトレードと、ゴカナ氏のＡＯＧＣ―スフィンクス・バミューダの間に商業的取引があったとは現実的にあり得ないと結論づけるほかない）」

原告席にすわったフォックスは、予想通りの判決文にリラックスした表情である。

裁判長は事実関係についての判断を述べ終わると、コモン・ロー（判例法主義）の慣例に従って、関連する過去の判例を二十弱引用し、結論に入った。

「したがって、当裁判所は、暫定的に発したサードパーティー・デット・オーダーを最終的なものとする。グレンコアとヴィトールは、ジェイコブス・アソシエイツに対する支払いをもって、原油代金の支払い義務を完了するものである」

3

翌年（二〇〇六年）五月の終わり——

マンハッタンのミッドタウンの東の端、イースト・リバー沿いの四十二丁目から四十八丁目までを占める国連本部は初夏の明るい日差しの中にあった。四つのビルからなる本部では、約五千人の職員が働いている。

「シ・スネパ・デュヴォル、ケスクセ⁉（これが強盗じゃなかったら、いったい何なんだ⁉）誰が貧しい国民を搾取してるんだ⁉　ジェイコブスのようなヘッジファンドは、ウミヘビだ！　ハゲタカだ！　凶悪盗賊団だ！」

元軍人らしいがっしりした身体をフランス製の紺色のダブルのスーツで包み、高級感漂うすみれ色のネクタイとポケットチーフをしたコンゴ共和国大統領ドニ・サス゠ンゲソは、富士額のコーヒー色の顔に怒りをあらわにした。

「あいつらは、タックスヘイブンを隠れ蓑にして正体をごまかし、コンゴのような貧しい国の債務を二束三文で買って、莫大な利益を手にする。こういうことが許されていいのか、ええっ⁉」

背後で、国連加盟各国の国旗がずらりと並んで風にたなびき、その後ろに、大きなドームを持つどっしりとした灰色の国連総会ビルが建っていた。

ンゲソは先ほど、アフリカ連合（African Union, 略称ＡＵ）を代表し、安全保障理事会でエイズ対策問題について演説をしたところだった。五日後には、ワシントンでブッシュ大統領に会う予定である。

「シャクフォア・クヴヴネ・ア・ニュヨルク、ヴ・デサンデ・ダンゾテル・ドゥリュックス（あなたは、ニューヨークに来るたびに、豪華なホテルに泊まっている）。国民を搾取しているのはあなた自身だという指摘がありますが、この点、どうお考えになりますか？」

ンゲソを囲んだ記者の一人が訊いた。フランスの通信社の男性記者だった。

昨年九月の国連総会の際も、ンゲソは、マンハッタンを一望するホテル、ザ・ニューヨーク・パレスの高層階「タワーズ」の豪華なスイート・ルームに宿泊し、八万二千ドル（約九百三十万円）を使って、メディアに批判された。

「わたしがここ二十年間、毎年ニューヨークに来て、いいホテルに泊まっているからといって、母国でも贅沢な暮らしをしていると思ったら大間違いだ」

六十二歳のンゲソはむきになっていった。

「ブラザビルのわたしの家は、寝室が二つだけの、ごくごくつつましやかなものだ。しかし、国家やＡＵ（アフリカ連合）を代表して国連の会議に出席したり、アメリカ大統領に会うときに、木賃宿に泊まるわけにはいかんだろうが、あーん？」

「大統領、コンゴ政府は昨年、イギリスの裁判で、ジェイコブス・アソシエイツに敗訴しましたね？」

米国人記者がいった。

「だから何だ？　イギリスの裁判官が分からず屋だっただけだろう！」

「裁判の中で、原油の輸出にからむコラプション（汚職）の可能性が指摘され、世銀のウォルフォヴィッツ総裁が、貴国の債務免除について別途厳しい条件を課しましたが、この点に関してコメントは？」

コンゴ共和国は九十二億ドルの対外債務を負っているが、去る三月に、HIPC《ヒップク》イニシャティブにもとづいて、世銀グループからの分を含む約十七億ドルについて削減を受けるための世銀の審査に合格した。しかし、世銀は、「コンゴのガバナンスと透明性に重大な懸念を持っている」と述べ、SNPC（コンゴ国営石油公社）の会計や内部統制を国際水準にし、原油の輸出に関する幹部による利益相反行為を防止し、世銀グループの監視の下で、汚職防止対策を策定・実施することなどを条件とした。

「コラプションの嫌疑は、根拠のないことである。少なくとも政府の関係者に関しては」

ンゲソはむっとした顔つき。

「もちろん、コラプションが一切ないとはいえないだろう。しかし、我々はそうしたことを減らそうと絶えず努力している」

大まじめな顔つきでいった。

「わたしが思うに、ウォルフォヴィッツ総裁は、一部のおかしな債権者から不当に影響を受けている。誤解はそのうち解けるだろう」

ンゲソを囲んだ記者たちは、白けた顔でメモを取ったり、録音したりする。

「ＳＮＰＣに関していえば、世界的監査法人であるＫＰＭＧの監査も受けたところだ。……ＳＮＰＣくらい透明性の高い石油会社が世界のどこにある？」

しかし、ＫＰＭＧの報告書は、ＳＮＰＣの会計は内部監査があまりにも弱いため、開示の適切性を保証するどころか、監査したともいえない代物であると述べていた。また汚職の監視活動などを行なっている世界的ＮＧＯ「グローバル・ウィットネス」（本部・ロンドン）が、コンゴの全年間原油輸出額の三分の一に当たる約三億ドルの行方が分からなくなっていると指摘していた。


数時間後——

ンゲソは、ホテルのスイート・ルームの居間で客を迎えた。

今回の滞在先は、ウォルドルフ＝アストリアである。ミッドタウンの四十九丁目から五十丁目までのパーク街とレキシントン街に挟まれた一区画を占めるニューヨーク屈指の豪華ホテルだ。

ンゲソ一行は、同ホテルのタワー館の三十七階部分のほぼすべての部屋を占拠していた。

「ア、メルシー・デートゥルヴニュー（やあ、よく来てくれた）」

ワイシャツにネクタイ姿のンゲソは、部屋の入口でスーツ姿の四人の米国人を迎えた。

床には落ち着いた植物模様柄の分厚い絨毯が敷き詰められ、壁際に木製の戸棚が置かれ、天井からは眩《まばゆ》い光を放つシャンデリアが下がっている、高級感あるヨーロッパ調の部屋であった。

窓からは周囲にそそり立つマンハッタンの摩天楼群が見える。

「まったく、ハイエナ・ファンドには、ほとほと手を焼いている」

ヨーロッパの貴族の邸宅にありそうな艶やかな木製のテーブルにつくと、椅子のひじ掛けに片方の肘を置き、ンゲソはぼやいた。

その言葉を、傍らに控えたコンゴ外務省の通訳の男が英語に訳す。

ドアがノックされ、制服姿のルームサービスの黒人女性が、シャンペンやコーヒーを運び込む。

シャンペンは最高級品で、ンゲソはすでに二万ドル以上をルームサービスに使っていた。

「今回は、わたしどもをご指名頂き、大変光栄に思います」

ンゲソの向かいにすわった恰幅のよい白人の男がいった。米国のロビイング事務所、トラウト・キャシュリス（Trout Cacheris LLC）のロビイストだった。普段政治家や官僚と接しているせいか、真っ白なワイシャツ姿の三人の初老の男と中年の黒人女性は、どことなく威厳があり、ワシントンDCの空気を全身にまとっていた。

ロビイストは、議員や官僚に直接働きかけたり、広報活動を行なったり、必要に応じて訴訟を起こしたりして、米国の政策に影響を与える仕事である。上院事務局か下院事務局に登録し、クライアントの名前、報酬、経費、活動内容を報告する義務を負っている。

コンゴ政府は、トラウト・キャシュリス事務所を年間七十万ドルで雇う契約をした。

「うむ。しっかりやってくれ」

コーヒー色の顔に独裁者らしい凄みを漂わせていった。

ンゲソは、ロビイストを使って、ハイエナ・ファンド防止法を米国で成立させようと目論んでいた。トラウト・キャシュリス以外にも、リビングストン・グループ、クロパック・レオナルド・シェヒター&アソシエイツ、レオフラー・グループの三つのロビイスト・グループも起用した。

「ジェイコブスみたいな奴らがうろついている限り、おちおち石油の輸出もできん。……それにしても、どっからタンカーの情報を取ってるんだ、連中は？」

ンゲソは、まずそうにシャンペンのグラスを傾ける。

コンゴ側は、どこからともなく現れてタンカーを差し押さえるジェイコブスを、まるでウミヘビのように感じていた。

「で、あんたがた、どんなふうに法律を作ってくれるんだ？」

「はい。わたしどもが日頃親しくしている有力議員と議員の政策スタッフにレクチャーし、法案を提出してくれるよう働きかけます。法案の文言も我々のほうで原案を作ります」

目鼻が大きく、洗練された雰囲気の白いジャケット姿で、押しの強そうな黒人女性がいった。

米国の議会では法案の提出が容易である。下院の場合は本会議場の前に置いてあるマホガニー製の「ホッパー」と呼ばれる箱に提案文を入れ、上院の場合は、上院事務局に提案と説明文を提出するか、本会議場で法案を提出する。二年間の会期中に提出される法案は約一万と非常に多く、そのうち四百〜五百が、上下両院に約二百ある委員会（常任委員会、特別委員会、小委員会）と本会議での審議と修正を経て、可決する。

「正面からいくってわけか？」

「現在、ハイエナ・ファンドに対する非難が世界的に高まっています。ストレートにいくのが最短距離だと思います」

女性の言葉に、テーブルを囲んだ男たちもうなずいた。

パリクラブ（先進各国政府で作っている債権者会議、事務局・パリ）なども、訴訟型債権者は、他の債権者による債務削減にタダ乗りし、HIPCイニシャティブの実施を妨げていると非難し、HIPCS（重債務貧困国）向け債権をこうした訴訟型債権者に売らないよう求めている。

「わかった。まあ、よろしく頼む」


約半年後（十一月）――

ジャマイカの首都キングストンは、燦々《さんさん》と降り注ぐ常夏の陽光を一杯に受けていた。

英国植民地時代の一六〇〇年代終わり頃にできた街は、高級コーヒー豆の原産地として有名なブルー・マウンテン山（標高二二五六メートル）の裾野から南側のカリブ海へと広がり、スペインや英国植民地時代の面影とアフリカ的な風景が混じり合う独特の空気である。海寄りのダウンタウンにはマーケットや露店が多く、活気があるが、物騒でもある。ここのスラム街で育ったレゲエの神様ボブ・マーリーの銅像が、彼の葬儀が執り行われた国立競技場のすぐそばに立っている。


旧市街のナショナル・ヒーローズ公園のすぐそばにある、財務計画省の七階建ての灰色のビルの一室に三十人ほどの人々が集まり、女性講師の話に熱心に耳を傾けていた。

「……国の権利をいかに防衛するか？　融資契約書を作成する際に、気を付けなくてはいけないポイントがいくつかあります」

彫刻刀で輪郭を付けたようなエキゾチックな目に長い髪のデヴィ・アストラック弁護士がハンドマイクを手に英語で説明をしていた。

ハイエナ・ファンドから国家を守るための「リーガル・デット・クリニック（法的債務クリニッ

ク）」の第一回目の講習会であった。
「まず、融資に関して当事者間に争いが起きたり、デフォルト（債務不履行）が起きたとき、どの法律を適用し、どこで裁判をするかという、準拠法と裁判管轄の問題があります」

背後のスクリーンにApplicable Law（準拠法）とJurisdiction（裁判管轄）という青い大きな文字が映し出される。

「国際融資契約では、ニューヨーク州法かイングランド法（英国法）を準拠法とし、ニューヨークかロンドンの裁判所を管轄裁判所とすることが一般的です」

教室形に着席した三十人ほどの人々は、グレナダ、ジャマイカ、ドミニカ、トリニダード・トバゴ、バハマなど、カリブ海地域にある英連邦加盟国の財務省や中央銀行の職員たちだった。

当初、アストラックらは、ＩＭＦと世界銀行にアプローチしたが、加盟国と外部との紛争には中立の立場を取ることがオペレーショナル・ポリシー（運営方針）7・40で義務付けられていることから協力できないといわれ、そうした縛りのない英連邦にあらためてアプローチして設立した。来年十一月には、ガーナの首都アクラで、アフリカ地域の英連邦加盟国を対象に講習会を行う予定である。

「ニューヨーク州法もイングランド法も十分に発達した法体系を持ち、当事者間の公平性も確保されていますので、これらを準拠法に選ぶのはよいと思います」

アストラックは出席者たちを見回す。

「ただ、残念なケースもあります。たとえばわたしが今代理人を務めているザンビアのケースです。これはもともとザンビアとルーマニアという政府同士の間の融資で、元の契約書では準拠法や裁判管轄は定められていませんでした。ところがこの債権をジェイコブス・アソシエイツが買い、ザンビア政府と交渉してリスケジューリング（債務繰り延べ）契約を新たに締結したのですが、契約書の中で、裁判管轄をイングランドにし、さらにザンビア政府にソブリン・イミュニティ（主権免責特権）まで放棄させました」

　ザンビア政府から弁護の依頼があり、債務繰り延べ契約を読んだアストラックは、「もっと早く相談してくれていれば」と、天を仰いだ。

「もしザンビア政府がイングランドの裁判管轄に同意していなければ、ジェイコブスは本件をロンドンの裁判所で争うことはできませんでした。おそらくどこの裁判所に持っていっても、取り上げてもらえず、かなりの苦労を強いられたはずです」

　アストラックは似たようなケースで、ジェイコブスがロンドン、ケイマン、英領ヴァージン諸島で訴訟を起こそうとし、いずれも却下されたのを知っている。

「ソブリン・イミュニティについては、あとで詳しく説明しますが、国家がハイエナ・ファンドと争う際に最大の武器になるものです。これは決して簡単に手放してはいけません。ザンビアのケースは本当に残念な例です」

　アストラックの口調に悔しさが滲む。

「わたしが最近経験した別のケースでは、あるアフリカの国の政府と旧ユーゴスラビア政府の融資で、互いに公平だと思ったのか、スイス法を準拠法にし、裁判管轄をチューリヒの裁判所にしていた契約がありました。これをヘッジファンドが買ってスイスで訴えてきたのですが、債務国のほうはスイス法をまったく知らず、しかもドイツ語で争わなくてはならなくなり、非常に困っていました。こういうふうに、馴染みのない国の法律を準拠法にすることはお勧めしません」

参加者たちはノートにメモを取ったり、ノートパソコンに打ち込んだりする。

「準拠法、裁判管轄、ソブリン・イミュニティなどは、伝統的な条項ですが、最近、債券の発行に新しい条項を入れる動きがあり、G8やIMFもこれの使用を推奨しています」

スクリーンに青い色でCAC（collective action clause）という文字が示され、出席者たちが一斉に見上げる。

「これは一定数の債券保有者の同意により、償還条件やクーポンなどを変更することができる条項です。一定数というのは、だいたい七五パーセント程度のケースが多いですが、八五パーセントとか、あるいはもっと低く、全体の三分の二以上というふうにすることも可能です」

日本語では集団行動条項と訳される規定だ。

「アルゼンチンは二〇〇五年に八百十八億ドルの債券の七六パーセントを再編しました。しかし、残る二四パーセントはジェイコブスらホールドアウト（交渉拒否の債権者）で、アルゼンチン政府を相手に訴訟を起こし、また彼らがデフォルトを宣言しているので、アルゼンチンは国際金融市場で新たな資金調達もできません。しかし、もし既存の債券にこのCACが入っていれば、ホールドアウトの債権者たちも再編を受け入れなくてはならず、問題はすべて解決していたのです」

出席者たちはなるほどという顔でうなずく。

「CACの典型的なワーディング（文言）は、だいたいこんな感じです」

アストラックがパソコンを操作し、「Meetings of Noteholders; Written Resolutions（債権者会議、決議の方法）」で始まる数ページにわたる条項を示す。

今回の講習会では、融資（債券発行）契約書作成時の留意点のほか、契約交渉のタイミングやテクニック、対外債務管理の手法、ハイエナ・ファンドに狙われやすい融資の見つけ方、訴訟が起きたときの対処方法、国家債務に対する法律的サポート等について講習を行う予定になっている。

数日後――

「リーガル・デット・クリニック」での仕事を終えたアストラックは、キングストン郊外にあるノーマン・マレー国際空港から、英国航空の二二六三便に乗り込んだ。ワシントンDCには戻らず、直接ロンドンに赴き、ザンビア政府の代理人として法廷でジェイコブス・アソシエイツと対決するためだった。

正午過ぎにボーイング７７７型機が空港を離陸すると、間もなく窓の下にカリブ海が広がった。上品な藍色で統一されたビジネスクラスのシートで、コバルトブルーに輝く海を眺めながら、アストラックは故郷モーリシャスのインド洋を思い出した。

ふる里の父親は、主要産業の一つであるサトウキビの栽培や製糖に関する国の研究機関、糖業研究所で長年技術者として働き、今は母親と静かに余生を送っている。

第八章　ゴールドフィンガー

1

二〇〇六年十一月――

ロンドンのストランド街にある英国王立裁判所で、ザンビア政府対ジェイコブス・アソシエイツの裁判が始まった。ザンビア側から十四人、ジェイコブス側から六人の証人が出廷する本格的な訴訟であった。七年前に三百二十八万千七百八十ドルで買い取った額面二千九百八十三万ドルの債権は、リスケジューリング契約がデフォルトの際に高いペナルティ金利を適用すると規定していたため五千五百万ドル以上に膨れ上がり、すでに裁判所は、ジェイコブス側の申し立てにもとづき、英国内のザンビア政府の資産の凍結命令を発し、銅の輸出代金や海外からの援助金が入っていた銀行口座などを凍結した。

主な争点は、①ジェイコブスは、ザンビアがルーマニア政府から債務をバイバック（買戻し）しようとしたのを妨害したか、②ジェイコブス側に汚職（贈賄）があったか、③ソブリン・イミュニティの有無、④ザンビア政府とジェイコブスの間の債務繰り延べ契約にザンビアの司法長官の承認があったか、の四つである。

ザンビア側の代理人を務めるデヴィ・アストラックは、金色の短いカツラに黒の法服姿で、開廷三十分前の午前九時半に十三号法廷に入った。所属するワシントンの大手法律事務所のロンドン事務所の弁護士三人が一緒だった。

後ろの方ほど高くなっている階段状の傍聴席から見て、最前列の長テーブルの左寄りにアストラックは立ち、ロンドン事務所の職員たちが運び込んだファイル入りの段ボール箱を自分の左右に置き、後ろのテーブルにも八冊のファイルを並べた。そして目の前のテーブルの上に置いた箱型の台の上にファイルの一つを広げ、尋問事項の再確認を始めた。

間もなく、カール・フォックスと相棒の韓国系米国人の弁護士がカツラに法服姿で法廷に入って来た。

「相変わらず早いな」

同じ長テーブルの右寄りで、自分たちのファイルを並べ始めたフォックスがアストラックに声をかけた。

「どうやって裁判所に来られました？」

アストラックが淡々と応じた。

「ホテルから地下鉄でね。渋滞に巻き込まれると困るからな」

「ザッツ・クワイト・コンサーバティブ（なかなか手堅いですね）」

「今日の尋問はどれくらいかかる？」

裁判が始まって五日目で、この日は、アストラックがオースチン・バンダを反対尋問する。

「昼休みを挟んで、午後三時半くらいには終わるんじゃないかと思います」

「オーケー、分かった」

「でもリミット（制限）はかけないで下さい」

アストラックがやんわりと釘を刺し、フォックスがうなずいた。

「ところで、イギリスでも防弾チョッキを着てるんですか？」

アストラックは、フォックスが一年半前に銃撃された話を聞いていた。

「いや、イギリスは銃の所持が認められていないし。あれはちょっと重くて、結構うっとうしいんだ」

フォックスは苦笑いした。

午前十時過ぎにアンドリュー・スミス裁判長が法壇に姿を現し、全員が起立して礼をしたあと、尋問が開始された。

ザンビア政府対ハイエナ・ファンドの大がかりな法廷対決ということで、傍聴席はマスコミ関係者や発展途上国支援のＮＧＯなどの人々で満席だった。

「……チズカ氏は、財務・国家計画省の中で、あなたに最初に会ったのは一九九一年で、対外関係局の局長であるステラ・チバンダ女史に呼ばれて部屋に行くと、そこに義理の兄弟であるあなたがいたと証言していますが、間違いないですか？」

リチャード・チズカはその後、同局の局長代理になり、バンダに請われてルーマニア政府からジェイコブスへの債権譲渡認諾書にサインした。

「間違いないと思います」

恰幅のよい身体をダブルのダークスーツに包み、証人席にすわった元国会議員のオースチン・バンダが答えた。証人席は傍聴席から見て法壇の右手にあり、法廷前方の左寄りに立ったアストラックとは七、八メートルの距離がある。

「チズカ氏はあなたに請われ、あなたが持ってきた債権譲渡の認諾書にサインしたと法廷で証言しています。これは事実ですか？」

ルーマニアからジェイコブスへ二千九百八十三万ドル（元本と金利の合計）の債権が譲渡されたことを承諾する書類だった。

「いえ、わたしは『書類が出来上がったから、取りに来て欲しい』といわれ、取りに行っただけです」

「チズカ氏の証言とくい違っていますが、間違いないのでしょうか？」

「ええ、間違いありません」

短く縮れた頭髪こそ白いものがまじっているが、肉付きのよいバンダの顔は六十代後半とは思えないほど精力的な艶《つや》がある。

「認諾書はあなたが作成したものですね？」

「いや、わたしは認諾書の内容に関してお願いはしましたが、文書の作成はしていません。そもそもあの書類は、財務・国家計画省の用箋にタイプされていますから、わたしがタイプできるはずもありません」

　認諾書は財務・国家計画省のレターヘッドがある用箋で作成されていた。

「ニレンダさんとかムベウェさんとか、多くの職員が法廷で、あなたが財務・国家計画省の中をしょっちゅう歩き回って、下は秘書から上は次官に至るまで色々な人と話していたと証言しています。用箋を手に入れるのは簡単じゃなかったんですか？」

「オブジェクション！（異議あり！）　被告代理人は、証人が窃盗をしたことを認めるよう求めています！」

　アストラックと同じテーブルの右寄りにすわったフォックスが声を上げた。

「Objection overruled.（異議を却下します。）　被告代理人は続けて下さい」

　法壇の裁判長がいった。

「チズカ氏によると、あなたから認諾書にサインすることを求められたとき、『there will be something in it for all of us（この紙に、俺たち全員の大事な物がかかっているんだ）』といわれたそうですが、間違いありませんか？」

　淡い金色のカツラをかぶったアストラックは、インドの寺院の女神像のようなエキゾチックな目でバンダのほうを見る。

「まあ、そんなようなことをいったような気がします」

「チズカ氏は、その言葉は、自分になにがしかの金が払われることを意味していると思ったと証言していますが、そういう意味でいったのでしょうか？」

「いや、そういう意味ではなく、ザンビア政府にとってもジェイコブスにとっても、これは重要な書類だという意味でいっただけです」

　細いフレームの眼鏡をかけた、やや神経質そうな風貌のスミス裁判長が、じっとバンダの表情を見ていた。オックスフォード大学卒で、二十六年間の弁護士生活を経て六年前に裁判官になった人物だ。

「チズカ氏は、二〇〇四年に家に訪ねて来たあなたから、四千ドルの現金を受け取ったと証言していますが、認めますか？」

「認めます」

　バンダは否定したかったが、ザンビア国内の汚職捜査で事実が発覚していた。

「二〇〇四年のいつ頃のことでしょうか？」

　チズカは何月頃のことかははっきり憶えていないと証言していた。

「十一月頃だったと思います」

「チズカ氏は、『これはルーマニアの債権譲渡に関するお礼だ』とあなたからいわれたと証言していますが、認めますか？」

「いや、そういうことは一切いっていません」

「ではなぜ四千ドルを彼に渡したのでしょうか？」

「彼は、国内の汚職捜査の対象になり、確かその年の六月十五日から休職扱いになって、金銭的に困窮していました。四千ドルは、親戚としての支援です。ザンビアの社会では、sympathy（同情）と solidarity（結束）が重要です。特にああいう犯罪捜査の対象になると、社会から厳しい視線にさらされ、ほかに仕事を探すこともできず、しかも長い年月がかかりますから、親戚が支えてやるのが当たり前なのです」

当時、チズカは農業省の事務次官に昇進していた。

「事実関係を申し上げますとね、チズカ氏は、確かに六月十五日から翌二〇〇五年三月二十五日まで休職扱いになっていました」

アストラックは手元の尋問用のファイルに視線を落としていった。「しかしその間、給与の全額を受け取っており、公用車も使用し、パーマネント・セクレタリー（事務次官）としての役職手当も受け取っていました。金銭的に困窮するような状態ではなかったといえます」

チズカが金銭的に困窮していないのにバンダから金を受け取ったので、それは収賄であるというのがザンビア側の主張だ。

「それはそうかもしれません。彼がパスポートを取り上げられていないことも知っていました」

犯罪捜査の対象になると通常はパスポートを取り上げられ、出国できなくなる。

「けれども、当時彼がある程度金に困っていたのは事実です。たとえば公費で出張ができなくなっていたので、次官級ならばもらえる五百ドル程度の日当ももらえなくなったり、色々不利益をこうむっていたのです」

アストラックは、バンダが認諾書を不正に作成したことや贈賄《ぞうわい》を立証しようと尋問を続けたが、バンダはフォックスと事前に打ち合わせたとおり、のらりくらりと躱《かわ》しながら乗り切った。

「裁判長、補足の尋問を申請します」

昼の休憩を挟んで、アストラックの反対尋問が終わったとき、フォックスが裁判長にいった。

「認めます」

裁判長の言葉に一礼し、フォックスが立ち上がった。

「チズカ氏はあなたが、『there will be something in it for all of us』といったときに、金をもらえると思ったと証言していますが、いつもらえるかとか、いくらもらえるかといったことは、訊かれませんでしたか？」

カツラに黒い法服姿のフォックスが訊いた。

「そういう質問はありませんでした」

「あなたがチズカ氏からマーク・チョナ氏に会ったことを聞いたのはいつですか？」

マーク・チョナは、一九七〇年代にザンビアの首相を二回務めたマインザ・チョナの弟で、汚職事件捜査のタスクフォースの長だった人物である。

「四千ドルを渡す少し前だったと思います」

「チズカ氏は、チョナ氏にどんなことをいわれたか話しましたか？」

「債権譲渡の認諾書が偽造されたものであると証言するよう求められたといっていました」

「補足の尋問を終わります」

フォックスは裁判長にいって着席した。

同日午後——
ワシントンDCの小高い丘、キャピトルヒルにある連邦議会議事堂とインデペンデンス・アヴェニューを挟んですぐ南側にある議会付属の石造りの建物、レイバーン・ハウス・オフィス・ビルディングの会議室に、大勢の下院議員や傍聴者が詰めかけていた。

「Good afternoon. Thank you for joining the Subcommittee on Africa and Global Health.（皆さん、こんにちは。アフリカ&グローバル・ヘルス小委員会にお集まり下さり、有難うございます）」

正面の一段高い席の中央にすわった黒人の委員長がいった。

ニュージャージー州出身のドナルド・ペインで、年齢は七十二歳。会社員、公立学校の教員、地方議会の議員を経て、十七年前から下院議員を務めている。

「本日は、アフリカの債務削減に対するハイエナ・ファンドの脅威について、聴聞会を行います」

チャコールグレーのスーツに青系統のストライプのネクタイをきちんと締めたペインは、コーヒー色の顔に温厚そうな微笑をたたえていった。

ペインは、ジェイコブスなどのハイエナ・ファンドの活動について憂慮していることを述べ、これらファンドの活動を阻止しなければ、債務削減のための努力は台無しになると指摘したあと、三人の証言者を紹介した。

最初の証言者は、アフリカとカリブ海諸国に対する米国の外交方針に関する運動団体「トランスアフリカ・フォーラム」（本部・ワシントンＤＣ）議長のダニー・グローヴァーだった。『リーサル・ウェポン』で一躍有名になった六十歳の黒人俳優で、ペインら委員の下院議員たちに対して礼を述べて話し始めた。

「……三十年以上にわたって、アフリカやラテン・アメリカの貧しい国々は対外債務の重圧に苦しみ、貧困への取り組みや持続的成長を妨げられてきました。こうした状況を打開するために、ＨＩＰＣイニシャティブやＧ８によるＭＤＲＩ（Multilateral Debt Relief Initiative ＝多国間債務救済イニシャティブ）などが行われ、効果を上げてきたわけです」

白い髭を口の周りにたくわえた大柄な黒人俳優は、ペイン委員長や彼の左右にずらりと並んだ下院議員たちと向き合う証言者用の長テーブルで、穏やかな口調でいった。

MDRIは、HIPCイニシャティブにもとづく債務削減を受ける条件を満たした（ないしは満たしつつある）重債務貧困国に対し、IMF、世界銀行、アフリカ開発基金（低コスト融資を行うアフリカ開発銀行傘下の基金）への債務を一〇〇パーセント減免するもので、昨年（二〇〇五年）新たに設けられた。

「ところが、そうした動きに乗じて、儲けを上げようとするハイエナ・ファンドが現れました。一九九九年から数えただけでも二十のHIPCS（重債務貧困国）が彼らに脅かされ、ないしは訴訟を起こされ、裁判ではすべて敗訴しています。最近では、ジェイコブス・アソシエイツというアメリカのファンドがザンビアを訴え、今、ロンドンで裁判が行われています」

ペイン委員長の左右で、カリフォルニア州選出の黒人女性下院議員ダイアン・ワトソンや、同じくカリフォルニア州出身の白人女性下院議員リン・ウールジーらがじっと耳を傾ける。

「ザンビアは人口の七割が貧困層で、国民の平均収入は一日当たり一ドルをわずかに上回るだけの水準です。五人に一人がHIVに感染しており、国連開発計画の報告書によると国民の平均寿命は三十七・七歳に過ぎません……」

グローヴァーは、英国のゴードン・ブラウン財務大臣がハイエナ・ファンドの活動に対して制限を加える意向を表明したことに言及し、米国財務省も同様の対策を行うべきであると述べて、十分間弱の証言を終えた。

次の証言者は、ワシントンDCの五大シンクタンクの一つで、左翼的色彩のある The Institute

for Policy Studies（略称ＩＰＳ）の対外政策部門のディレクター、エミラ・ウッズだった。

「……では、リベリアのことからお話しさせて下さい。わたしはリベリア出身なので、一番分かりやすいと思います」

赤を基調としたリベリアの民族衣装で頭と身体を包んだウッズは、黒人特有の朴訥《ぼくとつ》とした訛りの英語で、勢いよく話す。コロンビア大学とハーバード大学大学院を出た中年女性である。

「リベリアはこの二十六年間、混乱の中にあります。それはアメリカのレーガン政権が、非情な独裁者のサミュエル・ドウに武器、軍事訓練、ファイナンスを与えたことに端を発しています」

米国で解放された黒人奴隷たちが一八四七年に建国した西アフリカの小国リベリアでは、一九八〇年に先住民族クラン族のドウ曹長がクーデターで政権を握った。そのドウは一九九〇年に反政府勢力によって処刑され、クラン族のリベリア国軍、反政府勢力、隣国シエラレオネの政府軍、シエラレオネの反乱軍、ムスリム系組織など多数の勢力がせめぎ合い、血で血を洗う内戦状態が続いた末に、米国、ガーナ、ナイジェリアなどが平和維持軍として駐留し、国連開発計画の元アフリカ局長、エレン・ジョンソン・サーリーフ（女性）を大統領とする政権が今年（二〇〇六年）一月に発足した。

「ドウ政権時代に、融資を中心とするアメリカの軍事援助は十倍に膨れ上がり、これをドウや彼の取り巻きたちが圧政に利用し、二十五万人の国民を死に至らしめました」

リベリアの人口は約三百二十万人なので、約十三人に一人が死んだ計算になる。

「リベリアはその債務の返済に毎月六万ドルを支払っています。あまり多くない額に感じられるかもしれませんが、内戦で経済が完全に破壊されたリベリアでは、六つの病院ないしは診療所を建設することができる大金です」

証言するウッズの隣で、沢木容子がその言葉をじっと聴いていた。

「現在、ＨＩＰＣイニシャティブにもとづくリベリアの債務削減の話が出てきていますが、同時に、ハイエナ・ファンドが姿を現し、四十億ドルの対外債務のうち十五億ドルを彼らが握るに至っています」

ウッズは、①米財務省によるＨＩＰＣイニシャティブの見直し、②ハイエナ・ファンドに対する法的規制、③独裁者や軍事政権によって利用され、国民の福祉とは関係がない不法・不当な債務の全面削減を訴えた。

三番目の証言者は沢木容子だった。

「……来年二〇〇七年は、七年に一度めぐってくるサバトの年（Sabbath year）です。サバトの年には、ジュビリーの年同様、債務が帳消しにされたと聖書に記《しる》されています」

沢木は、わずかに日本的な訛りがある英語で堂々と話す。

「ハイエナ・ファンドは、国や国際機関や金融機関の債務削減を利用して儲けており、これらに対する法的規制がなされないと、せっかくの債務削減の意味が無に帰してしまいます。彼らによる訴訟の三分の二以上が、アメリカとイギリスで起こされており、アメリカはそうしたファンドに対する規制で主導的役割を演じなくてはなりません」

証言者たちの前では議員たちが、背後では傍聴人たちが、じっとその声に耳を傾けている。

「ウッズさんがおっしゃったように、ひとたび外国で訴訟が起こされると、数十万ドルから数百万ドルに上る弁護士費用、旅費その他の経費がかかります。貧しい債務国にとって重大な負担で、まともに訴訟を戦える国はほとんどありません。たとえば、ある国のケースでは、訴訟が提起されたという通知書が裁判所から届き、イギリスの弁護士事務所に相談したところ、その通知書を読んで、法的に対抗すべきかどうか意見を述べるだけに一万ポンド（約二百二十八万円）の料金を請求されました……」


翌週——

ロンドンの王立裁判所では、ザンビア政府対ジェイコブス・アソシエイツの裁判が続いていた。メディアや途上国支援関係者の関心は依然として高く、この日も傍聴席はほぼ満員だった。

「ザンビア政府は、二〇〇三年四月五日に、同国の財務・国家計画大臣のエマニュエル・カソンデ氏がリスケジューリング（債務繰り延べ）契約に調印したのは、当時、司法長官だったあなたの承認なしに行われたもので、憲法五十四条三項に違反し、無効であると主張しています」

目の前の台の上に広げた書類を見ながら、カツラに法服姿のフォックスがいった。

裁判長席から五〇センチほど低い右手の証人席には、当時、ザンビアの司法長官だったジョージ・クンダがすわっていた。鉱山労働者の家に生まれ、ザンビア大学を出て弁護士となり、法務大臣を経て司法長官を務めた人物で、現在は再び法務大臣の職にある。

「リスケジューリング契約が調印される前の月の三月十三日と十四日に、ジェイコブス側とザンビア側の交渉がもたれましたが、誰が出席されたか憶えておられますか？」

初日は、法務省内の司法長官執務室で、二日目は財務・国家計画省で話し合いがもたれた。

「ザンビア側からは、わたしのほか、ルクワサ氏、チボーラ氏、リンティィニ氏……」

それぞれ財務・国家計画省の弁護士、投資・債務管理課のチーフ・エコノミスト、同課の局長代理である。

「ジェイコブス側からは、パトリック・シーハン氏、オースチン・バンダ氏、それから彼らの弁護士であるヴィンセント・マランボ氏が出席したと記憶しております」

クンダはまだ五十一歳で、広い額を縁取るように生えた縮れて短い頭髪は黒々としている。

「あなたはどういう立場でしたか？」

「わたしが交渉の責任者でした」

それ以前は、財務・国家計画省がジェイコブスと交渉していたが、クンダは、ジェイコブスが現在の債権者であることを確認した上で、自ら交渉の責任者になった。

「ミーティングはどれくらいかかったのでしょうか？」

「両日とも、丸一日がかりでした。二日目は午後四時からいったん休憩し、五時二十分に再開して、ジェイコブス側が改訂してきた契約書の草案について話し合いましたが、合意に至らず、最低二週間の間を置いてまた話し合いをすることになりました」

「どういう点が問題だったのでしょうか？」

「我々としては債務の額をある程度減免した上で繰り延べしたかった。それから、ソブリン・イミュニティを放棄することと、イベント・オブ・デフォルト（債務不履行事由）が発生したら即座に全額返済の義務を負うことに抵抗があった。以上の三点です」

「ジェイコブス側の弁護士のマランボ氏は、二週間後に、あなたがジェイコブス側に連絡してくると思ったと証言していますが、そういうことだったのでしょうか？」

「その点については記憶していません」

「マランボ氏は、契約書の調印までには至らなかったけれども、ザンビア側は自分たちの主張をほぼ認めるだろうという感触を持ったと証言していますが、あなたはどういう心づもりでしたか?」

「我々としては訴訟を回避することが第一だったので、ジェイコブス側の要求を認めるしかないと思っていました。シーハン氏もマランボ氏も、非常に強硬でしたから」

シーハンはジェイコブスからプレッシャーをかけられ、必死で交渉していた。

「あなたがエマニュエル・カソンデ財務・国家計画大臣にあてて三月十七日に書いた手紙についてお訊きします。ファイル6のタブ(見出し)5の手紙です」

クンダ、裁判長、アストラックらが手元に置いた分厚いファイルを開く。

「この手紙の中であなたは、三月十三、十四日のジェイコブスとの交渉の状況について述べ、ジェイコブス側が強硬な態度を変えない限り、我々には選択肢がないこと、その場合は、デフォルトにならないよう、確実に返済を実行できる資金繰り計画を立ててほしいと要請しています」

証人席のクンダがうなずく。

「これを読むと、あなたはジェイコブスとのリスケジューリング契約の内容を認めたように読めますが、そういうことではないんですか?」

「いや、そういうことではありません。読んでの通り、わたしは認めたとは書いていません。カソンデ氏からの返事を待ち、懸念している点について解決されるのならば、認めるということです」

しかし、カソンデ財務・国家計画相からの返事はなく、クンダは正式な承認を与えていなかった。

その後、両者の間で連絡がないまま、四月五日に債務繰り延べ契約書は調印された。

その日、シーハンは財務・国家計画相に呼ばれ、ルクワサ弁護士に案内された部屋で待っているとカソンデが姿を現し、「あなたがジェイコブス・アソシエイツの人間か？」と訊き、「契約書はじきにできるから」といって姿を消した。その後、秘書がカソンデがサインした契約書を六部持って来たので、シーハンはそれらにサインをした。

「カソンデ大臣は、契約書にサインするときルクワサ氏に、あなたが契約内容を承認したのか尋ね、ルクワサ氏がそうだと答えたのでサインしたと証言しています」

「いや、わたしは承認していません」

クンダは断固とした口調でいった。

「リスケジューリング契約の調印を知って、あなたは四月七日にカソンデ大臣とムワナワサ大統領に手紙を書いたというわけですね？」

フォックスは手元に開いた証拠書類の分厚いファイルに視線を落とす。

「カソンデ大臣あての手紙であなたは、債務をどう返済するつもりなのか財務・国家計画省からまだ聞いていないと苦情を述べ、大統領あての手紙では、①リスケジューリング契約が自分の承認なしでサインされ、②国の外貨繰りからいって、イベント・オブ・デフォルトを引き起こし、四千三百八十四万六千五百七十六ドル全額を一度に支払わなくてはならなくなる可能性があるが、③ザンビアには選択肢がない、と説明している」

クンダがうなずく。

「四月九日に、ルクワサ氏からサインされたリスケジューリング契約書二通が送られて来たので、あなたは四月十一日付で、同契約が自分の最終的な承認なしで調印されたことを記録するためにカソンデ氏に手紙を出したと」

「そうです」

「しかし、あなたはそれ以上特段のアクションを取らず、ザンビアはリスケジューリング契約にもとづいて同年の四月二十九日に百万ドル、六月十二日に百万ドル、十一月十日に百四十一万八千七百三十四ドル七十六セントを支払っている。……契約が無効だと思うのなら、なぜジェイコブスに連絡したり、返済を止《と》めたりしなかったのでしょうか？」

フォックスの声が一八七〇年代に造られた石の壁に反響する。ここは大きな攻撃ポイントだ。

「そのときは、ルクワサ氏がカソンデ大臣に、わたしが承認したという誤った情報を伝えた事実を知らなかったので、契約を追認するしかないと思ったからです」

裁判でザンビア側は、ルクワサの誤った情報にもとづいてカソンデ大臣がサインしたので、契約は無効であると主張していた。

（まあ、かなり苦しい言い訳だな……）

フォックスは内心ほくそえんだ。


同日の晩——

宝石をちりばめたようなマンハッタンの夜景を一望するミッドタウンの高級ホテルの高層階にあるレセプションルームで、サミュエル・ジェイコブスがワイングラスを手に人々と談笑していた。

米国で同性婚を推進するためのパーティーで、ジェイコブスが日頃支援している共和党の有力議員や、同性婚法成立のために運動している人々など、約百人が顔を見せていた。

ジェイコブスはこれまで、同性婚運動のために数百万ドルを投じていた。

「……やあ、エリック、よく来てくれた。きみの顔が見られて嬉しいよ」

タキシードに蝶ネクタイ姿のジェイコブスが顔をほころばせ、参加者の一人に声をかけた。

「サム、さすが『共和党のキングメーカー』と異名をとるだけのことはあるな。これだけの顔ぶれを集めるとは」

エリックという名のニューヨーク州選出の下院議員は、油断のなさそうな視線で、華麗なシャンデリアの光の中で談笑している紳士淑女たちを一瞥していった。

ウォール街から多額の献金を集め、政治に大きな影響力をふるうジェイコブスは、「共和党のキングメーカー」とか「共和党のジョージ・ソロス」（ソロスは民主党への大口献金者）といった異名を奉《たてまつ》られている。

「いや、これはわたしのせいじゃない。今どきLGBT（性的少数者）の権利を認めないのは、クールじゃない（恰好よくない）んだよ、ははは」

「ふふ、なるほど。こないだのテレビでのパネル・ディスカッションもなかなかインプレッシブ（印象的）だったよ」

ジェイコブスは一ヶ月ほど前に、同性婚の是非に関するテレビ番組にパネラーとして出席し、「同性婚反対者は、社会の安定性が損なわれるというが、アメリカの伝統的結婚制度はすでに破たんしている。同性同士の結婚は、むしろ家族関係の安定に寄与する」と主張した。

「しかし、サム。風はいい方向には吹いていないいんじゃないか？」

「まあ、今はな」

三年前（二〇〇三年）に米国で初めてマサチューセッツ州の最高裁判所が同性婚の権利を認め、翌年から同州で実施されるようになったが、反発も強かった。翌年、再選を目指したジョージ・W・ブッシュ（ジュニア）大統領は、「結婚は異性同士のものとするという修正条項を憲法に加えたい」と発言してキリスト教信者たちからの票を集め、辛くも民主党のジョン・ケリー候補を下した。

「しかし、エリック、人は望んだ以上のものは手に入れられないし、望んだもの以上の人間にはなれない。まずは望んで、それに向かって死力を尽くす。これが成功への鍵ってもんだろう？」

ジェイコブスの両目に、望んだものはすべて手に入れてきたエネルギーが満ちていた。

「アイ・アグリー（同意するよ）」

エリックという議員は微笑した。「ところで、キャピトルヒルじゃあ、反ハイエナ法案が準備されているらしいぞ。聞いてるか？」

手にしたグラスの金色のシャンペンを一口すすって議員が訊いた。

「聞いている。マクシーン・ウォーターズが“Stop Hyena Funds Act”という法案を用意しているらしいな」

ウォーターズはカリフォルニア州選出の民主党の黒人女性下院議員だ。母子家庭で育ち、縫製工場の労働者や電話交換手から身を起こし、マイノリティの権利保護に熱心で、米国のキューバ制裁やハイチのクーデター支援、イラク戦争に反対し、南アフリカのアパルトヘイトを批判してきた。

「貧困国の債務を当初の債権者から安値で買い取った者は、自分が払った価格プラス年率六パーセントの金利までしか回収することはできないという法案らしいな」

「さすがは地獄耳だな」

「ウォータースや政策スタッフは、コンゴのサス＝ンゲソに雇われたロビイストに三十回以上会っているそうだ。法案もロビイストが書いたんだろう」

エリックという議員は感心した表情でうなずく。

「こないだは、下院のアフリカ＆グローバル・ヘルス小委員会を焚きつけて、聴聞会を開いたらしい。沢木という日本のＮＧＯの活動家まで呼んだと聞いている」

ジェイコブスは蔑《さげす》むような笑みを浮かべていった。

「大丈夫なのか？　それでなくとも、あんたがたのイギリスでのザンビア政府との裁判の記事をこんとところよく見るが」

「心配するには及ばんよ。こちらもロビイストを使って、しっかり工作をやっている」

ジェイコブスはワシントンの大手法律事務所、アキン・ガンプ・ストラウス・ハウアー＆フェルドを年間六十万ドルで起用し、ンゲソに対抗するロビー活動を展開していた。

「債権を売買できるというのは、デット・キャピタル・マーケットの歴史上、最大で唯一のイノベーションだ。それを根本から否定するような法案が、金融産業が経済の屋台骨であるアメリカやイギリスで成立するはずがない。……ワシントンにはウォール街の友人たちがたくさんいるしな」

ジェイコブスは、グラスのカリフォルニア・ワインを美味そうに傾けて微笑した。

十二月――
米国の現財務長官は、ゴールドマン・サックスのＣＥＯを務めたヘンリー・ポールソンである。

ロンドンの街は冷え込み、赤いポインセチアや樅《もみ》の枝で作ったクリスマスリースなどの飾り付けが見られる季節になった。

ザンビア政府対ジェイコブス・アソシエイツの裁判が、証人尋問の終盤を迎えていた。

この日は、パトリック・シーハンの反対尋問だった。

「最初にあなたの経歴についてお尋ねします」

法廷の最前列の左寄りの席に立ったアストラックが、凛とした声でいった。

「あなたはケンブリッジ大学で開発経済学を専攻し、卒業後、NGOで十数年にわたって働いたあと、一九九八年にジェイコブス・アソシエイツ嘱託のコンサルタントになったということですね?」

「そうです」

法壇右手のボックス型の証人席にすわったシーハンが答えた。

エレンやマーヴィンの勧めで精神科のクリニックに通院しているが、躁うつ傾向は依然として変わらず、顔色も悪かった。しかし、重要な証人なので、ジェイコブスは裁判を欠席することは認めなかった。

「発展途上国支援のNGOからヘッジファンドへの転職というのは、かなり極端な進路変更のように思われますが、理由は何だったのでしょうか?」

アストラックはカツラに黒い法服姿。カツラの後頭部で淡い金色の毛が小さくカールしていた。

「率直にいって、お金のためです。……妻が病気になって、勤めを辞めなくてはならなくなったので、家のローンを払うためです」

シーハンの顔に悲しみがよぎる。

「それはお気の毒なことです。……ジェイコブス・アソシエイツから提出されたあなたの雇用契約書を見ると、毎月の給与のほか、百万ドルのサクセス・フィー（成功報酬）が支払われることになっていますね？」

ほぼ満席の傍聴席から軽いどよめきが起きた。

ルーマニアからの債権譲渡手続きが完了した時点で五十万ドルが支払われており、五百万ドル以上の回収に成功したときは、さらに五十万ドルが支払われる。

「確かに、そういう契約になっています」

「あなたがジェイコブス・アソシエイツで働き始めてから今日に至るまでの間に、あなたからオースチン・バンダ氏に百万ドル近くが送金されていますね？」

再び法廷がざわめく。国連の統計によるとザンビアの約千百万人の国民の六八パーセントが一日当たり一ドル以下で暮らしているので、百万ドルは莫大な金額だ。

当初、ジェイコブス側はバンダへの送金のことを明らかにしていなかったが、裁判長の文書提出命令によって、送金した銀行が送金依頼書やコンピューターへの入力記録などを提出し、判明した。

「これらは実質的にジェイコブス・アソシエイツからの送金ということで間違いないですか？」

「いえ、あくまでわたし個人が、わたしの活動に対するバンダ氏のサポートの対価として支払ったものです」

シーハンは、金はジェイコブスからのものではないと証言するよういい含められていた。チズカに対する贈賄《ぞうわい》の疑いがジェイコブスにかからないようにするためだった。

「確かにジェイコブス・アソシエイツとバンダ氏の間のコンサルティング契約のようなものはディスカバリーでは発見されませんでした。しかし、バンダ氏がアメリカのＦＣＰＡの規定を順守するという誓約書が出てきました」

ＦＣＰＡ（The Foreign Corrupt Practices Act of 1977 ＝連邦海外腐敗行為防止法）は、外国の公務員への贈賄などを禁止する米国の法律である。

「この誓約書の日付は、あなたがジェイコブスで働き始める以前になっています。ということは、ジェイコブスとバンダ氏の間に何らかの契約があり、あなたはジェイコブスからバンダ氏を紹介されたのではないですか？」

「いいえ、わたしはＮＧＯ時代から何度もザンビアに行っており、そこでバンダ氏と知り合いました」

シーハンはハンカチで顔の汗をぬぐう。

捨て駒に使われていると知りながら、残り五十万ドルの成功報酬を得るため、ジェイコブスを守ろうと懸命だった。

「本当でしょうか？　嘘をつくと偽証罪に問われますよ」

アストラックに矢のように指摘され、シーハンの顔が青ざめる。

「オブジェクション！（異議あり！）被告代理人の発言は証人を動揺させようとするものです！」

フォックスが声を上げた。

「Objection overruled.（異議を却下します）」

大きな細いフレームの眼鏡のスミス裁判長が淡々といった。

「わ、わたしは、嘘はついておりません」

シーハンは、脇のあたりに冷たい汗をぐっしょりかいていた。

「バンダ氏は、あなたのために、どういう仕事をしていたのでしょうか？」

「まあ、その、債権のデューディリジェンス（監査）ですとか、ザンビア側の考え方に関する情報を収集してもらうといった仕事です」

「ルーマニア政府からの債権譲渡の際のデューディリジェンスは、もっぱらあなたがやったとザンビア財務・国家計画省の職員たちが証言していますが」

「い、いや、そうしたデューディリジェンスをやる際に、色々助言してもらったという意味で、広い意味で、デューディリジェンスを……」

シーハンはしどろもどろになる。

「ファイル6のタブ（見出し）8の手紙のコピーについてお尋ねします」

アストラックがいい、シーハンや裁判長がファイルを開く。

「これは二〇〇三年三月十七日付のクンダ司法長官からカソンデ財務・国家計画相あての手紙のコピーです。リスケジューリング契約に関するあなたがたとの交渉の状況を説明し、もしあなたがたのいうとおりの契約書にサインしなくてはならない場合、きちんと返済の資金繰りを立てるよう要請しています」

シーハンがうなずく。

「このコピーの上にカソンデ大臣が、投資・債務管理課の局長代理のリンティニ氏と同省の弁護士のルクワサ氏にあてて、本件について話したいからチズカ氏と一緒に来てほしいというメモ書きをして、二人に送りました」

手紙のコピーの上には、三月十八日付の投資・債務管理課の受領スタンプと同十九日付の省内弁護士オフィスの受領スタンプが押してあった。

「この手紙のコピーは、ディスカバリーによって、あなたがたのロンドン事務所から出てきたものです。当然あなたはご覧になったと思いますが、どう思われましたか？」

「いや、とにかくこういうものが出てきて、驚きました」

あきらかに財務・国家計画省の内部文書で、ジェイコブス側がこのようにして不正に情報を得ていたので、債務繰り延べ契約等は無効であるというザンビア側の主張を裏付けるものだ。

「あなたはルサカ滞在中にこれを見たんですよね？」

「ええ、まあ見た……ように記憶しています」

当時、シーハンはそれを見て、交渉が有利に進んでいることを知り、強硬な立場を維持することができた。

「これはどのように入手されたんでしょうか？」

「ええと、ちょっと記憶がはっきりしないのですが、たぶんバンダ氏が持って来たのだと思います」

「間違いないですか？　バンダ氏は自分ではないと証言していますが」

「いや、ちょっとその辺は記憶が曖昧ですけど……」

シーハンは言葉を濁した。バンダははっきりいわなかったが、ある役人に金を渡して入手したとほのめかしていた。そのことを訊かれるのではないかと恐れ、背筋を冷たい汗が流れた。

「あなたがバンダ氏に送った約百万ドルの金についてもう一度お訊きします」

アストラックの言葉に、シーハンは身体を硬くする。もはや身も心もずたずただった。

「これは何かの成功報酬なのでしょうか？　それともリテイナー・フィー（月ぎめ報酬）のようなものでしょうか？　それとも工作資金でしょうか？」

「その……一種の成功報酬とリテイナー・フィーと、あとは経費です。工作資金では決してありません」

シーハンはフォックスと打ち合わせたとおりに答えた。

「百万ドルというと非常に大きなお金ですが、バンダ氏からインボイス（請求書）のようなものはないのでしょうか？」

「インボイスはなく、バンダ氏の要請があると、その内容を検討して支払っていました」

「経費も含まれるということですが、領収証などは受け取っていないのですか？」

「特には……」

傍聴席から呆れたようなため息が漏れる。

「バンダ氏との契約書もない、インボイスもない、経費の領収証もない……かなり奇妙な取引のように思えるのですが、バンダ氏が金を何に使ったかは把握されていなかったのでしょうか？」

「まあ、あの、広い意味での報酬と考えていましたので……。払ったあとは、特に使途を調べるようなことはしていませんでした」

「そもそも百万ドルというと、あなたがジェイコブス・アソシエイツから受け取った給与や報酬の累計額より大きいように思えるんですけどね」

「う……いや、そんなことは……。やはりそれは、働きに見合った報酬や経費を支払うということで……」

裁判長の厳しい視線がシーハンに注がれていた。

2

二ヶ月後（二〇〇七年二月十五日）――

ロンドンは朝方の気温が摂氏一度と冷え込み、風が強い日だった。

ジェイコブス・アソシエイツ対ザンビアの裁判が判決の日を迎えた。

午前十時少し前、フォックスと部下の韓国系米国人の男がストランドの王立裁判所にブラックキャブで到着すると、古い修道院を思わせるアーチ型の入り口前に、テレビカメラを含む大勢の取材陣や途上国支援団体の人々が集まっていた。

「ミスター・フォックス、ジェイコブスはザンビアと和解する気はないんですか？」

「ハイエナ、恥を知れ！」

「お前らのせいで、ザンビアでたくさんの人が死んでるんだぞ！」

質問や罵声を浴びながら、コートの襟を立てたフォックスは淡々と建物の中に入った。

傍聴席は満員で、廊下にも大勢の取材記者がおり、関係者からコメントをとっていた。

午前十時過ぎ、黒い法服姿のアンドリュー・スミス裁判長が判決文の朗読を始めた。

事案の概要と双方の主張について述べたあと、証人の評価に入る。

「ザンビア側の証人は全体的に誠実で、真実を述べていたと考えられる。ただし、ルーマニアからジェイコブス・アソシエイツに債権が譲渡された経緯に関するムベウェ氏の証言はやや混乱しており、一部は採用できない。またナワキ氏（債権譲渡当時の財務・国家計画相）は、事実を証言するより、ザンビア政府の主張を述べることに熱心だった。ジェイコブス側証人のマランボ氏（弁護士で元法務大臣）の証言は誠実で、おおむね採用した」

裁判長はそこで一呼吸置く。

「シーハン氏とバンダ氏の証言には感心しなかった。彼らはしばしば意図的なごまかしを行なっていた。特に、バンダ氏への送金に関する資料は、ジェイコブス・アソシエイツからは提出されず、裁判所からの提出命令で、送金銀行から提出されたものである。もしこれらが提出されなければ、ジェイコブス側証人の証言によって、裁判所は誤った判断をするところであった」

裁判長の言葉に怒りがこもっていた。

「バンダ氏への送金の態様や、バンダ氏がＦＣＰＡ（米連邦海外腐敗行為防止法）に関して提出していた誓約書などから見て、バンダ氏に対する百万ドル近い送金はシーハン氏個人からではなく、ジェイコブス・アソシエイツからのものであると認められる」

「バンダ氏は、ザンビア財務・国家計画省次官にあてた二〇〇三年十月二十三日付の手紙の中で、ジェイコブスを『Principal（代理人に対する本人）』と呼んでいる。以上の証拠から見て、バンダ氏の活動はジェイコブス・アソシエイツのための活動であったことを疑う余地はない」

裁判長は、バンダと距離を置こうとするジェイコブス側の目論見を一蹴した。

「バンダ氏は、ザンビア財務・国家計画省に自由に出入りしており、内部情報も入手できる立場にあった。この点に関し、当時、対外債務管理部門のエコノミストだったムベウェ氏は、バンダ氏からルーマニアに対する債務の詳細がほしいといわれ、断ったところ『それなら別の人間からもらう』と捨て台詞を吐かれたと証言し、ムベウェ氏の上司だったニレンダ氏は、チズカ氏から対外債務に関する省のデータベースにバンダ氏が興味を持っているから、見せてやってくれといわれ、それは局長に申請すべき事柄であると断ったと証言している」

「二〇〇三年三月十七日付のクンダ司法長官からカソンデ財務・国家計画相あての手紙のコピーも入手したのはバンダ氏であると認められる。公務員が内部情報を外部に漏らしてはならないことは英国法でもザンビア法でも明白であり、不正な情報入手があったと認定する」

それを聞いて、傍聴席にいた在英ザンビア大使館員たちの顔が明るくなった。裁判長がザンビア側の主張の一つを認めたのだ。

その後、裁判長は、証人尋問と原告・被告双方の弁論にかなりの時間を割いた債権譲渡契約の有効性とソブリン・イミュニティ放棄の有無についての見解に入る。

「確かに債権譲渡の認諾書は財務・国家計画省の用箋にタイプされている。しかし、それだけをもって、バンダ氏が作成したものではないと断じることはできない。なぜなら、バンダ氏は、自身が認めているように、同省に頻繁に出入りし、省内を自由に歩き回っていたので、現実的にいって、用箋を手に入れることは可能だった。ザンビア側の証人の証言、その他の証拠書類から、認諾書は省外で作成され、バンダ氏が持参し、チズカ氏にサインさせたものと考えられる」

「バンダ氏の証言は多くが信用できない。印象でいえば、チズカ氏は非常に説得力があるとはいえないが、バンダ氏よりは信用できる。ただし、重要な争点に関するチズカ氏の証言は、客観的な評価を要する。特にチズカ氏が当時犯罪捜査チームのトップと数次にわたって会っていたことは注意を要する」

「汚職事件捜査のタスクフォースの長だったマーク・チョナ氏は本法廷で証言し、捜査中にチズカ氏に一回会ったと述べ、チズカ氏は複数回会ったと述べた。両者とも、バンダ氏がいうような認諾書の偽造の話はしていないとしており、この点に関する二人の証言は信用できる。チズカ氏が一九九九年二月十二日に認諾書にサインしたことに争いはなく、チョナ氏が認諾書は偽造であるよう嘘をつけとわざわざいう理由はない」

アストラックは、淡々とメモを取りながら判決文の朗読を聴いていた。この二点については書類が整っており、論破は極めて難しいだろうと予想していた。

「チズカ氏は認諾書に署名する前に金銭を受け取ったわけでもなく、またバンダ氏の『there will be something in it for all of us』という言葉は、贈賄を示唆したものと解することは困難である」

その言葉に、大使館員らザンビア側関係者たちは落胆の表情になる。

「チズカ氏がバンダ氏から四千ドルを受け取ったのは、債権譲渡の認諾書にサインしてから五年以上経ってからであり、また債務繰り延べ契約にもとづいてジェイコブス・アソシエイツがザンビアから分割返済の一回目を受け取り、バンダ氏が毎月シーハン氏を通じてフィーを受け取るようになってから一年以上が経っており、認諾書にサインしたことに対する報酬なら、なぜもっと早く支払われなかったのか説明がつかない」

「バンダ氏はチズカ氏に賄賂を贈ろうと考えていた可能性はある。しかし、提示された証言と証拠だけでは、贈賄をしたと認定することはできない」

原告席で、フォックスが満足そうにうなずく。

「バンダ氏が自ら認諾書を作成し、チズカ氏に会ってサインさせたというザンビア側の主張は立証に成功しておらず、バンダ氏は単にサインされた認諾書を財務・国家計画省に取りに行っただけという可能性は否定されていない」

「ザンビア政府は、チズカ氏への贈賄により成立した債権譲渡契約は無効で、それにもとづくリスケジューリング契約も無効であると主張した。この主張は、バンダ氏による贈賄が認定できないので、成り立たない」

裁判長は、債権譲渡契約は有効であり、ソブリン・イミュニティも放棄されているという判断を示した。

「ザンビア政府はまた、リスケジューリング契約はクンダ司法長官の承認なしに調印されたため、憲法五十四条の規定に照らして無効であると主張する。これに対し、ジェイコブス・アソシエイツは、クンダ氏は憲法が定める『法律的助言』は与えていると主張する。またそれとは別に、カソンデ財務・国家計画大臣は、一九五八年財務大臣法の規定にもとづき、独自に契約を締結する権限があると主張する」

憲法五十四条三項は、司法長官の要件や職務を定めていて、司法長官の「法律的助言」なしに、政府は条約その他の文書にサインすることはできないと規定している。

「ザンビアの憲法五十四条について、二人の証人が証言をした」

ザンビア側の証人としてパトリック・マティビニ氏が、ジェイコブス側の証人としてマイケル・ムソンダ氏が出廷した。二人ともザンビアの弁護士で、マティビニ氏はザンビア大学法学部の講師、ムソンダ氏もザンビア大学法学部で教鞭をとった経験があり、今はザンビアの高等法学院(Institute of Advanced Legal Studies)で講師を務めている。

「この問題について、わたしは、ジェイコブス側証人であるムソンダ氏の解釈を支持する。マティビニ氏の解釈は、憲法の該当条文の明白な文言から逸脱している」

法廷の石の壁に裁判長の声がこだまする。

「もし同条の規定が司法長官に国のすべての契約についての拒否権を与えているとしたら、驚くべきことである。ジェイコブス側が最終弁論で上手く表現したように、そうした解釈は、助言を与える弁護士をクライアントの地位につけるものである」

フォックスと韓国系米国人の弁護士は我が意を得たりと、うなずき合う。

「そもそも憲法五十四条は、司法長官の要件や職務を定めたもので、もし司法長官が国のある契約に法律的助言を与えなかったとしても、それは長官が職務を怠ったというだけで、契約が無効になるわけではない。また、国の役所は事務用品の調達や施設の営繕を始めとして、無数の契約を日常的に結んでおり、これらに司法長官がいちいち承諾を与えるのは現実的にあり得ない」

「クンダ氏は、二〇〇三年三月に行われたジェイコブス・アソシエイツとの交渉において責任者として関与し、財務・国家計画省に口頭や文書で意見を述べており、憲法が求める法律的助言を与えていたと解釈できる」

「クンダ氏は、自分の承認なしにリスケジューリング契約が締結されたことを知ったあとも、ジェイコブス側とコンタクトをとらず、同年の四月から十一月にかけてザンビアが三回の支払いをしたことは、クンダ氏が契約内容を認めたものと解釈できる」

「財務・国家計画省の弁護士であるルクワサ氏が、クンダ氏の承認に関してカソンデ財務・国家計画相に誤解を与えたというザンビア側の主張は立証が不十分である。またジェイコブス側が主張するように、カソンデ財務・国家計画相は、司法長官の助言なしでも、一九五八年財務大臣法の規定にもとづき、独自に契約を締結する権限があると解される」

この争点については、ジェイコブス側の圧勝だった。

「以上が、当裁判所が認定した事実と判断です」

法廷に裁判長の声が響き渡った。

結局、ザンビア側の主張のうち認められたのは、ジェイコブス側が情報を不正に入手していたという一点だけだった。ジェイコブスによるルーマニア政府からの債務バイバック（買戻し）への妨害、ジェイコブス側の贈賄、ソブリン・イミュニティ、リスケジューリング契約に対する司法長官の承認の必要性などについては、ことごとく否定された。

「Although I limited my views and judgements only to legal points, the proceedings arouse a strong feelings. Zambia is a poor country and sees itself as being vulnerable to "hyena funds". (当裁判所の見解と判断は法的な論点に関するものに限定していますが、本裁判は非常に強い感情を引き起こすものである。ザンビアは貧しい国で、ハイエナ・ファンドに狙われやすいことを自認している)。またリスケジューリング契約のペナルティ金利や債権者による費用請求権の規定が合法的なものであっても、相当高いという印象は免れない」

判決文としては異例の言及である。

「I shall hear argument about what order I should make upon the summary judgement application in light of the conclusions that I have reached.（以上の認定と判断にもとづき、中間判決の申し立てに対しどのような命令を出すべきか、議論を聴きたいと思います）」

中間判決は、法律論争や事実認定に関する裁判所の判断を示す、英国や米国の訴訟に多い判決形式である。これによって勝敗の帰趨がほぼ明らかになるので、たいてい当事者間で和解の話し合いが進む。

「当裁判所が出している英国内のザンビア政府の資産に対する凍結命令はいったん解除しますが、新たな凍結命令が必要かどうかにつき、改めて議論を聴くことにします」

判決は英米のメディアで大々的に報じられた。

「ザ・ガーディアン」は「Hyena feeds on Zambia（ハイエナ、ザンビアを喰らう）」という見出しで、「この種のファンドが貧しい国を二度と搾取しないような制度が必要である」というNGOジュビリー・デット・キャンペーン幹部のコメントを紹介し、法律的争点ではジェイコブス側が概《おおむ》ね勝ったが、判決はジェイコブス側の態度を厳しく批判しているので、ジェイコブスが求める五千五百万ドル超の請求を全額認めることはないだろうと報じた。

「フィナンシャル・タイムズ」は「Hyena fund in Zambia debt case gain（ザンビアの債務訴訟でハイエナ・ファンドが勝つ）」という見出しで、判決内容とともに、判決が「パトリック・シーハン氏が意図的に嘘をついたとは思わないが、自分が知っている事柄についても間違った証言をした。それは不注意だっただけでなく、無責任である」と厳しく断じたことや、「ジェイコブスのやっていることはイリーガル（非合法）ではないが、インモラル（不道徳）だ」というオックスファムの広報担当者などのコメントを紹介した。

英国のゴードン・ブラウン財務相は「この種のファンドは、途上国政府の財政を圧迫し、学校や病院のための資金を枯渇させる。こういう行為は社会的に無責任である」と述べた。


判決の翌々日——

コネチカット州グリニッジで、純白の雪に覆われた林の中の大邸宅から、運転手付きの車で外出しようとしていたサミュエル・ジェイコブスに突然見知らぬ男が近づいてきた。

「BBCテレビ『ニューズナイト』のグレッグ・パラストです」

くたびれたネズミ色のジャケットを着た初老の男は、政治家や企業の不正を暴くのを専門にしている米国人フリー・ジャーナリスト、グレッグ・パラスト（Greg Palast）だった。

寝室が十二もある山荘ふうの豪邸前の車寄せで、黒塗りのリンカーンに乗り込もうとしていたジェイコブスは立ち止まった。

「ミスター・ジェイコブス、あなたにお訊きしたいのですが、なぜあなたはザンビアのような貧しい国から五千五百万ドルを搾り取ろうとしているのですか？　あなたはハイエナなんですか？」

質問リストの紙を手にしたパラストは、ジェイコブスにマイクを突き付ける。

そばでBBCのカメラマンがその様子を撮影していた。

「ノーコメントだ。訴訟はまだ続いているからな」

茶色いコート姿のジェイコブスは、白い息を吐きながら憮然とした顔で答えた。

「あなたは、債務を削減して貧困国を救おうとする世界の善意を利用して、金儲けをしようとしているだけなんじゃないですか？」

　パラストは執拗に食い下がる。

「借りた金を返済しなくてはならないのは、資本主義の根本原則だ。ザンビアは、ルーマニアとの返済の約束も、我々との返済の約束も破った。貧しければ、何度も約束を破っていいのか？」

　ジェイコブスは断固とした口調で反論した。

「あなたが五千五百万ドルを取り上げると、五十五万人のザンビアの子どもたちが学校に行けなくなるのを知っていますか？」

「詭弁だ。返済資金はザンビアの教育予算の中から出るのではない。ザンビア政府がイギリスに保有している外貨資産から出るのだ」

　テレビカメラを肩に担いだダウンジャケット姿のカメラマンが二人の応酬を撮影する。

「不良債権を二束三文で買って、相手を法廷に引きずり出し、十倍以上の暴利を貪《むさぼ》る行為は不道徳だと思いませんか？」

「利益の追求は完全にレジティメット（正当）な経済活動だ。……これで十分だろう？　ここはわたしの家の敷地だ。出ていってもらおう」

　ジェイコブスはパラストを振り払うようにして車に乗った。

「ミスター・ジェイコブス、あなたはバンダ氏を使って、ザンビアの役人に賄賂を贈ったんじゃないんですか？」

　頭髪が後退したパラストが、車の窓ガラスごしに叫ぶ。

（まんまと映像を撮られたか……）

走り出した車の中でジェイコブスはむきになって反論したことを後悔した。

パラストの質問は、何かを知りたいというより、相手を糾弾するための映像を撮ることが目的だった。

数日後——

ＢＢＣの番組「ニューズナイト」が、ハイエナ・ファンドの特集を放送した。

冒頭は一昨年の「ＬＩＶＥ８」のロンドン会場で、ギターを手にＵ２のボノが「これが僕らにとってのチャンスだ。正しいことのために立ち上がろう。チャリティ（慈善）を求めているんじゃない。僕らが欲しいのは正義だ」と二十万人の観衆に呼びかける映像で始まる。続いてニューヨークの国連本部前でソフト帽にコート姿のパラストが貧困国の債務削減にハイエナ・ファンドがつけ込んでいることや、国連の演説でゴードン・ブラウン英財務相がハイエナ・ファンドを非難したことを述べる。パラストは自ら運転し、ハイエナ・ファンドの「ナチュラル・ハビタット（棲息地）」であるグリニッジへと車を走らせ、投じた額の十倍以上を儲けるジェイコブスを「ゴールドフィンガー（触れた物を金に変える黄金の指）」と呼び、映画００７の『ゴールドフィンガー』のテーマ曲を派手に流す。ジェイコブスがケイマン諸島のペーパー・カンパニーを使って途上国債務を買い叩いていることを紹介し、ジェイコブスへの突撃インタビューの場面を挿入したあと、ザンビアの貧しい人々の映像を映し出し、ジェイコブスが三百二十八万ドルで買った債権をもとに、これらの人々から五千五百万ドルを奪おうとしていると説明。米国のブッシュ大統領は何も手を打っていないと批判する。続いてジェイコブスが過去に起用したワシントンのロビイストが登場し、自分たちはブッシュ大統領や議会に強い影響を与えられると話す。その後、ジェイコブスのペルーやコンゴの案件を紹介。ジェイコブスがブッシュ大統領に最大の政治献金をしていることを指摘し、パラストがウォール街を歩きながら過去二回の大統領選挙の際の献金額を明らかにする。場面が英国に変わり、ロンドンの王立裁判所の前で、ザンビアがジェイコブスの贈賄の件を裁判で争っていると説明し、かつてジェイコブスのロビイストを務めた人物に、入手したEメールのコピーを見せ、「これは贈賄の可能性が非常に高い」というコメントを引き出す。最後は、パラストがテレビカメラに向かって「しかし、イギリスの裁判所は法技術的な側面しか考慮しないので、ザンビア政府は勝ち目がなく、ハイエナの餌食となるだけです」と締め括り、派手な『ゴールドフィンガー』のテーマ曲で終わる。

十二分ほどの番組だったが、きわめて効果的にハイエナ・ファンドの貪欲ぶりと不当性を訴えており、米国と英国を中心に、轟々《ごうごう》たる反響を巻き起こした。

翌日——

弁護士のカール・フォックスは、ウォール街の法律事務所のガラス張りの個室で電話をしていた。背後の書棚には、法律書や家族との写真、過去に手がけた案件のツームストーンなどが並び、壁には故郷の球団、サンフランシスコ・ジャイアンツの黒とオレンジ色のペナントが張られている。

「……サム、こっちも抗議の電話やメールが山ほど来て、電話システムとサーバーがパンクしましたよ。しょうがないんで、今は、携帯で電話してます」

真っ白なワイシャツにサスペンダー姿のフォックスが、磨き上げたバックル付の革靴をはいた両脚を組み、宙を見上げて悩まし気にいった。

「こっちも似たような状況だ。何十人か抗議に押しかけてきて、投石で窓ガラスを割られたんで、警備員を呼んだところだ。ロンドン事務所にもＮＧＯの連中が押しかけてきている」

スマートフォンからグリニッジにいるジェイコブスの声が流れてきた。

「ＢＢＣの例の番組の影響力は相当なもんですね」

「あれを見て、ハイエナ・ファンド対策をすぐやれと、ブッシュ（大統領）に迫った議員が何人かいたそうだ。民主党のコニャーズは、オーバル・オフィス（大統領執務室）まで乗り込んで行ったらしい」

ジョン・コニャーズ・ジュニア（John Conyers Jr.）は、ミシガン州選出の民主党の下院議員で、下院司法委員会の委員長を務めている。連邦議会の黒人幹部会であるＣＢＣ（Congressional Black Caucus）の長老格だ。

「情況は極端によろしくないですね。……和解の交渉を始めますか？　判決でも全額は取れないと思いますから」

スミス裁判長は、債権額が膨れ上がったのは、デフォルト時のペナルティ金利やジェイコブス側の費用請求額が非常に高いことが原因であるとの心証を述べていた。

「已《や》むをえんな。火は早いうちに消したほうがいい」

受話口からジェイコブスの苦々しげな声がいった。

これ以上世論を敵に回すと、推進している同性婚法案にも悪影響が出ると、友人の上院議員から忠告されていた。

「落としどころは、どうしますか？」

「三百二十八万ドルで買って、これまで三百四十一万ドル回収したが、きみらの弁護士費用や工作費に八百万ドル近くかかってるからな。できれば、債権譲渡の額面の二千九百八十三万ドルは獲りたいところだな」

「高めのところから交渉を始めて、その辺に落とすよう努力してみます。……ただ相手がアストラックですから、世論の動向を見ながらシビアな線を衝《つ》いてくるとは思います」

「きみに任せる。適宜状況を報告してくれ」

「了解しました」

「ところで、ＤＲコンゴ（Democratic Republic of the Congo＝コンゴ民主共和国）のほうは抜かりなく進めているな？」

　コンゴ川を挟んでコンゴ共和国の対岸にある国で、旧名はザイール、首都はキンシャサである。銅、コバルト、金などをはじめとする地下資源が豊富で、一九九七年まで三十二年間にわたってモブツ・セセ・セコ大統領が独裁体制を敷いたが、その後、近隣のアンゴラやウガンダが介入する激しい内戦状態に陥り、昨年（二〇〇六年）になってようやく大統領選挙と議会選挙が行われた。

「来週、ニューヨークの裁判所に資産開示命令の申し立てをする予定です」

　ジェイコブス・アソシエイツは、旧ユーゴスラビアのサラエボ（現在はボスニア・ヘルツェゴビナの首都）のエンジニアリング会社、エネルゴインベスト社（Energoinvest d.d.）から額面約千二百万ドルのコンゴ民主共和国向け債権を買い取っていた。エネルゴインベスト社が一九八〇年に高圧送電システムを輸出したときの債権で、コンゴ民主共和国は一九九〇年以来デフォルト状態にある。

すでにジェイコブスはニューヨークとロンドンの裁判所で勝訴判決を勝ちとり、コンゴ民主共和国政府に一万ドル以上の価値がある国有資産のリストと保管場所（所在地）を明らかにするよう、裁判所から命令を出させせようと目論んでいた。

「それから一つ耳寄りな話があります」

フォックスがいった。

「ほう、何だ？」

「ベルギー政府が、来年、ＤＲコンゴに千五十万ユーロ（約十六億四千万円）と五十八万七千ユーロ（約九千二百万円）の無償援助をする予定になっています。それぞれ地熱発電所とテレビ放送システム建設のためです」

「それを押さえるわけだな？」

ジェイコブスの声に期待感が滲む。

「そうです。無償援助が送金される直前に差し押さえます」

「面白い。やってみようじゃないか」

第九章　ウェストミンスター宮殿の攻防

1

翌年（二〇〇八年）一月――

ブラザビルの大統領官邸の執務室の会議用テーブルのそばに立ち、コンゴ共和国大統ドニ・サス＝ンゲソは満足そうな笑みを浮かべていた。

テーブルの上に、精巧に作られた新大統領官邸の模型が置かれていた。一万二〇〇〇平方メートルの敷地の中心部に大きな円形の花壇を設け、そばに白亜の大統領官邸を建て、そのほか五つの豪華な迎賓館、円形劇場、温泉保養施設、プール、クリニックなどを作り、敷地全体に緑の木々を配して森林リゾートのような潤《うるお》いを持たせる計画である。総工費は七千二百万ドル（約七十六億円）で、一年半ほど前にニューヨークの国連本部前で、自分の家は寝室が二つだけの、ごくごくつつましやかなものだと語ったのとはまったく裏腹の、贅を尽くしたものだった。

「ウィ、セ・トレビヤン。ジュ・スイ・エクストレムマン・サティスフェ（うむ、なかなかいい。わたしは非常に満足である）」

テーブルの反対側に立った三人の背広姿の中国人の男たちと、中国人女性の通訳に、凄みのある笑みを見せていった。男たちは建設を請け負う中国の国営建設会社、中国江蘇国際経済技術合作集団有限公司の幹部たちだった。

「着工はいつだ？」

ンゲソが訊いた。

「今年の六月を予定しています」

手堅い技術者といった風貌の男が中国語で答え、女性通訳がフランス語に訳す。

「本当に、一年半でできるんだな？」

「そうです。お任せ下さい」

ンゲソは満足そうにうなずく。

「ではくれぐれもよろしく頼む」

ダブルの高級スーツ姿のンゲソは中国人たちと握手を交わす。

彼らが退出すると、体格のよい背広姿の黒人の男が入って来た。三年前から財務相を務めているパシフィク・イソイベカ（Pacifique Issoïbeka）だった。国の北部の生まれで、以前は、コンゴ共和国、セネガル、チャド、ガボン、コートジボワールなど西アフリカ諸国十四ヶ国の共通通貨CFA《セーファー》フランを発行している地域の中央銀行、中部アフリカ諸国銀行（Banque des États de l'Afrique Centrale, 本店・カメルーン）の副総裁を務めていた。

「大統領、あまりよくない報せで申し訳ございません」

履き古した茶色い革靴のようなごつごつした大きな顔のイソイベカは、執務机にすわったンゲソの傍らに歩み寄って畏《かしこ》まる。

「何だ？」

ンゲソは椅子にすわったままイソイベカを見上げる。

「アメリカの反ハイエナ法案の提出が、まだ半年くらい先になりそうです」

「何いーっ、まだそんなにかかるのか⁉　ロビイストを雇って、もう一年半も経つんだろうが」

富士額の顔を不愉快そうに歪め、顎をしゃくった。

「ジェイコブス側のロビイストが、相当な反対運動を展開していて、同調者が集まらないようです。なにせ奴は、ブッシュ大統領の最大の献金者で、ウォール街の集金マシンですから」

「チッ、トラウト・キャシュリス（Trout Cacheris LLC）もあてにならんな。金をもらうときだけは、いっぱしの口をきいていたが。……だからアメ公は信用できん！」

トラウト・キャシュリスは一年半前に起用したロビイスト事務所である。

「しかも法案が提出されても、下院の委員会とかで、ジェイコブスの息のかかった議員やら参考人やらが反対するんだろう？」

「おっしゃる通りかと」

「はー、やれやれだな……」

ンゲソはため息をついた。

「もう和解するか？　おちおち原油も輸出できんのじゃ、話にならん」

「はい」

「ジェイコブスは、あといくらほしいといってるんだ？」

「四千九百万ドル（約五十二億円）です」

ジェイコブスは、約八百万ドルで額面七千万ドルの債権を手に入れ、金利とペナルティを含めて一億二千七百万ドルを請求し、グレンコアとヴィトールのタンカーを差し押さえて七千八百万ドルを回収したので、残りは四千九百万ドルである。一審の勝訴判決をとったのが五年前なので、その後も金利が膨らんでいたが、一括返済するならばその部分は免除するとしていた。

「油価も上がってるし、四千九百万ドルくらいの端金《はしたがね》、ハイエナにくれてやるか」

二年前に一バレル当たり五十ドル台だった原油価格は、その後、うなぎ上りで、間もなく百ドルを突破しそうな勢いである。コンゴ共和国の原油埋蔵量は約二十億バレルなので、円換算で二十一兆円ほどの宝の山の上にすわっている勘定になる。

「ところで、債務削減の話は進んでるのか？」

「はい。現在、ＨＩＰＣイニシャティブにもとづいて、ＩＭＦ・世銀と話を進めておりまして、二年後くらいには認められ、十九億ドルくらいは削減できそうです」

「そうか、それは結構だ」

ンゲソは満足そうにうなずいた。

「しかし、我が国はこれだけの原油収入がありながら、どうしてＨＩＰＣ（重債務貧困国）なのかな？」

ンゲソは不思議そうな顔をした。

コンゴ共和国は、アフリカ第八位の産油国で、人口も約三百六十万人程度にすぎない。

（それは、あんたが金を盗ってるからでしょ！）

イソイベカ財務相は、思わず出かかった悪態を喉元で押し止《とど》めた。


約一ヶ月後（一月末）――


紺色のカシミヤのチェスターコート姿のジェイコブスは、弁護士のフォックスとともにニューヨークのメトロポリタン美術館を訪れていた。

同美術館はセントラルパークの中にあり、ジェイコブス・アソシエイツのオフィスから二キロメートルほどなので、絵画好きのジェイコブスは、オフィスに出勤した日はよく足を延ばす。

「……若い頃は、フランスの印象派やボナールのような、淡くて明るい色調の絵が好きだったが、今は屈託のある、多少くすんだ感じの絵が好きになったのは、年をとったせいかな」

美術館二階のスペイン・ギャラリーに展示してある、エル・グレコの『トレド眺望』という縦一メートルあまりの風景画を眺めながらジェイコブスがいった。

「確かにこの絵は、屈託が感じられますねえ」

黒いチェスターコートにマフラー姿のフォックスが手を後ろに組んで絵を見上げる。

深緑色の丘の上に描かれた教会や町は青白く、空は濃青の中にわずかに白い光が滲み、陰鬱で神秘的な印象を与える独特の作風である。

「元々色使いが美しい画家だが、内心の屈折がさらにいい味わいをもたらしたんだろう」

エル・グレコはクレタ島出身のギリシャ人で、二十代半ばからイタリアのヴェネツィアで貧しい暮らしを続けながら画家として仕事をしていたが、当時神のような存在だったミケランジェロの絵画を批判したため、スペインのトレドに移らざるを得なくなったといわれる。学者的知性を備えていて、少数の知的エリートや宗教関係者に支持されたが、時の権力者フェリペ二世からは奇抜な構図と非現実的な色使いのために疎《うと》まれた。評価されるようになったのは二〇世紀になってからで、長い間作品が劣悪な環境に置かれていたため、大半の絵画が傷んでいる。

ジェイコブスとフォックスは、ベラスケスやゴヤの絵画を観たあと、美術館の二階にある会員専用のレストランに昼食に行った。

二人はガラス壁のそばの眺望抜群のテーブル席に案内された。大口寄付者であるジェイコブスは、レストランではVIP待遇である。

全面ガラス張りの壁の向こうには、セントラルパークの冬枯れの景色が広がっていた。

「……それにしても、ベルギー政府の立法にはやられたな」

チーズ、ポロネギとともにグリルした牡蠣にキャビアを載せた前菜を食べながら、ジェイコブスが無念そうな表情をした。

「まさかあそこまでやるとは思いませんでした」

同じ前菜にナイフとフォークを入れながら、フォックスが小さくため息をつく。

約千二百万ドルのコンゴ民主共和国向け債権を持つジェイコブス・アソシエイツが、ベルギー政府から同国向けの地熱発電所とテレビ放送システム建設のための無償援助資金千五十万ユーロ(約十六億四千万円)と五十八万七千ユーロ(約九千二百万円)を差し押さえようとしたところ、ベルギー政府が送金を中止し、差し押さえを阻止するための法案を国会で通してしまったのだった。新たに制定された法律は、開発援助や経済協力のために他国に提供される資金は、差し押さえや譲渡することができないという内容で、米国で検討されている反ハイエナ・ファンド法とは性質が異なっている。

米国であれば強い政治的影響力で法案を阻止できるジェイコブスも、ベルギーでは手の打ちようがなかった。

「反ハイエナ法案でなかったのだけは、幸いだが」

「そうですね。しかし、いい雰囲気じゃないですね」

パリクラブは昨年五月に、債務削減にタダ乗りするハイエナ・ファンドへの懸念を表明し、加盟各国や各国の金融機関に対し、彼らに債権を売らないよう注意を促した。

「確かに嫌な雰囲気だな。アメリカなら変な立法化の動きがあっても何とかやりようがあるが、イギリスが心配だな」

英国の裁判所は、米国と並ぶジェイコブスの主戦場である。

2

四月――

ロンドンはスミレやハクモクレンや桜の花が咲く季節を迎えていた。

パトリック・シーハンは、友人のサイモンと一緒に、繁華街コヴェント・ガーデンに近いオールドウィッチのレストランで昼食をとっていた。レストラン業に三十年以上の経験を持つ二人の英国人が開いたモダン・ヨーロピアンのレストランで、黒と白の洒落たタイル張りの床、焦げ茶を基調とした落ち着いた内装は、パリやローマの高級レストランを彷彿とさせ、白いワイシャツに黒のベスト姿のウェイターたちがきびきびと料理を運んでいた。

「……しかし、ベアーがつぶれるとは驚いたよな」

白ワインのグラスを傾けて、大柄なサイモン・ウェルズがいった。シーハンのケンブリッジ大学の同級生で、現在は金融街シティの米系投資銀行で、不良債権のトレーダーを務めている。

昨年夏に、サブプライムローン・ブームを謳歌していた米国の不動産バブルが弾け、それにともなって証券化商品全般が値下がりし、米国の準大手投資銀行、ベアー・スターンズが経営危機に陥り、先月（三月）、大手商業銀行、ＪＰモルガン・チェースに買収されることになった。

「金融業界は全般的に景気がよくないみたいだねえ」

白ワインで顔を赤らめたシーハンが、レモンを生牡蠣に絞って美味そうに頬張る。

ザンビア向け債権回収の成功報酬五十万ドルを受け取り、うつ状態から躁状態になっていた。

「パット、そっちは相変わらず調子がよさそうじゃないか」

サイモンが小狡《こずる》そうな視線でシーハンの表情を窺う。

「まあね。ザンビアは結局千五百五十万ドルしか取れなかったけど、それ以前に三百四十一万ドル回収していたからね」

ジェイコブス・アソシエイツは、世論を追い風にしたアストラックのハードネゴに押され、最終的に千五百五十万ドルで手を打たざるを得なかった。

「弁護士費用や工作資金に八百七十万ドルかかったから、差し引き千二十一万ドルになったよ。九年前に三百二十八万ドルで買ったのが三・一倍だから、半年複利で一三パーセントのリターンってところかな」

シーハンは余裕を見せていった。

つい先日まで、米司法省が、ジェイコブス・アソシエイツがＦＣＰＡ（米連邦海外腐敗行為防止法）上の犯罪を行なっていないか調査するため、関係書類の引き渡しを求めてきたりしたので、逮捕されるのではないかと怯えていたのが嘘のようだ。また、ザンビアの案件が終わったらお払い箱にされるかと恐れていたが、忠誠心を評価されて引き続き雇われていた。

「コンゴ共和国のほうは、もっとよかったんだろう？」

キノコとマデイラ酒のソースがかかったサーロインステーキにナイフを入れ、サイモンが訊いた。

「ああ、あっちは一億二千七百万ドル、耳を揃えて回収させてもらったよ。当初の投資が八百万ドルかそこらだから約十六倍だね」

「ふえー、そりゃすごいな！」

サイモンは大げさに驚いてみせる。

「まあ、向こうは我々をウミヘビとかハイエナとかいって非難して、ロビイング合戦になったけど、政治力はこっちが二枚も三枚も上だったってことだよね、はっはっは」

ジェイコブスは和解とともに、パンアフリカ銀行、ＳＮＰＣ、ＳＮＰＣのコンゴ人会長に対する米組織犯罪規制法（略称ＲＩＣＯ法）にもとづく訴えを取り下げた。

「ところでパット、今、ソブリンのディストレスト（不良債権）で出物《でもの》があるんだが、買う気はないか？」

サイモンはさりげない口調で切り出した。

「えっ、出物？　ふーん、そりゃあ、常に興味はあるだろうなあ」

「リベリアなんだ」

「リベリア……なるほど、なるほど」

「ケミカル銀行が一九七八年に融資したときのローンで、元々の元本は六百五十万ドルだが、今は金利を入れて四千三百万ドルくらいになっている。それをいくつかに分割して投資家に売ろうと思ってるんだ」

「値段はどれくらい？」

ズッキーニとシトラスのサラダが添えられたオヒョウのグリルを口に運びながら、シーハンが訊く。気分が高揚していて、料理の味も感じないほどだった。

「まあ、七セントくらいだな」

本当は債権額一ドルにつき三セントほどだが、サイモンはふっかけた。

「まあ、そんなもんかねえ……。じゃあ、オフィスに戻ったらマーヴィンに話してみるよ」

「いや、パット、お前が買わないかと思ってさ」

「えっ、俺が？」

「債権額二千万ドルで百四十万ドルだ。半分はクレジット（融資）付けてやるよ」

買ったリベリア債権を担保に入れて、サイモンが勤務する投資銀行から融資を受けるということだ。

「リベリアはあと一、二年で、ＨＩＰＣイニシャティブの債務削減を受けて、資金繰りに余裕が出るから金は取れるだろう。しかも訴訟に出てこないから絶対に勝てる」

リベリアは二〇〇二年に、米系ハイエナ・ファンド、ＦＨインターナショナルにニューヨークで訴えられたが、内戦の真っ最中で、金もなかったので、訴訟に対応することもできず、欠席裁判のままあっさり敗訴し、千八百万ドルの支払い義務を課された。

「近々、別の投資家がロンドンで訴訟を起こすから、それに乗っかればいい。手間もかからないぜ」

「なるほど、そりゃあ面白い……」

シーハンは躁状態で、自分に不可能はないという気分になっていた。幸い、ザンビア案件で手に入れた報酬と貯金を合わせれば、何とか七十万ドルの金は工面できる。内心自分を見下してきたサイモンに対しても、プロの投資家になったことを見せつけたかった。

「じゃあ、オフィスに帰ったらオファー（投資提案書）と契約書類をメールで送るから、見てよければ、サインして送り返してくれ」

「オーケー、オーケー、了解」

はしゃぐようにうなずくシーハンを見ながら、サイモンは内心ほくそえんだ。ベアー・スターンズ・ショックで投資家が軒並み不良債権市場から撤退し、リベリア向け債権も塩漬け確実だったが、目の前のど素人のおかげで、想定外の高値で処分する目処《めど》が立った。


五ヶ月後（九月十五日）——

未曽有の激震がウォール街を襲った。

パンゲア&カンパニーのデスクにすわった北川靖の目の前の三つのコンピュータースクリーンのすべてのチャートが、稲妻のような形で相場の急降下を示していた。

「……今、いったいマーケットはどんな状況なの?」

受話器を耳に当てた北川は、嬉しさと不安が入り交じった複雑な表情だった。

低いパーティションの向こう側のデスクでは、ホッジスとグボイェガが「うはー、下がった、下がった!」と大はしゃぎしている。

「各金融機関のデフォルト・リスクに関する問い合わせが殺到してます。それと、リーマンに口座を持っているファンドが、資産を移したいっていってきてるので、手続きに忙殺されてます。投資家が資金を引き揚げて、クローズ(閉鎖)に追い込まれたファンドもかなりあります」

パンゲアのプライムブローカーであるモルガン・スタンレーの米国人女性担当者がいった。

この日の午前二時、百五十八年の歴史を誇る名門投資銀行、リーマン・ブラザーズが米連邦破産法第十一条の適用を申請して破たんし、市場は大混乱に陥っていた。特に金融機関の株価の下落が激しく、当のモルガン・スタンレーも昨年六月の八十九ドルのピークから三十七ドル台まで落ちていた。

「パンアフリカ銀行の株価の落ちが、ほかの金融機関に比べても大きいみたいなんだけど、何か理由はあるのかな?」

目の前のスクリーンのチャートはすでに十ドルを割っていた。

すでに十分儲けが出る水準なので、カラ売りを手仕舞うべきか、それとも紙くずになるまで待つべきか思案していた。

「ちょっと、詳しくはよく分からないんですが……」

相手の女性担当者は落ち着きのない口調。受話器の向こうから、慌ただしいトレーディングフロアーの空気が伝わってくる。

「ただ、体力のない金融機関は、今狙い撃ちされてますし、パンアフリカ銀行は昔からとかくの噂があるので、今後、当局の検査が強化されたりすると、変な案件が色々出てくるんじゃないかっていう見方は多いと思います」

「なるほど、分かった」

パンゲア&カンパニーが発表してきたレポートも役に立ったということだ。

「今、パンアフリカ銀行どころか、ＡＩＧとメリル（リンチ）が危ないといわれてて、とにかく政府が何らかの手を打たないと、the sky will fall on us（世界は崩壊）です」

女性担当者は慌ただしくいって、電話を切った。

モルガン・スタンレー自身も市場に不安視されている状況だ。

「ヤス、十年越しの戦いにようやく終止符を打てるな」

ホッジスが近づいてきて、にやりと笑った。

パンアフリカ銀行のカラ売りを始めて十年が経っていた。

「待った甲斐があったよ」

北川もにやりと笑う。

「フランスの銀行も自分たちの尻に火が点いて、買い支えどころじゃないだろう」

「だな」

「手仕舞うか？　それとももう少し待つか？」

「ここまできたら待とう。これだけの騒ぎなら、金融機関の一つや二つつぶれてもおかしくない」

そういって北川は、室内の壁に取り付けられた大型スクリーンに目をやる。

ミッドタウンの七番街に建つリーマン・ブラザーズのコバルトブルーの本社が大きく映し出され、路上にマスコミ関係者や野次馬が集まっていた。大きな世界地図を前面に掲げたビルの窓ガラスの向こうでは、ワイシャツやスーツ姿の男たちが呆然と外を眺めたり、所在なげに集まって話をしたりしている。歴史に残るウォール街の大破局だ。

3

翌年七月下旬——

サミュエル・ジェイコブスは、スペイン南部・アンダルシアのセビリアを訪れていた。

イスラム文化の影響を受けたアルカサル（王城）やスペイン最大の大聖堂のほか、サンタ・クルス街（旧ユダヤ人街）や石畳の道など、歴史と情緒のある街で、タブラオ（舞台があるレストラン）ではジプシーが踊る本場のフラメンコを楽しむことができる。日中の気温は四十度近くまで上がるが、空気は乾燥しており、朝晩は驚くほど涼しい。

その日、ジェイコブスは、大聖堂の近くにあるカリダー施療院（病院）で絵を観ていた。

施療院は一五世紀に歴史を遡り、ドン・ファンのモデルとされ、放蕩の限りを尽くした貴族の男が、妻の死をきっかけに悔い改め、多額の建築費を出した施設だ。二階建ての白亜のスペイン・バロック建築で、スペイン内戦（一九三六〜三九年）の際には、傷病者を収容した。

（何度観ても、戦慄を覚えるな……）

ジェイコブスは、施療院の中にある聖ホルヘ教会の壁に飾られたセビリア出身の一七世紀の画家、バルデス・レアールの『Finis Gloria Mundi（世の栄光の終わり）』をじっと見上げていた。

縦横約二・二メートルの絵画で、暗い石造りの部屋に横たわった司教の遺骸にウジがわき、死体や骸骨が散乱し、キリストの手が提げた天秤の右の皿に信仰を表すキリストの心臓や聖書、左の皿には七つの大罪を表すヤギや孔雀などの動物が載っている衝撃的な絵が描かれていた。

教会は、天井の高い華麗なバロック様式建築で、細密な装飾が施された白いドームの下に黄金の祭壇があり、生と死をモチーフにした数々の絵や彫刻が飾られている。スペイン絵画黄金期の画家ムリーリョ（セビリア出身）の円熟期の作品『ハンガリーの聖イザベル』や『聖ヨハネ』などもあり、ジェイコブスはセビリアを訪れたときは必ず立ち寄る。

（天国に行くには信仰が絶対条件で、地獄に堕ちるには罪以上は必要ない、か……）

それが『世の栄光の終わり』の絵が意味するところであった。

そのときジャケットのブラックベリーが振動した。

発信人を見ると、ロンドンにいるマーヴィンだった。

ジェイコブスは礼拝堂に隣接する中庭に出た。イタリア大理石の噴水が中央にあり、トスカーナ様式のアーチの柱廊に囲まれた静かな庭である。

「……何、イギリスのトレジャリー（財務省）が、反ハイエナ法案についてのコンサルテーション（意見募集）を始めただと⁉」

中庭の隅で、ジェイコブスはブラックベリーを耳に当て、険しい顔つきになった。

「トレジャリーのウェブサイトに"Ensuring effective debt relief for poor countries: a consultation on legislation"（貧困国の債務削減を効果的にするために：立法化についてのコンサルテーション）という四十六ページのドキュメントが掲載されて、十月九日までの十二週間、意見を受け付けるそうです」

ブラックベリーから、ロンドン事務所を預かる次男のマーヴィンの声が流れてきた。

「どういう法案を考えているると書いてあるんだ？」

「ＨＩＰＣイニシャティブの削減率をすべての債権者に適用して、アンジャスト・エンリッチメント（不当な利得）を阻止するという趣旨のことが書いてあります」

マーヴィンは目の前のスクリーンを見ながら話している様子。

「しかも我々のザンビア政府に対する訴訟が、アンジャスト・エンリッチメントの例としてコラムの形で紹介されています」

「そうか……分かった」

ジェイコブスはブラックベリーを耳に当てたまま、思考を巡らせる。

「早急に手を打つことが必要だな。財務省やＧＯＰ（Grand Old Party ＝共和党）の筋からイギリスの議会とトレジャリーに働きかけてもらおう」

「分かりました。こちらにもＥＭＴＡ（Emerging Markets Traders Association ＝新興国市場取引業者協会）とかＡＩＭＡ（Alternative Investment Management Association ＝代替投資マネジメント協会、すなわちヘッジファンドの業界団体）なんかがありますから、彼らと協調して反対運動を展開します」

ＥＭＴＡには、ＲＢＳ（ロイヤル・バンク・オブ・スコットランド）、バークレイズ、ドイツ銀行、ゴールドマン・サックス、ＪＰモルガン・チェースなどのバルジブラケット（巨大投資銀行）が名前を連ねており、政治力も有している。

「うむ。それからシティ（ロンドン金融街）の法律事務所にも反対意見を書かせろ。連中も我々の活動で相当潤《うるお》ってるからな。デカート（Dechert LLP＝米系大手法律事務所）あたりがいいんじゃないか」

中庭のベンチにぼんやりすわっている高齢者に、青い制服姿の看護師の女性が話しかけているのが視界の隅に入る。施療院は今も身寄りのない老人を引き取っている。

「しかし、何がきっかけでこんな立法化の話が出てきたんだ？」

「ＮＧＯの連中の仕業だと思います。四年前の『ＬＩＶＥ８』のあたりで、国や国際機関に対する債務の削減に目処が付いたんで、今度は、ハイエナ撲滅というわけです」

「なるほど……」

「グレッグ・パラストの例のＢＢＣの番組も、同調する国会議員を増やしたようです」

二年前に、ジェイコブスとザンビア政府の裁判を中心に据え、ハイエナ・ファンドを糾弾したセンセーショナルな番組である。

「確かに、あの番組は痛かったな……」

ジェイコブスが苦々しげな表情になる。

「それにレイバー（労働党）がイギリスの政権にあるというのもバッド・タイミングだな」

保守党と対峙する英国の二大政党の一つの労働党は、伝統的に左翼的である。

「いずれにせよ、これは座視できん。徹底的に叩きつぶすしかない」


同じ頃――

沢木容子は、NGOの仲間二人と一緒に、灼熱の中近東を訪れていた。

ハイエナ・ファンドに対する立法化を後押しするため、BBC（英）、ITV（英）、CNN（米）、ABC（米）、TF1（仏）など、世界中のテレビ局を手分けして訪問し、番組で取り上げてくれるよう働きかけているところだった。

「……なるほど、これを見るとハイエナ・ファンドのやり口が非常によく分かりますね」

カタールの首都ドーハにある衛星テレビ局「アルジャジーラ」本社のスタジオの一角で、ニュース番組担当のディレクターが興味深げな顔をした。米国で教育を受けた中年エジプト人男性だった。

アルジャジーラの本社はドーハの中心街から車で十五分ほどの土漠の中にあり、敷地内にカタール国営テレビ局もある。かつてエジプトのムバラク大統領が「こんなマッチ箱が中東を振り回しているのか」と驚いたほど小さな建物だったが、四年前（二〇〇五年）に立派な新社屋が完成した。

沢木らは厳重なセキュリティ・チェックを受けたあと、宇宙ステーションのようなスタジオに案内された。青や紫色で照明され、壁には青い海に陸地を白で表した大きな世界地図があり、無数のテレビスクリーンが世界中の番組を映し出していた。欧米人、フィリピン人、アラブ人など数十ヶ国の国籍の人々が、パソコンのスクリーンを操作したり、打ち合わせをしたり、電話をかけたりしていて、刻々と動く世界の鼓動が聞こえてくるようだ。カタール人の男性職員は技術者が多く、皆、白い民族衣装姿で、女性職員は頭をヘジャブ（ベール）で覆っている。

「貧困国がデフォルトし、ハイエナ・ファンドが債権を二束三文で買い取り、アメリカやイギリスの裁判所で訴えて判決を勝ちとり、先進国が債務削減をして多少金の余裕が出てきたところで、資産を差し押さえて回収する、と」

顔は中近東ふうだが、米国生活ですっきりと洗練された雰囲気を身につけたディレクターが、ミーティング用のテーブルの上に、沢木たちのプレゼンテーションを広げて視線を落とす。

「Hyena Fund's Cycle of Profit（ハイエナ・ファンドの利益サイクル）」と題した説明書で、獰猛そうなハイエナの写真と食物連鎖を模した説明図を配し、彼らの実態を表現していた。

「ハイエナ・ファンドが投資した金の何十倍という途方もない利益を上げる一方で、貧困国では一日一ドル以下で生活している国民が大半で、食糧や薬が買えなくて、子供たちがバタバタと亡くなっています」

沢木がいった。エコノミー・クラスでの長距離フライトは七十六歳の身体にこたえるので、ホテルで十分な休養を取れる日程を作って海外にやって来ていた。

「今、裁判で争われているケースはあるんですね？」

「いくつもあります。代表的なものが、イギリスで最近訴訟が提起されたリベリアに対するものです」

「どんな案件ですか？」

「いくつかのヘッジファンドが、額面六百五十万ドルのローンを二十万ドルくらいで買って、金利やペナルティを入れて四千三百万ドルくらいになっているから、それを全額払えと訴えています」

それは元々米国のケミカル銀行が一九七八年に融資したローンで、ヘッジファンドは米国のハムザ・インベストメントやウォール・キャピタルである。その中にパトリック・シーハンも入っていたが、カリブ海のタックスヘイブンである英領ヴァージン諸島に作ったペーパー・カンパニーを通じて投資しているので、沢木はその事実を知らなかった。

「二十万ドルで四千三百万ドルを手にするわけですか。それは法外ですねえ！」

エジプト人ディレクターは嘆息し、隣にすわったアシスタントの男性もうなずく。

「リベリアは、二十五年近く続いた内戦がようやく終わって、ＵＮＤＰ（国連開発計画）のアフリカ局長だったエレン・ジョンソン・サーリーフが三年前（二〇〇六年）に大統領に就任したばかりです。しかし、インフラや経済は完全に崩壊していて、失業率は八五パーセントで、国民の九四パーセントが一日二ドル以下で生活しています」

「失業率が八五パーセント……！」

アルジャジーラの人々は絶句する。

「国民の三分の二は文字が読めません。強盗・暴行・性犯罪も多発している世界最貧困国の一つです」

「そうですか……」

ディレクターはうなずきながら、どういう映像が撮れるか考えている様子。

「今、イギリスでハイエナ・ファンドの活動を阻止する、世界で最初の法案が立法化されようとしています。是非、あなたがたの番組で取り上げて、立法化を後押ししてほしいのです」

沢木ら三人に真剣な表情で頼まれ、ディレクターはうなずいた。

4

約三ヶ月後――

英国財務省の経済担当政務次官（Economic Secretary of Treasury）のイアン・ピアソンは、国会議事堂であるウェストミンスター宮殿の斜め前にある、財務省の次官室の応接セットで、部下の官僚二人と話し合っていた。

経済担当政務次官は、財務大臣（Chancellor of the Exchequer）、首席政務次官（Chief Secretary）、主計長官（Paymaster General）、財務担当政務次官（Financial Secretary）に次ぐ財務省内で五番目のポジションである。

「……ヘッジファンド業界からは反論があると思っていたが、これは欧米金融界あげての猛反発だな」

応接セットの茶色い革張りの椅子にすわったピアソンが、資料に視線を落としていった。

白髪まじりの頭髪をオールバックにし、一昔前のハリウッドスターを思わせる鼻の高い顔だが、恰幅は相当よい。イングランド中西部のウスターシャー（州）ダドリー南選挙区選出の国会議員である。

「そうですね。これほど反発があるとは、ちょっと予想外でした」

ピアソンと向き合って応援セットにすわった二人の中堅財務官僚の一人がいった。

反ハイエナ法案の立法化に関するコンサルテーション期間中に送られてきた反論の手紙やEメールのプリントアウトを手にしていた。

送ってきたのは、EMTA（新興国市場取引業者協会）やAIMA（ヘッジファンドの業界団体）のほか、LIBA（London Investment Banking Association）、スタンダード銀行（本店・南アフリカ、アフリカ屈指の大手銀行）、ワシントンにある国際金融の研究機関IIF（Institute of International Finance, 世界七十ヶ国の金融機関、中央銀行、開発銀行などが出資）、IMF・世界銀行に助言を与えている途上国開発専門のコンサルティング会社センテニアル・グループ（本部・ワシントン）、米国の法律事務所デカート（Dechert LLP）、新興国関連業務を行なっている民間企業や投資会社などだった。

「アメリカの財務省や共和党の議員からもチャンセラー（財務大臣）やわたしに直接電話があったよ」

ピアソンの端整な顔に悩ましげな気配が浮かぶ。

「反対の理由は、①HIPCイニシャティブの削減率を民間債権者にまで適用すると、民間債権者がリスクを警戒し、結局、発展途上国が金を借りづらくなる、②こういう債務削減を認めると、途上国の腐敗（汚職）を永続させる、③法案は債権の流通市場の機能を制限するが、金融市場の安定化のためには債権の流通市場は不可欠、④法案は、財産権の保護を謳《うた》った欧州人権条約に反する、という四つに大きく分けられます」

もう一人の財務官僚がいった。背広姿で引き締まった風貌の男だった。

「まあ、どれもちょっと誇張気味であることはあるよな」

ピアソンの言葉に二人の官僚はうなずく。

「反論しようと思えばできるんだろうが……むしろ、会期のほうが心配だな」

法案は、議会の庶民院（下院）と貴族院（上院）のそれぞれで、1st Reading（法案提出）、2nd Reading（審議）、Committee Stage（委員会審議）、Report Stage（委員会報告の審議）、3rd Reading（最終審議）という手続きを経て、女王の裁可を仰がなくてはならない。しかし、来年五月に総選挙が予定されているため、日程的には相当な無理がある。


同じ頃――

ピカデリー・サーカスのすぐ近くの瀟洒なオフィスビルに入居しているジェイコブス・アソシエイツのロンドン事務所のガラス張りの執務室で、マーヴィン・ジェイコブスが、コネチカットの自宅にいる父親と話していた。

「……ええ、おかげさまで大攻勢をかけることができました」

少年の面影を残すマーヴィンは、受話器を耳に当てて、満足そうにいった。

「これから議会に提出される法案は、いわゆるウォッシュ・アップ（wash-up＝法案一掃期間）にかかりますから、反ハイエナ法案のような議員提出法案は、まず取り上げられないと思います」

ウォッシュ・アップは、解散直前の会期末に、法案成立を確保するための期間で、与党が野党に協力を求め、しばしば議論の対象となった条項が削られた形で法案が成立する。また法案には政府提出法案（government bill）と議員提出法案（private member's bill）の二種類があるが、後者がウォッシュ・アップで取り上げられることは少ない。反ハイエナ法案は、アンドリュー・グウィン(マンチェスターのデントン&レデッシュ選挙区選出)とサリー・キーブル(ノーサンプトンシャー州北地区選出)という二人の庶民院議員が議員提出法案として検討している。

「ウォッシュ・アップは与党の重要法案のみが取り上げられるそうですから、国益に直結していない反ハイエナ法案が取り上げられることはまずないと思います」

「そうか、それはよかった。あれはまあ、動物愛護法みたいなレベルの話だからな」

コネチカットにいるジェイコブスが馬鹿にしたように笑った。


翌月(十一月二十六日)——

ロンドンの王立裁判所が、四千三百万ドルの支払いを求めてリベリアを訴えていたヘッジファンド側の主張を一部認め、二千万ドルを支払うよう命じた。判決の中で裁判長は「本件の唯一の問題は、リベリアは非常に貧しく、こうした金額を払うことはできないという悲しい事実である。しかし、債務者としてできる限りのことをしなくてはならない」と異例の言及をした。一方で、リベリア側の、二〇〇二年は内戦の最中で、資金もなかったので、ニューヨークの裁判に対応するどころではなかったという説明は認めなかった。またパリクラブや多くの民間債権者がリベリアの債務削減に同意しても、ホールドアウト(交渉拒否)の債権者に対する法的拘束力はないと述べた。

新聞やテレビの多くが判決について報道し、再びハイエナ・ファンド問題がクローズアップされた。全国紙の「ザ・ガーディアン」は、ハイエナ・ファンドの活動や判決内容について報じ、二千万ドルはリベリアの年間の保険・教育予算の半分に相当すると指摘した。また、沢木と同じNGO

の幹部の「今回の判決は、ハイエナ・ファンドの活動は通常のやり方では阻止できないということの好例だ。早急な立法化が必要である」というコメントや、反ハイエナ法案の推進者であるサリー・キーブル議員の「貧しい国が投資ファンドの喰い物にされるのを見るのは実に恐ろしい。今回の判決は、立法化の必要性を裏付けるもので、是非とも今国会の会期中に実現させたい」というコメントで記事を締め括《くく》った。

「アルジャジーラ」も判決と同時にニュースを放送した。貧しい人々でごった返し、銃を持った人間がうろつき、国連リベリア監視団の車両が行き交う混沌とした現地の映像を背景に、英国の裁判と判決の概要を報じたあと、沢木らが持参した食物連鎖の図を使って、各国の債務削減がハイエナ・ファンドの餌食になっていると説明した。また王立裁判所前で、リベリア側代理人を務めるロンドンのバーン&パートナーズ法律事務所の女性弁護士イヴォンヌ・ジェフリーズがインタビューに答え、「多くの団体、国会議員たち、各国政府、重要な政治家たちが、現在、こうした搾取を阻止するための法律を作ろうとしている」と述べた。番組の最後は、ハイエナ・ファンドの活動は問題視されているが、現状においては合法であるという皮肉で締め括られていた。

それから間もなく――

沢木が所属するNGOのスタッフ数名が、反ハイエナ法案の立法化を推進しているサリー・キーブル議員の事務所を訪れた。

イングランド中部の内陸に位置するノーサンプトンシャー（州）は、古代ローマ帝国期の村落跡や街道が残っている歴史ある地方で、農地の中を運河が延び、食品、衣服、消費財の製造・加工業があり、人々の暮らし向きはおおむね中流といったところである。

キーブル議員の事務所は、以前、雑貨店か理髪店だったような質素な建物で、労働党の赤いバラの花のロゴをあしらい、自分の名前を大きく書いた赤い看板が掲げられていた。

「……最初の、HIPCイニシャティブの削減率を民間債権者にまで適用すると、民間債権者がリスクを警戒し、結局、発展途上国が金を借りづらくなる、という反対派の主張ですが、これは一九九〇年代に、中南米やアフリカの国々の民間の債務が削減されたり、HIPCイニシャティブにもとづく債務削減が行われるときにもいわれたことです。しかし、そういうことは一切起きず、削減後も民間の投融資を含め、外国からの資金には何の影響もなく、順調に流入しています」

NGOの男性職員が用意してきた資料を見ながら説明し、会議用のテーブルの反対側にすわったキーブル議員と彼女の政策スタッフ二人がメモを取りながらうなずく。

途上国の債務削減について豊富な経験と知識を有するNGOのスタッフたちが、キーブル議員らの反ハイエナ法案提出を後押しするために、レクチャーに訪れたのだった。

「むしろハイエナ・ファンドからの訴訟を抱えている現状のほうが、民間資金の流入を阻害しています。たとえばここに書いた、最近のコンゴ民主共和国の例です」

それはコンゴ民主共和国の古い債権を二束三文で手に入れたFGフェミスフェアという米国のヘッジファンドが、香港の裁判所で、中国の国営企業がコンゴ民主共和国に支払った二億ドル強を差し押さえようと訴えた事件だった。中国鉄路工程総公司(China Railway Engineering Corporation)がコンゴ民主共和国で鉄道、ハイウェー、空港、大学、病院などの建設を請け負うと同時に、同国でコバルトと銅の採掘権を獲得し、その権利のために支払った金であった。訴訟は、中国政府も巻き込んだ騒動に発展し、鉄道建設と鉱山開発が暗礁に乗り上げていた。

「この種の法律が、将来、また作られたり、適用範囲が拡大されたりする恐れがあるので、やはり途上国への投融資には懸念が残るという議論がされそうですけど、この点はどう思いますか？」

キーブルが訊いた。

茶色がかった金髪をショートカットにした白人女性で、外交官の娘としてベルリンで生まれたせいか、どこか東欧的な雰囲気を持っている。父親は東ドイツと旧ソ連で英国大使を務め、キーブル自身は南アフリカやバーミンガムで新聞記者として働いたあと、十二年前に国会議員になった。年齢は五十八歳。

「それに完全に反論するために、今回の法律の適用をＨＩＰＣイニシャティブの適用をすでに受けた国々と、適用を受ける予定であることを現在ＩＭＦ・世銀が認めている国々に限定し、かつそれら国々の過去の債務に対象を限定することを我々は提案します」

体格のよい初老の英国人女性がいった。沢木容子と二人三脚でこのＮＧＯを引っ張ってきた幹部である。

「なるほどねえ……」

キーブルが考え込む。

「法律の対象を限定しても、ハイエナ・ファンドには十分対処できます。彼らは過去の債権を手に入れて訴えてきているわけですから。新規の借入れについては、途上国側もコモンウェルス（英連邦）のリーガル・デット・クリニックなどで学習して、防衛策を取るようになっています」

弁護士のデヴィ・アストラックが中心になって開催しているセミナーのことだ。

「分かりました」

キーブルがうなずいた。

「それから二番目の、こういう債務削減を認めると、途上国の腐敗（汚職）を永続させるだけで、国民生活の向上には役立たない、という反対派の主張ですが、これは完全に的外れだといえます。なぜなら次のページにある統計を見て頂くとよく分かりますが……」

ＮＧＯの英国人男性が説明を再開し、キーブルらは資料のページを繰る。

「これは過去に債務削減を受けたアフリカの十ヶ国の統計です。削減からわずか四年間のうちに、教育予算が四割増え、保健予算が七割増えています。また二〇〇六年にはＩＭＦのエコノミストが、債務削減は当該国の社会福祉予算を大幅に増やすという調査結果を発表しています」

キーブルと二人の政策スタッフが資料を見ながらうなずく。

「法案は債権の流通市場の機能を制限するが、金融市場の安定化のためには債権の流通市場は不可欠という三番目の反論ですが、これも先ほどの、ＨＩＰＣイニシャティブによる削減をすでに受けたか、受ける予定であるとＩＭＦ・世銀に認められた国々の過去の債務に対象を限定することで、流通市場への影響をほぼなくすことができます」

「法案は、まっとうな市場参加者が途上国債務を売買することに制限をかけるわけではありません。一部の不届きなハイエナ・ファンドに対処するためのものです」

ＮＧＯの英国人女性幹部が付け加え、キーブルがにっこりうなずく。

「えー、四番目の、法案は財産権の保護を謳った欧州人権条約に反する、という反論については……」

5

半月後（十二月中旬）——

コネチカット州グリニッジの自宅の書斎で、サミュエル・ジェイコブスは愕然となった。

「……何っ⁉　イギリスの議会で、反ハイエナ法案がウォッシュ・アップ（法案一掃期間）の審議対象に入っただと⁉　……本当なのか⁉」

険しい表情で受話器に向かって吼えるようにいった。

「アンドリュー・グウィンという庶民院の議員が法案提出の動議をかけて、10 minute rule bill（十分間規則法案）とかいう方式で、1st Reading（法案提出）に成功したらしいんです。議会のウェブサイトに法案の全文が掲載されています」

ロンドン事務所のマーヴィンがいった。

十分間規則法案は、庶民院のバックベンチの議員（議場の後方にすわっている非閣僚議員）が十分以内に法案を口頭で説明し、その場で反対意見の表明なども認めた上で、法案を審議するかどうか決めるものだ。

「法案名はDebt Relief（Developing Countries）Act（〈発展途上国〉債務軽減法案）となっていて、ＨＩＰＣＳの既存の債務については、ＨＩＰＣイニシャティブの削減率をホールドアウトも含む全債権者に適用するという内容です」

ＨＩＰＣイニシャティブでは、ＩＭＦ・世銀がサステイナブル（持続可能）と認める水準まで債務を削減するので、通常、九割を超える債務が削減される。リベリアの場合、去る四月に世界銀行から債務買戻し資金の融資を受け、民間債務全体の九七・五パーセント（十二億ドル）を債権額の三パーセントでバイバック（買戻し）した。来年予定されているＨＩＰＣイニシャティブによる削減率も九七パーセント弱である。

「おのれ、土壇場で滑り込んで来たか……！」

ジェイコブスは歯噛みする。

「法案の審議はいつからなんだ？」

「来年二月下旬に2nd Reading（審議）のようです」

「そうか。……今度は、議場でトーリー（英保守党）の議員たちに頑張ってもらうしかないな。そっちを重点的に工作するんだ」

「はい。業界団体等を通じて働きかけます。困るのはうちだけじゃありませんから」

「こちらでも早速ワシントンの筋から圧力をかけてもらおう。こういうときのために散々献金してきたわけだからな」

ジェイコブスは話を終えると、ティモシー・ガイトナー財務長官の電話番号をプッシュした。

翌年（二〇一〇年）二月二十五日――

ＢＢＣが、米国の暴露型フリー・ジャーナリスト、グレッグ・パラストによるハイエナ・ファンド糾弾の番組を再び放送した。前年十一月に英国の裁判所がリベリアに対し、ハイエナ・ファンドに二千万ドルを支払うよう命じたことを問題視する内容で、翌日から庶民院で始まる反ハイエナ法案の審議（2nd Reading）にタイミングを合わせていた。

冒頭で女性キャスターが法案の内容を説明したあと、荒廃したリベリアの街とともにパラストが現れ、「国民の八割が一日一ドル以下で生活しているこの国が、ハイエナ・ファンドに二千万ドルを払うようイギリスの裁判所に命じられた」と説明。貧民街やゴミを漁る人々、内戦で破壊された街、銃を持った男たちが車で走り去る内戦中の映像などが流れ、ソフト帽をかぶったパラストが融資契約書を振りかざし、「ハイエナ・ファンドはこうした契約をタダ同然で手に入れ、十倍、百倍の金を儲けている」と説明。場面が、雪が降りしきるマンハッタンに変わり、帽子にコート姿のパラストが、リベリアの債権を買ったことがある大手ヘッジファンド、グレイロック・キャピタルのオフィスを訪問。セーターにジーンズ姿のハンス・ヒュームズCEOが「十三、四年前に、合併手続き中だった米銀を訪問したら、箱一杯の古い途上国債務の証書を差し出され、これを買うかといわれた。当時リベリアは内戦の最中だったので、タダ同然で買うことができた。もちろん自分は他の債権者たちと一緒に債務削減に応じた。しかし、ハイエナ・ファンドは、何もしないですわり込み、『オーケー、俺たちが最後だ。俺たちは交渉を拒否する。誰かが俺たちの面倒をみないと、この国は何も始められない』という。連中のやっていることは、『ゆすり・たかり』だ」と話す。場面はニューヨークの大きな石造りの裁判所前に変わり、パラストが「リベリアはここで訴えられたが、当時、国連監視下で軍閥が支配する状態で、出廷もできずに自動的に敗訴し、千八百万ドルの支払いを命じられた」と説明。パラストはマイクを手に、リベリアを訴えたニューヨークのヘッジファンドの一つ、ＦＨインターナショナルのオフィスに突撃取材を試みるが、出てきた男性に取材を拒否される。雪の中、パラストは同ヘッジファンドのオーナー、エリック・ヘルマンの邸宅も直撃しようとするが、大きな柵に遮られ、果たせずに終わる。再びリベリアのシーンに戻り、内戦で家を壊された村の人々が泥煉瓦で家を造り直している様子が映し出され、二千万ドルあれば二十万戸の家を建てられると解説。最後はリベリアのエレン・ジョンソン・サーリーフ大統領がインタビューに答え、「わたしたちはイギリス議会の法案を歓迎する。米議会やヨーロッパ諸国もイギリスに倣《なら》ってほしい。死と破壊に彩られた二十年間のあと、この国はよみがえり、若者たちに未来を与えようとしている。ハイエナ・ファンドは良心を持ってほしい」と訴えて番組が終わる。

翌日――

朝九時三十五分から、ウェストミンスター宮殿内の庶民院（下院）で反ハイエナ法案の審議（2nd Reading）が始まった。

庶民院の本会議場は荘厳なゴシック様式だが、第二次大戦中にドイツの爆撃で焼けたあとに再建されたため、当時の厳しい財政事情を反映して装飾は少ない。天井からは古い六角柱形のランプが下がり、正面奥に大きな背凭《せもた》れの付いた木製の議長席がある。議長の前のテーブルにカツラをかぶった書記官たちがすわり、その先が与野党の答弁席である。与党労働党の議員たちは議長の右側の五段のベンチに着席し、彼らに対峙して野党・保守党と自由民主党の議員たちがすわっている。

「I am delighted to move the Second Reading of a Bill which, though small, is enormously significant for people living at the sharp end of some of the most acute poverty in the world.（わたしは、小さな法案ですが、世界で最も過酷な貧困の中にある人々にとってこの上ない重要性を持つ法案のセカンド・リーディング〈審議〉を提議することを喜びとするものです）」

与党側ベンチの三列目で立ち上がったサリー・キーブル議員が手にした原稿に視線を落としながらいった。共同提案者のアンドリュー・グウィン議員が病気で議会を長期欠席するため、この日、一人で野党・保守党の議員たちに立ち向かうことになった。

「この法案に関して、多くの金融機関に影響を与えるのではないかという憶測がなされてきましたが、そうした考えはまったく間違っております。法案によって最も厳しい影響を受けるのは、貧困国のソブリン・デット（国家債務）を流通市場で安く買い叩き、債務の全額と費用と手数料を裁判手続きによって回収しようとするハイエナ・ファンドであります。そして残念なことに、しばしば我が国の裁判所が彼らに利用されています」

灰色の毛織のスーツ姿で話すキーブル議員の頭上で、天井から蜘蛛の糸のようにぶら下がったマイクが声を拾っていた。沢木容子の所属するNGOのスタッフたちや、米国で同様の法案を提出した経験がある民主党の女性黒人下院議員、マクシーン・ウォーターズ（カリフォルニア州選出）などとも話し合って、十分に準備をしての提案だった。

キーブルは、最近のリベリアに対する判決にも言及し、法案は貧困国の債務削減のために使われた英国国民の血税を無駄にしないためにも重要であると強調し、十八分間の法案説明を終えた。

向かい側の野党側のベンチの最前列で、痩身の男性議員が立ち上がった。

「わたしは反ハイエナ法案を支持し、今ここでお話しできることを大いなる喜びとするものです」

白髪に眼鏡をかけた学者風の議員は、自由民主党のアンドリュー・ストゥネル議員（マンチェスターのヘーゼル・グローブ地区選出）であった。

「わたしは自由民主党も代表してお話ししております。我が党は、本法案を強力に支持することを表明します」

六十七歳の元建築士の議員は、ソフトな語り口で話す。ややくたびれたワイシャツにグレーの背広、グレーのネクタイで、首からIDカードをぶら下げていた。

「わたしは強力な動物愛護主義者ですが、国際金融市場のハイエナは我が党の愛護の対象に含まれておりません。我が国の裁判所が、そうしたハイエナ・ファンドに門戸を開放し、通り一遍の対応をしていることは、議会で働く我々にとって、心配ごとであり、苦痛であります」

ストゥネル議員は、法案が速やかに可決され、本件のドミノ効果で、米国をはじめとする他国でもハイエナ・ファンドに付け入られないよう、抜け穴が封じられることを願うと述べて、発言を締め括った。

「デーヴィッド・ゴーク」

議長が呼びかけ、野党側の最前列のベンチから、自信にあふれた面持ちの若い男性議員が立ち上がった。三十九歳の保守党議員、デーヴィッド・ゴーク（David Gauke）であった。オックスフォード大学卒で、金融専門の弁護士として大手法律事務所マクファーレインで働いたあと、ロンドン郊外のハートフォードシャー（州）南西地区選挙区から五年前に庶民院に当選した。

「法案のセカンド・リーディングの機会にこうして発言できることは喜びであります」

青いワイシャツに小さな水玉模様の紺色のネクタイを締め、ダークスーツ姿のゴーク議員は、答弁席のディスパッチ・ボックス（第二次大戦の爆撃で焼けた聖書が入っている、装飾が施された木の箱）の上に書類を置き、野党の党首ででもあるかのように堂々と話し始めた。

「効果的に法案を提出されたノーサンプトンシャー（州）北地区メンバーにお祝いを申し上げます。

途上国債務の問題は党を超えた関心事であるという同メンバーの主張は、まったく正しいものであります」

慣例に従って、サリー・キーブル議員を名前でなく選挙区名で呼んだ。

「我が保守党は、長年にわたって途上国の債務削減に関心を持ち、政策を実行してきました。一九八八年には、保守党政府が、途上国の債務の三分の一を削減する『トロント合意』に同意し……」

本音では法案に反対したいが、世論の風向きを考え、一応賛成の姿勢を示す。

キーブル議員は、与党側の艶やかな緑色の合成皮革張りのベンチにすわり、厳しい表情で腕組みをし、相手がどんな手に出てくるのか警戒しながら話を聴いている。

「本法案を推進することで与野党は一致していますが、もちろんそのことは、議会が法案をきめ細かく検討することを妨げるものではありません。先のトレジャリー（財務省）のコンサルテーションにおいても、検討を要する数多くの問題点が指摘されました」

ゴーク議員は反論に転じる。

「わたしが一つ懸念することは、本法案が契約上の権利に影響を与えることです。我が国は、契約上の権利を歴史的に重んじ、その法的安定性ゆえに、数多くの国際契約でイングランド法が準拠法に使われてきました。財産や権利の保護は欧州人権条約にも明記されています」

ゴーク議員が発言を終えると、自由民主党のストゥネル議員が発言を求め、ゴーク議員から数メートル離れたフロントベンチ（最前列のベンチ）で立ち上がり、ゴーク議員は着席する。

「正直で公平な契約を執行可能にするという我々の歴史的確約を維持することの重要性については、メンバー（ゴーク議員）のご発言通り、全議会が同意するものであります。しかしながら、今、本議会で議論されているのは、不公正で一方的な契約をどうするかということです。そういうケースについては、弱者を救済するために人権条約が発動されるものであります」

ストゥネル議員は、説教をする牧師のように腹の前で両手を組み、穏やかな口調でいった。

「今、メンバー（ストゥネル議員）がおっしゃったのは、本法案は契約上の権利に影響を与えはするが、それ以上に、已《や》むに已まれない理由があるということかと思います」

ゴーク議員が再び立ち上がっていった。

「わたしはそれを否定するものではなく、そうした已むに已まれぬ理由というものを子細に検討する必要があると申し上げているわけです。また、今、メンバー（ストゥネル議員）がご指摘の点は、わたしが二番目のポイントを申し上げるきっかけでもあります。すなわちこの法案は本当に発展途上国にとって利益になるのかということです。この法案は不安定な環境を作り出すのではないかという懸念があります。つまり、これ以外にもさらに法律や規制が作られて、HIPCS（重債務貧困国）やその他の発展途上国から債権を回収するのが難しくなり、そのために（投融資に課される）リスク・プレミアムが上昇し、結果として、発展途上国が借入れをするのがより難しくなるのではないか？」

リスク・プレミアムは、リスクに応じて貸し手や投資家が求める上乗せ金利などの対価のことである。

キーブル議員が発言を求め、ゴーク議員が「お譲りします」といって着席する。

「HIPCイニシャティブの下、総額で四十五億ポンド相当の民間債務が削減されました。それによって何かリスク・プレミアムへの影響があったでしょうか？」

ペンを持った右手の人差し指でゴーク議員を指していった。

ゴーク議員が立ち上がり、答弁席のディスパッチ・ボックスの上に片方の肘をつく。

「そういったケースについては承知しておりません。わたしが申し上げたのは、わたし自身の主張というより、コンサルテーション期間に寄せられたたくさんの回答にあったものです」

野党側のベンチの後方から発言を求める声が上がった。

立ち上がったのは、保守党のクリストファー・チョープ議員（ドーセットシャー・クライストチャーチ選挙区）だった。元法廷弁護士《バリスター》で二十年以上の議員歴を有し、金融や産業政策に明るく、同性婚制度には反対のばりばりの保守派である。

「メンバー（ゴーク議員）は、政府のコンサルテーションの際のAlternative Investment Management Association（ヘッジファンドの業界団体）の意見を見たのではないかと思いますが、その団体は、単なる理論家というより、実務家を代表しているというふうにメンバーは考えますか？」

ゴーク議員に対する助け船の質問であった。

「その通りです。コンサルテーション期間中に、数多くの実務家から懸念が表明されています」

ゴークは再びディスパッチ・ボックスに片方の肘をつき、後ろのチョープ議員のほうに身体を半分ねじるようにして話す。

「それから意見を寄せた一部の人々から、法案作成過程に、特に初期段階ですが、適切に関与できなかったという不満が表明されており、この点について政務次官に考えをお聞きしたいと思います」

「わたしたちは立法化に際し、すべての問題が適切かつ精緻に検討されなくてはならないという考えにまったく異論はありません」

ストゥネル議員が立ち上がっていった。

「わたしがメンバーにお訊きしたいのは、彼の党（保守党）は、本法案を支持するのかどうかということです。今回の審議は時間が限られています。議会としてはこの点について知る必要があります」

口調は相変わらず穏やかだが、少し苛立ちを滲ませた。

「わたしたちは法案が今日、委員会ステージに進むことを支持します」

ゴークがいった。セカンド・リーディングのあとは、法案はPublic Bill Committee（公的法案委員会）に送られ、法律の文言の技術的な議論に入る。

「しかし、発展途上国にも影響を与えるこのような大切な法案について、議会の正式な手続きを省略することなく、適切に検討することは重要であり、あと数週間しか会期が残っていないという理由で、そうした十分な検討がなされないとすれば、非常に残念なことになります」

ゴークは時間切れで審議未了にする可能性も匂わせた。

「メンバー（ゴーク議員）を急かすようで恐縮ですが、先ほど彼が、三、四ヶ月後には、議場の反対側にすわりたいと希望を述べていましたので、その場合でもこの法案を支持するかどうか、お訊きしたいと思います」

五月には総選挙がある予定で、もし保守党が与党に転じれば、議長から見て右側の与党席にすわる。

「ヘーゼル・グローブ選出のメンバー（ストゥネル議員）ご指摘の通り、わたしたちは三、四ヶ月後に、議場の反対側にすわりたいと思っています。西側の金持ちの金融機関が貧しいアフリカの国々を搾取すべきではないのはもちろんのことで、この問題に対処する適切な措置が取られることを我々は支持します」

ゴーク議員は、基本的に支持すると述べながら、適用範囲がＨＩＰＣＳの既存の債務だけで果たして十分な効果があるのかという別の疑問点も挙げた。

議論が始まって約一時間が経った午前十時三十一分、財務省の経済担当政務次官イアン・ピアソンが答弁席に立った。

「最初に、政府は本法案を全面的に支持することを表明します」

白髪まじりの頭髪をオールバックにしたピアソンは、青のスーツ姿で与党側の答弁席に立ち、丁寧に話し始めた。

ＨＩＰＣイニシャティブなど債務削減に関する政府のこれまでの取り組みや、新たに設立されるアフリカ諸国のために法律費用を負担するアフリカン・リーガル・サポート・ファシリティに五百万ポンド（約七億円）を無償援助すること、こうした債務削減や無償援助は国民の税金で行われているので、それをより効果的にする本法案は有意義であること、本法案によって現在英国の裁判所でハイエナ・ファンドによって訴えられているリベリア、エチオピア、シエラレオネ、コンゴ民主共和国などを救えることなどを話した。

「政務次官に先ほど保守党のメンバー（ゴーク議員）から挙げられた点について考えをお聞きしたいと思います」

野党側のバックベンチで、壮年の男性議員が立ち上がっていった。北アイルランドの親英派の民主統一党（DUP）の議員であった。

「本法案によって、契約上の権利、すなわち財産権が不当に侵害されるのではないかという見方があることは承知しております」

ピアソンはディスパッチ・ボックスの上で手元の書類を確認しながら答弁する。

「先ほど申し上げましたように、ハイエナ・ファンドを除くほとんどすべての民間債権者はすでにHIPCイニシャティブと同等の水準まで債務を減免しております。したがって、これら民間債権者が本法案によって影響を受けることは一切ありません。また既存の契約上の権利や財産権が已むに已まれぬ公共の利益のために制限を受けることには前例があります。例えば、わたし自身が責任者でありましたが、Banking Act (Special Provisions) 2008やBanking Act 2009などです」

The Banking Act (Special Provisions) 2008（二〇〇八年銀行〈特別規定〉法）は、破たんした金融機関ノーザン・ロックを公的資金で国有化する法律、The Banking Act 2009（二〇〇九年銀行法）は、その改正法である。

「Alternative Investment Management Associationは、本法案によって、イングランド法の名声が傷つき、投資家にとってシティ・オブ・ロンドン（金融街）の魅力が薄れると批判していますが、次官はこれも大した問題ではないと考えているのでしょうか？」

野党側のバックベンチで、保守党のチョープ議員が立ち上がり、非難するような口調で訊いた。

「わたしはそれが大した問題ではないと考えているわけではありません。しかしながらそうした指摘は、強調しすぎのように思います。なぜなら、先ほども申し上げたように、本法案が影響を及ぼす案件はごく少数であり、またイングランド法やシティの評価を下げるような内容は含まれていないからです」

ピアソンの背後のベンチで、キーブル議員がうなずきながら答弁を聴いていた。

「おそらく指摘した方々も、法案の狙いに異存はないはずです。彼らは、本法案以上に将来、規制が広げられるのを恐れているのではないでしょうか？　この点については、二〇〇四年の狩猟法の例でご説明できるかと思います」

The Hunting Act 2004（二〇〇四年狩猟法）は、犬を使ってキツネ、鹿、ウサギ等の動物を狩るのを禁止する法律だ。

「あの法律が制定されるとき、数多くの人々が、犬による狩猟が禁止されたら、今度は、銃による猟や釣りまで禁止されるのではないかと主張しました。しかし、そういうことは起きていません」

ピアソンは「起きていません」という部分を強調していった。

「今もって多くの批判がある自分自身による二〇〇九年銀行法を前例として引き合いに出すのは、彼（ピアソン）の説明の説得力を完全に失わせるものじゃないでしょうか」

チョープ議員はあざ笑うような顔で浴びせかけた。

二〇〇九年銀行法は、多額の公的資金を投じて破たんした金融機関を救済するもので、強い批判がある。

「わたしが銀行法を挙げたのは、契約上の権利が制限を受ける例外的な状況があることの一つの例としてです」

ピアソンは反論する。「このときは、金融システムの安定を保つためでした。しかしながら、基本的な姿勢は常に契約上の権利の擁護です。本法案は、契約書を破り捨てるものではありません。ＨＩＰＣＳがごく少数の非良心的な債権者に訴えられたとき、全債権者間の公平をはかるものです」

「政務次官は投資家の懸念に適切に答えていないと思われるので、わたしの心配と懸念をここで述べさせて頂こうと思う」

チョープ議員は真っ向からピアソン次官の回答を否定した。

「一つ例を挙げると、ザンビアのケースがあります」

仕立てのよい背広に青と白のチェックのワイシャツ、緋色の洒落《しゃれ》たネクタイを締めた六十二歳のチョープ議員は、元法廷弁護士らしい太くよく通る声で話す。

「ザンビアはルーマニアから農業機械を買ったが、代金を支払えなくなったため、債権を譲り受けた者から支払いを請求された。もしザンビアが債務を免除されて何も払わずに済むなら、これは常識に反し、ザンビアに農業機械の売り込みの行列ができるでしょう。これがこの法案の問題なんです」

元法廷弁護士らしく、手にメモなどを持たずに一気にまくし立てた。

「それから、この法案が遡及的な効力を持つ点にも非常に懸念を覚えます。イギリスの裁判所で判決をとり、それを債務者に対して執行しようとすると、議会から制限をかけられるわけです。欧州人権条約に反するこうしたことが許されるのは、非常に極端な場合のみのはずですが、政府はどういうケースがそういう非常に極端な場合に当たるのか明らかにしていません」

金髪で眼鏡をかけ、裕福そうな身なりのチョープ議員は身体の内側から言葉が湧き出てくるかのようだ。

「提案された法案の文言を子細に点検すると、本法案は非常に多岐にわたる適用の仕方ができる。政府は、最も広範囲な解釈を選択しており、従ってわたしの見方では、最も抑圧的な法案である。潜在的にイギリスの裁判制度に対して敵意があるといえ、将来、国際契約がイングランド法やイングランドの裁判管轄以外で結ばれるようになる懸念がある。それは我が国の司法制度を傷つけることになる」

太くよく通る声で止《とど》まることなく喋り続ける。

「以上の通り、わたしは人権の観点と、予期せぬ適用のされ方をされる恐れがあるという二点から、本法案に懸念を持つものです。過去数年間、（労働党の）政府が未曽有の向こう見ずなやり方で財政運営をしたために、我が国はトリプルAの格付けを失う瀬戸際にあります。ここでまた、商業取引にもとづく債務を払わないのが当たり前であると我々はいわなくてはならないのでしょうか？」

キーブル議員はチョープ議員を睨みつけるような表情で、反論のためのメモを取りながら、耳を傾けている。

「重債務国は、ほとんどの場合、指導者が腐敗しているから重債務国になったのです。我々は貧しい国民を見るべきではなく、リベリアその他の国々の指導者に注目すべきなのです。彼らはスイスの銀行口座に莫大な資産を隠し持っています。この法案を通すことは、そうした国々の債務を免除し、腐敗を許すことになるのです」

チョープ議員は一呼吸置いて、議場を見回す。

「仮に本法案が委員会ステージに行くとしても、『これはいい考えだから、すぐにやりましょう』

といった安易な態度ではなく、以上述べた諸点をさらに厳しく検討すべきであると考えます」

数日後――

朝の出勤時間、ロンドンの金融街シティの中心・地下鉄バンク（Bank）駅から西南西の方角に延びるクイーン・ヴィクトリア通り百六十番地に建つ、米系法律事務所デカート（Dechert LLP）のオフィス前の路上に、「Dechert: Don't Feed the Hayenas（デカート、ハイエナに餌をやるな）」と書かれた大きな横断幕が掲げられ、沢木が所属するNGOの男女のスタッフたちが、道行く人々にケーキを配っていた。

「さあ、皆さんどうぞ！　チャリティのケーキ販売です。貧しい発展途上国からむしり取らなくてはならないほどお金に困っている、デカート法律事務所のために、寄付をお願いしまーす」

男のスタッフたちは背広にエプロン姿、女性スタッフたちは料理人がやるように頭にスカーフを巻いて前でリボンを作って縛っていた。

「デカートは、アフリカのリベリアから二千万ドルを取ろうとしているアメリカのハイエナ・ファンドの代理人をやっていまーす。かわいそうなデカートのためにケーキを買って、寄付をお願いしまーす」

ケーキを配るスタッフのほかに、おどろおどろしいハイエナやハゲタカの面を着けたスタッフたちが、ケーキを並べたテーブルの周りをうろつき、ケーキを食べたり、羽をばたつかせたりしていた。女性スタッフの一人は、「フィナンシャル・タイムズ」で円錐《えんすい》を作り、ケーキにクリームを絞る真似をする。

「さあ、どうぞ。プロフィティーロール（profiteerole）はいかがですかぁ？」

スタッフが差し出した盆の上には、チョコレートがかかったイタリアの小粒のシュークリーム「プロフィテロール（profiterole）」が載っていたが、それをパロった「プロフィティーロール（profiteerole＝暴利をむさぼる者の菓子）」という小さな名札が付いていた。

新聞記者が写真を撮り、道行く人々は興味深げに眺めたり、スタッフに話を聞いたりする。

「あんたがた、何やってるの？」

制帽に防弾チョッキ姿の警官がやって来て、微笑を浮かべて訊いた。

「デカートから警察に連絡があったんで、来たんだけどね」

「今、議会で法案が審議されている反ハイエナ法案のキャンペーンです。デカートはハイエナ・ファンドの代理人をやったり、反ハイエナ法案に反対したりしていますから」

男性スタッフの一人がにこやかに答え、通行人に配っていた法案支援のビラを差し出す。

サリー・キーブル議員らが提出した反ハイエナ法案は、二時間にわたる庶民院の審議で保守党のチョープ議員から大反論を浴びせられたが、キーブル議員や自由民主党のストゥネル議員らが反論し、辛くもセカンド・リーディングを通過した。次は、三月九日のPublic Bill Committee（公的法案委員会）で、法律の文言に関する技術的な審議が行われる。

「ふーん、なるほど。まあ、悪いことやってるわけじゃないんだね」

「もちろんですよ！　署名もずいぶん集まってますよ」

テーブルの上には、署名簿が置かれ、時々通行人が住所と名前を書き込んでいた。

「でもこの歩道の一部は、このビルのオーナーの私有地なんだよね。テーブルを五〇センチほど前に動かしてくれるかな」

ビルは「タイムズ・スクエア」という名前で、英国のREIT《リート》（不動産投資信託）ランド・セキュリティーズが所有している。

「ああ、そうなんですか。……おい、みんな、ちょっと手伝って！」

NGOのスタッフたちは、数人がかりでテーブルを持ち上げ、車道側に五〇センチほど移動した。それでも歩道には十分な幅がある。

「どう、これ食べない？」

ビルのロビーにいるアソシエイト（見習い弁護士）と思しい若い男性に、NGOの男性がガラスごしにケーキを載せた盆を見せる。

ビルは、薄緑色のガラスを多用した真新しい七階建てで、地上階（日本でいう一階）にあるロビーはガラス張りになっている。デカートの事務所には、弁護士と法律専門職だけで百五十人がおり、ロンドンで最大の外国系法律事務所だ。

「へ〜　おっ、おっ、俺たちゃ、ハイエナだー。かっ、かっ、借りた金はぁ、全部返せー」

NGOのスタッフたちが横一列に勢ぞろいし、楽譜を見ながら「ハイエナの歌」を歌い、ハイエナやハゲタカの面を着けたスタッフたちが両手をばたつかせ、恐ろしげな踊りをする。

「ちょっと、あなたがた、止《や》めてくれませんか！」

ビルの中から、薄紫色のシャツを着て、黒のパンツをはいた金髪の女性が走り出て来た。デカートで事務をやっている女性のようだ。

「デカートは法律に則《のっと》ってクライアントの代理人を務めているだけでしょ？　誰でも法廷で代理人

を付ける権利があることは、法律で保障されてるじゃないの！」

「法律に反しなければ、何をやってもいいんだというふうに、わたしたちは考えません」

頭にスカーフを巻いて、歌を歌っていたＮＧＯの女性スタッフの一人が静かに反論した。

「あなたたちねえ、抗議したいんなら、デカートの広報部なり法務部なりに、メールなり、手紙なりを送ればいいことでしょ。こんな相手を辱《はずかし》めるような真似をするなんて、卑怯だわ！」

金髪を後頭部で縛った太めの白人女性は、ますます激高した。

「デカートはこないだグローバル・エシックス（倫理）・サミットのスポンサーを務めましたよね？」

ＮＧＯの女性は微《かす》かに冷笑を浮かべていった。

「2010 Global Ethics Summit-A New Standard for Business Behavior: Effective Strategies for Global Corporate Compliance」は、去る二月二十三、二十四日の両日、ニューヨークのグランド・ハイアット・ホテルで開催された、企業の倫理観を高めるためのイベントである。

「You cannot claim on the one hand to be socially responsible and, on the other hand, to be assisting hyena funds, profiting from the misery and poverty of those living in the poorest countries on erath.（あなたがたは、社会的責任を果たしているといいながら、他方で、ハイエナ・ファンドに手を貸し、世界で最も貧しい国々の人々に惨めで貧しい思いをさせて、利益を手にしているじゃないですか）」

間もなく、デカートの広報担当の男性がビルから出て来た。

しかし、議論しても平行線だと悟っている様子で、「一つもらいましょうか」といって、ケーキをつまんだだけだった。新聞記者からコメントを求められると、口の周りのケーキくずをハンカチでぬぐいながら淡々と「ノーコメント」と答えた。

6

一ヶ月あまり後（四月八日）――

夜十時少し前、沢木容子は、江東区のURのアパートの六畳ほどのダイニング・キッチンのテーブルで、お茶を飲みながら、ノートパソコンの画面を見つめていた。

九階にある部屋は東向きで、日中はベランダから江東区立第四大島小学校や江東病院の茶色のビルを見下ろすことができるが、今は夜の帳《とばり》に包まれている。彼方に屏風のように建つ十四階建てのイーストパークス大島というマンションには家々の窓に明りが点っている。

開いていた動画サイトは、英国議会の同時中継サイト（www.parliamentlive.tv）だった。

「……I well remember the role played by the churches and aid agencies such as Christian Aid in the original HIPCS campaigns.（わたしは、当初の重債務国支援キャンペーンで教会やクリスチャン・エイドなどの慈善団体が果たした役割を非常によく憶えております）」

天井が高く、東西の壁の豪奢なステンドグラスから光が降り注ぐ室内に、赤い革張りの長椅子が五段に並び、背広姿の議員たちが発言をするサンドイッチ伯爵（無所属）の声に耳を傾けていた。

英国の貴族院（上院）で、反ハイエナ法案が審議されているところだった。

これに先立って、三月九日に行われた庶民院の Public Bill Committee（公的法案委員会）では、セカンド・リーディングで法案を激しく批判したチョープ議員が委員長を務め、保守党のゴーク議員が、法律の適用範囲を限定しようと条文の一部修正を主張した。しかし、サリー・キーブル議員が、法案が適用になるのは二〇〇四年に四十五ヶ国に限定されたＨＩＰＣＳの既存の債務だけで、それ以外に適用の可能性があるのは、国が混乱していて二〇〇四年のデータがなかったアフガニスタンとジンバブエ、および将来独立し、かつ二〇〇四年のデータが明らかになるかもしれない南スーダンの三ヶ国だけであり、もし将来ＨＩＰＣＳイニシャティブに何らかの変更が加えられても、本法案の適用対象は変わらないと説明し、納得させた。

その後、法案は、前日の四月七日に庶民院の Report Stage（委員会報告の審議）、3rd Reading（最終審議）、貴族院の 1st Reading（法案提出）を通過し、この日、2nd Reading（審議）に入った。

「……ボランティア団体がシティの法律事務所に対して路上で抗議活動を行い、それからわずか一ヶ月あまりのうちに、実質的にハイエナ・ファンドを消滅させる法案の成立によって報われるというのは非常にまれなことであり、また、private member's bill（議員提出法案）が、wash-up（法案一掃期間）の審議を生き残ることも実にまれなことであります」

髪の毛がかなり後退したサンドイッチ伯爵は、ネズミ色の背広姿の気難しそうな老人である。食べ物のサンドイッチの名前の由来となった第四代伯爵の子孫で、第十一代目に当たる。

「わたしたちは、法案をつぶそうとしていると労働党から非難された保守党が、いかにして心を入れ替えたのか、これから聞くことになろうかと思います」

その後、ＧＤＰの〇・七パーセントの拠出を約束している開発援助の質に早急に注意を払う必要があるといって、話を締め括った。

続いて、ウェールズ自由民主党に所属するロバーツ男爵（Baron Roberts of Llandudno）が、四十数ヶ国の人々の悲惨な状況を軽減する本法案を歓迎するという二分間の短い発言をした。

野党側答弁席に、薄紫色のシャツに紺色のスーツ姿の女性が歩み寄り、ディスパッチ・ボックスの上にスピーチ原稿を置いた。保守党に所属するシェイラ・ノークス男爵（女性）で、財務問題に関する野党側のスポークスマンである。ブリストル大学卒の公認会計士で、イングランド&ウェールズの公認会計士協会会長を務めたこともある「英国で最も著名な公認会計士」である。

「我々はこの法案には反対しません。重債務貧困国が、現実的にいって耐えることができない債務の減免を確実に受けられるようにするという法案の目的は大いに支持します」

ふくよかな顔に微笑を浮かべて話し始めたが、眼鏡の視線は鋭い。

（この人、昔の女学校の校長みたいな雰囲気ねぇ……）

パソコンのスクリーンを見つめながら、沢木は緑茶をすする。

「しかしながら、法案が貴族院で十分な検討をする時間がないことには懸念を覚えます。本法案が成立し、他国でも類似の法律が成立した場合、重債務貧困国に対する民間からの投融資が減り、リスク・プレミアムが上昇する可能性があります。また、法案が欧州人権条約に違反している可能性もあり、今日ここで十分に議論できないため、将来、司法の場で判断されることになるかもしれません」

この日の夕方には、新たに成立する二十の法律を勅裁《ちょくさい》（承認）するエリザベス女王の演説が読み上げられる予定で、すでに原稿も準備されており、よほどのことがない限り、反ハイエナ法案は貴族院を通過する見込みだ。

「そもそも重債務と貧困の原因は、欲望と腐敗と下手なマネジメントです。本法案のメリットを受ける国々は、トランスペアレンシー・インターナショナルの『腐敗認識指数』で最悪の国々です」

トランスペアレンシー・インターナショナルは、汚職問題に取り組む国際ＮＧＯ（本部・ベルリン）で、毎年、国ごとの「腐敗認識指数」を発表している。

ノークス男爵は、八分間にわたり、厳しい口調で法案の問題点を指摘したが、最後は「We support the bill.（我々は法案を支持します）」と締め括った。

その後、財務省の金融サービス担当政務次官（Financial Services Secretary）を務めるポール・マイナーズ男爵が法案の説明をして支持を訴え、貴族院での法案提案者である労働党のジョイス・クイン男爵（女性）が発言をして、法案は貴族院のセカンド・リーディングを通過した。委員会ステージとサード・リーディングは省略され、夕方、女王の勅裁を受けることになった。

（それにしても、イギリスにはまだこんなに貴族がいるのねえ）

インターネットの中継を見ながら、沢木は呆れる思いがする。だいたい皆、スーツ姿で、クイン男爵はスーパーに買い物にでも行くような青と水色の横縞のシャツに青のジャケットを着ているが、庶民院の議員に比べると裕福そうで、威厳もある。

英国時間の午後五時半過ぎ、すべての審議が終わり、女王の勅裁を受ける二十の法案名が、カツラに黒いガウン姿の書記官によって一つ一つ読み上げられる。そのたびに、そばに立った別の書記官がくるりと議場のほうを振り返り、「ラ・レイン・レ・ヴォルト（La Reyne le veult＝女王陛下はそれをお望みになります）」とノルマン語で答え、お辞儀をする。一四八八年以前に議会と裁判がノルマン語で行われていたことにちなむ古風な儀式である。

反ハイエナ法案〈Debt Relief〈Developing Countries〉Act〉は、持続可能なコミュニティに関する二〇〇七年法の改正案に続いて十一番目に読み上げられた。議場後方の傍聴席には、庶民院の議員たちが詰めかけていた。

（エリザベス女王が出てくるのかしら？）

沢木は少し期待しながら食卓のノートパソコンのスクリーンを見つめる。

白く毛足の長い襟がついた朱色と金色のガウンに黒い帽子という貴族の正装で議場正面奥の王座の前の羊毛入りの赤いソファーに着席していた五人の議員の真ん中にすわった貴族院における労働党のリーダーで、ランカスター王族領大臣（Chancellor of the Duchy of Lancaster）のジャネット・ロイヤル男爵（女性、労働党）がエリザベス女王のスピーチを読み上げ始めた。

「My Lords and Members of the House of Commons, my government's overriding priority has been to restore growth to deliver a fair and prosperous economy for families and businesses, as the British economy recovers from the global economic downturn.（貴族院と庶民院のメンバーの皆さん、我が政府の喫緊の最優先課題は、英国経済が世界的景気後退から回復する中、公正で繁栄する経済を家族やビジネスに対してもたらすべく、経済を再強化することでした）」

つばの左右が跳ね上がった黒いフェルト帽に貴族の正装をまとった五十四歳のロイヤル男爵は、クイーンズ・イングリッシュで女王の演説を読み上げていく。

「我が政府はまた、主要な公的サービスを強化し、個々人がよいサービスを受けられるように努め、民主的な制度に対する信頼を確立するよう努めました」

言葉に聞き入る議員たちの神妙な表情がスクリーンに映し出される。

女王の演説は、前年十二月にコペンハーゲンで開催された地球温暖化会議（COP15）等におけるEUや世界各国との協調、英連邦六十周年の節目に当たる英連邦首脳会議への出席、南アフリカのジェイコブ・ズマ大統領の英国公式訪問、ハイチとチリの地震被害、金融セクター再建、財政再建などに触れた。その後、今国会で成立した法案一つ一つについて意義を述べたが、反ハイエナ法案は最後に滑り込んだせいか、言及はなかった。

約五分間の演説は、「貴族院と庶民院のメンバーの皆さん、あなたがたの知恵に全能の神の祝福がありますように」という言葉で締め括られた。

演説を読み上げたロイヤル男爵が、女王の名前と命により、四月二十日をもって議会を解散すると宣言した。

傍聴席に詰めかけた庶民院の議員たちが潮が退くように退場していく様子をパソコンのスクリーンで見ながら、沢木は深い感慨を覚えた。二十年近くにわたった途上国債務削減運動に、ようやく満足のいく区切りがついた。すでに七十七歳という高齢なので、今後は第一線の活動から身を引き、著述活動に専念するつもりだった。

ノートパソコンの電源を切ると、隣の部屋の仏壇の亡き夫の位牌に報告するため、立ち上がった。

日本の時刻は、すでに真夜中の一時四十一分だった。

第十章　ギリシャの窮地

1

七ヶ月後（二〇一〇年十一月）――

反ハイエナ法案の成立後、債務返済交渉を続けていたリベリア政府と、ＦＨインターナショナルなどの米系ハイエナ・ファンドやその他の債権者との合意が成立した。元利合計で四千三百万ドルの債権に対し、ＨＩＰＣイニシャティブと同じ約九十六・七パーセントの削減率を適用し、百四十万ドルを支払うという内容だった。控訴されると勝ち目がないので、ハイエナ・ファンド側は、これまでかかった多額の法律費用も回収できない金額で合意するしかなかった。

同級生のサイモンから元利合計で二千万ドルのリベリア向け債権を百四十万ドル（七パーセント）という高値で買ったシーハンが手にすることができたのは、わずか六十五万ドルだった。取引に投じた自己資金は七十万ドルだったので、それにも足りず、サイモンの投資銀行から借りた七十万ドルと合わせ、七十五万ドルの損失を被《こうむ》った。シーハンは半狂乱になってサイモンに抗議したが、「契約は契約。文句があるなら訴えろ」と冷笑を浴びせられただけだった。

同じ頃――

サミュエル・ジェイコブスは、コネチカット州グリニッジの自宅書斎で、ロンドン事務所のマーヴィンと電話で話していた。

「……これで、リベリア向け債権は紙くずだな」

受話器を耳に当て、目の前のパソコンに映し出されたリベリアとハイエナ・ファンド他の債権者の合意成立のニュース記事を見ながら、ジェイコブスがいった。

「手を出さなくてよかったですね」

ロンドンにいるマーヴィンがいった。

リベリアは小国で、債務の額が小さく、FHインターナショナルなどのヘッジファンドがいち早く手に入れたため、ジェイコブス・アソシエイツは関わっていなかった。

「ただ、うちの事務所のパトリック・シーハンが個人で投資していたようです」

「個人で？　いったいどういうことなんだ？」

ジェイコブスは軽い驚きを覚える。

「躁状態のときに、在庫の処分を目論んでいた大学の同級生のインベストメント・バンカーに勧められて、全財産をはたいて買ったようです」

「それじゃ、破産だな。……どうするんだ？」

「解雇するしかないと思います。もう使い物になりません」

シーハンの雇用はコンサルタント契約で、ジェイコブス側はいつでも解除できる。

「まあ、用済みということだな」

ジェイコブスが冷徹な口調でいった。

「しかし例の反ハイエナ法案成立で、イギリスの裁判所は使えなくなりましたね。投資戦略を転換しないと……」

マーヴィンが悩ましげにいった。

「心配するな、マーヴィン。あの法律は、あくまでＨＩＰＣＳ四十五ヶ国と、その候補三ヶ国の四十八ヶ国を護《まも》ろうとするものじゃないか」

「ええ……まあ、そうですね」

「だから、それ以外を狙えばいいんだ」

「それ以外を？」

「そうだ。ＨＩＰＣＳ以外を狙えばいいんだ。むしろ獲物は大きいぞ、ふふっ」

それから間もなく――
庭師の仕事を終えたエレンは、ロンドン北部にある自宅に戻るため、紺色のジャンパー姿で、小型ワゴン車を運転していた。後部の荷物スペースには、塵除《ちりよ》けのゴーグル付きヘルメット、騒音除けのヘッドセット、電動芝刈り機、チェーンソー、枯葉吸引器、大小のスコップ、庭木鋏《ばさみ》、折り畳み式梯子など、作業道具が積まれていた。

時刻は午後四時少し前だったが、晩秋のロンドンは、早くも薄暗くなってきていた。

イングランドを南東から北西に貫く片側二車線のA5という道路を北上してきた車は、最寄りの地下鉄駅の前から延びているステーション・ロードとの交差点に差しかかった。四つの角には、古いパブ、ブックメーカー（賭け屋）「CORAL」の店舗、インド人経営の八百屋、ドミノ・ピザの店が建っている。ここから二〇〇メートルほど行って左折し、白い門柱が左右に建つゲートを入ると、エレンとシーハンの家がある高級住宅地である。

（あっ、あれは……パット？）

車が、ケルト十字架を頂いた第一次大戦の戦没者慰霊塔の脇を通過し、住宅地の五〇メートルほど手前まで来たとき、白い門柱の間から、毛糸の帽子をかぶり、ジャンパー姿の男が、よろめくような足取りで姿を現した。

（買い物……？）

シーハンは、買い物用のビニール・バッグを手に提げていた。しかし、表情はうつろで、ろくに前を見ていない。目の前のA5は数多くの車が行き交っている。

エレンは、危険なものを感じた。

ジェイコブス・アソシエイツを解雇されて以来、シーハンは一段とふさぎ込み、完全なうつ状態になっていた。時おり「金が要る……。家を売らないと……」と呟くだけだった。エレンが「どうしてお金がいるの？」と訊いても、両目に涙を浮かべ、首を横に振るだけだった。

（車を停めなきゃ……）

必死で辺りを見回したが、道路脇には路上駐車が多く、スペースが見つからない。

慌てて、住宅地のすぐ手前にある三階建てのマンションに通じる細い道に車を乗り入れ、急ブレーキをかけて停車し、ドアを開け、飛び降りるように外に出た。

「パットーッ！　パットーッ！」

金髪を振り乱し、走りながら呼んだが、シーハンは反応しない。

ふらつくような足取りで、車が行き交う車道のほうに歩いて行く。

「パットーッ！　駄目ーっ！　ストーップ！」

エレンは叫びながら、作業用のゴム製ウェリントンブーツで駆ける。

そのとき、車道を猛スピードで走る大型トラックがエレンを追い抜いた。

毛糸の帽子のシーハンは、吸い寄せられるように車道に近づいて行く。

「パットーッ！」

エレンは絶叫しながら、シーハンめがけて走った。

目の前で、シーハンが大型トラックに吸い寄せられるのがスローモーションのように見えた。

周囲で悲鳴が上がった。

2

翌年（二〇一一年）六月二十四日――

ニューヨーク州の州都オールバニはすっかり陽が落ちていたが、ハドソン川に近い市街地の南東寄りにある州議会議事堂の周囲には、大勢の人々が集まっていた。

パリの市庁舎を模して一八九九年に建てられた議事堂は、赤茶色の屋根を持つ五階建ての灰色の石造りのビルで、一番高いところは地上六七メートル。建物の前と裏手は、イースト・キャピトル・パークとウェスト・キャピトル・パークという緑の多い公園になっている。

公園の街路灯の光の中で「NEW YORK LOVES GAY MARRIAGE」という大きな横断幕が数十人の人々によって掲げられ、「EQUALITY FOR ALL FAMILIES（すべての家族に平等を）」「MARRIAGE NOW!」といったプラカードを掲げた人々が集まっていた。

議事堂内で、上院による同性婚法案（Marriage Equality Act）の審議が行われているところだった。九日前の六月十五日に、ニューヨーク州下院が賛成八十票対反対六十三票で、同性婚法案を可決して以来、法案の推進者であるアンドリュー・クオモ知事（民主党）と州議会上院で多数を握る共和党との間で激しい交渉が繰り広げられてきた。ニューヨーク州下院は、二〇〇七年と二〇〇九年の二度にわたり、同性婚法案を可決したが、上院の否決に遭って成立しなかった。

議事堂周囲に詰めかけた数百人の人々は主に法案支持者たちだったが、反対派の人々もいて、「If you vote yes, we will vote you out!（もし賛成票を投じたら、選挙で落選させる！）」というプラカードを振り回して、気勢を上げていた。

カジュアルな長袖シャツにチノパン姿のサミュエル・ジェイコブスは、息子のロバートらとともに、支持者グループの中で談笑していた。

午後十時過ぎ、煌々と明りが点っている議事堂の中から、歓声が潮騒のように聞こえてきた。

「決まったのか⁉」

ジェイコブスは丸いフレームの銀縁眼鏡の両目を見開き、思わずそばにいた人々に訊いた。

次の瞬間、「ウオーッ！」「ブラヴォー！」という歓喜と拍手が沸き起こり、賛成派の人々が抱き合ったり、天に拳を突き上げたりした。

「決まりました！　三十三対二十九です！」

怒濤のような大歓声の中で、携帯電話で連絡を受けた男が、ジェイコブスに告げた。

「そうか、三十三対二十九か！」

ジェイコブスは、上気した顔で両手の拳を握りしめた。

「ロバート、やったな！」

ジェイコブスは息子とがっちり握手をした。

過去十年間近く、ジェイコブスはロバートを地元ニューヨークでパートナーと結婚させるため、同性婚法案推進に邁進《まいしん》して来た。それがようやく大きな花を咲かせた。

「ミスター・ジェイコブス、お力添え、本当に有難うございました」

「本当に、あなたのおかげでようやくニューヨーク州でも同性婚が認められました」

ジェイコブスのそばに、同性婚運動家たちがやって来て、握手を求めた。

ジェイコブスは、党の方針として同性婚に反対の共和党議員の中で、見込みのありそうな四人に働きかけた。賛成票を投じたら、次の選挙で落選させられるかもしれないと恐れる四人に対し、知り合いの裕福な実業家数人とともに百万ドル以上の選挙資金を寄付すると約束して、後押しした。

四人のうちの一人、ロイ・マクドナルド議員（第四十三選挙区選出）は「Fuck it, I don't care what you think. I'm trying to do the right thing.（クソったれ、あんたがたがどう思おうと、俺は気にしない。俺は正しいことをやるんだ）」と支持に踏み切った。ジェイコブスの働きかけがなかったら、賛成二十九票、反対三十三票で、法案は三たび流れるところだった。

「有難う。きみたちのおかげだ。よく頑張ってくれた」

ジェイコブスは運動家たちとがっちり握手を交わした。

これでニューヨーク州は、コネチカット、アイオワ、マサチューセッツ、ニューハンプシャー、バーモントに続いて、同性婚を認める六番目の州になったが、千九百万人という巨大な人口を有し、文化の中心である同州が持つ影響は計り知れない。

ジェイコブスらのすぐそばで、赤いバラを手にした若い女性のカップルが抱き合って口づけし、男性がＬＧＢＴの尊厳を象徴する六色のレインボー・フラッグを掲げ、人々が抱き合ったり、肩を叩き合ったり、踊ったりしていた。

一方、カトリック信者と思しい反対派の人々は、地面にひざまずき、神に赦《ゆる》しを乞うかのように祈りを捧げ始めた。

ジェイコブスのズボンのポケットのブラックベリーが振動した。

紺色のスクリーンに白い文字でロンドンのマーヴィンからの電話だと表示されていた。

「ちょっと失礼する」

ジェイコブスは人ごみから離れ、公園の樹の下に行った。

「ダッド、コングラチュレーションズ！（お父さん、おめでとう！）」

マーヴィンの落ち着いた声が流れてきた。時差が五時間あるロンドンは明け方である。

「うむ。これで最大の山場は越えた。ほかの州も続くだろう。……ギリシャの件か？」

ジェイコブスは葉陰の先に見える星空を見上げながらいった。

「そうです。買い付けの現状をご報告しておこうと思いまして」

ジェイコブス・アソシエイツは、経済危機に陥ったギリシャの国債を買い集めていた。

二〇〇一年に通貨ユーロを導入したギリシャは、ユーロ圏の加盟国であるという信用力に依存して借入れを急拡大させた。しかし、一昨年（二〇〇九年）十月に政権交代が起きたのをきっかけに、財政赤字の虚偽申告が発覚し、国債は一挙に格下げされ、経済危機に陥った。二〇一〇年五月には、ユーロ圏とＩＭＦが総額千百億ユーロに上る支援を行うと発表したが、その半分が同年の国債償還に消えた。ギリシャは依然として三千億ユーロを優に超える巨額の政府債務を抱え、毎年三百億ユーロ以上の国債を償還しなくてはならないため、追加の支援がないと立ち行かない。

「どれくらい買えたんだ？」

「今日の時点で一億四千三百万ユーロです」

ギリシャは民間債務の削減も必至と見られており、国債を保有する金融機関や投資家が処分を始めていた。過去の例からいって七割程度の削減率になると予想されているため、流通市場での国債の価格は額面一ユーロに対して三〇ユーロセントまで下がっている。

「そうか。まあ、順調だな。プライスは？」

「四十五、六ユーロセントです」

額面一ユーロに対して四十五、六ユーロセントで買っているということだ。

ジェイコブスが買い集めているのは、英国法か米国法が準拠法になっている債券なので、プレミアムが付いている。ギリシャ法を準拠法にしているものもあるが、国内法の改正で債権の削減などをやられる可能性があるため、そういうものは買わない。外国法が準拠法になっているギリシャ国債は全部で三十六銘柄あり、ハイエナ・ファンドがそれらに群がっていた。

「少しプレミアムが上がってきたな。競争相手が出てきたのか？」

「ダートやアウレリアスです。積極的に買いを入れているようです」

ダート・マネジメント（Dart Management）は、ミシガン州にある発泡スチロールやプラスチック容器製造会社のオーナー家に生まれたケネス・ダートが創業したヘッジファンドだ。ケネスは米国籍を放棄し、ケイマン諸島やアイルランドの国籍を取得して、ロンドンに住んでいる。一方、アウレリアス・キャピタル・マネジメント（Aurelius Capital Management）は、ジェイコブス・アソシエイツの幹部だった男が創ったヘッジファンドだ。

両ファンドとも、ジェイコブス同様、アルゼンチン債を保有し、ホールドアウト（交渉拒否）している。ギリシャもアルゼンチンもＨＩＰＣＳではないので、英国の反ハイエナ法案の影響も受けず、ＨＩＰＣＳに比べると経済規模は格段に大きく、多額の取引をすることができる。

「なるほど、分かった。とにかく買えるだけ買え」

「分かりました」

「ギリシャは我々に訴えられてデフォルト宣告を受けるわけにはいかない状況だ」

デフォルトが認定されれば、ＩＭＦやユーロ圏諸国から資金支援を受けられなくなる可能性がある。特にＩＭＦは、自らデフォルトを選択する国には融資しないという明確なガイドラインを持っている。同国の債務は巨額であり、ホールドアウトの投資家がいたとしても精々全体の二パーセントくらいに過ぎない見込みで、金を払って厄介払いをする可能性は高い。

「十年戦争のアルゼンチンと違って、今回は短期決戦だ。買って、買って、買いまくるんだ」

翌年（二〇一二年）三月九日――

二千六十億ユーロのギリシャ債券を保有する民間債権者のうち、約八三パーセントに相当する千七百二十億ユーロ分の保有者が、大幅な債務減免に同意した。三月二十日に百四十五億ユーロという多額の国債償還を控えたギリシャを救済するための苦渋の選択だった。債券の額面を五三・五パーセント削減し、残りを市場実勢よりギリシャにとって有利な条件で最長三十年の国債に切り替えるというもので、実質的損失は七五パーセントに達するものだった。

これにより、EU、IMF、ECB（欧州中央銀行）の「トロイカ」による第二次ギリシャ金融支援実行の条件が整った。二〇一四年までに千三百億ユーロを追加支援する予定で、ギリシャは二〇一一年時点でGDPの約一六〇パーセントに相当していた政府債務を二〇二〇年までに一二〇・五パーセントになるよう財政改革を進めることになった。

これに約二週間先立つ二月二十三日に、ギリシャ国会は過去に発行したギリシャ法を準拠法とする国債の条件に、コレクティブ・アクション条項（略称CAC＝集団行動条項）を入れる法案を可決・成立させた。そして四月に同条項を発動し、債務再編に応じていなかったギリシャ法準拠の国債の保有者の債権額を強制的にカットした。

一方、外国法準拠の国債を人質に取ったジェイコブス、ダート、アウレリアスなどの米系ハイエナ・ファンドは、債券の全額償還を求めて、ギリシャ政府と交渉を開始した。交渉が不調に終われば、ギリシャ政府を訴える構えで、そうなると第二次金融支援実行に支障が出ることになる。外国法準拠のため、国内法の改正で強制的に減免を受け入れさせることもできず、ギリシャのパパデモス首相の経済顧問を務めるギカス・ハルドウヴェリス（ピレウス大学教授）は「They caught us at the weakest possible time.（彼らは我々が最も立場の弱い時に襲いかかった）」と悔しがった。

五月十五日（火曜日）——

マンハッタンは初夏らしい気温で、上空を覆った灰色の薄い雲が西北西の風に流されていた。

朝、パンゲア&カンパニーの北川靖は、ミッドタウンの高層ビルにあるオフィスのデスクで、近くの韓国人経営の食料品店で買ったコーヒーを飲みながら、パソコンの画面を見ていた。

（今日はそれほど大きなニュースはないか……）

前年三月に福島原発事故を起こした東京電力の会長に元ＪＦＥホールディングス社長の數土《すど》文夫氏が内定しているとか、フランスの大統領にフランソワ・オランド氏（社会党）が就任し、ファーストレディーは事実婚の政治記者であるといったニュースが出ていた。金融危機のギリシャでは、主要政党による連立協議が決裂し、欧州の株式や債券相場が急落していた。

ニュース記事を読む北川の表情は屈託がなかった。

パンアフリカ銀行は四年前のリーマンショックからほどなくして破たんした。

欧米の政府が、リーマンショックの際に大手金融機関を公的資金投入で救済したため財政難に陥り、徴税を強化してアフリカの独裁者などの蓄財に手を貸しているタックスヘイブンの金融機関の摘発を強化したのが引き金となった。株券は紙くずになり、五十万株を四十ドル近辺でカラ売りしていたパンゲアは、借株料を差し引いて約千六百五十万ドル（約十三億七千万円）の利益を上げた。

カラ売りに便乗した「タイヤ・キッカー」のトニーは、儲けた金で江戸時代や明治・大正の希覯本《きこうぼん》を大量に買った。

「グッド・モーニング、エブリバディ」

オフィスのドアを開けて出勤してきたジム・ホッジスが、まだ北川しか来ていないのに、「エブリバディ」とおどけてみせた。

「ヤス、これ見たか?」

薄手のジャンパー姿のホッジスが歩み寄って、スマートフォンの画面を見せた。

〈Bet on Greek Bond Paid Off for Hyena Fund〉(ハイエナ・ファンド、ギリシャ国債の賭けに勝つ)という見出しの「ニューヨーク・タイムズ」の電子版の記事が表示されていた。

「見たよ。ごついよなあ!」

「まったく……。ごついというか、えげつないというか」

ホッジスは言葉にできないといった顔つきで、小さく首を振った。

〈When Greece announced that it had made a €436 million bond payment to the hold-out investors who rejected the country's historic debt revamping deal in March, the decision came as no surprise. What's news is where most of that money went. Almost 90 percent was delivered to the coffers of Dart Management, a secretive investment fund based in the Cayman Islands, according to people with direct knowledge of the transaction.〉
〈ギリシャが債券の償還のために、三月に同国の歴史的債務再編を拒否したホールドアウトの投資家に四億三千六百万ユーロを払ったと発表したとき、その決断は驚きではなかった。ニュースなのは、その金の大半がどこへ行ったかということだ。取引を直接知っている人々によると、金のほぼ九〇パーセントが、ダート・マネジメントという、ケイマン諸島にある秘密主義の投資ファンドに支払われたという。）

ギリシャはこの日（五月十五日）満期を迎えた外国法準拠の国債を額面通り支払って、償還した。その約九割を保有していたのが米系ハイエナ・ファンドのダート・マネジメントだった。

ギリシャは数年以内に国際金融市場に復帰することを目指しているが、債務がデフォルト状態では、新規の債券発行も借入れもできない。また財政再建のため、四百億ユーロに上る国有財産を売却する予定だが、売却代金を差し押さえられることも避けたい。

「ダートは（額面一ユーロ当たり）四十五ユーロセントくらいで買ったらしいから、儲けはざっと二億四千万ユーロ（約二百四十六億円）だな」

ホッジスがいった。

「しかもこれ、買い始めて九ヶ月かそこらだから、濡れ手に粟だよな」

「今回はダートが中心だが、まだ六十億ユーロくらいホールドアウトしてる連中がいるから、これから金持ちが続々と誕生するぜ」

ギリシャの次の償還は九月で、この中には五億ユーロを超える額を保有しているジェイコブス・アソシエイツも入っている。

「ＩＭＦもギリシャにデフォルトされるとせっかく合意できた再建策が土台から崩れるから『Pay

these guys. There is money left over.（連中に払え。金は残ってるから）』といったみたいだな」

北川の言葉にホッジスがうなずく。

「残る大物はアルゼンチンか」

「うむ、あれは長いな。いったいどういう結末になるのか……」

アルゼンチンは、二〇〇五年の債務再編に続き、二〇一〇年にも債権の七割以上をカットする債務再編を行い、累計で九二パーセントの民間債権者に受け入れさせた。しかし、ジェイコブスをはじめとするハイエナ・ファンド側はホールドアウトを続け、昨年、全額返済を求めてニューヨーク州の連邦地裁に提訴した。

去る二月には、同裁判所のトーマス・グリーサ判事が、アルゼンチンが他の債権者に元利払いをすることはパリパス（pari passu ＝債権者平等の規定）に違反すると認定した。そして他の債権者に元利払いをする場合は、ホールドアウト債権者にも比例的（ratable）に元利払いをしなくてはならないとアルゼンチン政府に命じ、資金の受け払いをする金融機関に対しても同様の扱いをするよう命じた。アルゼンチン側はこれを不服として、控訴裁判所（高裁）に控訴した。

「連銀の外貨準備まで差し押さえるってのが、すごいよな」

ホッジスがあきれ顔でいった。

ジェイコブスはニューヨーク連邦準備銀行にあるアルゼンチンの外貨準備一億五百万ドルを差し押さえていた。

「バトルが始まって十年半にもなるのに、勝敗の行方がまったく見えないっていうのも驚きだよ」

「俺たちくらいの体力じゃ、とてもできない勝負だな」

アルゼンチンの現大統領は、クリスティーナ・フェルナンデス・デ・キルチネルで、二〇〇五年に強引な債務再編をやった故ネストル・キルチネルの妻で、元弁護士である。海外の投資家に対しては夫同様強気で、ハイエナ・ファンドとの妥協を頑強に拒んでいる。一方、ダート、アウレリアス、ジェイコブスなどは三十億ドル（二千四百億円）から二百億ドル（一兆六千億円）の資金を運用している巨大ファンドで、長期戦を持ちこたえる体力は十分にある。

第十一章　アルゼンチンよ、泣かないで

1

二〇一二年十月初旬――

アルゼンチンの首都ブエノスアイレスは、世界第四位の流域面積を誇るラプラタ川右岸に広がる南米屈指の大都会である。周辺部を含む都市圏に千二百八十万人が住み、通りは碁盤の目状に整備され、白亜の石造りのビルや南欧風のマンションが建ち並び、近代的な高層ビルも聳えている。国土の七〇パーセントが平原（パンパ）という、食料の一大輸出国として得た富の痕跡が街のあちらこちらに見られ、オペラやタンゴなど、文化の香りも高い南米のパリである。

ちょうど春を迎える時期で、ジャカランダ（現地では「ハカランダ」）の花が街を上品な紫色に染め、プラザ・デ・マヨ（五月広場）では背の高いヤシの木や「カサ・ロサダ（ピンク色の館）」と呼ばれる石造りの大統領官邸が明るい日差しを浴びていた。

「ケ・ディセス⁉（何ですって⁉）　我が国の軍艦が差し押さえられたですって⁉」

カサ・ロサダの執務室で、女性大統領クリスティーナ・フェルナンデス・デ・キルチネルが、長い栗色の髪を揺らし、アイシャドーの濃い大きな目でエクトル・ティメルマン外務大臣を睨みつけた。

フェルナンデスは弁護士出身で、五十九歳。原稿を見ずに長時間の演説をこなし、閣僚会議には出席せず、テレビで国民に直接語りかける手法で、カリスマ性を維持してきた。

そばのサイドボードの上には、三選を禁じた憲法にもとづいて二〇〇七年にフェルナンデスに大統領の座を譲り、二〇一〇年に心臓麻痺で急逝した夫の写真が飾られていた。

「今、アクラのアルゼンチン大使館から連絡がありました。ジェイコブスがガーナの裁判所から差し押さえ命令を取って、アクラ郊外の港で船を差し押さえたそうです」

大きなフレームの老眼鏡がゴーグルのように見える五十八歳の禿頭《とくとう》の外相が大統領の大きな執務机の前で畏《かしこ》まった。

「いったいどんな船なの？」

「『リベルタード』という名前の練習船です。我が国海軍の乗員だけでなく、ウルグアイとチリの海軍士官候補生や、パラグアイ、ボリビア、ベネズエラ、南アなどからの招待客が乗っています」

リベルタードは全長一〇九メートルで、三本のマストを持つ大型帆船である。二百八十九人の乗員と三十七人の招待客を乗せ、六月二日にブエノスアイレスを出港し、ブラジル、スリナム、ガイアナ、ベネズエラ、ポルトガル、スペイン、セネガルなどに立ち寄ったあと、十月二日からガーナの首都、アクラ郊外のテマ（Tema）港に停泊していた。

「いったい誰が、ガーナを寄港地に選んだのよ⁉　英連邦の国には気を付けろと、散々いったでしよ⁉」

アルゼンチンはハイエナ・ファンドによる国有資産の差し押さえを警戒していた。

二〇〇九年にフランクフルトで開かれたブックフェアでは、政府の展示物が差し押さえられないよう、個人名で出展した。二〇一〇年には、大統領専用機「タンゴ01」（ボーイング757）がドイツで差し押さえられるという情報が入ったため、フェルナンデスは外遊を取り止め、その後、民間機をリースして使っている。

去る七月には、ジェイコブスが、ニューヨークの金融機関に預けられていたアルゼンチン政府が保有する同国の商業銀行バンコ・ヒポテカリオのＡＤＲ（米国預託証券＝米国以外の国の企業の株式を裏付けとして米国で発行される証券）時価二千三百万ドル相当を差し押さえた。

ジェイコブスはさらに、バンク・オブ・アメリカに対し、アルゼンチン政府の資産の明細を提出するようニューヨークの連邦地裁に命令を出させ、それらも差し押さえる構えだ。

一方、ジェイコブスにいったん差し押さえられたニューヨーク連邦準備銀行にあった外貨準備一億五百万ドルは、去る六月に米連邦最高裁がソブリン・イミュニティ（主権免責特権）の対象であるという結論を出し、アルゼンチン政府に返却され、債務再編に応じた債権者への元利払いに使われた。

「それで、あなた、どうするの、この事態を？」

「はい、国防省とも協力して、ただちにガーナ政府に対して、差し押さえ命令を取り消すよう、働きかける所存です。ウィーン条約では、海軍艦艇はソブリン・イミュニティを有し、差し押さえ等が禁じられておりますから、ガーナ政府の命令はこれに違反しております」

「そう。しっかりやって頂戴。こんなこと、国の恥ですからね」

「はっ、もちろんです」

仕立てのよいダークスーツにエルメスの青い絹のネクタイを締めた外務大臣は最敬礼した。


約三週間後（十月二十六日）――

マンハッタンのパンゲア&カンパニーのオフィスで、ジム・ホッジスがパソコンのスクリーンを見ながら驚きの声を上げた。

「おっ、何だこりゃ⁉　アルゼンチンのCDSのプライス（料率）が急に上がってるぞ」

CDS（クレジット・デフォルト・スワップ）は、対象となる債権（債務者）がデフォルトしたときに損失を補てんする一種の保証契約である。保証料の料率は、対象債権（債務者）の信用状態に応じて刻々と変化する。

「えっ、どれどれ。……おっ、ほんとだ！」

向かい側のデスクから北川が立ち上がって、ホッジスのスクリーンを覗き込む。

つい先日まで年率一〇パーセント程度だった料率が一挙に倍の二〇パーセントを超えていた。

「何かあったんだな……」

ホッジスがつぶやき、北川がうなずく。

「ニューヨークの控訴裁判所が、地裁の命令を支持する決定を出したらしいぜ」

低いパーティションの向こうのグボイェガがいった。

去る二月に、ニューヨーク州南部（地区）連邦地裁のトーマス・グリーサ判事が、アルゼンチンが非ホールドアウト債権者に元利払いをすることはパリパス（pari passu＝債権者平等の規定）に違反し、その場合は、ホールドアウト債権者にも比例的（ratable）に元利払いをしなくてはならないとアルゼンチン政府と資金の受け払いをする金融機関に対して命じていた。

「アルゼンチンも、前門のハイエナ、後門の爺さん判事で大変だよな」

グボイェガが苦笑いした。

裁判で一貫してハイエナ・ファンド側を勝たせているニューヨーク州南部連邦地裁のトーマス・グリーサ判事は、スタンフォード大学ロースクール卒の八十二歳で、一九七二年に故ニクソン大統領に任命されて以来実に四十年間その職にある。

この日、ニューヨーク州の（連邦）控訴裁判所（高裁）は、アルゼンチンはパリパスに違反しているというグリーサ判事の判断を支持したが、「比例的支払い（ratable payment）」の意味が不明確であるとして差し戻し、地裁がその点を明確にしたあとで、改めて命令の相当性を審理するとした。


十一月八日――

夜、ブエノスアイレスの大統領官邸「カサ・ロサダ」から北西約一五キロメートルのオリーボス市にある、約三二万平方メートルの敷地を有する大統領公邸の一室で、フェルナンデス大統領が険しい表情でテレビ画面を見詰めていた。

画面の中で、付近のビルの照明やネオンの光を浴びながら、約七十万人の人々が、「Stop Corruption（汚職を止めろ）」という横断幕や、アルゼンチンの死を意味する、中央の太陽の代わりに黒いリボンを描いた国旗を掲げ、拍手をしたり、鍋を叩いたりしながら、デモを行なっていた。

目指しているのは「カサ・ロサダ」があるプラザ・デ・マヨ（五月広場）である。

ジャカランダの薄紫色に彩られた通りという通りを埋め尽くした人々の姿は、渦を巻く大河のようだ。

目隠しをして正義を意味する天秤の絵を手に持ち、不正の誤魔化しがまかり通っているというパフォーマンスをしている女性や「Libertad de Prensa（報道の自由を）」というプラカードを掲げている男性、国旗の小旗を振りながら「アルヘン、ティーナ！　アルヘン、ティーナ！」と連呼している人々など、南米らしい賑やかさの中に憤りを表現していた。

経済不振やフェルナンデスの蓄財疑惑に対する国民の不満が頂点に達していた。

二〇〇五年の債務再編で債務の重荷を下ろし、いったんは好調に転じたアルゼンチン経済は、リーマンショック後に主要輸出品目の農産物や資源価格が下落したため、悪化の一途を辿っていた。政府が発表する経済成長率の数値が過大で、インフレ率も過少に計上されている統計操作疑惑も浮上し、九月にIMFのラガルド専務理事から「すでにイエローカードを出した。改善しなければレッドカードだ」と宣告された。十月三十日には、スタンダード＆プアーズから長期債務の格付けをシングルBからシングルBマイナスに格下げされた。

さらにフェルナンデスの汚職疑惑まで持ち上がっていた。政府の腐敗取締局に提出した資産報告書で、二〇〇三年に夫のネストル・キルチネルが大統領に当選し、二〇一〇年に死亡するまでの間に、夫婦の純資産が二百五十万ドルから千七百七十万ドルへと激増していたのだ。検察当局が捜査を開始し、数字の辻褄が合わないという中間報告書が出されたが、その直後、司法当局が調査を差し止め、疑惑をうやむやにした。

（マクリめ……！）

派手な顔立ちと長い髪のフェルナンデスは、ペットのマルチーズ犬を膝の上に乗せてソファーにすわり、画面を睨んで歯嚙みしていた。

デモを組織した人物の一人がフェルナンデスの政敵であるブエノスアイレス市長のマウリシオ・マクリだった。マラドーナもかつて所属したブエノスアイレスの有名サッカー・クラブ「ボカ・ジュニアーズ」の会長を務めたこともある五十三歳の実業家だ。

フェルナンデスは大統領の三選を禁じた憲法を改正し、二年後の大統領選挙に挑戦しようと画策していたが、昨年十月に大統領に再選したとき六三パーセントだった支持率が、今は二四パーセントまで下がり、きわめて厳しい状況だ。

（こうなったら、ハイエナ・ファンドとの戦いは、意地でも負けられないわ！）

補助金をばら撒き、派手なパフォーマンスと元弁護士らしい巧みな弁舌で大衆を魅《ひ》きつけるポピュリスト（大衆迎合主義者）のフェルナンデスにとって、国の威信がかかったハイエナ・ファンドとの戦いは意地でも負けられない重要課題だ。

テレビ画面には、人々が五月広場を埋め尽くし、暗い夜空にアルゼンチン国旗がはためいているのが映し出されていた。

2

十一月二十一日——

ニューヨーク州の（連邦）控訴裁判所に命じられた差し戻し審で、同州南部連邦地裁のグリーサ判事は「比例的支払い（ratable payment）」とは、期限が到来している額に対して、実際に支払う額の比率であるという判断を示し、アルゼンチン政府はジェイコブスらホールドアウト債権者に対して債券の元利金の支払いをすることなしに、他の債権者に支払ってはならないと命じた。

同判事は二月に自らが出した命令を一時的に執行停止（stay）して非ホールドアウト債権者への元利払いを認めてきたが、それを解除し、アルゼンチン政府に命令の即時履行を命じた。

十一月二十八日――

控訴裁判所で、グリーサ判事が明確化した命令の内容にもとづいて審理が再開されると同時に命令の一時執行停止が再び認められ、アルゼンチン政府は、十二月に予定されている非ホールドアウト債権者への元利払いを継続できることになった。一時、年率三五パーセントを突破していたクレジット・デフォルト・スワップの料率は一五パーセント以下まで下がった。

一方、練習船「リベルタード」差し押さえに関するアルゼンチン政府とガーナ政府の交渉は不調に終わった。ガーナの裁判所は、アルゼンチンはソブリン債券を発行することによって、主権免責特権を放棄したという解釈を変えなかった。「リベルタード」はすでに燃料が切れ、三百二十六人の人間を乗せたまま、炊事もできない状態でテマ港に釘付けになっていた。

同じ頃、日本の玄葉光一郎外相のもとに、アルゼンチン政府から「十月十五日に外相会談を予定していたティメルマン外相は重要な内政上の理由のため、来日できなくなった」と連絡が入った。

ガーナ政府との交渉では埒《らち》が明かないことを思い知らされたティメルマンを筆頭とするアルゼンチンの外交団は、十月二十一日にニューヨークに向けて出発。同二十二日に潘基文《パンギムン》国連事務総長や、ゲルト・ローゼンダール安保理議長に面会し、ガーナ政府による練習船の差し押さえは乗組員に対する人権侵害や国際条約違反であると訴えた。

アルゼンチン政府内では、誰がガーナに立ち寄る航路を認めたかで、外務省と国防省の間で激しい非難合戦になり、カルロス・アルベルト・パズ海軍総司令官やロアデス・プエンテ・オリベイラ国防省戦略情報局長ら四人が辞任する騒ぎになった。フェルナンデス大統領は、「我々がハイエナ・ファンドと交渉するオプションだけは絶対にあり得ない」といい続け、「リベルタード」の乗員と招待客のうち、約三百人は下船して帰国した。

事態がようやく解決されたのは、十二月中旬になってからだった。

ドイツのハンブルクにある国際海洋法裁判所（所長は日本の元外務次官・柳井俊二）が、「リベルタード」は軍艦なので差し押さえできないという判断を示し、十二月二十二日までに無条件で出港させるようガーナ政府に命じたのだった。

「リベルタード」が、歓迎の旗や横断幕を掲げる国民の歓呼に迎えられ、ブエノスアイレスから四〇〇キロメートル離れたマルデルプラタ港に無事戻ったのは、年明け（二〇一三年）の一月九日のことだった。フェルナンデス大統領も港に駆け付け、「アルゼンチン国民の権利と、主権の尊重が無条件に守られた」と演説した。

しかし、ハイエナ・ファンドとの戦いは、相変わらず泥沼状態だった。

翌月（二〇一三年二月二十七日）――

黒々とした雨雲がマンハッタン上空を覆い、雨まじりの強風が摩天楼群に吹き付けていた。気温は摂氏五度前後で、底冷えがする。

マンハッタン南部のブルックリン橋の袂《たもと》の近く、連邦地裁とパール通りを挟んだすぐ西側にUSコート・ハウス（裁判所合同庁舎）がバベルの塔のようにそそり立っている。ピラミッド型の屋上部分を持つ三十階建てのビルで、竣工は一九三六年である。

ビル内の控訴裁判所の法廷で、三人の裁判官からなるパネル（合議体）を前に、アルゼンチン政府対ジェイコブス・アソシエイツの控訴審の口頭弁論が開かれていた。

「……債券発行時のFAA契約に盛り込まれているパリパス条項は、すべての債権者が平等に取り扱われることを確保するためのものであり、これの順守は我が国のみならず、世界の金融秩序の維持という観点からきわめて重要であります」

法廷の中央にある弁論席に立ち、マイクを前にダークスーツ姿のカール・フォックスがよく通る声で弁論を行なっていた。

ＦＡＡ（financial agency agreement＝財務代理人契約）は、債券の発行者であるアルゼンチン政府と、発行条件を決定し、販売する財務代理人（本件ではバンカース・トラスト銀行）との間の契約書だ。

「アルゼンチン政府が、当初彼らがサインした契約通りに、即時に元利金の全額を支払うことこそ、原告（ジェイコブス・アソシエイツ）に対する最もフェア（公正）な対処の仕方であります。なぜならば、原告は他の債権者たちが支払いを受けているにもかかわらず、一ドルの支払いも受けられず、すでに三千万ドルを超える法律その他の費用を払い続けているからです」

黒い法服姿の三人の裁判官は、当事者席より一段高い法壇で、じっと耳を傾けている。艶やかな木製の法壇は一番凹《へこ》んだ中央部分を真ん中に緩やかに弧を描いている。

「今回の問題は、アルゼンチンがデフォルトしたから生じたものであり、同国は一八二六年の共和国建国以来、七度にわたって債務のデフォルトを繰り返してきました」

フォックスは、アルゼンチンは性悪国家で、自分たちはその犠牲者だと訴える。

「本件は契約法上、実に単純なケースと考えます。They owe the money, and they need to pay.（彼らは金を借りた。そしてそれを返さなくてはならない。）ただそれだけであります」

フォックスは短く明瞭に締めくくり、着席した。

代わって、アルゼンチン政府の代理人を務める恰幅のよい男性弁護士が立ち上がり、弁論席に立った。大手法律事務所クリアリー・ゴットリーブ・スティーン・アンド・ハミルトンＬＬＰのベテラン弁護士で、国際金融の専門家である。

「最初に、地裁の命令は、アルゼンチンの主権を侵害しています」

（またそんなことを蒸し返すのか……）

弁論席と同じ並びの原告席で、フォックスは白けた気分になる。

アルゼンチン政府は債券発行時の契約書ですでにソブリン・イミュニティを放棄しており、契約違反があれば債権者が訴訟を起こすのは当然である。

「また、命令に従ってホールドアウト債権者に全額支払うとするならば、四百三十億ドルが必要になり、アルゼンチンの現在の外貨準備四百十億ドルでは、実行不可能です」

「異議あり！」

フォックスが声を張り上げた。

「我々の再三の求めにもかかわらず、被告（アルゼンチン政府）は全額を支払う資力がないという主張を裏付ける証拠を何一つ提出していません！」

「被告代理人は続けて下さい」

黒い絹の法服姿の裁判長がいった。英国の裁判官と違って、カツラはかぶっていない。

「そもそもパリパス条項の伝統的解釈は、単に同順位の無担保債権者間で返済の優劣をつけないというもので、最終的に破産財産の配当をプロラタ（按分）にすればよく、ある無担保債権者の金利の支払いを別の無担保債権者より遅くしたからといって、これに違反しないとするもので、イギリスの裁判所などもこの解釈を採用しております」

「異議あり！」

フォックスが再び声を上げる。

「二〇〇〇年九月二十六日にベルギーの控訴裁判所が、ジェイコブス・アソシエイツ対ペルー政府の訴訟において、パリパスは支払いの順番も含むと判断しており、被告のいう内容が同条項の伝統的解釈とはいえません」

機関銃のようにまくしたてた。

「被告代理人は続けて下さい」

「すでに九二パーセントの債権者が債務再編を受け入れております。原告も同様の条件で債務再編に参加することが、パリパスの意味するところであると考えます。これは破産法の精神でもあります。支払いの順番まで含むと解釈することは、単にハイエナ・ファンドを利するだけの意味しかありません」

豊かな口髭をたくわえた恰幅のよい弁護士は堂々と主張を続ける。

「原告が被告の債券を安値で買い叩き、すでに債務再編に応じた債権者の金を実質的に吸い上げ、当初投資額の十五倍ものリターンを得ようと目論むのは実に法外なことであり、こうしたことこそ著しくフェアネス（公正）に反しています」

（そりゃ法律論じゃないな……。いいたい気持ちは分かるが）

法律論こそ法廷で戦わせるべきと信ずる学究肌のフォックスはやれやれといった表情。

「原告らが摑みとろうとしている金は、アルゼンチン政府が学校や道路や病院を造り、貧困撲滅に使われるべき金です。貪欲なハイエナ・ファンドの経営者たちが、贅沢な暮らしをするために使われるべき金ではありません」

クリアリー・ゴットリーブ・スティーン・アンド・ハミルトンLLPの弁護士は、アルゼンチン政府側と事前に打ち合わせた通り、ジェイコブス側の貪欲さを糾弾することに重点を置いていた。

「地裁の命令は、アルゼンチン経済を著しく悪化させるという悪影響のみをもたらし、ニューヨーク州の連邦裁判所におけるアルゼンチン債券関連訴訟の数を何倍にもするだけで、問題の解決には何の寄与もしません」

背後の傍聴席で、三年前に財務大臣として債務再編を手がけたアルゼンチンのアマド・ブドゥー副大統領とヘルナン・ロレンツィノ経済大臣がじっと耳を傾けていた。

「被告は、地裁の命令は不当なものと考え、別の支払い条件で原告に対して支払いたいと考えておりますが、残念ながら、被告に提案をする機会がこれまで与えられず……」

三人の裁判官が一瞬、興味をひかれた表情をした。これまでにない主張内容だった。

翌々日（三月一日）――

口頭弁論での議論を踏まえて、連邦控訴裁判所が、アルゼンチン政府に対して、ホールドアウト債権者に対する返済方法を三月二十九日までに提案するように命じた。

〈At oral argument on Wednesday, February 27, 2013, counsel for the Republic of Argentina appeared to propose that, in lieu of the ratable payment formula ordered by the district court in its injunction and accompanying opinion of November 21, 2012, Argentina was prepared to abide by a different formula for repaying debt owed on both the original and exchange bonds at issue in this litigation. Because neither the parameters of Argentina's proposal nor its committment to abide by it is clear from the record, it is hereby ordered that, on or before March 29, 2013, Argentina submit in writing to the court the precise terms of any alternative payment formula and schedule to which it is prepared to commit.〉

（二〇一三年二月二十七日の口頭弁論において、アルゼンチン共和国の代理人は、地裁の命令及び二〇一二年十一月二十一日付意見による比例的支払い方法に代え、アルゼンチンは本訴訟で問題となっている当初及び再編後の債券について別の返済方法に従う用意があることを提案すると示唆した。過去の記録を見る限り、アルゼンチンが提案するという別の返済方法の要素や同国がそれに従う意思は明確でないため、アルゼンチンが二〇一三年三月二十九日またはそれ以前に裁判所に対して書面で代替支払い方法の詳細とスケジュールを提出することを命じる。）

三月三十日――

サミュエル・ジェイコブスは、休暇で滞在中のコロラド州のスキー・リゾート、アスペンにある自分の山荘で、弁護士のカール・フォックスと電話で話していた。

広々としたログハウスの暖炉で炎が赤々と燃え、数年前にサザビーズのオークションで競り落とした、柔らかいタッチで女性の顔を描いたピカソのドローイング（線画）が壁に掛けられていた。大きな窓の向こうには、夕暮れの寒々とした風景の中に、重そうな雪をかぶった黒い針葉樹林やロッキー山脈の白く尖った山々が見えている。

「……まあ、おおかたこんなことだろうと思ったよ」

トナカイや幾何学模様が織り込まれた藍色のスキーセーター姿のジェイコブスは、ゆったりとした焦げ茶色の革張りのソファーで足を組み、耳に当てたブラックベリーに向かっていった。

目の前の大きなネムノ木の一枚板のコーヒー・テーブルの上のノートパソコンの画面に、アルゼンチン政府が、昨日、控訴裁判所に提出した返済提案が映し出されていた。

「裁判官たちはかなり不快感を覚えているようです。どうやって我々に全額払うのか訊いたつもりでいたのに、過去の債務再編と同額しか払わないってんですから」

ウォール街の法律事務所にいるフォックスがいった。

英文で二十二ページからなる返済提案は、過去の債務再編と同じ額をジェイコブスに払うという、木で鼻をくくったような内容だった。

「フェルナンデス（大統領）は端《はな》から交渉する気などないのだろう。女の権力者らしい意地の張りようだな」

ジェイコブスは木のカップでコーヒーを口に運ぶ。スキーのあとで飲むコニャック入りの熱いコーヒーが好みである。

「直ちにリジェクト（拒否）しますか？」

「いや、すぐにやるのは止めておこう。政府やNGOを刺激しないほうが得策だ」

本件について米国政府は、これまでどちらかというとアルゼンチン政府を支持しており、案件全体の審理を求めていたアルゼンチン政府の申し立てを控訴裁判所が最近却下したことに対し「ソブリン債務の秩序ある再編を目指す米国政府の長年の努力に反する」と批判していた。

また、「ジュビリーUSAネットワーク」など途上国債務問題に取り組んでいるNGOも関心を強め、「ジェイコブス・アソシエイツは途上国の貧困層を搾取して莫大な利益を上げている。彼らは他の債権者と同じ条件で債務再編を受け入れるべきだ。それでも十分な利益が出るはずだ」と非難の声を上げ、メディアなどを通じて反ハイエナ・ファンド・キャンペーンを強化していた。

「分かりました。では回答期限の四月十九日まで待つことにします」

「それでいい」

「フェルナンデスとはどこまで行っても平行線ですね」

「喰うか喰われるかだ。我慢比べだよ」

ジェイコブスは、ねっとりした口調でいった。

「しかし苦しいのは向こうのほうだ。一見、まったく先が見えない交渉だが、いずれ山が動くときはくる」

アルゼンチン経済は、二年前の二〇一一年から坂道を転げ落ちるように悪化の一途を辿っている。同国政府はエネルギーや食糧への補助金を支給して国民の生活水準を保つことを政策の柱にしているが、ホールドアウトの投資家との争いのために国際金融市場から資金調達ができず、国内での国債発行も限界に達したために、中央銀行による国債引受けに頼り始め、中央銀行の資産のうち国債など国に対するものが約三分の二になり、バランスシートは過去二年間で二・五倍に膨らんだ。五百億ドル以上あった外貨準備は三百億ドル台に減り、二〇一一年中頃から通貨ペソが闇市場で公定レートの半額近い低レートで取り引きされている。

一方、ジェイコブス・アソシエイツは、二百七十億ドルの運用資産のうちアルゼンチン債に投じたのは一億八千五百万ドルに過ぎない。反ハイエナ法案などのためにソブリン案件は少なくなり、その分を企業、不動産、ソブリン以外の不良債権案件などにシフトしている。訴訟を多用する手法は相変わらずで、二年前には、六億ドルのベトナム政府保証付きローンでデフォルトし、額面の三五パーセントを払うと提案した同国の国営造船会社を英国の法廷に引きずり出した。昨年は、倒産したメキシコのガラス・メーカーの資産を差し押さえるため、米国で訴訟を起こし、ドイツのクレーン製造会社を買収した米国の運搬機メーカーに追加の買収代金支払いを求めてドイツで訴訟を起こした。

約二ヶ月後(五月下旬)――

コネチカットの自宅にいたサミュエル・ジェイコブスに、再び弁護士のカール・フォックスから電話がかかってきた。

「……何、アルゼンチンの税務当局が、ダートの査察に入っただと⁉」

書斎で受話器を摑んだジェイコブスの顔に軽い驚きが浮かんでいた。

「はい、うちの現地事務所から連絡がありました。今日、総勢五十人でブエノスアイレスの事務所に踏み込んだそうです」

ウォール街の法律事務所にいるフォックスがいった。

ギリシャ国債のホールドアウトで大儲けし、アルゼンチン国債でもジェイコブスやアウレリアス・キャピタルと同様にホールドアウトしている米国のヘッジファンド、ダート・マネジメント（Dart Management）は、元々ミシガン州にある発泡スチロールやプラスチック容器製造会社から派生したヘッジファンドで、親元の会社はアルゼンチンで飲料用のカップや食品用の容器を製造・販売している。

「いったい何の容疑なんだ？」

「プラスチック原料のポリスチレン（形状はビーズ状）を不当に高い価格で輸入して、利益を圧縮した嫌疑だそうです」

「なるほど……。嫌がらせだろうな」

「わたしもそう思います」

「ダートと違って、うちはアルゼンチンにオフィスを持っていなくて幸いだったな」

「こういうことをやるというのは、追い詰められてきたということでしょうね」

「きっとそうだろう。またぞろ汚職疑惑が浮上しているし、外国企業をやり玉に挙げて、国民の目を逸《そ》らしたいんだろう」

去る五月十二日に、アルゼンチン最大の新聞で反政府の「クラリン（Clarín）」紙が、故ネストル・キルチネル大統領の秘書だった男が、五百ユーロ札がぎっしり詰まった一、二個の鞄をキルチネルの故郷、南部のサンタ・クルス州に何度か運んだことを、秘書と鞄を乗せた飛行機のパイロットの話として報じた。

またキルチネルの秘書だったミリアム・キロガという女性は、キルチネル派ビジネスマンたちの汚職疑惑を去る十四日にアルゼンチン連邦判事の前で証言し、大統領官邸や公邸で金の入った袋を見たと述べた。またこの疑惑に関与している企業家のレオナルド・ファリーニャは、フェルナンデス現大統領とも親しい建設会社社長ラサロ・バエスの巨額の現金がアルゼンチンからウルグアイに運ばれ、パナマとベリーズを経由し、最終的にスイスの複数の銀行口座に入金されたことを暴露している。

「例のバエスという建設会社の社長の名前はよく出るな」

「キルチネルの故郷のサンタ・クルス州の公共事業で、圧倒的なシェアを持っているそうです。今、うちの現地事務所にも調べさせていますが、不正な金の流れが見つかるかもしれません」

汚職による金なら、本来アルゼンチン政府のものなので差し押さえできる。

「国民は、『ハイエナはアメリカだけじゃなく、カサ・ロサダ（大統領官邸）にも棲んでいる』といってるらしいな、ふふっ」

「副大統領のブドゥーも強制捜査を受けていますし、向こうは内部崩壊気味ですな」

アルゼンチンのアマド・ブドゥー副大統領が、倒産した紙幣印刷会社の救済に不当な影響力を行使した容疑で家宅捜索を受けた。その印刷会社を買収した投資会社の役員の一人がブドゥーの幼馴染で、買収資金がブドゥーから出ている疑いがあるという。

3

七月下旬——

地球温暖化で、ワシントンDCは例年にもまして蒸し暑い夏を迎えていた。

ホワイトハウス西棟にある「ルーズベルト・ルーム」では、大統領のバラク・オバマがジョン・ケリー国務長官らと十六人掛けの長テーブルを囲んでいた。

セオドア・ルーズベルト（第二十六代大統領）とフランクリン・ルーズベルト（第三十二代大統領）にちなんで名づけられた部屋は窓がなく、米国人画家ウォースイントン・ウィトレッジが描いたプラット川（ミズーリ川の支流）の風景画のほか、二人のルーズベルト大統領の肖像画などが壁に飾られ、こざっぱりとしたインテリアである。

「……その、ＩＭＦ（国際通貨基金）が（米国の）連邦最高裁に amicus brief《アミカス・ブリーフ》（意見書）を出すというのは、どういう動機が働いているんだ？」

テーブルの中央にすわったワイシャツ姿のオバマが訊いた。

アルゼンチン政府が、地裁と控訴裁判所の判断の見直しを米最高裁に求めていることに関し、ＩＭＦがアルゼンチンの立場を支持するという意見書を提出する予定だという話が入ってきていた。

「表向きの理由は、一国の裁判所の決定が、今後の各国の債務再編に影響を与えるのは好ましくないということです」

テーブルを囲んだ財務省の幹部がいった。頭髪にきちんと櫛を入れた五十歳くらいの男性で、元々はボストンの投資顧問会社のマネージャーである。

「もう一つの理由は、今、パリクラブがアルゼンチンと債務返済交渉をしているので、我が国の裁判の影響を受けたくないということだと思います」

アルゼンチンは二〇〇一年にデフォルトしたとき、民間債権者に約千三十億ドル（うち八百十八億ドルが債券）の債務を負っていたが、そのほかにＩＭＦに九十五億ドル、パリクラブ債権者に六十三億ドルの債務を負っていた。ＩＭＦに対する債務は二〇〇六年に全額返済したが、パリクラブ債権者の分は遅延したままである。もし話し合いの結果、返済方法が合意できても、米国の裁判所に支払いを止められると困る。

「クリスティーヌが本国から何かいわれているんでしょうな」

オバマの隣にすわった顎の長いケリーがいった。二週間ほど前に妻が心筋梗塞で倒れ、入・転院先のナンタケット市（マサチューセッツ州）やボストンの病院とワシントンを行き来していたため、顔に疲れが残っていた。

パリクラブはフランス財務省が中心になって運営しており、現ＩＭＦ専務理事クリスティーヌ・ラガルドは同国の元経済・財政・産業大臣である。

「アルゼンチンとハイエナの戦いか……。そもそも法的には、どちらに理がある話なんだ？」

オバマが訊いた。

「法的には、ヘッジファンド側ですね。債務再編に応じる義務はありませんし、パリパスに関する解釈も伝統的で妥当な主張です」

司法省の幹部がいった。去る七月十二日に司法省、国務省、財務省の三省で、アルゼンチン側とジェイコブス側の弁護士を招き、双方の主張の聴き取りをした。

「アルゼンチンが最高裁に下級審（控訴審以下の裁判所）の決定の見直しを求めている理由は何なんだ？」

「ソブリン・イミュニティです。しかし、これは債券発行時の契約で放棄していますので、主張に無理があります」

「フェルナンデス（大統領）は国民の手前、後に退けないということでしょうな」

ケリーがいい、一同がうなずいた。

「なるほど……。しかし、イランとアルゼンチンとの関係を考えると、もはやアルゼンチンを支持するなんてことは到底無理だろうね」

オバマがいった。

キルチネル、フェルナンデスともに中道左派のペロン党（正式名称は正義党）政権で、米国から離れ、中国、ロシア、イラン、ベネズエラなどと関係を強化してきた。特に、一九九四年にブエノスアイレスでイスラエル相互協会が爆破され、八十五人が死亡し、約三百人が負傷した事件の真相について、イラン政府と共同調査をすると合意したフェルナンデス政権に対し、米国内外のユダヤ人団体が、真相の調査を放棄する行為だと激しく反発していた。なぜなら二〇〇六年にアルゼンチンの検察が、事件はイラン政府がレバノンのシーア派武装組織ヒズボラに実行させたものと断定し、国際刑事警察機構から政府高官を含む五人のイラン人の逮捕状が発行されていたからだ。

アルゼンチンの検察は、ハイエナ・ファンドとの争いで国際金融市場から締め出され、外貨繰りに苦しむ政府が、イランから安く石油を買い付ける密約を結ぶ見返りとして事件をもみ消そうとしている疑いがあるとして捜査を続けている。

「ハイエナ・ファンドといっても、議会に睨みを利かせる『共和党のキングメーカー』ですから、ロビイングもすごいですよ」

司法省の幹部がいった。

ジェイコブスは、クリントン政権の司法次官補だったロビイストのロバート・レーベンにアメリカン・タスクフォース・アルゼンチン（ATFA）というチームを作らせ、初年度だけで四百万ドル以上を投じて、ロビー活動をさせていた。ATFAは「ワシントン・ポスト」紙に「アルゼンチンとイランの取引の真実は何か?」という刺激的な全面広告を打ち、イスラエル相互協会爆破事件の真相調査に関する両国の合意を批判したり、別の新聞には「悪魔との協定か?」という見出しの下にフェルナンデス大統領とアフマディネジャド・イラン大統領の大きな顔写真を掲げた広告を打ったりした。

前ブッシュ政権の高官だった別のロビイスト、ロジャー・ノリエガも、ジェイコブスから年間六万ドル以上を受け取り、アルゼンチンが債務返済の約束を破り、「ならず者国家」と手を結んでいると非難する論文を書き、ジェイコブスから年間百十万ドルを受け取っているワシントンの有力シンクタンク、アメリカン・エンタープライズ研究所（AEI）を通じて発表した。

ジェイコブス・アソシエイツの従業員たちから九万五千ドル以上の献金を受けているイリノイ州

選出の上院議員マーク・カーク（共和党）は、オバマ大統領にアルゼンチンを非難する手紙を出した。ジェイコブスやウォール街のヘッジファンドが金を出しているPAC（政治行動委員会）から昨年一万ドルを受け取ったサウスカロライナ州の下院議員ジェフ・ダンカン（共和党）は、去る七月九日に自分が委員長を務める小委員会で「祖国への脅威～西半球で拡大するイランの影響」という聴聞会を開き、「ワシントン・ポスト」の元記者に「アルゼンチンのフェルナンデス政権はイランと急接近しており、イランの経済や核開発を支援する可能性がある」と証言させた。

ニューヨーク州選出の下院議員マイケル・グリム（共和党）、フロリダ州の下院議員イリアナ・ロス＝レーティネン（共和党）、ニュージャージー州選出の下院議員スコット・ギャレット（共和党）など、ジェイコブスやジェイコブス・アソシエイツの職員が資金を出しているPACなどから献金を受けている十二人の国会議員は、七月十日にエリック・ホルダー司法長官に手紙を書き、訴訟でアルゼンチンの主張を支持しないよう求め、七月十一日には、マイケル・グリムら上下両院の議員グループが同様の手紙をケリー国務長官に出した。

七月十九日には、弁護士のカール・フォックスが、ラガルドとＩＭＦの理事会メンバーたちに対し、訴訟に介入しないよう求める手紙を書いた。

「ゼイ・アー・ボンバーディング・アス（彼らは我々を爆撃しまくってるよ）」

ケリー国務長官が苦笑いした。

「現状に鑑みるに、合衆国政府としては、アルゼンチンを支持するような国際機関のいかなる行動にも反対せざるを得ないだろうな」

オバマが引き取り、一同がうなずいた。

「クリスティーヌにそう伝えてくれ」

ケリーがいい、ＩＭＦとの窓口になっている財務省の幹部がうなずいた。


間もなく、ＩＭＦ専務理事のクリスティーヌ・ラガルドは、米最高裁への amicus brief（意見書）提出を断念した。ＩＭＦは声明文を出し、「ラガルド専務理事の提案は米国の支持を受けることが前提だったが、それが得られなかった。しかしながら一国の下級審の決定が債務再編に広汎なシステム的影響を与えることについて、我々は深い懸念を有している」と述べた。

米財務省も声明文を発表し、「ＩＭＦが現時点において米最高裁に意見書を提出することは適当であるとは思わない。我々は米国を含む債権者に対する債務不履行を引き起こしているアルゼンチンの国際金融市場における振る舞いに強く反対する。また同国はＩＭＦからインフレと経済成長率の正確なデータを提出していないと批判されている」と述べた。

一方、米国の支持を必要としないフランス政府は、七月二十六日に米最高裁に対し、ＩＭＦが考えていたものと同じ内容で、英文で二十六ページの意見書を提出した。


九月二十四日――

ニューヨークはよく晴れていたが例年より肌寒かった。

黄昏が迫る午後六時、アルゼンチン共和国大統領クリスティーナ・フェルナンデス・デ・キルチネルは、第六十八回国連総会の演壇に立った。

総会議場は三フロアー分が吹き抜けの大きな空間で、記者席、傍聴席、国連職員席などを含め、千八百九十八の席がある。高さ二三メートルの天井を見上げると、地球に降り立つ宇宙船の下部のようなデザインで、神秘的な光を会場に降り注いでいた。

「ブエナス・ノチェス・ア・トドス。デセオ・フェリシタル・デ・マネラ・エスペシアル・アル・プレジデンテ・デ・ラ・アサンブレア・ヘネラル（皆さん、今晩は。総会議長にわたくしは格別のお祝いを申し上げたいと思います）」

栗色の髪を肩のあたりまで垂らし、落ち着いた黒いジャケット姿のフェルナンデスは、ハスキーな響きのスペイン語で話し始めた。

総会の議長を務めているのはカリブ海の小国アンティグア・バーブーダの国連大使ジョン・W・アッシェだ。

「最初に、ケニアとパキスタンのテロの犠牲者、そのほか世界各地で起きているテロの犠牲者に対する、我々の連帯を表明したいと思います」

三日前に、ケニアの首都ナイロビのショッピングモールで、武装集団が銃撃テロを起こし、民間人六十一人と鎮圧に当たった兵士六人が死亡した。その翌日にはパキスタン北西部ペシャワールのキリスト教会で自爆テロが起き、女性や子どもを含む七十五人が犠牲になった。

フェルナンデスは、国連安保理改革の必要性や、政府軍による化学兵器使用が明らかになったシリア内戦について述べた後、目下、自国の最大の問題であるイランとの関係とハイエナ・ファンドとの法廷闘争について話し始める。

「……一九九四年のブエノスアイレスのイスラエル相互協会のテロ事件では、アルゼンチン国民が犠牲になりました。二〇〇三年五月二十三日に、まさにこの総会議場で、ネストル・キルチネル前大統領が真相究明のための協力をイランに求めてから十年が経ちました。この間、アルゼンチンは毎年協力を求め、二〇〇七年からはわたし自身がその任に当たりました」

ほとんど原稿も見ず、身振りや表情も豊かに話す姿は、いかにもポピュリスト的政治家らしい。

「そして一年あまり前に、イランの外務省からようやく返事がありました。調査協力のための話し合いをしたいということでした。なぜでしょうか？　それは事件が十八年間、何も動かなかったからです。『不完全だがやむを得ない選択』という言葉があります。わたしの好きな言葉でもあります。イランとは、対話を始める以外の選択肢はありませんでした。そして話し合いの結果、調査手続きについて合意しました」

銀色のマニキュアを施し、金の指輪をした左右の指を胸の前で合わせ、一語一語強調しながら話す。

「しかし、この合意は、アメリカのハイエナ・ファンドによって、アルゼンチンを攻撃する材料に使われています。しかし、そもそもこれは何の合意なのでしょうか？　核兵器に関するものでしょうか？　ノー（違います）。両国が提携して欧米を攻撃するためでしょうか？　ノー。イスラムに改宗するための合意でしょうか？　ノー。合意は、我が国の裁判官が被疑者である五人のイラン人の証言を取るための手続きを定めたものにすぎません」

巻き舌の強いスペイン語はリズムがよい。昔から演説の名手で、プロンプターはほとんど見ない。

「この総会で、何億もの人々が世界中で飢えているという話が出ました。二〇〇一年にデフォルトしたときアルゼンチンもまったく同じ状態でした。そしてロビイストや格付会社やデリバティブやハイエナ・ファンドの喰い物にされたのです。公的債務がＧＤＰの一六〇パーセントに達し、失業率は二五パーセント、貧困層が人口の五四パーセント、さらに三〇パーセントが極度の貧困層というひどい状態でした。二〇〇三年五月に大統領に就任したネストル・キルチネルは、こうした状態から脱するため、模索を始めました。そして二〇〇五年に債務再編に踏み切りました。その結果、債務のGDP比率は四五パーセント以下に下がり、何百万人もの人々が仕事に復帰し、何百万人もが再び夢や希望を持つことができ、子どもたちは学校に通えるようになったのです」

演説は六ヶ国語に同時通訳され、会場の各国代表が耳を傾けていた。

「債務再編は、七六パーセントの債権者から支持されました。わたしが大統領として行なった二〇一〇年の債務再編と合わせ、九二パーセントの債権者が債務再編を支持しました。考えてもみて下さい。どんな国にも破産法があり、最低六六パーセントの債権者が合意すれば、残りの債権者も債務の減免を受け入れるのです。ここアメリカでも同じです。アルゼンチンの債務については九二パーセントの債権者が減免に合意したのです」

金色の腕時計をはめた左手と、眼鏡を手にした右手を素早く振り回し、出席者の注意を引きつける。

「しかしハイエナ・ファンドは、アルゼンチンの債務を買い漁り、法外な支払いを要求してきたのです。あるファンドは、四千万ドルで買って、十三億ドルから十七億ドルを払えと要求しています。わたしは潘基文《パンギムン》事務総長に訊きたいと思います。まっとうな実業家、雇用を創出し、生産のための革新や投資をするまっとうな実業家が、こういう『カジノ経済』に手を染めるでしょうか？」

フェルナンデスは会場全体に語りかけるように真剣な表情で話す。

「しかもアメリカの裁判所は、彼らのいい分を認め、債務再編に応じた債権者に我々が支払いをしてはならないというのです。我が国は何かを求めているわけではありません。我が国はただ（非ホールドアウト債権者に）支払いを継続したいだけなのです。これは世界全体の問題です！」

十一月下旬——

サミュエル・ジェイコブスはニューヨークからワシントンDCに向かうプライベート・ジェットの機内で昼食をとりながら弁護士のカール・フォックスと打ち合わせをしていた。

乗っているのは、ビジネスジェット機専門メーカー、ガルフストリーム・エアロスペース社（本社・ジョージア州サバンナ）が製造したガルフストリームG450型である。全長二六・九メートルの白い機体の胴体後部に二基のエンジンを持ち、マッハ〇・八の速度でニューヨークからパリやサンパウロまでひとっ飛びできる。

機はフィラデルフィア付近の上空で、左手眼下に市街地の摩天楼群や、ニュージャージーとの州境を蛇行する青黒いデラウェア川が見えていた。

「……支払い差止めのstay（執行停止）が取り消されなかったのは残念でしたが、最高裁が向こうの申し立てを却下して、控訴裁判所が我々の主張を認めたのはよかったと思います」

磨き上げられた木のテーブルを挟んでジェイコブスと向き合ったフォックスが、コーヒーを一口飲んでいった。コーヒーの豆はジェイコブスが好きなブラジル・サントスで、バランスの取れた落ち着いた味わいである。

キャビンには女性CAのほか、ミラノの有名レストランから引き抜いた白い厨房着姿のイタリア人シェフが乗務している。

「まあ、審理が継続中だから、stay が付くのはやむを得んな」

クラブハウスサンドイッチをつまみながら、ジェイコブスがいった。

去る十月七日に、連邦最高裁が下級審の判断の見直しを求めたアルゼンチン政府の申し立てを却下した。一方、連邦控訴裁判所は、十一月七日に、アルゼンチンがホールドアウト債権者への支払いをしないまま非ホールドアウト債権者へ元利払いをするのを禁じた地裁の命令に対する stay（執行停止）の取り消しを求めたジェイコブス側の申し立てを却下した。さらに控訴裁判所は、十一月十八日に、パネル（三人の裁判官による審理）ではなく、en banc《エンバンク》（控訴裁判所の全裁判官による審理）を求めたアルゼンチン側の申し立てを却下し、あらためて地裁の判断を支持した。アルゼンチン政府は直ちに連邦最高裁に上訴した。

「stay が付いているにせよ、裁判所が非ホールドアウトへの支払いを禁じてくれているのは、大きなレバレッジ（交渉力補強材料）だな」

「そうですね。控訴裁判所が出した二つのオピニオン（意見書）を読んでみると、今回のような債権者の救済措置は unprecedented（先例がない）とか exceptional（例外的）とか書いてありますから、アルゼンチン政府を相当けしからんと思って、例外的な措置に踏み切ったんでしょう」

意見書には、「アルゼンチンは uniquely recalcitrant debtor（きわめて強情な債務者）」であるとまで書かれていた。一方で、今回のような支払い禁止は例外的な措置であり、二〇〇五年一月以降にニューヨーク州法を準拠法として発行された債券の九九パーセントにはＣＡＣ（集団行動条項）が付いているので、今後、こうした問題は起きないだろうとも述べていた。

「まさにきわめて強情な債務者だな」

ジェイコブスが冷笑を浮かべていった。「立法措置までして原債券への支払いを長年頑強に拒否して、しかもガバニング・ロー（準拠法）とジュリスディクション（裁判管轄）をニューヨーク州（法）にしておきながら、いざ判決や命令が出ると従わないというんだから」

機内は騒音が少なく、揺れもなく、快適なフライトが続いている。

「これからがいよいよ勝負ですね」

「うむ。何としてでも最高裁に上訴を却下させて、今度こそ息の根を止めるんだ」

ジェイコブスの両目に炎が揺らめいた。

「ネバダの会社の調査のほうは進んでいるか？」

故キルチネル、フェルナンデス夫妻と昵懇の建設会社社長ラサロ・バエスがキルチネルの故郷のサンタ・クルス州の公共工事の七〇〜七五パーセントを受注し、その一部を賄賂として贈った疑惑に関し、アルゼンチンで昨年捜査が始まった。ジェイコブスは、賄賂のうち六千五百万ドルが米国ネバダ州に設立された百以上のペーパー・カンパニーの資産として隠されているという話に着目し、それを差し押さえようと目論んでいた。

「調査は進んでいますが、もうちょっと時間がかかります」

フォックスが難しい顔つきになる。

「資金の流れを相当程度立証しなけりゃなりませんから」

「ペーパー・カンパニーを作ったのは、どこの法律事務所だ？」

「モサック・フォンセカです。タックスヘイブンのペーパー・カンパニー設立に特化したパナマの大手です」

ジェイコブスがうなずき、口元を白いナプキンでぬぐう。

「フェルナンデスはようやく退院したようだな」

去る八月十二日にフェルナンデス大統領は転倒して頭を打ち、脳の硬膜下に血腫ができたため、国連総会に出席したあと、それを除去する手術を十月八日にブエノスアイレスの病院で受けた。

この間、十月二十七日に国会議員選挙（下院の半分、上院の三分の一を改選）が行われ、与党ペロン党（正義党）はかろうじて両院での過半数は維持したものの、得票率を二年前の大統領選挙でフェルナンデスが獲得した五四パーセントから三三パーセントへと大きく減らし、ブエノスアイレス市や中部のコルドバ州など、五大選挙区でもことごとく敗北した。

「次の大統領選挙は二年後ですね……」

「フェルナンデスの目は完全にないから、誰がなるかということだな。マクリか、シオリか、あるいはマサか」

今回の国会議員選挙では実業家出身のブエノスアイレス市長マウリシオ・マクリが率いる保守系野党ＰＲＯ（共和国の提案）が大勝した。マクリは直ちに次回の大統領選挙に出馬することを表明し、そのためのチームを立ち上げた。これに対抗すると見られるのが、ペロン党内でフェルナンデスの後継者と目されるブエノスアイレス州知事のダニエル・シオリと、フェルナンデス政権で閣僚会議議長を務めた大物で、ティグレ市長のセルジオ・マサだ。

「マクリなら一番いいんでしょうね。フェルナンデスの政策を否定して、ビジネスライクな判断をしそうですから」

フォックスの言葉にジェイコブスがうなずいたとき、ガルフストリームＧ４５０型機はワシントンDCのダレス国際空港に向けて高度を下げ始めた。

4

翌年（二〇一四年）一月十日――

米国政府のSolicitor General（訟務長官）が、アルゼンチン政府の上訴を最高裁が審理するべきかどうかについて、意見書を提出した。訟務長官は、大統領が指名する司法省所属の高位の法律家で、連邦最高裁で政府が当事者になっている訴訟において政府の弁論を担当する。最高裁は、年間七、八千件の上告事件のうち、重要と思われるものについて、訟務長官の意見を求める。

三月二十五日――

ブラジル、メキシコ、フランスの各政府、ジュビリーUSAなどのNGO、ノーベル経済学賞受賞者ジョセフ・スティグリッツらが、アルゼンチン政府の求めに応じて米最高裁にそれぞれamicus brief（意見書）を提出し、ハイエナ・ファンドを勝たせた連邦控訴裁判所の決定は、将来、国家債務の再編を困難にし、世界の金融市場や主権の安定性を損ない、貧困を拡大させると述べた。ただし、これら意見書を得るため、米最高裁が望ましくないとしている謝礼をアルゼンチン政府が支払ったのではないかという疑惑が囁かれた。中でもブラジルは、アルゼンチンが輸入障壁を引き下げ、またブラジル車の輸入を促進するために、アルゼンチン国内の自動車ディーラーに対して金融をつけるという裏取引をしたのではないかといわれた。

三月二十七日――

アルゼンチン政府が米最高裁に対して上訴受理を求める最終弁論書を提出した。最高裁が上告を受理するのは年間百件程度で、九人の判事のうち四人の同意が必要である。最高裁は毎年十月の第一月曜日に開廷し、翌年六月の終わりか七月初めに閉廷するので、六月終わりくらいまでには結論を出すと予想された。

一方、ジェイコブス・アソシエイツは、アルゼンチン政府が米国のロケット打ち上げ・商業軌道輸送サービス会社、スペース・エクスプロレーション・テクノロジーズ社（本社・カリフォルニア州ホーソーン）と契約した二基の人工衛星打ち上げ契約（総額一億千三百万ドル）を差し押さえようと、三月二十五日にロサンゼルスの連邦地裁で訴訟を起こした。人工衛星打ち上げの権利を売却するなどして債権を回収するのが狙いである。

四月一日――

ジェイコブスが、ネバダ州にある百二十三のペーパー・カンパニーの資産の情報開示を求め、ラスベガスの連邦地裁で訴訟を起こした。アルゼンチンの建設会社社長ラサロ・バエスから賄賂として贈られた故キルチネル、フェルナンデス夫妻の六千五百万ドルがそれらの会社の資産として隠されていると考えられるためだ。実際に情報開示を求める相手は、それらペーパー・カンパニーを設立し、管理者となっているパナマの法律事務所モサック・フォンセカとそのネバダ法人ＭＦコーポレート・サービシズ・ネバダ・リミテッドである。

五月二十九日――

アルゼンチンがパリクラブと返済方法について合意した。二〇〇一年のデフォルト以来返済が滞っている元本と金利の合計約九十七億ドルを五年間で分割返済し、初回分の六億ドルを七月に支払い、その次は五億五千万ドルを翌年五月に支払うことになった。外貨準備はすでに三百億ドルを割って二百八十五億ドルまで減っていたが、この程度の支払いは可能だった。ホールドアウト債権者に支払うまで非ホールドアウト債権者への支払いを禁じた連邦控訴裁判所の命令はstay（執行停止）中なので、法的にも問題はない。なおアルゼンチンに対するパリクラブの最大の債権者は約三割を占めるドイツで、二番目は約二割の日本である。

六月十六日（月曜日）――

マンハッタンは最高気温が摂氏二十五度で、夏の接近を感じさせる陽気だった。

ウォール街の投資銀行の一つで、ブラジルやアルゼンチンなど、中南米諸国の小旗をデスクに飾った債券トレーダーがスクリーンを見詰めながら、目をぎらぎらさせていた。

「ペルフェクト！　ヤ・ヤ・ロ・テネモス！（よおーし、きた、きたっ！）」

何面ものコンピューターースクリーンに囲まれ、机の上にキーボードや黒い電話のタッチボードのほか、アナリストレポート、電卓、ホチキスなどが無造作に置かれたデスクで、青い長袖シャツ姿のコロンビア人のトレーダーは、笑いをこらえきれない表情。

目の前のスクリーンの中で、二〇〇五年の債務再編に応じた債権者に渡された二〇三三年満期のアルゼンチンのドル建て国債の価格が、スカイダイビングのように急降下していた。先週末の終値が（一ドル当たり）八十四セントだった価格が、一気に七十四セントになった。

デスクの電話が鳴った。

スポーツ選手のように敏捷そうな身体つきの三十代のトレーダーは、黒い強化プラスチック製の受話器を摑み、タッチボードのボタンの一つを押す。

「オイエ！　ケ・ア・パサド⁉（ヘイ、いったい何が起きたんだ⁉）」

スペイン語で電話をかけてきたのは、同じトレーディングフロアーにいる中南米の株式のトレーダーだった。

「アルゼンチンの株もペソも暴落じゃないか！」

太い柱以外は遮蔽物のない広々としたフロアーには、トレーダーたちが向き合ってすわった横長の島が十重二十重《とえはたえ》の防波堤のように連なっており、中南米の株式トレーダーはその彼方にすわっているチリ人だ。

頭上では、ニュース速報を流す電光掲示板や、為替相場、株式指数、長短の金利動向などを示す色とりどりのデジタル掲示板が、市場の脈動を伝えている。

「アメリカの最高裁が、ホールドアウトとの訴訟で、アルゼンチン政府の上訴を棄却したんだ」

コロンビア人のトレーダーがスペイン語で答えた。

「えええーっ、本当か⁉　しかし、あれは、Solicitor General（訟務長官）が審理すべしっていう意見書を書いたんだろう？」

「書いたって、棄却することだってあるさ。いっただろう？　アルゼンチンものは処分するかカラ売りしといたほうがいいって」

「棄却の理由は何なんだ？」

「理由は明示していない。それどころか、ハイエナ・ファンドは、アルゼンチン政府に対して、保有資産の所在を明らかにするよう求めることができるといったそうだ」

米国では、債務者が判決や命令に従わない場合、債権者は債務者の保有資産の明細を明らかにするための手続きを申し立て、裁判所は債務者や第三者に文書の提出や情報の開示を命令する。

「かーっ、ハイエナの完勝じゃないか！　……それで、これからいったいどうなるんだ？」

「最高裁の上訴棄却で、今ある支払い禁止命令のstay（執行停止）は解除になる。非ホールドアウト債権者のボンド（債券）の次の利払いは六月末で総額九億ドルだ。一ヶ月間のグレース・ピリオド（猶予期間）が付いてるから、正式なデフォルトは七月末だな」

棄却を受け、スタンダード＆プアーズはアルゼンチンの長期債務の格付けを二ノッチ下げてトリプルCマイナス、見通しをネガティブとした。

「七月末にデフォルト……」

チリ人のトレーダーが呻《うめ》く。

「アルゼンチンにはもう選択肢がないのか？」

「ある。一つだけ」

「何だそれは？」

「交渉することだ、ハイエナ・ファンドと。それが唯一の方法だ。……おっ、フェルナンデスの演説が始まったぞ」

　コロンビア人トレーダーが、デスクの五つのスクリーンの一つに視線をやる。

　画面の中に、背凭れに金色の縁取りが付いた椅子にすわり、テレビカメラに向かってスペイン語で語りかけるフェルナンデス大統領が現れていた。

「……何がビジネスで、何が『ゆすり』なのか、明確に区別しなくてはなりません」

　フェルナンデスは大きな玉の首飾りを着け、白い上着姿である。

　そばのスタンドに、水色・白・水色の横縞の上に金色の太陽を配した国旗が掲げられていた。

「この二つの概念は完全に別のものです。すべての政府、国家、指導者は、政治問題であれ、環境問題であれ、交渉しなくてはなりません。しかし、主権国家において指導者は、自国や国民を『ゆすり』の被害者にすることはできません。国家の債券を安く買い叩き、その何十倍もの支払いを求め、それを裁判所が支持するのは『ゆすり』です」

　女優のように長い栗色の髪を揺らし、いつも通り手振り豊かに語りかけるが、悲壮な気配が漂っていた。

「わたくしは交渉する用意はあります。しかし、アメリカの裁判所の決定に従うのは不可能なのです。なぜでしょう？　もし裁判所の命令通り我々がハイエナ・ファンドに支払ったら、今度は債務再編に応じた債権者たちが、自分たちにも同じだけ払えとアメリカの裁判所に訴え、裁判所はそれも認めるでしょう。そうなると我が国は莫大な支払い義務を負い、国は破滅します」

　六月二十三日――

ニューヨーク州南部連邦地裁のトーマス・グリーサ判事は、アルゼンチンとホールドアウト債権者たちの交渉を進めるため、ニューヨークの法律事務所マッカーター&イングリッシュのパートナー、ダニエル・ポラック弁護士を特別調停人（special master）に任命した。ハーバード・ロースクール卒の金融訴訟の専門家で、米国最大の鉄道会社ペン・セントラルが倒産したとき、同社のCPを買った投資家の代理人として、販売したゴールドマン・サックスに勝訴したり、複数のミューチュアル・ファンド（投資信託会社）の代理人や大手商業銀行ウェルズ・ファーゴの代理人などを務め、赫々《かっかく》たる実績を上げてきたベテランだ。

ポラックは、まずアルゼンチン側とホールドアウト債権者側を個別に呼び、それぞれのいい分を聴くことから始めた。

六月二十五日——

梅雨の真っ最中の東京の空は薄曇りで、昼頃には雨が降りそうだった。

NGO活動の第一線から退き、今は途上国問題に関する評論や著述活動を行なっている沢木容子は、筆記用具などを入れたトートバッグを提げ、団地から歩いてすぐの中の橋商店街に向かった。

新大橋通りから北の方角に向かって延びる三〇〇メートルほどの道の両側に、食料品店や生活用品店など約百の商店が軒を連ねている。大正七年にできた商店街で、第二次大戦の空襲で焼け野原になったが、戦後復興した。この頃は、付近のピーコックやダイエーなどの大型スーパーに押され、シャッターを下ろしたままの店舗もあるが、夕方は相変わらず地元の買い物客で賑わい、コンピューターの「二〇〇〇年問題」をきっかけに日本にやって来たインド人たちの姿も多い。

「おはようございます」

沢木は、商店街の入り口近くにあるパン屋に入り、店番の年輩の女性に声をかけた。

レジでコーヒーと菓子を注文し、奥の喫茶コーナーのテーブル席に腰を下ろす。午前中のこの時間は空いていて、雑誌や新聞をゆっくり読むのに好都合だった。

「お待たせしました」

店番の女性がコーヒーと菓子を運んできた。

菓子は「シベリア」という名前の、羊羹をカステラで挟んだもので、沢木の子ども時代に大人気を博したものだった。

沢木は熱いコーヒーを一口すすり、持って来た朝日新聞の朝刊を広げた。

（「集団的自衛権、大筋で合意」ねえ……）

与党協議で、自民党が示した集団的自衛権に関する閣議決定の原案を、行使容認に慎重だった公明党が大筋で受け入れたという記事が一面と三面に出ていて、沢木は浮かない気分になる。

（あっ、これは……！）

六面を開いて、目を瞠《みは》った。

〈アルゼンチンは債務返済を継続したいが、継続させてもらえない〉

国旗と同じ水色・白・水色で縁取りをしたアルゼンチン政府の全面広告だった。

〈アルゼンチンとしては、二〇〇五年以来やってきたように債務返済を継続していきたいのですが、それが今、トーマス・グリーサ連邦地裁判事の判決と米国最高裁の上告棄却によって阻まれています。〉

広告は、二〇〇一年にデフォルトして以来、アルゼンチンは民間債務の再編（減免）によって経済を立て直し、IMFからの借入れは完済し、世銀、米州開発銀行、アンデス開発公社などの国際機関に対する義務も履行し、パリクラブ債権者とは債務返済計画に合意し、国有化した石油会社YPFの五一パーセントの株式を保有していたスペインの石油会社レプソル社に対する補償もし、二〇〇三年以降、国際金融市場にアクセスできなくなっているにもかかわらず、千九百億ドル以上の元利払いを期日通りに行なってきたと述べていた。

〈国債保有者の七・六%は再編に応じませんでした。有利な判決を取り付けた投資ファンドは、アルゼンチンに対する元々の貸付人ではありません。我が国を相手取って訴訟を起こし巨利を得ることを専らの目的として、デフォルト債を法外な安値で購入した人たちです。〉

広告は、投資ファンドは短期間で投資額の十六倍も儲けようとしており、それを米国の裁判所が支持したこと、それに従えばアルゼンチンは外貨準備の五〇パーセントを超える支払いをしなくてはならず、再びデフォルトに陥ること、さらに債務再編に応じた債権者からも同様の支払いを求められ、莫大な返済義務を負うことなどを述べていた。

〈この間、投資ファンドでは、全世界が「アルゼンチンは支払いをせず、交渉を拒んでいる」と信じるようにロビー活動やプロパガンダに数百万ドルを投じてきました。その主張とは裏腹に、まさに二〇〇三年以降、債務を減らしながらデフォルトを解消する方法は交渉と支払いを通じてだったのです。アルゼンチンは今でも、平等の原則を尊重する人全てに対して交換の可能性を閉ざしていません。〉

〈この判決はアルゼンチンを難しい立場に追い込むだけでなく、将来債務再編を実施しなければならなくなるかもしれない他の全ての国に影響を及ぼします。（中略）たとえ債権者の九九・九％が再編計画を任意で受け入れたとしても、〇・一％の債権者のせいでその計画が全く無効になりかねないのです。〉

〈アルゼンチンの意志ははっきりしています。我が国は、少数の貪欲な投機家グループのせいで過去、現在、そして将来もアルゼンチン国民を苦しめ続けるこの長く困難な紛争の解決に向け、公正でバランスのとれた交渉条件を推進する司法判断を期待します。〉

アルゼンチン政府は同様の意見広告を、「ウォール・ストリート・ジャーナル」「ニューヨーク・タイムズ」「ワシントン・ポスト」「フィナンシャル・タイムズ」など、世界の主要紙に出した。

これに対してハイエナ・ファンド側は反論の声明を発表した。アウレリアス・キャピタルのマーク・ブロツキー会長は「ホールドアウト債権者との合意は十分に可能であるにもかかわらず、アルゼンチン政府は会おうともしていない」と批判した。

また、アルゼンチン政府が、六月末に到来する非ホールドアウト債権者への利払いをするための資金の一部として、五億三千九百万ドルを債券の受託エージェントであるニューヨーク・メロン銀行（The Bank of New York Mellon Corporation）に送金したため、ハイエナ・ファンド側は、裁判所の命令に違反していると申し立てた。これを受け、グリーサ判事は六月二十六日に、「これは裁判所の命令に対するexplosive action（爆破行為）である」と厳しく批判し、ニューヨーク・メロン銀行に対し、資金を送り返すよう命じた。

七月二十九日・火曜日——

ニューヨークは真夏だったが、例年に比べるとしのぎやすい日だった。

ミッドタウンのパーク街二百四十五番地に聳える高層ビル「245パーク・アヴェニュー」の二十七階で、十人あまりの男たちが長テーブルを挟んで向き合っていた。

アルゼンチン政府と主要なホールドアウト債権者の初めての直接交渉で、特別調停人に任命されたダニエル・ポラック弁護士が所属する法律事務所マッカーター＆イングリッシュの会議室だった。

これまでアルゼンチン側は、ホールドアウト債権者たちと会うことを頑なに拒否していたが、デフォルトの猶予期限が二日後に迫り、ついにこの日、直接交渉の場に姿を現した。

「……as we repeated it, we can't pay you what you want because of RUFO.（何度も申し上げたように、RUFO条項があるので、あなたがたの望む額を支払うことはできないんです）」

テーブルの中央にすわったアルゼンチン経済財務相のアクセル・キシロフがいった。

青みがかった目の、チェ・ゲバラを思わせる雰囲気の四十二歳のマルクス経済学者（元ブエノスアイレス大学教授）で、フェルナンデス政権の社会主義的政策を立案・推進してきた男である。

ＲＵＦＯ（rights upon future offers）条項は、二〇〇五年と二〇一〇年の債務再編で発行された新債券に付与されており、アルゼンチン政府が債務再編よりもよい条件を「自主的に」他の債権者に与えることはできないと規定しており、この年末まで有効である。

「もしＲＵＦＯに反して、あなたがたに払えば、再編に応じた債権者たちにも同額を払わなくてはならなくなる」

「しかし、裁判所が命じた支払いをすることは、『自主的に』したとはいえないでしょう？　地裁のグリーサ判事が払えといってるんですから」

キシロフとテーブルを挟んですわったカール・フォックスがいった。

「その解釈をあなたがたが保証してくれますか？」

キシロフがかすかに苛立ちを滲ませて訊いた。

交渉を始めてすでに数時間が経過しており、誰の表情にも疲労と倦怠感が漂っていた。

「あなたがたが保証して、万一、ＲＵＦＯ違反で、債権者たちから支払いを求められたとき、責任を取ってくれるなら、我々はいくらでもあなたがたに支払いましょう」

「そんなのは無理に決まっている」

フォックスと同じ側にすわったアウレリアス・キャピタルの男が憮然とした表情でいった。

「それならば、アルゼンチンの銀行が提案している、あなたがたの債券を裁判所の命令通りの条件で銀行が買い取るというやり方はどうなんですか？」

キシロフが訊いた。

アルゼンチン側は、二〇〇五年の債務再編に先立って制定した「Lock Law（拘束法）」（法廷の内であると外であるとを問わず、債務再編に応じない債権者とのいかなる解決も禁じる法律）とRUFO条項を回避するために、同国で二番目に大きい民間銀行バンク・マクロ（本店・ブエノスアイレス）などアルゼンチンの複数の銀行がホールドアウト債権者の債券を買い取るという提案をしていた。

「しかし、それはまだアイデア程度の話で、全体のスキームは固まっていないんだろ？」

ホールドアウト債権者の一つであるブルー・エンジェルズ・キャピタルの男がいった。

アルゼンチン政府の提案は全部の銀行と話し合いがついておらず、銀行が買い取った債券に対して、政府がどう補償するかも決まっていない。

「それに裁判所が命じた我々に対する支払い総額は、十三億三千万ドルプラス金利だ。二億五千万ドルの担保を入れるからこのプランに同意してくれといわれても、それは無理な話だ」

ダート・マネジメントの男がいった。

「だから我々は民間銀行と早急にスキームを固めるために、（債務再編に応じた債権者への）支払い差止めをstay（執行停止）にして欲しいのです、ミスター・ポラック」

キシロフがテーブルの上座にすわっているポラックのほうを見る。

アルゼンチン側は、何とか支払い差止めを解除して、債券の元利払いをしようと躍起になっていた。

しかしポラックは、皺の多い細面に断固とした気配を漂わせて首を横に振った。

夕方――

「245パーク・アヴェニュー」の正面玄関の金色の回転扉から、キシロフ経済財務相や同省の幹部たち、裁判でアルゼンチン政府の代理人を務めるクリアリー・ゴットリーブ・スティーン・アンド・ハミルトンLLPの弁護士らが姿を現した。

「どうでした、今日の交渉は？」

「何か進展はありましたか？」

待ち構えていた新聞やテレビの記者たちが、マイクや音声レコーダーを手に群がる。

しかしキシロフらは答えず、無表情のまま三段の石段を下り、歩道の先に待機していたリムジンに分乗して北の方角に走り去った。

続いて、ホールドアウト債権者らが姿を現し、ある者は記者の質問に答え、ある者は無言で車に乗った。

「お疲れさまです」

記者をかき分けながらやってきたフォックスに、部下の韓国系米国人の弁護士が声をかけた。

フォックスは銃撃されて以来、車でドア・ツー・ドアの移動をしている。

「やれやれだぜ、まったく」

南のウォール街に向けて走り出した防弾仕様のシルバーのリムジンの後部座席で、フォックスがため息をついた。

「駄目でしたか？」

隣にすわった韓国系米国人の男が訊く。

「予想どおり、全然駄目だ」

フォックスは首を振りながらいった。「あいつら本気で交渉する気はないな。話し合いの最中にいっていたのは、支払い差止めの stay ばっかりだ」

「何とかデフォルトを回避しようと、必死なんでしょうね」

「だな。……とにかくフェルナンデスが大統領にいる間は膠着状態が続くだけだぞ、こりゃ」

「ということはあと一年半ですか」

フェルナンデスの任期は来年十二月十日までである。

「まあ、おかげで稼がせてもらえるけどな」

ジェイコブスがアルゼンチン案件に関してフォックスの事務所に払った弁護士費用は五千万ドル（約五十一億円）を下らない。

「当面は、人工衛星やネバダの六千五百万ドルの差し押さえだ。……ネバダのほうの決定はあと十日かそこらだったな？」

ジェイコブスは、アルゼンチンの建設会社社長ラサロ・バエスから故キルチネル、フェルナンデス夫妻への賄賂六千五百万ドルが、ネバダ州の百二十三のペーパー・カンパニーの資産として隠されているとして、それらの情報開示を求め、ラスベガスの連邦地裁で訴訟を起こしている。

「はい。裁判所の感触はいいんで、楽しみですね」

5

八月下旬――

ネバダ州ラスベガスのパラダイス地区は、カジノが林立する中心街から七、八キロメートル離れ、敷き詰められた絨毯のようなヤシなどの常緑樹の間に、スペイン風のオレンジ色の屋根の民家が広がり、西の方角にはレッドロックキャニオン国立保護区の褐色の山々が横たわっている。砂漠気候の土地らしく空は晴れ上がり、刷毛《はけ》で刷《は》いたような薄い雲が低空に浮かんでいた。

「……メテ・エソス・ドクメントス・エン・アケジャ・カハ・デ・カルトン（そっちの書類は、あそこの段ボール箱に入れてくれ）。契約書とか委任状の現物は、パナマに持ち帰るから」

片側三車線のハイウェー、サウス・ペコス通り沿いの、平屋の郊外型ビジネス・コンプレックスの中にある、パナマの法律事務所モサック・フォンセカの現地会社MFコーポレート・サービシズ・ネバダ・リミテッドのオフィスでは、スペイン語と英語が飛び交い、七、八人の男女が慌ただしく作業をしていた。

「ケ・タル・バ？（どうだ、進み具合は？）」

本社からやって来たパナマ人弁護士が、パソコンの前にすわり、画面に視線を凝らしながらキーボードを叩き続けている男に訊いた。

「うーん、結構量がありますから、全部消去するにはあと二日くらいかかりますねえ」

ポロシャツ姿の若い男がキーボードを叩きながら、スペイン語で答えた。

「あと二日もかかるのか……。とにかくパナマ本社とのやり取りやログインの痕跡は全部消してくれよ。本社とMFコーポレート・サービシズは、一切無関係と主張しなきゃならんから」

ワイシャツ姿の弁護士がいい、若い男がうなずく。

「それから、バエス、キルチネル、フェルナンデスの語でも検索して、関係書類やメールを全部破棄してくれ」

室内の机の上には、書類のファイルが山と積み上げられ、二人の作業員が次々とシュレッダー機にかけていた。くずで一杯の大きなビニール袋が床にいくつも転がっている。

「まったく、ハイエナ・ファンドのおかげで、とんだことだ！」

去る八月十一日、ジェイコブスの請求にもとづき、ラスベガス連邦地裁のフェレンバッハ判事が、ＭＦコーポレート・サービシズ社が設立や管理に関わった百二十三のペーパー・カンパニーについて、「詐欺を行うために作られたことに疑いの余地はない」という強い言葉とともに、資産の情報開示を命じる決定を出したため、モサック・フォンセカは証拠隠滅に躍起になっていた。

普段、ＭＦコーポレート・サービシズには、英語とスペイン語を喋るチリ人の女性が一人いて、会社の設立登記手続きや関係書類の提出作業をしているだけだが、急遽パナマ本社から人がやって来て、大わらわで作業を行なっているところだった。

パナマ人弁護士の携帯電話が鳴った。

「アロ。……はいはい、今、作業の真っ最中です」

電話をかけてきたのは、本社にいるパートナー弁護士だった。

「……まあ、やれるだけのことはやってます。ただちょっと一つだけ心配なことがありましてねえ。パトリシアのことなんですけど」

ここで普段働いているチリ人女性のことだ。裁判所に証人として呼ばれたときは、ＭＦコーポレート・サービシズは自分が経営しており、モサック・フォンセカとはビジネス上の取引があるだけだと答えるよういい含められ、パナマ本社の様々な部署の直通番号が登録されていた電話機は、通話記録用のメモリーさえない単純なものに替えられていた。

「あのう、彼女、反対尋問に到底耐えられないんじゃないかと思うんですよね。それほど機転がきくようなタイプでもないし、元々事務をやってるだけの普通の主婦ですから。たぶん色んなことを訊かれて、答えられないと思うんですよ。彼女自身も相当びくついてますしねえ。……え？　だからどうやるんだといわれても、ちょっと今すぐには……」

「すいませーん、ここにＣＩＡ関連の文書がありますけど、どうしますかー？」

書類用キャビネットにあったレバーアーチ式のファイルをチェックしていた若いパナマ人の女性アシスタントが声を上げた。

モサック・フォンセカは、ロシアのプーチン大統領の友人、中国の習近平国家主席の親族や複数の共産党幹部、アブダビのザーイド首長をはじめとして、数多くの発展途上国の国家元首やその関係者のための仕事を手がけてきたが、中には、元ナチスや米国のＣＩＡ関係の仕事もまじっている。

「それも全部処分してくれ」

パナマ人弁護士が携帯電話を耳から離していった。

「万一、ディスカバリー（証拠開示手続き）をやるような話に発展して、出てきたりすると面倒だから」


翌年（二〇一五年）一月十九日——

真冬のニューヨークは、雪こそ積もっていなかったが、朝方の気温は摂氏二度と冷え込んだ。

カール・フォックスは出勤前に、マンハッタンの自宅マンションのリビング兼ダイニング・ルームで、テレビを観ながら朝食をとっていた。

二度離婚して独り身のフォックスは、マディソン街と東六十三丁目の交差点近くのマンションに住んでいる。石造りのpre-war building（第二次大戦以前のビル）で老朽化しているが、セントラルパークのすぐそばという立地が気に入っている。一階には大きなシガーバーが入っており、開店当初、マンション中に葉巻の臭いがしたため、フォックスが住民代表になって交渉し、高性能の換気装置を付けさせたところ、臭いは嘘のようになくなった。

「……A young hitchhiker was recently picked up from the side of the road by a good Samaritan, however this good samaritan also happenes to be one of the most powerful people in South America.（最近、若いヒッチハイカーが、道端で善きサマリア人の車に拾われましたが、この善きサマリア人は実は南米で最も力のある人物の一人でした）」

テーブルのそばのテレビの薄型画面で、女性アナウンサーが微笑を浮かべ、先週、ウルグアイのホアン・ラカセの町の近くで仕事を終えたゲルハルド・アコスタという青年が道を歩いていると、同国のホセ・ムヒカ大統領が、自ら運転するフォルクスワーゲン・ビートルに乗せ、家まで送ったというニュースを読み上げていた。

「ムヒカ大統領は、その質素な暮らしぶりから『世界で最も貧しい大統領』と呼ばれ、報酬の九割をホームレスのための基金に寄付し、大統領公邸ではなく、小さな農家に住み、月千ドルで暮らしています。大統領の自家用車は、一九八七年に製造された古い大衆車で……」

画面にムヒカ大統領の写真が現れた。

一年半前にウルグアイの首都モンテビデオで開催されたメルコスール（南米南部共同市場）のサ

ミットのときに撮られたものだった。

ムヒカの隣に、アルゼンチンのフェルナンデス大統領が満面の笑みで写っていた。アイシャドーが濃く、栗色の長い髪の先をカールし、大きな真珠のネックレスを首にかけていて、世界一貧しい大統領とは対照的な派手さである。

（フェルナンデス……）

アルゼンチンは前年七月末に、共和国建国以来八度目のデフォルトをした。通常、国がデフォルトすると、国際金融市場から資金調達ができなくなったり、既存の債券や借入れの契約に入っている「クロス・デフォルト」条項によって、デフォルトした以外の債務についてもデフォルトしたとみなされ、すべての債券や借入れの一括償還（アクセレレーション）を求められたりして、経済は大混乱に陥る。

しかし、アルゼンチンの場合、ホールドアウト債権者たちとの争いが続いているため、二〇〇一年のデフォルト以降、国際金融市場から閉め出され、対外債務も、ＩＭＦ、世銀、パリクラブ債権者からのものを除けば、二〇〇五年と二〇一〇年の債務再編で発行した債券（満期がそれぞれ二〇一七、二〇三三、二〇三八、二〇四五年で、金利やその支払い方法も異なる十二種類の債券）が大半で、即座に大きな混乱が起きることはなかった。

しかし、生産に必要な中間財や資本財の輸入が減少して経済はマイナス成長に転じ、外貨準備はじりじりと減少し、インフレは高止まり、闇市場ではペソが一段と下落した。

ＲＵＦＯ条項は昨年末で期限切れとなったが、フェルナンデスは相変わらずホールドアウト債権者たちとの交渉を拒否し、米国の大物投資家ジョージ・ソロスに会って支持を取り付けようとしたりしていた。一方、ジェイコブス側も、クリントン政権で国務長官を務めたマデレーン・オルブライトのコンサルティング会社と契約し、米国とアルゼンチンでのロビイングを強化している。

「次のニュースです」

女性アナウンサーがいい、画面にマンションらしい建物と捜査官たちの姿が映し出された。

「一九九四年にアルゼンチンの首都ブエノスアイレスで起きたイスラエル相互協会爆破事件の捜査を担当していた同国の検察官アルベルト・ニスマン氏が、昨夜、自宅アパートの浴室で死亡しているのが発見されました」

アメリカンコーヒーをすすっていたフォックスは愕然となった。

画面に、額が広く、検察官らしく実直そうな風貌のニスマンの写真が映し出された。

「関係者によると、ニスマン氏は、こめかみに銃弾を受けており、遺体のそばに同氏が自衛のために同僚から借りていた二十二口径の拳銃があったということです。アパートに何者かが押し入った形跡はなく、政府関係者は自殺ではないかと話しています」

(馬鹿な！　ニスマンは今日、執念を込めて十年間も捜査を続けてきた事件について、議会で証言する予定だったんだぞ！　死ぬわけがない！)

爆破事件の捜査の進展は、フェルナンデス政権にも大きな影響を与えるため、フォックスもフォローしていた。

「しかし、ニスマン氏の死亡時期は、様々な憶測を呼んでいます」

女性アナウンサーがフォックスの考えを裏付けるかのようにいった。

「ニスマン氏は、電話の通話内容などから、爆破テロ事件に関与したとされるイラン人を処罰しない代わりに、同国から安く原油を輸入し、穀物や肉などを輸出するバーター取引の密約を結んだとして、去る一月十四日に、フェルナンデス大統領やティメルマン外相を刑事告発し、今日、議会で証言することになっていました。また二〇一二年と一三年に、弾丸で蜂の巣にするという脅迫を受けていたことが分かっています。このため、自殺ではなく、フェルナンデス政権やイランの諜報機関がニスマン氏の死に関与しているのではないかという説が出ています」

（そのとおりだ。間違いなく殺されたんだ。一〇〇パーセント間違いない！）

フォックスは、アルゼンチンという国の巨大な闇を目の前に突き付けられたような思いだった。

二月二十五日——

外貨繰りがひっ迫《ぱく》してきたアルゼンチン政府が、ＪＰモルガン・チェースとドイツ銀行にマンデート（主幹事）を与え、米国以外の市場で米国人以外の投資家に対し、アルゼンチン法を準拠法とする二十億ドルの債券を密かに発行しようとした。これを察知したジェイコブス・アソシエイツは、二つの銀行にどういうことなのか説明させるよう連邦地裁に申し立て、トーマス・グリーサ判事がそれを認め、二行に対し、二月二十六日午後三時までに証人として裁判所に出頭するよう命じた。この動きで、アルゼンチン政府は債券発行を諦めた。

一方、債券市場では、十月二十五日に予定されている同国の大統領選挙において、金融市場や国際関係を重視する保守系野党ＰＲＯ（共和国の提案）の代表で、ブエノスアイレス市長のマウリシオ・マクリが有望との観測から、アルゼンチン債券の価格が上昇した。

三月五日――

カリフォルニア州の連邦地裁が、一年前にアルゼンチン政府の二基の人工衛星打ち上げ契約（総額一億千三百万ドル）の差し押さえを求めたジェイコブス・アソシエイツの申し立てを却下した。理由は、ある物を差し押さえるためには、それが「使用」されていなければならないという判例法上の要件を満たしていないことだった。ジェイコブス側は決定を不服として、直ちに抗告した。

三月十七日――

二〇〇五年と二〇一〇年の債務再編の際に発行された、アルゼンチン法準拠のドル建て債券の受託エージェントを務めているシティバンクが、グリーサ判事の支払い差止め命令と、利払いをしなければアルゼンチン国内での銀行免許の剥奪や刑事や民事の制裁を加えるとするアルゼンチン政府の板挟みに音を上げ、受託エージェント業務から撤退すると表明した。

その三日後、グリーサ判事は、シティバンクを救済するため、同行に対して利払いを禁じた三月十二日付の命令を撤回し、三月末に期日が到来する債券の利払いを認めた。

これにより同債券を保有しているアルゼンチン国内の債権者は利払いを受けられることになった。しかし、外国の債権者は、同債券の決済業務を行なっているユーロクリア（本社・ブリュッセル）とクリアストリーム（ドイツ証券取引所グループ）が引き続きグリーサ判事のインジャンクション（支払い差止め命令）に拘束され、シティバンクから資金を受け取っても顧客に渡せないため、利払いを受けられないままであった。

八月九日——

アルゼンチンで、有権者が義務投票で各党派内から大統領選挙に出馬する候補を一人に絞る予備選挙が行われ、六人の候補者が選ばれた。

最も得票が多かったのは、与党ペロン党（正義党）のブエノスアイレス州知事ダニエル・シオリで三八・五パーセント、続いて中道右派の野党連合「カンビエモス（変えよう）」の前ブエノスアイレス市長マウリシオ・マクリで三一・二パーセント、第三位は、野党連合「新たな代表」でティグレ市長のセルジオ・マサで一八・三パーセントだった。

一位のシオリは、ペロン党の中では穏健派で、社会主義路線のフェルナンデス大統領と一定の距離を置いており、フェルナンデスもシオリを支持するとはまだ明言していない。三位のマサは二〇〇八～〇九年にフェルナンデス政権の閣僚会議議長を務めたが、その後袂《たもと》を分かち、野党に転じた。

十月二十五日に行われる本選挙では、四五パーセントの票を得るか、四〇パーセント以上の得票かつ二位に一〇パーセント以上の差をつけた者が当選する。その条件を満たす候補者がいない場合は、上位二名で十一月に決戦投票が行われる。

九月二十九日——

ニューヨーク州南部連邦地裁のグリーサ判事は、ホールドアウト債権者への支払いを命じた裁判所の決定を無視し、密かに米国以外で債券を発行しようとしたり、既存の債券の決済地をニューヨークからブエノスアイレスに変えようと試みたりしているアルゼンチン政府に対し、法廷侮辱罪を宣告した。ジェイコブス・アソシエイツは、罰金として一日五万ドルを科すべきだと申し立てたが、グリーサは、ペナルティについては後日いい渡すとした。

これに対し、駐米アルゼンチン大使はケリー国務長官に違法な内政干渉であるとの抗議の手紙を送り、アルゼンチン外務省は「グリーサ判事の宣告は国際法違反であり、ハイエナ・ファンドが我が国に対して行なっている中傷キャンペーンを助ける意味しかない。彼は、債務を払わないことを理由として主権国家に法廷侮辱罪を宣告した最初の裁判官という悲しむべき記録を持つことになった」という挑戦的な声明文を発表した。

6

十月二十五日――

サミュエル・ジェイコブスは二人の息子とそれぞれの妻、婚約者と一緒に、高度四〇〇メートルで飛ぶセスナ機から地上の風景を見下ろしていた。

中型のセスナはエンジン音を響かせ、灰色や黒っぽい岩や石に覆われた荒涼とした風景の上を飛んでいた。彼方の岩山は淡い褐色に霞み、地球以外の惑星に迷い込んだかのようだ。

この土地は、年間降水量が一ミリメートルにも満たず、それゆえペルーの古い言葉で「過酷」を意味する「ナスカ」と名付けられた。

「……ルック、アンダー・ザ・ライト・ウィング、ウェーイル！　キャン・ユー・スィー・ザット？（右翼の下のほうに鯨があります。見えますか？）」

ヘッドセットのマイクロフォンから副操縦士のスペイン語訛りの英語が流れてきた。

「む、どこだ？」

ジェイコブスは丸い銀縁眼鏡ごしに目を凝らしたが、すぐには分からない。干上がった川底のような地上は、午前中の陽光が当たって白っぽい上に、鯨を描いた線も薄いので識別しづらい。

「あっ、本当！　あそこ、あそこ！」

ジェイコブスの前の席にすわった次男マーヴィンの妻、ジェーンが興奮ぎみに指さし、一眼レフのカメラを取り出してシャッターを切る。

砂漠平原に、全長六三メートルの口を開けた鯨が泳いでいる地上絵が描かれていた。

セスナは揺れることもなく、近くの不等辺四角形の絵の上を飛び、右に旋回する。

低い岩山の斜面に描かれた大きな人の絵が現れた。

「ダッド、あれは宇宙飛行士だね」

ジェイコブスの後ろの席から、婚約者の男性と並んですわった長男のロバートがいった。

四十代の働き盛りとなり、今はニューヨークの大学病院に胸部外科医として勤務している。ジェイコブスの強力なロビイングのおかげで、二〇一一年六月にニューヨーク州で同性婚法が成立し、去る六月二十六日には連邦最高裁がすべての州での同性婚を認める判決を出したので、来年四月に婚約者のＩＴエンジニアの男性と結婚する予定である。

「ほお、本当だな！　これはよく分かる」

全長三二メートルの人物像で、顔はゴーグルを着けている宇宙飛行士のようにも見えるし、アンデス地方で知識の女神とされたフクロウのようにも見える。

地上には、尾をぴんと立てた犬、全長一一〇メートルの猿、南米らしい全長一三五メートルのコンドル、雨の化身として崇められる全長四六メートルの蜘蛛など、地上絵が次々と現れる。一～六世紀に描かれ、二〇世紀になって発見されたものだ。

「しかし、こんなものを、どうやって描いたんだ?」

「えーと、ガイドブックによりますと……」

マーヴィンがガイドブックを開く。「数学的知識を持つ神官などが指導し、基準となる一点に杭を打ち、そこから下絵と等倍率に杭を打って、絵を広げていったと推測されているそうです」

地上絵の目的はいまだはっきり分かっておらず、水源と水脈の印、天文学的な暦、雨乞いの儀式、宇宙人のための滑走路など、諸説がある。

セスナ機は乗客が地上絵を見やすいように、右に左に優雅に機体を傾けながら飛び続ける。

「皆さん、左手十時の方角にハチドリが見えます」

副操縦士の言葉で、全員が視線をやると、ナスカの地上絵の中で最も美しいといわれるハチドリが黒く酸化した地表にくっきりと姿を現していた。広げた翼は六六メートル、蜜を吸うくちばしは四〇メートルで、くちばしが接する線は、夏至の日の太陽の位置を指すといわれている。


翌朝——

ジェイコブスは、マチュピチュへの玄関口、クスコのホテルで遅めの朝食をとった。

海抜三三九五メートルの高地にあるクスコは、かつてのインカ帝国の首都で、聖獣ピューマの形に造られている。カミソリの刃も通さない精緻なインカ時代の石組みの上に、一六世紀前半から支配したスペインのコロニアル様式の建物が築かれ、オレンジ色の瓦屋根の家で埋め尽くされている。石畳の道が多い街並みはユネスコの世界文化遺産だが、埃《ほこり》っぽく、貧しさと隣り合わせだ。

ジェイコブスらが宿泊している「ベルモンドホテル・モナステリオ」は、一六世紀に創立された修道院を改装したもので、ルネッサンス建築の影響を受けた石造りの建物である。館内や客室には宗教画が飾られ、華麗さの中にも厳かな雰囲気が漂っている。

ジェイコブスは、アーチ型の柱廊に囲まれた中庭で、朝食後のコーヒーを飲みながら、アイン・ランドの『肩をすくめるアトラス』を読んでいた。傑出した実業家たちが財産や国を捨てた結果、社会に不可欠な産業が崩壊していく架空の時代の米国を描いた大河小説で、富は考える能力の産物であり、名誉の象徴であるというジェイコブス好みの思想が根底に流れている。

「やあ、ダッド。お早うございます」

マーヴィンとジェーンが姿を現した。

「お早う。よく眠れたか？」

ジェイコブスは微笑を浮かべ、木陰のパラソルの下の四人がけのテーブル席を二人に勧める。

「ええ。薬を飲んだおかげで高山病にもならなくて、ぐっすり眠れました」

薄手のセーター姿のマーヴィンが屈託のない笑みを見せる。

南半球はそろそろ初夏に差しかかるが、高地にあるクスコは朝方、肌寒いくらいだ。空は抜けるように青く、空気が薄いので息が切れやすい。

「ボブ（ロバート）たちは、さっき散歩に出かけたよ。リャマやアルパカと写真を撮ってくるそうだ」

町では、浅黒い肌でカラフルな民族衣装姿の地元の人々が、リャマやアルパカを曳《ひ》いて歩き、観光客に写真を撮らせている。

白い上着姿のペルー人ウェイターが、フルーツ、クロワッサン、オレンジジュースなどを運んで来て、マーヴィンとジェーンから飲み物や卵料理の注文をとる。

「ところで、ダッド、昨日のアルゼンチンの大統領選挙はよかったですね」

その言葉に、ジェイコブスの顔に思わず笑みが浮かんだ。

「番狂わせで、ペロン党の連中は相当慌てているようだな」

昨日行われたアルゼンチンの大統領選挙では、一位がペロン党のダニエル・シオリで得票率三七・一パーセント、二位が前ブエノスアイレス市長のマウリシオ・マクリで三四・二パーセントだった。世論調査で優勢を伝えられていたシオリはまさかの失速で、規定により当選者は出ず、十一月にこの二人で決戦投票が行われる。

「決戦投票では、三位のマサの票が流れて、マクリが当選する可能性が高いみたいだね」

二〇パーセントの票を獲得したティグレ市長のセルジオ・マサの支持者はフェルナンデスのポピュリズム（大衆迎合主義）・社会主義路線からの脱却を目指しており、マクリとほぼ同じ路線である。

「おそらくマクリが大統領になると俺は見ているよ。奴には勢いがある」

ジェイコブスは上機嫌でコーヒーをすする。

マクリは、ホールドアウト債権者との争いを解決し、アルゼンチンを国際金融市場に復帰させることを最優先課題の一つとして掲げている。フェルナンデスと距離を置くシオリも、ホールドアウト債権者と話し合う考えを明らかにしているが、トーンはマクリほど明確ではない。

三日後（十月二十九日）――

陽が落ちたブエノスアイレスのプラザ・デ・マヨ（五月広場）とカサ・ロサダ（大統領官邸）の中庭《パティオ》を数千人の人々が立錐の余地なく埋め尽くし、怒濤の歓呼を送っていた。

人々は手を振り上げて歓呼のメッセージを繰り返し、フェルナンデスの写真やアルゼンチン国旗、ペロン党党旗などを打ち振り、地鳴りのような気勢が夜空にこだましていた。集まったのは、教育や医療分野でフェルナンデスの手厚い社会主義的政策の恩恵を受けた低所得者層のペロン党支持者たちで、動員された運動員たちも多数まじっていた。

中庭のバルコニーには、鮮やかなピンクと黒の格子柄のジャケットに白いシャツ姿のフェルナンデスが立ち、群衆の声がテレビ中継されるよう、マイクを向けていた。

四日前の大統領選挙で、ペロン党のダニエル・シオリが思わぬ苦戦をし、当選が危ぶまれる状況になったため、フェルナンデスは距離を置く態度を一変し、シオリへの支持を呼びかけることにした。

「オラ！　セ・エスクチャ？（今晩は！　聞こえますか？）　セ・エスクチャ・ビエン？（よく聞こえますか？）　今日は、皆さんにお訊きしたいことがあります」

フェルナンデスが話し始めると、群衆は水を打ったように静まり返る。

「大統領候補者の中で、我々の政策を継続できるのは、誰でしょうか？」

フェルナンデスの声が響き渡ると、群衆は一斉に腕を熱狂的に振り上げ、シオーリ！　シオーリ！　と、この場にはいないダニエル・シオリの名前を連呼する。

「重要なのは、我々の政策が継続されることです」

フェルナンデスは右手で黒いマイクを握り、金色の腕時計をした左手を激しく振りながら訴える。バルコニーの左右では、スーツ姿のペロン党の幹部たちが見守っていた。

「今回の選挙で、わたしは候補者でも何でもありません。しかし、わたしがここを去るとき、何年もかけて築き上げてきたものが廃墟となるのを目にしたくはありません」

群衆が賛同の叫び声を上げ、歌を歌ったり、フェルナンデスの名前を連呼したりする。

人々の間で無数のカメラのフラッシュが焚かれ、故キルチネル大統領の大きな写真を掲げている者もいる。

「我々は、過ちも欠点もある人間です。それが我々です。けれども今日の我々と、明日の我々が別の人間であってはなりません」

フェルナンデスの声がマイクを通して夜空に朗々と響き渡る。

カリスマ性と美貌で群衆を魅了する姿は、故ファン・ドミンゴ・ペロン（第二十九・四十一代大統領）の妻エヴァ・ペロン（愛称エビータ）さながらだ。

「ハイエナ・ファンドとの戦いにおいては、昨日いったことと、今日いうことを違《たが》えることはできません。そうすることは、四千万人のアルゼンチン国民を苦しめることになるからです」

ハイエナ・ファンドとの和解を模索するマクリを批判する言葉だった。

「わたしは過去八年間、大統領として政策を築き上げてきました。それは大きな犠牲を伴うものでした。なぜならわたしは最愛の人にもう二度と会えないのですから。おお、神よ！」

五年前に亡くなった夫に言及すると、再び大きな歓呼と拍手がフェルナンデスを包んだ。

十一月十五日――

大統領選の決戦投票を一週間後に控えた日曜日の夜、ブエノスアイレス大学法学部の講堂で、マウリシオ・マクリとダニエル・シオリの公開ディベートが開かれた。

着席した数百人の聴衆の目の前で、低いステージが青い照明の中に浮かび上がり、五メートルほどの間を置いて二つの白い演壇が設けられていた。

背後の壁にはレーザー・グラフィックで「ARG DBT 2015」（二〇一五年アルゼンチン・ディベート）という文字や、アルゼンチン国旗が映し出され、テレビの全国放送に相応《ふさわ》しい演出だった。

「Buenas noches, país. Bienvenidos al debate presidencial por la segunda vuelta electoral en la República Argentina.（全国の皆さん、今晩は。大統領選挙決選投票のディベートへようこそ）」

スーツを隙なく着こなした四十歳過ぎのプレゼンターの男性が、マイクを手に目の前の聴衆とテレビカメラに向かって話し始めた。

左右にモデレーター（司会者）の男性二人が立ち、それぞれマイクで挨拶する。

「本日のディベートは、アルゼンチン民間放送事業者協会がプロデュースし、テレビ、ツイッター、フェイスブックで中継されます。これから起きることはすでに我々の手から離れ、歴史の一部となります。アルゼンチンで、大統領選の決戦投票が行われるのは史上初めてのことです。また二人の候補者によって公開ディベートが行われるのも史上初めてです」

プレゼンターは、ディベートは、経済と人的資源の開発、教育と子ども、安全保障と人権、民主主義の強化という四つの分野について戦わされること、各分野ごとに、候補者の一人が二分間自分の考えを述べ、対立候補が一分間質問し、話した候補者が一分間答え、さらに対立候補が一分間追加の質問をし、候補者が一分間答えるというルールを説明する。

「それでは皆さん、候補者をご紹介します！　将来のアルゼンチン大統領です！」

勇壮な音楽と拍手の中、ステージの左手からシオリが、右手からマクリが現れ、ステージ中央で互いの左手で握手をする。本格的なパワーボート・レースが趣味のシオリは、事故で右手を失い、義手を着けている。

「では、最初のテーマは、経済と人的資源の開発です」

それぞれの演壇の前に立った二人の候補者と向き合う位置に立ったモデレーターの男性の一人が、話し始める。

「二人の候補者とも、選挙キャンペーンにおいて、この分野に関して様々な提案をしてきました」

スーツ姿の知的な風貌のモデレーターは、この分野の重要性について述べ、マクリに自分の考えを二分間で述べるよう求めた。

「皆さん、今晩は。お家にいらっしゃる方々は、ご家族と週末を過ごされ、また明日からの仕事にそなえていることと思います」

ステージ右手の演壇に立った五十六歳のマクリが話し始める。ノーネクタイで、細身の身体に紺色のジャケットを着ていた。

各種の世論調査では、マクリの支持率は五二〜五五パーセントで、シオリの四三〜四五パーセントを上回り、逆転勝利しそうな情勢である。

「我々の目指すものは、国民の皆さんが、安全でよりよい暮らしができるようにすることです」

マクリは身振り豊かに、貧困をゼロにし、中小企業を振興し、大型公共工事を実施して二百万人の雇用を創出し、百万人に住宅ローンを提供し、若者に職業訓練を行う計画などを説明した。最後にシオリ候補に対し、考えは違うけれども、自分は民主主義を尊重しており、今日のディベートを建設的なものにしたいと述べた。

「では、シオリ候補、一分間で質問を」

モデレーターがシオリを促す。

「マクリさん、あなたは株価を引き上げ、為替に対する制限を解除すると主張している。これは社会にとって危険な政策だとわたしは思う」

マクリより二歳年上のシオリは、がっしりした身体を青のネクタイと紺のスーツで包み、やや緊張した面持ちで話し始めた。声はしわがれており、副大統領やブエノスアイレス州知事を歴任してきた与党政治家らしい威厳がある。

フェルナンデス政権は外貨流出に対処するため、二〇一一年から「セポ（足枷）」という厳格な外貨規制を導入した。これにより深刻なドル不足がもたらされ、中小企業、輸入業者、外国企業が苦しんでいるため、マクリは自分が大統領になったらセポを廃止すると公約している。

「ペソが下落すれば、労働者の皆さんは収入が減り、中小企業や年金生活者も危険に晒される。誰がその代償を払うのか？　あなたにお尋ねしたい」

「ダニエル、国民がわたしの政策を恐れているとあなたがほうぼうで話しているのは知っている。しかし、アルゼンチン国民は恐れてはいない。国民は、成長と、雇用機会の創出と、地域経済の活性化を待ち望んでいる」

若々しく、新鮮な印象のマクリは、シオリを横目で見ながら軽快な口調で話す。

「恐れているのは国民ではなく、あなたがただよ。あなたがたは権力を濫用してきた。そしてその特権にしがみつこうとしている。過去四年間、アルゼンチンの経済成長は止まったままだ。雇用も創出されていない。地方経済も停滞している」

主要産品の大豆など、穀物価格の世界的上昇の追い風を受け、アルゼンチンは、二〇〇七〜二〇一一年、おおむね高成長を実現した。しかし、フェルナンデス政権のポピュリズム（大衆迎合主義）的ばらまき政策で財政は悪化し、年率二割を超えるインフレに直面し、貿易や金融でも保護主義的姿勢が目立ち、国際的に孤立した。

「貿易や為替に対する規制を緩和してこそ、はじめて経済成長や……」

「マクリさん、時間です」

モデレーターが話し続けようとするマクリを制止した。

「残念だが、あなたはわたしの質問に答えていない」

シオリが二度目の質問に入った。

「アルゼンチンは過去、通貨の下落で苦しんだ。それは国会で何度も議論されている」

シオリはほとんどマクリを見ずに、聴衆のほうを向いて話す。右手が義手のため、マクリのような軽快な手振りもできず、重い印象である。

「しかもあなたは、ＹＰＦ（国営石油会社）やアルゼンチン航空やＡＮＳＥＳ（国家社会保障機構）などの民営化を主張してきた。国営企業は、国民に対して重要なサービスを提供するにもかかわらずだ」

シオリはマクリの痛いところを衝こうとする。

マクリは当初、ＹＰＦなどの民営化を主張していた。しかし、有権者が雇用の不安定化を恐れ、七月のブエノスアイレス市長選で、マクリが指名した後継者が当選はしたものの、思わぬ苦戦を強いられたため、国営形態を残しながら経営改善すると方針転換した。

「あなたは、ハイエナ・ファンドにも金をくれてやるというが……」

「シオリさん、時間です」

モデレーターが告げた。

「ハイエナ・ファンドや、ＩＭＦに妥協し、しかも国際協調の相手まで変えようと……」

マクリはペロン党の左翼的外交から欧米との協調への転換を訴えていた。

「シオリさん、時間が過《や》ぎました。終えて下さい」

シオリが話を止め、モデレーターはマクリに答えを促す。

「アルゼンチンの問題は単にドルとかペソの問題ではないんです。アルゼンチンの問題は、フェルナンデス政権が嘘をついてきたことですよ。嘘をついて国の信用をぶち壊したことです。だから投資が入ってこない。だから経済も成長しない。政府は本当のインフレ率も隠している。そして年金生活者は困窮している。嘘をつくこと、隠すことがこの国の真の問題なんです」

シオリに対してフェルナンデスの傀儡というイメージを植え付けるのが、マクリの選挙戦術だ。

「アルゼンチンは、閉鎖的、民族主義的、反市場主義的というレッテルを貼られ、国際社会でも孤立している。これを変えなければ、この国は変わらない。しかし、ダニエル、きみでは変えられない。きみは旧態を維持するために選ばれようとしているのだから」

強烈な一撃を放ってマクリは答えを締め括った。シオリは悔しさをぐっとこらえている表情。

「有難うございます。シオリ候補からマクリ候補への質問のセッションをこれで終えます。では次に、ロール（役割）を入れ替え、シオリ候補に経済と人的資源の開発について二分間話して頂きます」

モデレーターに促され、シオリが話し始める。

「国民の皆さん、マクリ候補の話に惑わされないで頂きたいと思います。わたしは今晩ここに、もし皆さんに選んで頂けたら、十二月十日から大統領になる人間としてやって来ました。その場合、わたしは自分の考えにもとづき、自分自身で意思決定をします。ですから、十二月十日で終わる政府について話すのは時間の浪費です」

シオリは、フェルナンデスの傀儡というイメージを払拭しようとする。

「わたしは労働者を守り、若者を守る政策を実行してきました。わたしは石油産業を守ります。わたしは中産階級と中小企業を守ります。わたし自身が中産階級で中小企業の家の出です」

シオリはブエノスアイレス市内の中産階級の住民が多いヴィリャ・クレスポ地区の電器販売店に生まれた。

「経済成長は政府の主導によってもたらされるものです。労働者への利益配分を重視し、所得税の控除を拡大し、地方経済の競争力を強化していきます。マクリ候補の主張する通貨の大幅な切り下げによっては実現できません」

マクリは眼窩の深い目でシオリを見詰め、素早くメモを取りながら話を聴いていた。

一週間後（十一月二十二日）――

夜、マウリシオ・マクリが晴れ晴れとした笑顔で高らかに宣言した。

「あなた方は投票で不可能を可能にした。時代の転換点だ。一緒に理想のアルゼンチンをつくろう！」

この日、大統領選挙の決選投票が実施され、当選したのはマクリだった。

マクリは全体の五一・三四パーセントの票を獲得し、シオリは四八・六六パーセントに止《とど》まった。十二年間に及ぶキルチネル夫妻によるポピュリズム（大衆迎合主義）路線との決別を国民は選択したのだった。投票率は八〇・九三パーセントだった。

ブラジル、ベネズエラ、ボリビアと並んで、米国と距離を置く中南米の左派勢力の一角が崩れたことに、地域の右派勢力であるコロンビア、パラグアイ、メキシコ、チリなどの大統領や有力者が祝辞を贈ったり、関係強化を呼びかけたりした。

米国のケリー国務長官も、今後マクリ政権との親密な付き合いを楽しみにしていると歓迎の意を表した。また、下院の外交委員会の委員長、エドワード・ロイス（共和党）と、同委員会の民主党のトップ、エリオット・エンゲルは、オバマ大統領に手紙を書き、二国間の広報文化外交の強化、ハイレベルの経済対話の開始、経済・貿易分野での技術支援、ホールドアウト債権者との紛争解決、などを訴えた。


十二月七日——

ニューヨークは、クリスマスツリーの電飾が寒風の中で煌《きら》びやかに輝く季節になっていた。

パンゲア&カンパニーの北川靖とジム・ホッジスは、ミッドタウンのオフィスの近くにあるウォルドルフ＝アストリア・ホテルで、投資家の一人との昼食を終え、ロビーに降りてきた。

一八九三年に開業したニューヨーク屈指の高級ホテルのロビーには、自由の女神像を頂いた高さ九フィート（約二・七メートル）のアンティーク時計が置かれ、世界中からやって来た宿泊客たちが、三十ヶ国の言語でサービスを提供する長いフロント・デスクで、手続きをしていた。今もコンゴ共和国の大統領の座にあるドニ・サス＝ンゲソも愛用する老舗ホテルだ。

「……おっ、あれは⁉」

ホッジスが、エレベーター・ホールのほうに歩いて行く三人組を見て、声を漏らした。

「フォックスとマーヴィン・ジェイコブスか。マーヴィンは最近ロンドンからニューヨークに戻って来たらしいね。……あと一人は誰だろう？」

北川が、灰色の頭髪で眉の濃い男を見ていった。ノーネクタイに黒いジャケット姿で、隙のないビジネスマンに見えた。

「あれは……ドイツ銀行のアルゼンチン現法《げんぽう》のチェアマン（会長）だったルイス・カプトだ。昔、一度だけ会ったことがある」

ホッジスが記憶を辿る表情でいった。

「ほーう、しかし、なんでアルゼンチンのバンカーがジェイコブスと一緒に？」

「確か、カプトは、新政権の財務担当副大臣に内定しているはずだ」

「ということは、ホールドアウト債権者との交渉が始まるということか？」

「だろう。マクリ政権はホールドアウトとの争いを解決して、国際金融市場に復帰するのを政策の最優先課題に掲げてるから」

「そうか。いよいよ、山が動くのか……」

北川とホッジスは、エレベーター・ホールのほうに消えて行く三人の姿を見送った。

十二月十日――

マウリシオ・マクリは議会で宣誓し、第五十七代大統領に就任した。就任式の場所を巡ってマクリと激しい議論になったフェルナンデスが出席しない異例の式であった。フェルナンデスは、同じ日の飛行機で、最近国会議員になった息子とペットの犬とともに義理の妹がいるチリのパタゴニアにさっさと旅立った。

新内閣の経済財務相には元ＪＰモルガンの為替ストラテジストで、二〇〇二年から二〇〇四年まで中銀総裁を務めたアルフォンソ・プラットガイ、ホールドアウト債権者との交渉にあたる同省の財務担当副大臣と次官には、共にＪＰモルガンとドイツ銀行勤務の経験があるルイス・カプトとサンチアゴ・バウシリが就任した。またエネルギー相に石油メジャー、シェルのアルゼンチン現法の元社長、外務大臣にアルゼンチン・テレコム社の元社長、生産大臣に年金基金の元ＣＥＯ、運輸大臣に自動車販売会社の元経営者、アルゼンチン航空社長にＧＭの元地域責任者が就任し、類を見ない実務家色の強い組閣が行われた。

7

年が明けた二〇一六年二月一日・月曜日――

アルゼンチンの債務に関する特別調停人を務めるダニエル・ポラック弁護士の法律事務所マッカーター&イングリッシュの会議室で、アルゼンチン経済財務省の財務担当副大臣ルイス・カプトらと、ホールドアウト債権者の直接交渉が持たれた。

出席した債権者は、ジェイコブス・アソシエイツ、アウレリアス・キャピタル（ニューヨーク州）、モントルー・パートナーズ（同）、ダート・マネジメント（グランドケイマン）、デビッドソン・ケンプナー（ニューヨーク州）、ブレイスブリッジ・キャピタル（ボストン）の六つのヘッジファンドで、要求総額は約九十億ドルである。

「……すでにダボス会議でマクリ大統領が表明したように、交渉はすべてオープンな形で行いたい」

灰色の頭髪で、元投資銀行家らしく隙のない、ぎょろりとした目のカプト副大臣が英語でいった。

去る一月二十三〜二十六日、スイスのダボスで開催された世界経済フォーラムに、マクリはアルゼンチンの国家元首として十三年ぶりに出席した。会期中、フェルナンデス政権時代に対立していたIMFと話し合いを持ち、これまで国際金融機関によるアルゼンチン向け融資に反対の立場をとってきた米国のシェイコブ・ルー財務長官からは、方針を撤回すると伝えられた。

「ルイス、交渉内容を公開されるのは困る。そういうやり方は金融の慣行に反するのはあなたが一番知ってるんじゃないのか？」

ピンストライプスーツをりゅうと着こなしたフォックスがいった。

「我々としては、通常どおりに、コンフィデンシャリティ・アグリーメント（守秘義務契約書）を交わした上で進めたい」

フォックスが用意してきた英文で二ページの契約書をカプトに差し出した。

「我々も同意見だ。交渉内容は非公開にしたい」

ほかのヘッジファンドからの出席者もいった。

「仮に我々がコンフィデンシャルにしても、コート（裁判所）へのファイリング（提出書類）で交渉の内容は公になる。結局は同じだと思うけれどね」

カプトは熟練のバンカーらしく落ち着いていった。

左右に、カプトを補佐するサンチアゴ・バウシリら、経済財務省の幹部が控えていた。

「コート・ファイリングで明らかになるのは、主に結果だ。それについては仕方がない。しかし、交渉過程をわざわざ公開することは望まない」

ダート・マネジメントの投資マネージャーがいった。

「まあ、のっけから、こんな手続きの話で時間を費やすのはちょっと無駄ですなあ」

カプトは悩ましげに舌打ちした。

それを見てフォックスらは、アルゼンチン側は早期に決着を付ける意向らしいと感じ取った。

「分かりました。では我々は、あなた方に対してアルゼンチン政府がどんな内容の提案をして、それが受け入れられたかどうかだけ発表します」

カプトの言葉に、ヘッジファンド側は互いに顔を見合わせる。

「分かった。それで結構だ」

フォックスがいい、他の出席者たちもうなずいた。

テーブルの上座にすわったポラックは、メモもとらずにじっと話を聴いている。

「それでは我々のほうから返済額について提案させて頂きます」

カプトの言葉に、出席者たちは軽い驚きにとらわれた。これほど矢継ぎ早に話を進めてくるとは予想していなかった。

「我々は債券の額面はきちんとお支払いします。交渉は金利についてのみです」

カプトの言葉にフォックスらはうなずく。

「(額面)一ドルに対して百二十セントをお支払いします」

「それは金利だけの額ですか？　それとも元本と金利合わせて百二十セントということですか？」

フォックスの隣にすわったマーヴィンが訊いた。四十歳を過ぎたが、くっきりとした眉の端整な顔に若者の面影を留《とど》めている。

「元本と金利合わせてです」

ヘッジファンド側は一様に失望した表情になった。

「ルイス、額面をきちんと払ってもらえるのは大変有難い。しかし、デフォルトからもう十五年も経って、今は元本より金利のウェイトのほうが遥かに大きくなっている。我々が裁判所から得ている判決は、一ドルに対して四百五十〜四百六十セントだ。あまりに開きすぎている」

ヘッジファンドの代表者の一人が不快感をこらえながらいった。

翌日——
夜、仕事を終えたカール・フォックスは、マンハッタンの自宅マンションのリビング・ルームで、チーズやピクルスをつまみに赤ワインを傾けていた。

コーヒー・テーブルの上には、読みかけの法律雑誌、ダイレクトメール、離婚した妻の弁護士から送られてきた養育費の請求書、愛読している詩人T・S・エリオットの『寺院の殺人』『カクテル・パーティー』などの本が乱雑に積み上げられていた。

テーブルのそばのテレビ画面の中で、アルゼンチンの経済財務大臣であるアルフォンソ・プラットガイがスペイン語で話していた。

「……本日、我々はイタリアのホールドアウト債権者と債務返済の合意に達しました」

JPモルガン出身で中央銀行総裁も務めた五十歳のプラットガイは、ノーネクタイで、テーブルの上で両手を組み、淡々とした表情で話していた。

（何、イタリアの債権者グループと合意⁉）

フォックスは驚き、リモコンで音量を大きくする。

ホールドアウト債権者には、ジェイコブスら米国の大手ヘッジファンドのほかに、約六万人のイタリアの小口投資家がおり、アルゼンチン政府は彼らと別途返済交渉を進めていた。

「額面総額約九億ドルの債券に対し、一ドルあたり百五十セントを支払い、総額十三億五千万ドルで紛争を解決することになりました」

（一五〇セントか……）

英語の字幕を見ながらフォックスは内心つぶやく。

イタリアの小口投資家たちは、ジェイコブスらと違って元々額面で債券を買っているので、半年複利で計算すれば利回りは三パーセントにも満たない。それでも額面を確保し、いくらかの金利をもらえて満足したと思われる。二〇〇五年と二〇一〇年の債務再編を受け入れた債権者に比べればほぼ二倍のリターンを得ることになる。

「我々はアメリカのヘッジファンドとも交渉していますが、問題は、彼らが要求している金利がどんな法律的な理由づけをしても受け入れられないほど高いということです。イタリアの投資家グループと合意でき、一つの先例ができたので、我々は厳しく交渉を進めていく予定です」

プラットガイ大臣は、口元を引き締めた。

（こいつら、さすがは元インベストメント・バンカーだな。交渉に長けている……）

アルゼンチン政府側は、電光石火でイタリアの投資家グループと合意を成立させただけでなく、先週、ＨＳＢＣ、ＪＰモルガン・チェース、サンタンデールなど七つの銀行から五十億ドル（約五千八百億円）のつなぎ融資を得て外貨準備を積み増し、外貨繰りに窮して妥協しないように手を打っていた。


三日後（二月五日・金曜日）――

月曜日に始まった交渉は、五日目に入った。

アルゼンチン側は、イタリアの投資家と同じ額面一ドルあたり百五十セントでの決着を主張したが、ヘッジファンド側は、二〇〇一年にデフォルトしてからのアルゼンチン国債の流通市場での利回りが、時期や債券の種類にもよるが、だいたい一〇パーセント程度だったので、それで計算すれば額面一ドルあたり四百セント以上になると主張した。またイタリア人の小口投資家と違って、多額の費用を投じているので、それをカバーできる価格でないと受け入れられないとも主張した。たとえば、ジェイコブスは、弁護士報酬だけで六千万ドル程度を投じ、ロビイングなどの費用も入れると、優に一億ドル以上をかけていた。

「……分かりました。それでは我々から最後の提案をさせて頂きます」

夕方、カプト副大臣が、肚《はら》をくくったような顔つきでいった。

（最後の提案……）

ヘッジファンド側はごくりと唾を飲む。

「一ドルあたり三百五十セント。あなたがたの要求額の七二パーセントほどをお支払いします。これでいかがですか?」

各ヘッジファンドは元々額面の三割程度の値段で買っているので、投資額に対して十倍以上のリターンになる。

「いや、その額ではまだ……」

マーヴィンがいいかけた。

「オーケー、それでいい。うちは手を打たせてもらう」

モントルー・パートナーズの男がいった。

「我々も三百五十セントで結構だ」

ダート・マネジメントの男がいった。

「ジェイコブス・アソシエイツは提案をリジェクト（拒否）します」

マーヴィンがいった。

「我々もリジェクトする」

残る三つのヘッジファンドも拒否し、この日、一枚岩だったヘッジファンド勢は二つに割れた。

夜――

特別調停人のダニエル・ポラック弁護士は、マッカーター＆イングリッシュのガラス張りの執務室から、ニューヨーク州南部連邦地裁のグリーサ判事の自宅に電話をかけた。

時刻は午後九時を回っていたが、オフィス内には煌々と明りが点り、まだ昼間のように弁護士や秘書たちが働いていた。

「……ダートとモントルーは三百五十セントで合意しました。しかし、残りの四ファンドはまだ粘っています」

受話器を耳に当てたポラックの前のデスクに、準備したばかりの合意書が置かれていた。それぞれ一ページ半程度の簡潔な文書で、ダート・マネジメントに八億四千九百万ドル、モントルー・パートナーズに三億八百六十万ドルが支払われるという内容だった。

「何が不満だというんだね？　三百五十セントでも、投資額の十倍以上のリターンを上げられるんだろう？」

自宅にいるグリーサ判事は、八十五歳らしくしわがれた低い声で訊いた。

「弁護士費用やらロビイングやらにずいぶん金を使っているので、簡単には引き下がれないと主張しています。しかし、それらを考慮に入れても十分利益が出る水準です」

「相も変わらぬグリード（強欲）か……。アルゼンチン政府もけしからんが、ヘッジファンドの連中も同じ穴のムジナだな。ムジナじゃなく、ハイエナか」

グリーサが乾いた笑い声を上げる。

「ヘッジファンドの連中は、やはりジェイコブスの動きを見ています。債権額も一番大きいですし、これまでもホールドアウト債権者の先頭に立ってきましたから」

「だろうな。しかし、そろそろ決着を付けてもらわんことにはな」

グリーサは、過去十年以上にわたり、アルゼンチンの債務絡みの無数の訴訟を担当してきた。この間、何者かに殺すと脅迫されたこともある。

「それで一つお願いがあります。アルゼンチンに対するインジャンクション（支払い差止め命令）を解除して頂けないでしょうか？　もちろん、デッドライン付きで」

アルゼンチンに対して非ホールドアウト債権者への支払いを禁じたグリーサの差止め命令は、ヘッジファンド側にとって最大の武器で、これが解除されると、力関係は完全に逆転する。

「ほう……。デッドラインというのは？」


翌週――

ホワイトハウスの会議室「ルーズベルト・ルーム」で、バラク・オバマ大統領が国務省の幹部たちと会議を行なっていた。

「……アルゼンチン訪問を正式に発表するのは、来週の予定だな？」

艶やかな木製の長テーブルに背広姿で着席したオバマが、顎を軽くしゃくって訊いた。

「はい、二月十八日を予定しています」

国務省の幹部が答えた。

オバマはレガシー（政治的遺産）として五十四年ぶりに国交を回復させたキューバを来月下旬に

訪問し、その足でアルゼンチンを公式訪問することに決めた。

労働組合をバックに一九四五年に創設されたペロン党が、メネム（一九八九〜九九年）、キルチネルと妻のフェルナンデス（二〇〇三〜一五年）という三人の大統領によって二十四年間政権を担ったことで、アルゼンチンの対米関係は冷え切った。これを一気に変えるマクリ政権の誕生を米国は大歓迎した。ブラジル、メキシコに次ぐ中南米第三位の大国の親米化で、地域における米国のプレゼンスは飛躍的に高まる。

米国の大統領がアルゼンチンを公式訪問するのは、一九九七年のクリントン以来十九年ぶりで、オバマは、政権幹部、警備スタッフ、企業関係者など約八百人を引き連れて行く。

「マウリシオ・マクリの滑り出しは順調のようですな」

オバマの隣にすわった、顎の長いケリー国務長官がいった。

マクリ政権は、昨年十二月に、「セポ（足枷）」と呼ばれる厳格な外貨規制を撤廃し、人為的に価格を高くされていたペソを三割減価させた。また先々週、電気の補助金を廃止し、電気代を六倍以上に引き上げた。穀物等の輸出税や、自動車など奢侈《しゃし》品に対する税金も緩和し、経済の自由化へと大きく舵を切った。

「内閣支持率は七一パーセントか……。まあ最初は誰でも高いけれどね」

オバマが手元の資料を見て微笑した。自分自身も当選直後の支持率は六〇パーセント台だったが、最近は五〇パーセントに届くかどうかといった状況だ。

「ところで我が国との目下の問題は？」

「最大の問題は、ヘッジファンドとの債務返済交渉です」

国務省の幹部が答えた。

「あれはまだ解決がついていないんだな？」

「はい。今大詰めを迎えていまして、イタリアの小口債権者とは先週合意、モントルー・パートナーズとダート・マネジメントとも合意が成立しました。しかし、ジェイコブス・アソシエイツなど四つのヘッジファンドとは交渉が続いています」

「ジェイコブスは例によって粘りますなあ」

ケリー国務長官が苦笑した。

「見通しは？」

オバマが訊いた。

「断定はできませんが、おそらく近々決着がつくと思います」

「分かった。こんな問題が残っていたんじゃ、向こうにいってメディアに何をいわれるか分かったもんじゃない。なるべく早急に決着をつけるよう、関係各方面に働きかけてくれ」


翌週（二月十九日）——

コネチカットの自宅の書斎にいたサミュエル・ジェイコブスに、弁護士のフォックスから慌てた様子で電話がかかってきた。

「サム、大変です！　グリーサがアルゼンチン政府に対するインジャンクション（支払い差止め命令）を解除するといってきました！」

「なにいっ⁉　いったいどういうことなんだ⁉」

受話器を耳に当て、ジェイコブスは目を剝いた。

「二月二十九日までに我々がアルゼンチン側と返済方法について合意し、アルゼンチンが『Lock Law（拘束法）』を廃止し、我々に支払うことが条件とはなっていますが」

「二十九日というのは、合意のデッドラインだな？　支払いじゃないな？」

「もちろんです。『Lock Law（拘束法）』の廃止は向こうの国会マターですから」

「うーむ……」

支払い差止め命令の解除を突き付けられたのは驚きだったが、話を聴いてみると、アルゼンチン側の支払いが条件であり、これまでの線を踏み外していない。

「ポラックが仕組んだんだな？」

「ええ。今、電話したら、『今ここで合意しないと、永遠にこの争いにロックインされる（閉じ込められる）ぞ』と脅しをかけてきています」

フォックスは苦々しげにいった。元々会議中にメモを一切とらないポラックのスタイルも、細部の正確さにこだわるフォックスには気にくわなかった。

「二十九日というと、あと十日か……」

「昨日、オバマ大統領が三月にアルゼンチンを公式訪問すると発表しましたから、それに関係しているのかもしれませんね」

オバマは三月二十日から二十二日までキューバを訪問し、二十三日から二十四日までアルゼンチンを訪問すると発表した。

「ここで妥協しなければ、政府の支持も、裁判所の支持も失う恐れがあるんだろうな」

連邦地裁の裁判官は、上院の助言と同意にもとづいて大統領が任命しており、元々政治的色彩を帯びている。

「ただここまできて、三百五十セントで折れるのもな……。もう一度、マルコス・ミンドリンに頼んでみよう」

マルコス・ミンドリンは、アルゼンチン最大の電力会社、パンパ・エネルギア社の会長で、ダボスの世界経済フォーラムで知り合って以来、ジェイコブス側の要望を非公式にアルゼンチン政府側に伝える窓口になっていた。

「金利の話はどこかで手を打てるだろう。ここまできたのだから」

「はい」

「むしろ法律面をしっかり詰めてくれ。特に、インジャンクションという武器は最後まで手放すわけにはいかん」


一週間後（二月二十六日）――

マッカーター&イングリッシュの会議室で、相変わらず激しい議論が繰り広げられていた。

「……価格は三百六十セントまで引き上げます。これ以上の好条件の投資は、世界のどこを探したってないでしょう？」

長時間の交渉で、目の下にどす黒い隈《くま》を浮き上がらせたルイス・カプト副大臣がいった。

「ルイス、引き上げには感謝する。しかし申し訳ないが、我々は三百六十セントで妥協するわけにはいかない。ファンドに金を出している投資家に対して説明できない」

ヘッジファンドの幹部の一人がいった。

約一週間の交渉で、アルゼンチン側は三百六十セントまで価格を上げ、ヘッジファンド側は三百九十セントまで下りてきた。しかし、まだ三十セントの開きがあった。

「あなたがたには投資家があるかもしれないが、我々には国会がある。返済条件の承認を受けて、『Lock Law（拘束法）』も廃止しなくてはならない。野党から批判を浴びるような譲歩をすれば、ディール（取引）が壊れる」

カプトの隣にすわった次官のサンチアゴ・バウシリがいった。一癖ありそうなカプトと違って、風貌も性格も衒《てら》いがなく、実直そうな感じである。

「ご存知の通り、上院ではペロン党（正義党）系の複数の政党が議席の七二パーセント、下院でも六〇パーセントを占めている。地方レベルでも、全国二十四州のうち十六州をペロン党系の知事が占めている。彼らはマクリ政権を攻撃する材料を血眼《ちまなこ》で探している」

マクリ政権を支持する中道右派連合「カンビエモス（変えよう）」は上院で二一パーセント、下院で三五パーセントの議席を得ているにすぎない。

「もうわずか三十セントの開きじゃないか。アルゼンチン政府も譲って、価格を上げたことだし、ここらで手を打ってはどうかね？」

上座にすわった特別調停人のポラック弁護士がヘッジファンド側にいった。

「確かに一ドルに対してはわずか三十セントです。しかし、ジェイコブス・アソシエイツが保有している債券元本は六億千七百万ドル。三十セント違うと、一億八千五百万ドル違います。十万ドルや二十万ドルの話ではありません」

マーヴィンが反論し、ヘッジファンドの幹部たちがうなずく。

「ふー……。ここらで三十分くらい休憩しないかね？」

一つ大きく息を吐いて、ポラックがいった。

話し合いが膠着状態に陥ったときは、休憩を入れて頭をリフレッシュさせるのが交渉の常道だ。

出席者たちはテーブルから立ち上がって、窓の外を見ながら言葉を交わしたり、トイレに行ったり、携帯電話で外と連絡をとったりする。


その晩――

ポラックは再び自分の執務室からグリーサ判事に電話をかけた。

「……サミュエル・ジェイコブスを裁判所に出頭するよう、召喚命令を出して頂けないでしょうか？」

書類の山で一杯のデスクから電話をかけたポラックの声に苛立ちが滲んでいた。

結局、この日も価格の折り合いがつかなかった。

「ジェイコブスを？」

自宅にいるグリーサが低くしわがれた声で訊いた。

「はい。マーヴィンとフォックスはサム・ジェイコブスのただの操り人形です。直接彼に現状をぶつけて、合意を急がせたいと思います」

「しかし、裁判所に召喚するというのはねえ……」

グリーサはためらう。「きみが直接話せば済むことじゃないかね。土壇場で、こじらせるような真似はしたくない。一度会って駄目なら、改めて考えよう」

翌日──

召喚状を諦めたポラックは、サミュエル・ジェイコブスを呼び出した。

高級スーツに身を固め、マッカーター&イングリッシュの応接室に姿を現したジェイコブスは、ウェッジウッドのカップでコーヒーをゆっくりすすると、「金利の話はコマーシャル・マターだ。イデオロギーの話じゃない。お互いに妥協はできるだろう」と述べ、期限までに合意する意向を示した。

ジェイコブスが帰ったあと、ポラックはアルゼンチンのカプト副大臣に電話をかけ、ジェイコブスの様子を伝え、あとほんの少しだけ価格で譲歩できないか再考を促した。

翌日（二月二十八日）──

支払い差止め命令解除の条件の一つである、アルゼンチンとヘッジファンドの合意成立の期限が翌日に迫った。

この日の昼頃、ようやく価格が三百六十九セントで折り合い、合意書の文言の交渉に入った。

ヘッジファンド側は、アルゼンチン政府の国内外における資金調達について、自分たちから事前承認を受けるべきこと、海外で資金調達をする前に返済金を支払うべきこと、返済金の支払い期限は四月十四日までとすることなどを要求した。

これに対し、アルゼンチン側は、支払い期限以外は受け入れられないと反論した。

「……イタリア人投資家グループへの十三億五千万ドルと、六つのヘッジファンドへの五十八億三千五百万ドルを合わせると七十一億八千五百万ドルになる。アルゼンチンの今の外貨準備から支払うのは不可能です」

カプト副大臣がいった。

「まず、海外で資金調達、すなわち債券発行をし、それからあなたがたに支払いたい」

「いや、それでは順序が逆だ。そもそもこれからロードショーやらなんやらをやって、債券を発行するんじゃや、四月十四日に間に合わないだろう？」

ヘッジファンド側の一人がいった。

「間に合います。もうすでにグローバル・コーディネーター（幹事銀行団）と話し合いを始めています」

カプトの隣のサンチアゴ・バウシリがいった。

「どこの金融機関だ？」

「これはまだコンフィデンシャルでお願いしたいのですが、ＪＰモルガン・チェース、ドイツ銀行、ＨＳＢＣ、サンタンデールです」

「なるほど、あんたらの古巣か」

カプトもバウシリも、ＪＰモルガン・チェースからドイツ銀行に移籍した経験がある元インベストメント・バンカーだ。これら四行は、先般、五十億ドルのつなぎ融資にも参加している。

「インジャンクション（支払い差止め命令）をそのままにしておけば、資金調達が先でも問題はないでしょう？」

ポラック弁護士がヘッジファンド側にいった。

「いや、その、インジャンクションなんだが、早急に解除してもらわないと、議会運営上かなり苦しいんだけれどねえ」

カプトが悩ましげな顔でいった。

国会で多数を占めるペロン党系議員が、国辱的な支払い差止め命令に猛反発していた。

「いや、それは困る。インジャンクションは絶対にリフト（解除）しないでもらいたい」

ヘッジファンド側が一斉に声を上げる。

その後も、文言に関する激しい応酬が続き、ようやく合意文書の草案が示されたのは夕方になってからだった。

「ディス・イズ・ジョーク！　ノー・ディール！（こりゃ、冗談だろう？　取引中止だ！）」

草案を一読したフォックスが声を荒らげ、紙をテーブルに叩きつけた。

「何が問題なのかね？」

ポラックは努めて冷静に訊いた。しかし、皺の多い顔がうっすらと紅潮していた。

「この『（ホールドアウト）債権者が差し押さえたアルゼンチン政府の資産は返還する』という一文ですよ。なんでいきなりこんなものが入ってくるんですか？　話してないでしょう？」

フォックスは憤然としていった。

ジェイコブスは、アルゼンチン政府が保有する同国の商業銀行バンコ・ヒポテカリオのＡＤＲ（米国預託証券）時価二千三百万ドル相当を差し押さえていた。

「返済に両者が合意したのだから、返還するのは当然でしょう？」

カプト副大臣がいった。

「資産は返還するさ。ただし、それは金を払ってもらってからだ。当然でしょう？　なぜ金をもらう前に返還しなけりゃならんのだ？」

「資産を差し押さえられたままでは、国会に提案できない。国家の尊厳の問題だ」

睡眠不足のカプトも感情的になっていた。

「あんたがたは二言目には、国会とか国家のプライドだとかいうが、我々ファンド・マネージャーは投資家の権利を守らなけりゃならないんだ」

別のヘッジファンドの男がいった。

「あんたがたこそ、二言目には投資家じゃないか」

「ちょっと待て、ちょっと待ってくれ！」

ポラックが割って入り、両者は憮然とした顔で口をつぐむ。

「ルイス、これは受け入れたらどうだ？　支払えば当然、差し押さえは解除されるんだから」

ポラックがカプトにいった。

「二千三百万ドルのＡＤＲの話で、総額九十億ドルにもなる債務返済の話をつぶすことはないだろう。こんなことで躓《つまず》いたら、五十ドルの電気料金の請求書を払わないで家一軒を失うようなものじゃないか」

ホールドアウト債権者への返済は、イタリア人投資家グループや米国のヘッジファンド以外にもあり、すべて合わせると九十億ドル程度になる。

「いや、しかし……」

カプトはなおも反論しようとする。

「あるいは、ここに何も書かないことだな」

フォックスが新たなアイデアを述べた。

「我々が差し押さえたままかどうかは、そちらの国会では確かめようがないだろう？　適当に説明したらどうだ？　どうせ返済すれば返すんだから、結果オーライでいいじゃないか」

この種の交渉で行き詰まったときは、それぞれの側で好き勝手に説明できるよう、契約書の文言を曖昧にし、結果オーライにするのが一つのやり方だ。

「ふー……」

カプトがやれやれといった表情でため息をつく。フォックスの提案を不承不承認めた顔つきで、その様子を見て、ポラックは微笑を浮かべた。

「じゃあ、それ以外に直したい箇所があるか、全員で今一度確認して下さい」

ポラックにいわれ、長テーブルを囲んだ男たちは、草案を仔細に点検する。

そろそろ陽が落ちる時刻で、窓の外の摩天楼群が茜色に染まってきていた。

「ハリー・アップ・プリーズ、イッツ・タイム！（急いで下さい！　もう時間です！）」

ポラックの言葉にフォックスはにやりとした。

ミズーリ州セントルイス生まれで英国に帰化したノーベル文学賞詩人、T・S・エリオットが第一次大戦後の不安を描いた長編詩『荒地《あれち》』の中の有名な一文だった。

翌日――

午後、パンゲア&カンパニーの北川靖は、マンハッタンの北寄りにあるハーレム地区に向かう地下鉄レキシントン・アベニュー線の電車に揺られていた。ハーレム地区の教会で黒人の子どもたちに数学を教えるボランティアの仕事に行くところだった。

車内の天井近くに英語やスペイン語の広告がぎっしり並ぶ地下鉄の乗客は煤けた感じの服装の人々が多い。デイパックを膝の上に載せ、ブラックベリーでニュースを読んでいる北川を、向かいの席の黒人の少女がロリポップ（棒の付いた飴）を舐めながら珍しそうに眺めていた。

「……ゴオーッシュ！（すげえ！）」

ニュースの一つを読んで、北川は思わず呟いた。

〈Special Master Announces Settlement of 15-Year Battle Between Argentina and Holdout Hedge Funds〉（特別調停人が、アルゼンチンとホールドアウトのヘッジファンドの十五年越しの争いが決着したと発表）

北川たちもよく使う、企業のプレスリリースに使われる配信サービス「ＰＲニューズワイヤ」の最新記事だった。

（あの世紀の戦いが、決着したのか⁉）

〈It gives me greatest pleasure to announce that the 15-year pitched battle between the Republic of Argentina and Jacobs Associates is now well on its way to being resolved.（アルゼンチン共和国とジェイコブス・アソシエイツの十五年越しの闘いが順調に解決に向かっていることを

発表するのは、わたしにとって最高の喜びです〉という一文で始まる、特別調停人、ダニエル・ポラック弁護士の声明は、昨夜、アルゼンチンがジェイコブスなど四つのヘッジファンドに総額で四十六億五千三百万ドルを支払い、すべての訴訟で和解することで双方が合意したこと、合意実行の前提として、アルゼンチンの国会の承認や「Lock Law（拘束法）」の廃止が必要であること、アルゼンチンは支払い資金を確保するために国際金融市場で資金調達を行うが、四つのヘッジファンドはそれを妨害したり、調達した資金を差し押さえたりしないこと、ヘッジファンドへの支払いがなされれば、グリーサ判事の支払い差止め命令は解除され、ヘッジファンド側はすべての訴訟を取り下げること、これら一連の手続きが六週間以内に行われること、今回の解決に至ったのは、マクリ大統領、カプト副大臣、グリーサ判事、サミュエル・ジェイコブスら関係者の努力によるものであること、一連の合意でホールドアウト債権の八五パーセントが解決し、残り一五パーセントの解決に向け、グリーサ判事と自分は努力を続けていくこと、などが述べられていた。

（ハイエナの執念の勝利だなあ……）

北川はブラックベリーを手に、世紀のビッグ・ディールの成立を目の当たりにした興奮にしばし浸りながら、地下鉄に揺られた。

翌日（三月一日）――

金融情報メディアの「ブルームバーグ」が、裁判関係書類などから、ジェイコブスが保有しているアルゼンチン債券の元本は六億千七百万ドルで、これに対してアルゼンチン政府は二十二億八千万ドルを支払い、争いを解決することを報じた。ジェイコブスは元本の額面の三割程度（一億八千五百万ドル）で債券を取得しているため、投資額の十二・三倍のリターンを得ることになった。

三月十六日、アルゼンチンの下院が、「Lock Law（拘束法）」を廃止し、二月二十八日に政府が合意した内容でホールドアウト債権者に返済し、そのための資金や財政赤字補てんのために国際金融市場で百二十億ドルの債券を発行することを、賛成百六十五票、反対八十六票で議決した。続いて三月三十一日に、上院が真夜中を過ぎる十四時間の激論の末、賛成五十四票、反対十六票で、同様の議決をした。国会では故キルチネル・フェルナンデス夫妻の野党ペロン党が多数だが、財政資金不足のために疲弊した地方政府からの突き上げが激しく、政府が合意した返済計画をひっくり返しても国家経済がさらに混乱するだけという判断であった。

四月十一日から、プラットガイ経済財務相らアルゼンチン政府の代表団が二手に分かれて、債券発行のグローバル・コーディネーター四行とともに、五日間でニューヨーク、ボストン、ワシントンDC、ロサンゼルス、ロンドンを訪問し、ロードショー（投資家説明会）を行なった。まだマクリ政権の改革が成功するか否か未知数で、前政権から引き継いだ経済統計の信頼性も低いという問題はあったが、ここのところエマージング・マーケット（新興国市場）でぱっとした案件がなく、十五年ぶりのアルゼンチンの国際金融市場復帰で、かつ百二十億ドルという新興国市場における史上空前の巨額発行なので、投資家は熱い関心を示した。債券発行に先立ち、格付会社ムーディーズは、アルゼンチンの長期格付けをＣａａ１からＢ３に引き上げた。

エピローグ

二〇一六年四月下旬——

マンハッタンの風はまだ冷たさを孕《はら》んでいたが、日差しは初夏の到来を予感させた。

ワシントンDCから出張してきた弁護士のデヴィ・アストラックは、顧客であるアフリカの小国の代表者を交えての打ち合わせを終え、ミッドタウンの通りを歩いていた。

摩天楼の谷底の一方通行の道の向こうからイエローキャブや黒塗りのリムジン、大型トラックなどがやってきては通りすぎ、通りの両側の建物から掲げられた星条旗やホテルの旗が爽やかな風に揺れていた。

アストラックは相変わらず国家対ハイエナ・ファンドの訴訟で忙しかった。

前年夏に、ベルギーでハイエナ・ファンドは当初の投資額以上の金額を請求できないという画期的な法律が作られ、ユーロクリアの資金の差し押さえができなくなった。しかし、米国など多くの国では相変わらず野放しの状態である。米国のグラマシー・ファンズ・マネジメント（コネチカット州）は金融危機に陥ったプエルトリコの国債を買い漁って訴訟を起こす構えであり、アウレリアス・キャピタルは、ペルーの農地改革国債（一九六九～七九年に農地改革のために土地を収用された人々に補償として与えられた国債で、デフォルト中）を二束三文で買い、米国とペルーの貿易協定にもとづいて仲裁を申し立てた。以前に比べれば目立つ案件は少ないが、今も複数の訴訟が進行中である。

（あれは……？）

通りの先の建物の前に、プラカードや横断幕を持った二十人ほどの人々が集まって、建物に向かって叫び、テレビカメラや記者たちが彼らを取り囲んで取材していた。

一階が灰色の石造り、二階から四階が煉瓦の建物の正面には、水色・白・水色のアルゼンチン国旗が掲げられていた。

「アルゼンチン政府は、交渉のテーブルにつけー！」

「我々のパリパスは、どうなったんだ！」

怒りもあらわに、アルゼンチン領事館に向かって叫んでいるのは、アストラックも知っているイラン系米国人の男やドイツ人投資家など、二十人ほどの小口投資家たちだった。それぞれの投資額は数十万ドルから一千万ドル程度である。彼らは、まだアルゼンチン政府と和解していない約五百人のホールドアウトの債権者の一部で、中小企業の経営者などが多い。

アルゼンチン政府の債券発行は、四月十九日に成功裏に完了した。百二十億ドルの募集に対して六百五十億ドルの応募が殺到し、発行額は百五十億ドルに増額され、グローバル・コーディネーターを務めたＨＳＢＣやＪＰモルガン・チェースなど四つの金融機関は、一行当たり五百万ドル（約五億四千五百万円）前後の手数料を手にした。

四月二十二日、アルゼンチン政府は和解が成立したイタリア人投資家グループやハイエナ・ファンド勢に返済金を支払った。支払い期限を八日間すぎていたが、誰も異議は唱えず、結果オーライだった。

支払いを確認したグリーサ判事が、支払い差止め命令を解除したため、残ったホールドアウトの投資家は交渉力を失った。

彼らはほとんどが額面で買った投資家で、ジェイコブスと同じ元本一ドル当たり三百六十九セントの返済を求めていた。しかし、アルゼンチン政府はイタリア人投資家グループと同じ百五十セントしか払わないとしていた。

「ポラックは、調停人を辞めろー!」

「グリーサは、見切り発車するなー!」

彼らは、自分たちにも三百六十九セントが支払われるべきだとして訴訟を起こし、交渉の機会を与えなかったポラック弁護士を、特別調停人から解任するようグリーサ判事に申し立てていた。これに対してポラックは、「わたしは混沌状態だった交渉を秩序立て、広範囲にわたる解決に導いた。もし彼らが求めるように、何百人もの投資家が会議室に殺到していたら、交渉など行えなかった」と反論していた。

〈同じクラス〈優先順位〉の債権者に、異なった返済額を支払うというのは、史上初のやり方だけれど、いったい裁判所はどう判断するのか? 結局、弱い者は強い者に蹂躙《じゅうりん》されるのが、金融ジャングルの掟なのだろうか……?〉

アストラックは、インドの血筋を示す切れ長の目で、風の中で抗議する人々を見詰めた。

同じ頃――

マンハッタンの南端にあるバッテリー・パークでは、スズカケノ木の新緑の間から明るい陽光が降り注ぎ、ウォール街のオフィスで働く人々や旅行者、教師に引率された小学生などが、そぞろ歩いたり、ベンチで憩ったりしていた。そばのハドソン川の茶色がかった緑色の水面を、観光客を満載した遊覧船や「ウォーター・タクシー」と呼ばれる黄色い小型船、クルーザーなどが行き交い、カモメが舞っていた。南の方角には、金色のトーチを掲げた自由の女神像が小さく見える。

木陰に丸い木のテーブルが二つ置かれ、その周りで三十人ほどの人々が、シャンペンやカナッペを手に談笑していた。

人々の輪の中で、先ほどロウアー・マンハッタンにある市の書記官事務所（office of the city clerk）で結婚の手続きをしたジェイコブスの息子で医師のロバートと、結婚相手のＩＴエンジニアの男性が嬉しそうに言葉を交わしていた。二人ともダークスーツに淡い銀色のネクタイという礼装で、胸に紫色の花をつけていた。

「……アルゼンチンも片が付き、息子さんも結婚され、おめでとうございます」

人々の輪から少し離れたところで、礼服姿のカール・フォックスがシャンペングラスを掲げた。

「十五年戦争は、さすがに長かったな。俺も五十六歳から七十一歳になった」

礼服姿のサミュエル・ジェイコブスが、丸い銀縁の眼鏡の目に笑いを滲ませた。口の周りの短い髭は、十五年前はごま塩だったが、今は真っ白である。

アルゼンチン政府からの支払いを受け、ヘッジファンド側はすべての訴訟を取り下げた。

「残る頭痛の種は、ドナルド・トランプだけだな」

二人は苦笑いした。

過激な発言を繰り返す不動産王、ドナルド・トランプが共和党の大統領候補者争いでトップに立っていた。ジェイコブスは、フロリダ州選出の上院議員マルコ・ルビオを応援し、彼を支持するスーパーPAC（特別政治活動委員会）に五百万ドルを献金したほか、トランプ選出を阻止するためのPAC（政治行動委員会）にも多額の献金をしていた。しかし、トランプの快進撃は止まらず、先日のニューヨーク州の予備選挙でも六〇パーセントの票を獲得して圧勝した。

「ところで、パナマ文書には驚きましたね。あんなものが出てくるとは」

去る四月三日に、ICIJ（国際調査報道ジャーナリスト連合）がパナマの法律事務所、モサック・フォンセカから流出した千百五十万件に上る内部文書について報道を開始した。ロシアのプーチン大統領の友人や中国の習近平主席の親族など、世界中の権力者とその関係者がタックスヘイブンを利用して資産隠しや怪しげな金融取引をやっていたことが暴露され、二日後にはタックスヘイブンの会社を通じて、金融危機で破たんしたアイスランドの銀行三行に数百万ドルの投資をしていた同国のグンロイグソン首相が辞任した。

「モサック・フォンセカは、例のネバダのペーパー・カンパニーの書類やデータを必死になって処分していたようだな」

「そうですね。パナマ文書でバレましたね」

アルゼンチンでは、ラサロ・バエスという建設会社の社長が逮捕され、フェルナンデス前大統領や当時の閣僚に対する捜査も始まった。

「あれは訴える手だな。モサック・フォンセカの行為はもろに司法妨害罪だし、連中の隠ぺい工作のおかげで債権の回収が妨げられて、その間、法律費用など莫大な金がかかったからな」

「ですね。早速準備します」

フォックスの目がハイエナの光を帯びる。

「ところで防弾チョッキは相変わらず着ているのか?」

「あなたの代理人をやっている限り、手放せませんよ。最近は軽くていいのができたんで、ずいぶん楽になりましたがね」

二人は笑った。

「養育費もまだ払ってるのか?」

「はい。今度上の息子がハーバードに入りますので、授業料も馬鹿になりません」

「ほう、ボブ(ロバートの愛称)やマーヴィンの後輩になるのか。あれはいい大学だぞ」

そういってジェイコブスは、少し離れた友人たちの輪の中で談笑しているロバートに視線をやり、しばし無言になった。

その横顔はどこか寂しげだった。

(自慢の息子には、やはり女性と結婚してほしかったんだろうな……)

珍しくしんみりした様子のジェイコブスをフォックスは見つめた。

同じ頃——
時差が五時間先のロンドンでは、ストランドの王立裁判所で、午後の審理が行われていた。

民事の法廷の一つで、高い天井のランプが淡いオレンジ色の光を、古色蒼然とした室内に降り注ぎ、金色のカツラに黒いガウン姿の女性弁護士が弁論を行なっていた。

「……被告、サイモン・ウェルズは『ベスト・エクセキューション』のルールに反し、本来額面一ドルに対して三セント程度のリベリア向け債権二千万ドルを、一ドルあたり七セントという異常な高値で、原告、パトリック・シーハンに売り付け、さらに七十万ドルの融資を行なって、原告を破産させたのである」

欧米の金融機関は、顧客にとって最良の条件で取引を執行する「ベスト・エクセキューション」が義務付けられているが、リベリア向け債権が他の売り手から三セントで買えるのに、七セントで売り付けたことはこれに反する。

弁論を行う弁護士の背後の席で、くたびれたスーツ姿のパトリック・シーハンが妻のエレンに付き添われ、放心したような表情ですわっていた。リベリア向け債権が紙くず同然になった直後に、自宅近くで大型トラックにはねられそうになったが、駆け付けたエレンに間一髪で助けられ、かすり傷で済んだ。借金を返すためにエレンが愛した家は手放し、今は、カウンシル・フラット（自治体が低所得者に提供する格安の団地）に住んでいる。

「また、当時、原告シーハンは、双極性障害で医師の治療を受けており、正常な判断をできる精神状態にはなく、原告がこれを奇貨として、巧みに取引を持ちかけたもので……」

相変わらず精神の病を抱えているシーハンは、ぼんやりとした表情で、弁護士の声を聞いていた。すでに五十代半ばとなり、若さの面影どころか、老いの影が漂っていた。脳裏には、紫色のジャカランダの花が咲いていたザンビアの風景がよみがえり、自分はいったいどこで何を間違えて、こうなってしまったのだろうかと自問していた。

数日後——

パンゲア&カンパニーの北川靖は、オフィスのデスクで、企業のプレスリリースやSEC（米証券取引委員会）への届出書などを見ながら、パソコンのスプレッドシートに数字を打ち込んでいた。新たに手がけているカラ売り案件の分析レポートを作成しているところだった。

オフィスのドアが開いて、上下藍色の作業服のような制服姿のグボイェガが入って来た。ボランティアの救急隊員の仕事から帰って来たところで、首に聴診器をかけ、地下鉄の車内で読んできたと思しい「ウォール・ストリート・ジャーナル」を手に持っていた。

「ヤス、これ見たか？　珍しい論文だぜ」

グボイェガが「ウォール・ストリート・ジャーナル」を差し出した。

「ほーう、サミュエル・ジェイコブスが寄稿してるのか。こりゃ、珍しい！」

受け取った北川は、興味をひかれた顔つき。

「もちろん、奴の側の論理だけどな」

グボイェガは苦笑して、自分の席へと去る。

北川は、ジェイコブスの寄稿文を読み始める。

「The Lessons of Our Bond War」（我々の債券戦争からの教訓）という題が付けられていた。

〈四月二十二日、アルゼンチン政府が最大のホールドアウト債権者たちに支払いをし、国際債券市場に新たな歴史の一ページが刻まれた。この十五年戦争に関しては、数多くの議論がなされているが、当事者として考えを述べたい。

我々が二〇〇一年に投資を始めたとき、アルゼンチンは交渉にもとづいた債務再編を行い、デフォルトを回避するものと期待していた。また我々が交渉に参加すれば、双方にとってメリットのある再編案を作るのに寄与できるとも考えた。ところがアルゼンチン政府は交渉を拒否し、デフォルトする道を選んだ。そして彼らは、債権者に対して、約七割の債権カットを強いる再編案を take it or leave it（受け入れるか拒否するか）という高圧的な態度で突きつけ、受け入れを拒否した債権者との交渉を禁じる法律まで作るというふるまいに出た。外国の債権者の半分は再編案の受け入れを拒否したが、彼らもやがて疲れ、二〇一〇年の二度目の再編時にはその多くが債権カットを呑んだ。

この時点でも、残るホールドアウトの債権者との交渉による決着は可能で、我々は何度もアルゼンチン政府との話し合いを求めた。しかし、彼らはそれを拒否しただけでなく、悪化する経済状況を我々のせいであると宣伝し、真の問題から国民の目をそらすのに利用した。さらに裁判所の命令に従わず、法廷侮辱罪を適用され、国際的に孤立する道を選んだ。二〇一五年の大統領選挙で変革を訴えるマクリ大統領を国民が選んだことには何の不思議もない。新政権は進んで我々と交渉し、短期間のうちに問題を解決した。

この十五年の Bond War（債券戦争）に関し、米国の裁判所がアルゼンチン政府に対して強制措置を発動したことは、将来のソブリン（国家）債務の再編には望ましくない前例になったという意見がある。その理由は、債権者が今後は法的手段に訴えることを重視し、話し合いをしなくなるからだという。しかし、この考えは間違っている。もし債権者が頼ることができる法的枠組みがなければ、信用力に疑義のあるソブリン債務の価格はあっという間にゼロになり、買い手もいなくなり、市場は救いようがない状態になる。

要は、ソブリン債務者と債権者間に公平な力のバランスが不可欠だということだ。そしてそれを実現するのが法の支配である。ソブリン債務者が債券発行時の契約にＣＡＣ（集団行動条項）を入れるのは自由だ。あるいは低い金利を実現するために、個々の債権者がホールドアウトできるような契約にすることもまた自由だ。いずれにせよ、債務者は契約内容を順守しなくてはならない。これが重要なポイントである。

アルゼンチンの前政権は法の支配を無視し、裁判所から uniquely recalcitrant debtor（きわめて強情な債務者）であるとまで指摘され、それゆえ強制措置を発動された。裁判所も、アルゼンチンのような闘争的で強圧的な債務者は今後現れるとは思えないと述べている。

一方、裁判所においても、一律に強制措置を発動するのではなく、法の支配に従わないソブリン債務者に対して、選択的に発動するのが妥当であると考える。

歴史上まれに見る Bond War から我々が得た教訓は明白である。法の支配は、国家にとって liability（重荷）ではなく、asset（財産）である。ソブリン債務の再編は、双方が誠意をもって話し合うことで、短期間のうちに実現できる。これから債務再編をする国家は、結局は高くついたアルゼンチンの轍《てつ》を踏まないことが重要だ。〉

〔完〕

（註）

・不良債権ファンドの世界的な俗称は「vulture fund（ハゲタカ・ファンド）」ですが、本書では、特に訴訟型不良債権ファンドを意味する言葉として「ハイエナ・ファンド」を使用しました。

・為替の換算レートは、それぞれの時点での実勢レートを使用しています。

・本作品は事実にもとづいていますが、実名ではない人物の言動等にはフィクションの部分があります。

主要参考文献

『「援助」のオカネはどこ行った？　G7があえて触れないデキゴト』ＥＵＲＯＤＡＤ（ヨーロッパ債務と開発ネットワーク）編、大倉純子訳、アジア太平洋資料センター、途上国の債務と貧困ネットワーク、債務と貧困を考えるジュビリー九州、二〇〇七年二月
『カミングアウト・レターズ　子どもと親、生徒と教師の往復書簡』ＲＹＯＪＩ＋砂川秀樹・編、太郎次郎社エディタス、二〇〇七年十二月
『スヌーザー　特集：ジュビリー２０００』田中宗一郎編集、リトル・モア、二〇〇〇年六月
『パナマ文書』バスティアン・オーバーマイヤー、フレデリック・オーバーマイヤー著、姫田多佳子訳、ＫＡＤＯＫＡＷＡ、二〇一六年八月
『犯罪銀行ＢＣＣＩ　史上最大の金融スキャンダルを追え！』ジョナサン・ビーティー、Ｓ・Ｃ・グウィン著、沢田博・橋本恵訳、ジャパンタイムズ、一九九四年十二月
『犯罪銀行ＢＣＣＩの興亡　金融エスタブリッシュメントに挑戦したイスラム銀行』ニック・コーチャン＆ボブ・ウィッティントン著、石山鈴子訳、徳間書店、一九九二年五月
『法律学小辞典』藤木英雄・金子宏・新堂幸司編、有斐閣、一九七六年四月
『マダガスカルを知るための62章』飯田卓、深澤秀夫、森山工編著、明石書店、二〇一三年五月
『るるぶ情報版　るるぶペルー』ＪＴＢパブリッシング、二〇一三年十月
『ロビイング　アメリカ式交渉術』高橋正武著、現代教養文庫、一九八七年七月
『ロビイング　米国議会のパワーポリティクス』山田正喜子著、日本経済新聞社、一九八二年九月
『ＪＴＢのポケットガイド　南米』ＪＴＢ、一九九八年二月
Devi Sookun "Stop Vulture Fund Lawsuits - A Handbook" Commonwealth Secretariat, 2010
Jorg Brockmann, Bill Harris "One Thousand New York Buildings" Black Dog & Leventhal Publishers, Inc., 2002

北沢洋子「国際政治を動かしたＪｕｂｉｌｅｅ２０００国際キャンペーンについて　１９９８—２０００年」ＪＡＣＳＥＳブリーフィングペーパー
United States District Court, S.D. New York "Elliott Associates, L.P., Plaintiff, v. The Republic of Peru, Defendant, Banco De La Nacion, Defendant" 6 August 1998
"194 F.3d 363: Elliott Associates, L.P., Plaintiff-appellant, v. Banco De La Nacion and the Republic of Peru, Defendants-appellees" Justia US Law, (Decided) 20 October 1999
Jean-Francois Medard "Oil and War: ELF and《Francafrique》in the Gulf of Guinea" Centre d'Etudes d'Afrique Noire, Institut d'Etudes Politiques de Bordeaux, Universite Bordeaux-Montesquieu, October 2001
Eduardo Luis Lopez Sandoval "Sovereign Debt Restructuring: Should We Be Worried About Elliott?" Harvard Law School, May 2002
The Honourable Mr. Justice Cooke "England and Wales High Court (Commercial Court) decisions: Between Kensington International Limited as Claimant and Republic of Congo as Defendant" 28 November 2005
Felix Salmon "How litigation became a priceless commodity" Euromoney, September 2006
Karen Krebsbach "Litigation: In Rare RICO Case, BNP-P Gets Defensive" American Banker, 1 September 2006
Global witness "Sassou Nguesso Denis Christel: Online Credit Card Limited, Master Gold Card #5430960068101330, #5411234040101039" 27 November 2006
Robert Friedman "A New York hedge fund is in a court battle with the Republic of Congo over who is robbing the oil-rich but dirtpoor African nation" Fortune, 12 June 2006
Mr. Justice Andrew Smith "In the High Court of Justice (Queen's Bench Division, Commercial Court) judgement: Between Donegal International Limited as Claimant and Republic of Zambia and Anr. as Defendant" 15 February 2007
Subcommittee on Africa and Global Health of the Committee on Foreign Affairs, House of Representatives "Hearing: Vulture Funds and the Threat to Debt Relief in Africa: A Call to Action at The G-8 and Beyond" 22

May 2007
Jubilee USA Network "Vulture Funds and Poor Country Debt: Recent Developments and Policy Responses" April 2008
Joshua Hammer "Vultures of Profit" Upstart Business Journal, 16 June 2008
Heather Stewart "Vulture funds sue Liberia for £12m in high court" The Guardian, 25 November 2009
Jubilee Debt Campaign "City law firm criticised for vulture fund cases" 24 February 2010
Greg Palast "BBC America: Palast Hunts the Vultures" BBC World News America, 15 March 2010
Christopher Whittall Christopher Spink, "Vulture funds hunt Greek blocking stake" International Financing Review, 25 November 2011
Michelle Celarier "Mitt Romney's hedge fund kingmaker" Fortune, 9 April 2012
Landon Thomas Jr. "Bet on Greek Bonds Paid Off for 'Vulture Fund'" The New York Times, 15 May 2012
WSJ Staff "Argentina Debt Timeline" The Wall Street Journal, 1 April 2013
"Loeb, Singer Hold Gay-Rights Event At Davos" FINalternatives, 28 January 2014
Stephen Foley "Paul Singer: Argentina's nemesis is a tenacious tactician" Financial Times, 17 June 2014
Stephen Foley "Paul Singer, the hedge fund holdout" Financial Times, 20 June 2014
Sophia Pearson "Singer Gets OK to Chase Argentina Money Trail to Nevada" Bloomberg, 13 August 2014
Geoffroy Cailloux "Argentina, the vultures and the debt" Tresor-Economics, September 2014
Chris Giles, Gillian Tett, Elaine Moore, Benedict Mander "Argentina pledges to honour debt owed to holdout creditors" Financial Times, 22 January 2016
Katia Porzecanski "Singer Makes 369% of Principal on Argentine Bonds in Debt Offer" BloombergBusiness, 1 March 2016
Paul Singer "The Lessons of Our Bond War" The Wall Street Journal, 24 April 2016
Alexandra Stevenson "How Argentina Settled a Billion-Dollar Debt Dispute With Hedge Funds" The New York Times, 25 April 2016

Mark Melin "Elliott Management Sues Mossack Fonseca In Effort To Target Argentina" Value Walk, 9 June 2016

・その他、各種論文、新聞・雑誌・インターネットサイトの記事・動画、英米の判決文・決定文、米法律事務所シャーマンアンドスターリングのウェブサイトの"Argentine Sovereign Debt"（http://www.shearman.com/en/services/key-issues/argentine-sovereign-debt）などを参考にしました。

・書籍の年月日は使用した版の発行年月日です。

経済・金融・法律用語集

アイン・ランド（Ayn Rand）

米国の国民的作家で政治思想家。ハイエクやフリードマンと並んで、自由放任資本主義を支持する超個人主義的自由主義（リバータリアニズム）の提唱者。1905年にユダヤ系ロシア人としてサンクトペテルブルクに生まれ（本名アリッサ・ロウゼンバウム）、1926年に米国に単身亡命し、1943年に『水源』を発表して注目を浴び、1957年に発表した『肩をすくめるアトラス』で文名を確立した。米国の知的な若者の間で人気が高い。1982年没。

アフリカ連合（African Union, 略称 AU）

アフリカの54の国と地域が加盟する地域機関。アフリカの一層高度な政治・経済的統合と紛争の予防・解決のため、2002年にアフリカ統一機構（OAU, 1963年に発足）を発展改組して作られた。

一次産品

農業、漁業、鉱業、林業の生産物で加工される前の物。

イングランド法（English Law）

イングランドおよびウェールズの法体系で、英米法（米国、英連邦諸国およびアイルランドの法体系）の基礎をなす。日本語では英国法、イギリス法と訳されることも多い。判例法の形で蓄積されてきたコモン・ローの法体系である。

インサイダー取引

会社の重要情報に容易に接近しうる者（役員、従業員、会計士、顧問弁護士等）が、そのような情報を知り、情報が未公表の段階で、当該上場会社等の株券等の売買等を行うこと。

インジャンクション（injunction）
違法な状態を消滅させることを目的として英米の裁判所が発する命令のこと。通常は違法な行為の差止めを命ずる差止め命令という形をとる。争点が裁判所で十分に審理される前に発せられる予備的なものと、訴訟手続きを終えて終局判決として発せられる最終的なものがある。違反すると、法廷侮辱罪として処罰される。

インフラ
インフラストラクチャーの略で、経済活動の基盤を形成する基本的な施設のこと。具体的には、道路、港湾、空港、河川、農業基盤など。最近では、学校、病院、公園、通信ネットワークなども含まれる。

エージェント銀行（agent bank, 事務幹事銀行）
協調融資団を代表して事務を行う銀行のこと。⑴融資団に参加している各銀行から資金を集め借入れ人（ボロワー）に送金、⑵借入れ人から元利金等の支払いを受け、各参加銀行に送金、⑶担保の管理、⑷融資団を代表して借入れ人と連絡・交渉、といった事務を行う。

エスクロウ・アカウント（escrow account）
信託口座のこと。政情や経済状況が不安定な相手国との商取引などにおいて、売り手と買い手の間に信頼の置ける中立な第三者（民間銀行など）を介在させ、金銭の安全な受け渡しを確保するための口座。

エマージング・マーケッツ（emerging markets, 新興国市場）
1990年代以降、国際金融市場で注目を集めるようになったアジア、アフリカ、東欧、中南米などの国々。現在では、トルコ、インド、ベトナム、南アフリカ、ブラジルなどが代表格。

エルフ・アキテーヌ（Elf Aquitaine）
フランスの国営石油・ガス会社で、トタルに次いで同国第２位の規模を

有していた。1990年代に民営化され、2000年にトタルと合併し、現在の社名はトタル。「スーパーメジャー」と呼ばれる世界6大石油会社の一つ。

円借款
発展途上国に対して日本政府が経済開発援助として提供する長期、低金利の円建て融資。現在の金利は0.01%～1.70%、期間は15～40年。従来、海外経済協力基金（OECF）がこの業務を行なっていたが、2008年10月から独立行政法人国際協力機構（JICA）に移管された。

王立裁判所（Royal Courts of Justice）
ロンドンのオールドウィッチ付近にある裁判所で、イングランドとウェールズの控訴院（Court of Appeal）と高等法院（High Court）が置かれている。控訴院は下級裁判所からの上訴事件を通常3人の裁判官の合議体で審理する。高等法院は重要事件（訴額5万ポンド以上の事件等）を第一審として取り扱うほか、下位の裁判所に対する監督権限を有する。

開発経済学
発展途上国の貧困の原因や特質を明らかにし、貧困の撲滅を可能にする開発戦略のあり方を探求する経済学の一分野。

下級審
審級の順序関係において、下位にある裁判所が行う審判のこと。第二審に対しては第一審を指す。

格付け（credit rating）
国家や企業が発行する債券や発行体自体の信用リスクを、民間企業である格付会社が評価した指標のこと。具体的には、利払いや元本の償還が約束通りに行われる可能性を意味する。信用格付けには、債券の種類や満期などによっていくつもの種類がある。代表的な格付会社はムーディ

ーズ、スタンダード＆プアーズ、フィッチ・レーティングスの3社。スタンダード＆プアーズ社の長期債務の格付けでは、最上級がAAA（トルプルA）で、以下AA、A、BBB、BB、B、CCC、CC、C、Dの10等級がある。BBB（トリプルB）以上が投資適格、それ以下が投資不適格（投機的投資、すなわちジャンク債）とされ、格付けがBBBを下回ると資金調達がぐんと難しくなる。

カラ売り（short selling）

保有している物（株式等）を売るのではなく、新規で「売り」のポジションを持ち、それを買い戻すことによって利益を上げる手法。株式のカラ売りの場合は、証券会社などから借りてきた現物を市場で売却し、株価が下がったところで買い戻し、借りていた現物を返却する。株を借りるには借株料がかかる。

グレンコア（Glencore plc）

1974年にユダヤ系ベルギー人の伝説的相場師マーク・リッチが設立した世界最大の商品取引会社。スイスのバールに本社を置き、全世界に約19万人の従業員を擁する。亜鉛の世界シェアは6割、銅は5割に上る。非鉄金属、石油、石炭、天然ガス、麦、トウモロコシ、砂糖、食用油などの生産や取引を行う。

グローバル・コーディネーター

債券や株式の売り出しの幹事として、世界全体に対する売り出し業務全般の推進・管理をする証券会社のこと。

刑事裁判、民事裁判

刑事裁判は犯罪事実の有無を調べ、有罪・無罪などの判断をする裁判で、当事者は被告人と検察官。民事裁判は、私人間の争いごとに関する裁判で、当事者は原告と被告。

現先（げんさき）取引

国債等の債券を一定期間（通常１～２ヶ月）後に売り戻す（買い戻す）条件で購入する（売却する）取引。買い手にとっては短期の資金運用、売り手にとっては短期資金の調達になる。

合議、合議体

合議とは、複数人の意思を総合して意思決定を行うこと。日本の裁判においては、合議体は通常、高裁・地裁では３人、最高裁小法廷では５人、同大法廷では15人の裁判官で構成され、そのうちの１人が裁判長となって訴訟指揮を行う。裁判員制度の裁判では、裁判官３人と裁判員６人で合議体を構成する。

抗告

下級裁判所の決定・命令（判決ではないもの）を不服として、上級裁判所に異議を申し立てること。

構造調整プログラム

対外債務の返済に支障をきたした国に対してIMF・世界銀行が実施を求める政策パッケージ。1980年代に途上国の累積債務問題が深刻になってきたときに本格的に採用された。融資を行うと同時に、(1)通貨切り下げによる輸出力強化と輸入削減、(2)緊縮財政策、(3)価格統制の撤廃、(4)輸出入や為替管理の撤廃、(5)国営企業の民営化などを求める。実施国が急激な改革を強制され、否応なくグローバル経済の荒波の中に放り込まれるため、かえって経済が混乱するという根強い批判がある。

口頭弁論

民事訴訟において、裁判官が公開の法廷で、当事者双方の口頭による弁論（主張）を聴く手続き（広義には、証拠調べなども含む）。当事者や利害関係人に、言い分を公平・平等に述べる機会を与えるもので、民事訴訟における最重要手続きである。日本の裁判で判決をするには原則と

して口頭弁論によることが必要であり、口頭弁論における陳述だけが裁判の資料となる。これに対し、決定・命令などは迅速な処理を要し、権利・義務を最終的に確定するものではないので、必ずしも口頭弁論によることを要しない。

コモン・ロー、シビル・ロー
コモン・ローは英米法系の法体系で判例法主義（判決の根拠を主に過去の判例に求める）。シビル・ローは大陸（ヨーロッパ）法系の法体系で制定法主義（判決の根拠を主に成文化された法律に求める）。

コレクティブ・アクション条項（集団行動条項、略称 CAC）
一部の債権者が契約内容の変更に同意しなくても、一定の割合の債権者が承諾すれば、強制的に契約内容の変更ができる条項のこと。

サード・パーティ・デット・オーダー
裁判外の第三者に対して、正当な債権者に支払うよう求める裁判所の命令。

債務再編
借り手が借金の返済や債券の元利払いができなくなったとき、債権者と交渉して、支払い期限の延長、利率の引き下げ、債務の減額など、返済条件を緩和してもらうこと。ブレイディ・プランや 2005 年と 2010 年のアルゼンチンの債務再編のように、支払い条件の緩い債券を新たに発行して既存の債権と交換する方法もしばしばとられる。

サブプライム・ローン（subprime loan）
米国の低所得者層向けの住宅ローン。返済が滞る可能性が高いので、一般の住宅ローン（プライムローン）よりも金利が高い。一般的に、頭金の割合が低く（または不要）、当初の返済金額は少ないが数年後に急に増えるといったタイプのものもある。

サムライ債

国際機関や外国政府・企業が日本の投資家を買い手として発行する円建ての債券。正式には円建て外債という。具体的には、例えばアジア開発銀行、南アフリカ政府、ウォルマート・ストアーズ（米）などが債券を発行し、日本にある証券会社を通じて日本の個人投資家や金融機関、事業会社などに販売する。

自己資本

貸借対照表の資本の部に示される会社の純資産。資本金、剰余金、積立金などの合計で、株式の発行とその会社が生み出した利益から生じたもの。自己資本が多いほど、企業の体質は健全である。

ジャンクボンド（junk bond）

ジャンクは屑の意味で、格付けが投資適格（トリプルＢ格以上）に満たないダブルＢ格以下の債券のこと。信用が低い分、利回りは高く、ハイイールド（高利回り）債などとも呼ばれる。

主幹事（lead manager）

協調融資団や証券（債券や株式）引受シ団の中で中心的役割を担う金融機関のこと。具体的には借入れ人（発行体）との条件交渉、融資団（引受シ団）の組成、融資契約書や目論見書の作成等を行う。主幹事は通常、一般参加の金融機関よりも大きな引受リスクを負い、多くの報酬を得る。

受託エージェント（受託会社）

債券の発行体の委託を受けて、債券保有者のために元利金の受け払いや債権を保全するための手続き（担保の管理・処分等）を行う銀行のこと。通常、発行体と取引関係が深い銀行が指名される。国債に関しては日銀がこの事務を行なっている。

ジュビリー2000運動
1990年に全アフリカ・キリスト教協議会が「キリスト生誕2000年というお祝いの年に、アフリカの貧しい国々の債務を帳消しにしよう」と呼びかけたことに始まる発展途上国の債務削減運動。1996年に英国のクリスチャン・エイドなどキリスト教3団体とオックスファムが賛同し、世界的な市民運動に発展した。「ジュビリー」は、旧約聖書に記された「ヨベルの年」から来た言葉で、7年を7度数えた年の翌年（50年目）を意味し、古代イスラエルでは、その年の到来を角笛（ヨベル）を吹いて人々に報せ、すべての債務は帳消しにされ、奴隷も解放されたといわれる。

準拠法（applicable law）、裁判管轄（jurisdiction）
契約に法的紛争が生じ、話し合いや裁判手続きが行われる際に適用される法律が準拠法で、どこの（国の）裁判所に紛争を付託するかが裁判管轄。国際的な契約では、あらかじめこれらについて定めておくのが普通である。

商業銀行（commercial bank）
日本でいうところの銀行。預金の形で集めた資金を企業や個人に貸し出す業務を行う。代表的な商業銀行としてシティバンク、バンク・オブ・アメリカ、HSBC（香港上海銀行）、ドイツ銀行、バークレイズ銀行などが挙げられる。

上訴、上告
上訴は、判決に不服がある当事者が、上級裁判所（地裁であれば高裁、高裁であれば最高裁）に不服を申し立てること。上告は、最高裁判所への上訴のこと。

商品取引会社（commodity trader）
原油、天然ガス、金、プラチナ、鉛、パラジウム、ゴム、大豆、トウモ

ロコシ、コーヒー、食肉、牛乳などの商品を扱うトレーダー（会社）のこと。取引の形態は、現物の受渡しを前提とするスポット取引のほか、差金決済で現物の受渡しがない先物・オプション・指数取引などがある。

書記官
調書の作成、事件記録の保管、執行文の付与、訴訟上の事項に関する証明、法令・判例の調査、訴訟の進行管理、検察官・弁護士・訴訟当事者との調整といった仕事をする裁判所内の法律専門職員のこと。

庶民院、貴族院
両院制の議会における公選制の下院を英国とカナダでは庶民院と呼び、上院を英国では貴族院、カナダでは元老院と呼ぶ。庶民院は上院より多くの立法権を持ち、庶民院の多数党の党首が通常首相に指名される。英国の庶民院（House of Commons）は650議席、貴族院（House of Lords）は約800議席で、後者は非公選制・終身任期。

シンジケーション（syndication）
協調融資のための融資団（シ団）を組成すること。具体的には幹事銀行団が参加見込銀行に対してインビテーション（参加招聘状）やインフォメーション・メモランダム（借入れ人に関する様々な情報を盛り込んだ冊子）を送付し、参加銀行がそれらを検討した上で参加を受諾すること。ゼネラル・シンジケーション（一般参加行募集）ともいう。シンジケーションを開始することをローンチ（直訳は「進水」）という。

シンジケート・ローン（syndicated loan, 協調融資）
一つの銀行では負担しきれない巨額の融資を、複数の銀行が融資団（シンジケート）を作ることによって実現する融資のこと。1960年代から発達した。略称「シ・ローン」。

成功報酬（success fee）

取引が成立したときに支払われる報酬のこと。これに対して、成功の有無にかかわらず、定期的に（通常毎月）支払われる報酬をリテイナー・フィー（定期報酬）と呼ぶ。

世界銀行（World Bank）

第二次世界大戦末期に締結されたブレトンウッズ協定によって、1945年にIMFと前後して創設された国連の金融機関。正式には世界銀行という名称の組織は存在せず、国際復興開発銀行（IBRD, the International Bank for Reconstruction and Development）と国際開発協会（IDA, International Development Association）の両方を、一般に世界銀行と呼んでいる。IBRDは主に発展途上国の政府やインフラ開発プロジェクトに対して長期（15年～20年）の融資を行う。一方、IDAは最貧国に対する長期無利息の借款を行なっている。これら2つの機関に姉妹機関である国際金融公社（IFC）や国際投資保証機構（MIGA）などを合わせて世界銀行グループと呼ぶ。

宣誓供述書

宣誓供述を行う者が自発的に自分の知り得た事実を書き記し、大使館の係員や本国の公証人の面前でその記載内容が真実であることを宣誓した上で署名し、宣誓を受ける権限を有する者が、確かに本人の供述であることを確認の上、認証文や印章を添付したもの。

ソブリン（sovereign）

国家を意味する語。ソブリン債務は国家の債務。ソブリン債券は、政府や政府関係機関が発行（または保証）する債券。

ソブリン・イミュニティ（sovereign immunity）

国家は他国の裁判管轄に服す義務がないという国際慣習法の原則で、これがあると国家を裁判で訴えたり、国有財産を差し押さえたりすること

ができない。そのため、国家や政府機関を相手に、債券の引受けや貿易取引、プロジェクトの請け負いといった商行為を行う場合は、ソブリン・イミュニティを契約で放棄させ、もめ事や支払い遅延が起きた場合は、先進国の裁判所に訴えることができるようにしておく。

ソブリン・デット（sovereign debt）
国家の債務のこと。財務省や中央銀行が借入れ人や発行体になっているケースが多いが、それ以外の国家の組織や政府保証が付いた国営企業の借入れ（債券発行）など、様々な種類がある。

タイヤ・キッカー
カラ売り屋のタイプの一つ。製品を自らテストしたり、顧客や納入業者に意見を聞き歩いたりした上で、カラ売りするかどうかの方針を決める。

タックスヘイブン（租税回避地）
法人税や所得税などの税率がゼロか極めて低い国や地域のこと。カリブ海諸国や欧州に多い。低税率や銀行情報の秘匿を売りに、海外からの資金を呼び込んでいる。不透明な資金の流れを助長し、脱税やマネーロンダリングに使われるケースも多い。

チャート
株式や債券の価格推移を表すグラフ。

チャンパーティ（champerty）
1818年に設けられたニューヨーク州の裁判所法489条は「訴訟を起こす目的または意図をもって債権を購入することは違法な行為である」と規定している。これは中世の英国法やコモン・ロー（英米法系の法体系）において、訴訟で得られる利益の分配を目的として、弁護士が訴訟費用を肩代わり（訴訟に参加）する行為は「チャンパーティ」と呼ばれ、訴訟の濫用につながる非倫理的行為なので、禁じられるべきであるとい

う古い法理論にもとづく。

中間判決

英国や米国の民事訴訟で多用される判決形式で、法律論争や事実認定に関する裁判所の判断を示すもの。これによって勝敗の帰趨がほぼ明らかになるので、当事者間で和解の話し合いが進むことが多い。

仲裁

仲裁とは、紛争当事者同士の合意により仲裁人を定め、その判断に解決を委ねる手続。一般に、(1)裁判に比べて迅速である、(2)専門性の高い事案に対応できる、(3)欧米での裁判では陪審員の判断が予想しにくいが、仲裁裁判所は予想しやすい等の長所があるといわれる。主な国際仲裁裁判所として、ロンドン国際仲裁裁判所、国際商業会議所（本部・パリ）、ストックホルム商業会議所仲裁協会、世界銀行傘下の投資紛争解決国際センター（International Centre for Settlement of Investment Disputes, 本部・ワシントンDC）などがある。

ツームストーン（tombstone）

国際協調融資や国際的な債券・株式の発行に際して作られる案件完了広告のこと。融資（債券・株式）の借り手（発行体）名、融資（発行）総額、主幹事銀行（証券会社）名、引受銀行（証券会社）名、一般参加銀行（証券会社）名、案件完了日などを記した文庫本程度の大きさの紙片を埋め込んだ厚さ２㎝ほどの透明なアクリル樹脂製の置物。形が西洋の墓石（tombstone）に似ていることからこう呼ばれる。M&A、プロジェクト、その他の取引の際にも作られることがある。

ディスカバリー（証拠開示手続き）

裁判が始まる前に、原告と被告それぞれが持つ膨大な量の関係書類を強制的に開示させ、相互にチェックさせる手続き。

デット・エクイティ・スワップ
財務改善手法の一つで、債務と株式を交換すること。債務者が債務超過等に陥った際の救済策として、銀行などの債権者が行うことが多い。単純な債権放棄に比べると、債権の代わりに債務者の株式が手に入るので、債権者にとって資産が減らないというメリットがある。また、将来、株価が上昇したり、上場したりする場合は売却益を期待できる。その一方で、株価が下がれば、債権者は損失を被る。国の債務を直接投資と交換するタイプのものもある。

デフォルト（default）
債務不履行のこと。投融資取引において最も深刻な事態で、個人、企業、プロジェクトなどのほか、自治体や国家にも発生する。デフォルトが起きると、債務繰延べ（リスケジューリング）や債務減免交渉が行われて事態の打開が図られるが、多くの場合、投資家や金融機関は損失を被る。

デュー・ディリジェンス（due diligence）
企業買収や債権購入などの際に、買い手（投資家）が被買収企業の資産・負債や、債権の内容に関して行う詳細な調査。企業買収の場合は、ビジネス、アカウンティング（経理）、リーガル（法務）、ファイナンス（財務）の4分野を中心に行われる。債権購入の場合は、債権の正確な金額、売り手が真正な債権保有者であるか、売却制限や担保権等が設定されていないか等について調べる。証券を発行する際にも、主幹事証券会社が発行体の財務内容等を調べるデュー・ディリジェンス（発行監査）が行われる。

デリバティブ（derivatives, 金融派生商品）
通貨、債券、株式、商品などの価格変動を対象とした金融取引。日本語では「金融派生商品」と訳される。代表的なものに先物（一定の価格で将来売買を行うことを約束する取引）、オプション（一定の約定料を対

価に、将来一定の価格で売買を行う権利を売買する取引）などがある。デリバティブを使用する目的は、(1)価格変動リスクのヘッジ、(2)少額の原資で多額の投機を行うこと、などである。

投資銀行（investment bank）
米国では1933年のグラス・スティーガル法により証券業務と銀行業務の兼営が禁止されたが、証券業務を行う金融機関を投資銀行と呼ぶ。「銀行」という名が付いているが、業態としては証券会社である。主要な業務は株式、債券、M＆A（企業の合併・買収）。顧客は大手事業会社、機関投資家、富裕個人客が中心。なおグラス・スティーガル法は1999年11月に廃止され、米国では投資銀行と商業銀行が合併するケースも出てきている。主な投資銀行に、ゴールドマン・サックス、バンクオブアメリカ・メリルリンチ、モルガン・スタンレー、JPモルガン・チェースなどがある。

ドローダウン（drawdown）
金融機関から融資を引き出し、自分（自社）の銀行口座に資金を入金してもらうこと。

ノッチ（notch）
信用格付けの刻みを表す言葉。たとえばトリプルA（Aaa）から1ノッチ格下げならAa1になり、2ノッチ格下げならAa2になる。

延べ払い
購入した物品や発注したプロジェクトの代金を一定期間繰り延べ（通常分割）で支払うこと。融資の一形態。

パートナー
法律事務所や会計事務所、投資銀行、投資ファンドなどにおける共同経営者のこと。その事務所（投資銀行、投資ファンド）の資産・負債や損

益はすべてパートナーに帰属する。パートナーを目指して若手は必死で働き、パートナーになれなければ退職することが多い。

バイスプレジデント（Vice President, 略称 VP）

米国企業などで一人前（1人で顧客折衝などができる等）と認められた社員に与えられる一般的な肩書き。日本でいえば課長級。

バイバック

債務国が自国の債務を一定の値引きをした価格（通常は流通市場における価格）で買い戻すこと。債務削減と同様の効果がある。元々は債務国が債務を減らすために密かに行なっていたが、1990年前後からIMF、世界銀行、先進国政府などが資金を提供し、正式なプログラムとして行われるケースも少なくない。

発行（募集）目論見書（プロスペクタス）

有価証券（株式や債券）を投資家に販売する際に作成・配布される資料で、当該有価証券の内容（諸条件）や発行者の事業内容・業績等を記載した文書。投資家の投資判断の目安となる。日本の証券取引法では、内閣総理大臣に届出をしている有価証券の募集もしくは売出しに際し、必ず目論見書を作成しなくてはならないと定められている。M&Aにおいて売却対象企業に関して作成される冊子もプロスペクタスと呼ばれる。

パナマックス、スエズマックス、VLCC、ULCC

パナマックス（Panamax）は、全長約220mで、50万バレルの原油を運べるタンカー。名前はパナマ運河を航行できる最大船型であることを示す。スエズマックス（Suezmax）は、それより少し大きい全長約275mで、スエズ運河を航行できる最大サイズのタンカー。VLCC（very large crude carrier）はさらに大きい超大型原油タンカーで、載貨重量は約200万バレル。さらに大型のタンカー（ULCC、ultra large crude carrier）もあるが、VLCCまでがマラッカ海峡を通過できるため、中

東・日本間の原油輸送では主力を担っている。

パリクラブ

パリクラブは、先進各国政府で作っている債権者会議の通称。途上国向け債権の取り扱いなどについての協調行動を協議する場で、フランスの経済・財政・産業省に事務局が置かれ、通常パリで会合が開かれる。これに対して民間債権者（主に金融機関）の債権者会議をロンドンクラブという。

パリパス（pari passu）

ラテン語由来の法律用語で、返済順位において他の債権者に劣後しないことを定めた条項。通常、"The obligations of the debtor（または guarantor）hereunder do rank and will rank at least pari passu in priority of payment with all other external indebtedness of the debtor（または guarantor), and interest thereon."といったような文言で融資契約書等に盛り込まれる。

バレル（barrel）

体積を表す単位で、原油や石油製品の計量に使われる。1バレル＝42ガロン＝158.9345リットル。重さでは、1メトリック・トン＝約7.33バレル。

判決、決定、命令、抗告、準抗告

民事訴訟法上、判決は裁判の最も厳格な形式で、口頭弁論を経て、判決原本にもとづいて言い渡さなくてはならない。これに対して決定と命令はより簡易な裁判の形式で、比較的軽易な事項について用いられ、口頭弁論を経るかどうかは裁判所の裁量で、裁判所が適当と見る方法で告知すれば効力が生じる。判決に不服がある場合の上訴手段は控訴・上告で、決定・命令に不満がある場合の上訴手段は、抗告・異議である。刑事訴訟法上もおおむね同様であるが、命令（勾留・保釈・押収・忌避申立却

下等）に対する不服申し立ては準抗告である。

判例
過去の裁判において裁判所が示した判断のこと。日本では裁判官は憲法と法律のみに拘束され、判例には拘束されないのが原則である。しかしながら、最高裁は法的安定性のために判例統一の役割を持ち、上級裁判所（特に最高裁）の判例がすでに存在する場合は、先例として後の判決に対して実質的に拘束力を有している。

引当金（reserve）
将来発生が予想される損失や費用に備えて、予め準備しておく会計上の積立金のこと。代表的なものに、不良債権に対する引当金がある。引当金を計上すると、その分利益が減少する。

引受（underwriting）
国際協調融資の組成や証券の発行において、必要な金額全額を集めることを請け合う行為。借入れ人（発行体）にとって資金調達が確実になる一方、金融機関にとっては、市場の需要を読み違えると巨額のポジション（売れ残り）を抱え込むリスクがある。そのリスクの対価が引受手数料である（通常0.25～2.0%程度）。

プライムブローカー
ヘッジファンドの資産を預かり、信用の供与、決済業務、カラ売りのための株券の調達などを行う証券会社のこと。ヘッジファンドに密着し、様々なサービスを提供することで利益を上げる。

ブルームバーグ
米系投資銀行ソロモン・ブラザーズに勤めていたマイケル・ブルームバーグ（前・ニューヨーク市長）が1981年に設立した世界屈指の金融情報サービス会社。現在、世界に192の拠点を有し、約32万5千人のユ

ーザー（同社の情報ターミナル使用者数）に金融情報を提供している。従業員数は約1万9千人。

ブレイディ・プラン、ブレイディ・ボンド

ブレイディ・プランは、米国の財務長官ニコラス・ブレイディが1989年3月に打ち出した途上国の累積債務問題解決のための抜本的な対策のこと。債務国に期間10年～30年という超長期で金利の低い（あるいは金利がないゼロ・クーポンの）債券（ブレイディ・ボンド）を新たに何種類か発行させ、それを商業銀行などが持つ債権（融資や債券）と交換し、実質的に3割から5割の債務を削減する。メキシコ、ベネズエラ、フィリピン、アルゼンチン、モロッコ、ナイジェリア、ポーランドなど13ヶ国がこの恩恵を受け、ソブリン債務再編のモデルとなった。

文書提出命令

民事訴訟において、文書を証拠として使用するために、所持者に提出を命じる裁判所の決定。所持者が命令に従わなかった場合は、裁判所は文書の記載内容に関する相手方の主張を真実と認めることができる。また日本においては第三者が文書提出命令に従わないときは、20万円以下の過料に処することができる。

ベスト・エクセキューション（best execution）

エクセキューションは証券の買い付けなどの取引注文を執行すること。欧米においては、ブローカー（証券仲介業者）は遅滞なく、価格などの面を含め顧客にとって最良の条件を市場で見出し、取引を執行することが法律的に義務付けられ、違反すると罰則が適用される。米国では四半期ごとにSEC（証券取引委員会）にその実施状況を報告しなくてはならない。

ヘッジ（hedge）

価格変動リスクなどに伴う損失を相殺（予防）すること、あるいはその

手段。さらに広義に、リスクを回避する意味にも使われる。

ヘッジファンド（hedge fund）

私募形式で少数の機関投資家や富裕個人投資家から資金を集め、伝統的な投資対象（上場企業の株式や債券など）以外の資産（プライベートエクイティ、コモディティ、デリバティブ、不良債権など）にも投資し、自由な投資スタイル（カラ売り、レバレッジなど）で運営される投資ファンドのこと。名称の「ヘッジ」が示すように、本来はリスクを極力減らし、市況の良し悪しにかかわらず確実なリターンを目指すファンドを意味したが、現在では、高いレバレッジ（借入金で資産を膨らませ、自己資金に対する高率のリターンを狙うこと）やアクティビスト的行動や法廷闘争でハイリターンを志向するファンドが多い。

ホールドアウト（holdout）

直訳は「粘り抜く」で、金融の世界では債務再編に応じない債権者を意味する。

マーチャント・バンク（merchant bank）

米国の投資銀行に相当する欧州（主として英国）の金融機関。18世紀に産業革命に伴う英国の貿易量拡大を背景に、貿易手形の引受け（支払保証）を初期の業務として発達した。双璧はベアリング・ブラザーズとNMロスチャイルドであった。第二次大戦後はユーロ債の引受け・販売業者として中心的な役割を担った。しかし、1984～88年にかけて行われた英国のビッグ・バン（金融規制の緩和）以降は、資本力で優る欧米金融機関に次々と買収され、現在では小規模のマーチャント・バンクが残っているだけである。

マイケル・ミルケン（Michael Milken）

1980年代に、米国の準大手投資銀行ドレクセル・バーナムでジャンクボンド市場を開拓し、5億ドル以上の年収を得ていた伝説的金融マン。

インサイダー取引で逮捕され、末期の前立腺癌にもかかったが、司法取引で10年の刑を2年に短縮し、徹底した菜食主義とヨガで癌を克服した。現在は、投資、M＆Aアドバイス、健康関係の慈善事業に力を入れている。

マネーロンダリング

麻薬の売買や横領といった違法な行為で得た資金を、いくつもの銀行の口座を転々とさせたりすることで資金の出所を隠蔽する行為。「資金洗浄」とも訳される。

マンデート（mandate）

借入れ人（発行体）が主幹事銀行（証券会社）に与える国際協調融資組成（証券発行）の委任。通常「何月何日付貴行提示の融資（発行）条件を受諾する」といった趣旨の簡単なレター。マンデートの出状により、その案件に関して借入れ人（発行体）と主幹事銀行（主幹事証券会社）の間に法的関係が発生し、融資団の組成（証券発行手続き）が開始される。M&A（企業買収）においても、顧客企業から企業売却などの仕事を委託されることをマンデートという。

無償援助、有償援助

無償援助（無償資金協力）は発展途上国に対して資金を贈与する援助の形態。有償援助（有償資金協力）は低利・長期の融資や出資を行う援助の形態。日本の有償援助は主に円借款で、無償援助に比べて大規模な支援を行いやすく、インフラ建設に使われることが多い。

モラトリアム

政府が法令を出して債務の返済を一定期間だけ猶予させること。戦争、暴動、天災などの非常時、債権の回収困難が予想される場合、政府当局は法令により国内の債務者の一時的返済猶予に踏み切る。国際的には、1998年のロシアのように外貨枯渇・支払資金不足をきたした政府が自

らの債務のモラトリアムを宣言して、債務履行を停止する場合がしばしばある。

ユーロクリア（Euroclear SA/NV）

ベルギーのブリュッセルにある国際証券決済機関で、クリアストリーム（ドイツ証券取引所グループ系列）と並ぶ世界二大証券決済機関の一つ。世界中の債券、株式、派生証券など何万種類もの証券の決済を取り扱っているほか、証券保管サービス、証券貸借プログラム、送金サービスなど広範囲な業務を行なっている。ユーロクリアの加入者は世界の主要銀行、証券会社、ブローカーなどに限られ、世界の約200の金融機関が株主になっている。

輸出前貸し

輸出業者に対して輸出（船積み）前に供与される融資で、輸出商品の生産・買い付け、加工・集荷等に使用され、輸出代金によって（通常は融資をした金融機関が輸出荷為替手形を買い取ることで）返済される。

利益相反行為

当事者の間で利益が相反することになる行為。たとえば、会社の取締役が自ら当事者として、または他者の代理人として、会社との間でする取引。日本の商法はこのような取引には取締役会の承認を要するとしている。

リスケジューリング（rescheduling）

返済を繰り延べすること。予定通りの返済が困難になった場合に、貸し手の承諾を得て、返済金額の減額や返済期間の延長などを行う。通称「リスケ」。

略式判決

米国などの民事や刑事の裁判で、事実や法律上の争点が少ない場合、正

式な事実審理を経ないで出される判決のこと。審理が長期間にわたると労力や法律費用が膨大なものとなるため、ディスカバリーによっておおよその勝敗の帰趨が見えた段階で、当事者のどちらか一方が略式判決の申し立てをしたりする。

流通市場（セカンダリー・マーケット）
すでに発行された証券が売買される市場のこと。これに対して、発行市場（または引受け市場、プライマリー・マーケット）は、新たに発行される証券（株式・債券等）が証券会社によって引き受けられ、投資家に販売される市場のこと。

レップ・アンド・ワランティ（representations and warranties, 表明・保証条項）
契約当事者の一方が、相手方に対して、（通常契約締結時に）契約の前提となる重要事項（事実）について真実であることを表明し、保証する条項のこと。たとえば融資債権を販売する契約においては、売り手は、⑴売り手が真正に存在する組織であること、⑵契約を締結・実行するために必要なすべての手続きをきちんと踏んでいること、⑶契約が売り手の義務として法的に強制可能であること、⑷売り手は当該債権の真正かつ単独の保有者で、売却する権利を有していること、⑸買い手への権利移転に障害がなく、自由にできること、⑹売り手が提供した金額や金利を含めた債権の情報に間違いがないこと、といった事柄について表明し、保証する。

連邦準備銀行（Federal Reserve Bank, 略称 FRB）
アメリカの中央銀行。通称「フェッド」。全米が12の連邦準備区に分けられ、各区に一つずつ連邦準備銀行が設けられている。FRBの主な機能は⑴公開市場操作による通貨供給量の調整や公定歩合の変更、⑵手形交換システムや資金付替システムの提供、⑶銀行に対する規制と監督、などである。

連邦地裁、控訴裁判所

米国では、州ごとに憲法と司法制度があり、通常の訴訟を扱う裁判所は、地方裁判所（district court）、控訴裁判所（court of appeals）、最高裁判所（supreme court）の３段階に分かれ、各州に最高裁がある。これに対して連邦裁判所は各州の裁判所とは別の機関で、連邦最高裁（ワシントンDC）、控訴裁判所（全米で14庁）、連邦地裁（同94庁）からなる。各州の裁判所が州法に関する事件を扱うのに対し、連邦裁判所で扱われるべき訴訟の種類は連邦憲法第３条に列挙されており、連邦憲法・連邦法・条約の解釈適用に関する事件（特許や商標に関する事件を含む）、州籍相違（ある州の市民と他州の市民の間の事件等で訴額７万５千ドル超）、海事事件、合衆国が当事者となる事件などである。

連邦破産法第11条（チャプター・イレブン）

日本の会社更生法に相当する米国の法的手続き。会社更生法の場合、適用申請を受けると裁判所が管財人を選定するが、破産法11条では原則的に管財人が任命されず、経営陣が中心となって経営再建を進める。適用申請に伴ってすべての債権回収行為や訴訟などが停止されるため、当該企業が経営再建に専念することができ、比較的短期間で経営を立て直すことも可能である。もちろん再建できず、清算に至るケースも少なくない。

ロードショー

債券や株式を発行する前に、国内や海外の複数の土地を巡回して行う対投資家説明会。

ロビイスト（lobbyist）

議員や官僚に直接働きかけたり、広報活動を行なったり、必要に応じて訴訟を起こしたりして、米国の政策に影響を与える仕事をする人のこと。上院事務局か下院事務局に登録し、クライアントの名前、報酬、経費、活動内容を報告する義務を負っている。この言葉は、米国ワシントンに

あるウィラード・インターコンチネンタル・ホテル（開業1850年）のロビーから発祥した。第18代大統領ユリシーズ・S・グラントが、仕事の後、同ホテルロビーで葉巻とブランデーを楽しむことが多かったため、彼に働きかけようとする人々がやってくるようになり、大統領はそうした人々を「ロビイスト」と呼んだ。

和解
民事上の紛争で、当事者が互いに譲歩し合って争いをやめること。当事者の契約による裁判外の和解と、裁判所の職権で行われる裁判上の和解があり、後者は確定判決と同一の効力を有する。

ADR（American depositary receipt, 米預託証券）
非米国企業が米国において株式により投資家から資金を集めようとする場合、母国との物理的な制約から株券の受け渡しに手間がかかり、また、配当金が母国通貨建てであるため、米国の投資家にとって為替リスクがある。ADRは米ドルでの売買や決済、配当金受領を可能にするために、米国の預託銀行によって発行される預託証券である。

amicus curiae brief（アミカス・キュリイ・ブリーフ、意見書）
amicus curiaeはラテン語で「法廷の友人」を意味し、個別事件の法律問題について、裁判所に情報や意見（amicus curiae briefまたはamicus brief）を提出する人のこと。裁判所からの要請や許可を受けた個人や組織がなり、主に政治的・社会的・経済的影響の大きい事件で利用される。

BCCI（Bank of Credit and Commerce International）
パキスタンの銀行家アガ・ハサン・アベディが設立した銀行で、ルクセンブルクを本拠地に、世界69ヶ国に365の拠点を張り巡らし、武器や麻薬の密輸、マネーロンダリングなどありとあらゆる悪事に手を染め、巨額の損失を出した挙句、1991年に経営破たんした。

CDS（credit default swap, クレジット・デフォルト・スワップ）
米国のJPモルガンが開発した金融商品で、債権の譲渡を伴わずに信用リスクを移転するデリバティブ契約。たとえばA銀行がB社に1000億円を融資していて、最悪の場合は100億円の債務不履行（デフォルト）が発生しそうだということであれば、あらかじめ100億円分のCDSを購入しておけば、実際にデフォルトが発生したときに100億円までの損失はCDSでカバーできる。デフォルト時に損失を補塡するのはCDSの投資家で、投資家はCDSを引き受ける代わりに、定期的にプレミアム（保証料）をA銀行から受け取る。プレミアムの料率（CDSの相場）はB社の信用状況によって上下する。

CEO（chief executive officer）
最高経営責任者のこと。米国では会長が当該企業のナンバーワンであることが多く、通常CEOを兼務している。CEOは取締役会を主宰すると共に、企業の方針決定、長期事業計画の策定などに責任を持つ、いわば企業のトップである。日本では社長がCEOの役割を担っているケースが多い。

Debt Relief（Developing Countries）Act（〈発展途上国〉債務軽減法）
2010年4月に英国で成立した、発展途上国の債務を安値で買い、巨額の利益を上げる行為を防止するための法律。HIPCイニシャティブによる債務の減免を受けた国々と、減免を受ける予定であることをIMF・世界銀行が認めた国々の既存の債務に関し、債権者が回収できる額をHIPCイニシャティブによる減免後の額を限度とした。当初、1年間の時限立法で成立し、翌年、恒久化された。

FCPA（The Foreign Corrupt Practices Act of 1977, 連邦海外腐敗行為防止法）
外国の公務員への贈賄などを禁止する米国の法律。1976年に明るみに出たロッキード事件をきっかけに制定された。違反者に対しては、会社

の場合200万ドル以下の罰金、個人の場合5年以下の禁固もしくは25万ドル以下の罰金またはその併科。以上に代えて、違反行為で被告が得た利益または被害者がこうむった損害の2倍の罰金を科すこともある。

FRB（Federal Reserve Board）

アメリカ連邦準備制度理事会。全米に12ある連邦準備銀行を統括する機関。

GNP（国民総生産）、GDP（国内総生産）

ある一定期間にある国で生産された財（商品）やサービスといった付加価値の総額。単純な生産額の総計の場合、原材料など中間生産物も重複計算して含められるので、それらを控除して算出される。その国の経済活動の状況や経済力を表す指標として用いられる。なお、GNPは外国に住む国民の生産量を含んでいるため、近年は、本来の国の生産力を示す指標として、外国での生産活動分を除いたGDPを用いることも多い。

HIPC（ヒップク）イニシャティブ

1996年秋にIMF・世界銀行の年次総会で決定された重債務貧困国に対する債務削減策。HIPCSはheavily indebted poor countriesの略称である。1980年代から発展途上国を苦しめてきた国家債務の削減に、IMF・世界銀行が初めて本腰を入れて取り組んだもの。パリクラブ加盟国政府が当該国に対して保有している債権をIMF・世銀がサステイナブル（持続可能）と認めた水準まで減免するもので、通常は9割以上の債務が削減される。しかし、当時41ヶ国（のち45ヶ国に拡大）のHIPCSが債務の減免を受けるためには、構造調整プログラムを3年間実施し、審査に合格した上でさらに3年間実施しなくてはならない。2005年にはMDRI(多国間債務削減イニシャティブ)によって拡充された。

IMF（International Monetary Fund, 国際通貨基金）

国際通貨・為替制度の安定化を目的に設立された国連の専門機関。本部

はワシントンDCで、現在の加盟国数は188。第二次大戦末期に締結されたブレトンウッズ協定によって、1945年12月に世界銀行とともに創設され、1947年から業務を開始した。国際収支の赤字を出している加盟国に返済期間1年から10年の融資を行い、国際収支改善のための経済政策の遂行を義務づける。世界銀行がインフラ開発など長期開発案件や貧困削減目的の融資を行うのに対し、IMFはマクロ経済問題に注力し、国の短期の資金（外貨）繰りの改善を主要な役割とする。

MDRI（Multilateral Debt Relief Initiative, 多国間債務救済イニシャティブ）

2005年6月のG8の提言によって行われた重債務貧困国に対する債務削減策で、HIPCイニシャティブにもとづく債務削減を受ける条件を満たした（ないしは満たしつつある）国々のIMF、世界銀行、アフリカ開発基金（低コスト融資を行うアフリカ開発銀行傘下の基金）からの融資を全額減免するもの。これによりコンゴ共和国、ザンビア、リベリア、マダガスカル、カンボジアなど38ヶ国が債務の減免を受けた。

NATO（North Atlantic Treaty Organization, 北大西洋条約機構）

米国を中心とした米国・欧州諸国の軍事同盟。共産主義の脅威に対処するために1949年に発足した。条約の内容は、(1)国連憲章にもとづく紛争の平和的解決、(2)加盟国の1ヶ国でも攻撃された時は全加盟国への攻撃とみなし、必要ならば武力行使を含む行動をとる、など全14条。現在の加盟国は28ヶ国。

ODA（official development assistance）

政府開発援助。先進国の政府や政府機関が、国際貢献の一環として、発展途上国に対して行う資金、サービス、物資などの提供。

SEC（US Securities and Exchange Commission, 米証券取引委員会）

1934年に証券取引所法にもとづいて設立され、米国の証券行政を広範

に管轄している独立行政機関。強力な権限を持っていることで知られる。委員会は上院の承認により大統領が指名する5人の委員で構成され、ワシントンDCに置かれている。

SPC（special purpose company, 特別目的会社）

保有資産の証券化のような特定の目的のために設立される事業体（特別目的会社）で、通常はペーパーカンパニー。当該事業や資産をバランスシートから外して企業本体の財務比率を向上させたり、資産の信用力で資金調達したり、あるいは金融機関が担保の確保を確実にするといった目的で設立・使用される。不正会計や天下りの温床になりやすいという面も指摘されている。SPE（special purpose entity）やSPV（special purpose vehicle）と呼ばれることもある。

USA Patriot Act（米国愛国者法）

国内外のテロと戦うために、電話、電子メール、医療情報、金融情報、その他の情報に関する政府の調査権の拡大、外国人に対する情報収集の規制緩和、金融資産の移転や（法人を含む）外国人に対する規制強化などを定めた米国の法律で、2001年の9・11同時多発テロの45日後にできた。同法により、公務員による公的資金の横領、窃盗、着服がRICO法（米組織犯罪規制法、マフィアなどに対処するため、1970年に作られた）上の犯罪に加えられた。

装幀　重原隆

本書は書き下ろしです。

〈著者紹介〉
黒木亮　1957年、北海道生まれ。早稲田大学法学部卒、カイロ・アメリカン大学大学院修士（中東研究科）。都市銀行、証券会社、総合商社に23年あまり勤務し、国際協調融資、プロジェクト・ファイナンス、航空機ファイナンスなどを手がける。2000年、国際協調融資の攻防を描いた『トップ・レフト』で作家デビュー。主な作品に『巨大投資銀行』『排出権商人』『鉄のあけぼの』『法服の王国』『ザ・原発所長』などがある。大学時代は箱根駅伝に2回出場し、20kmで道路北海道記録を塗り替えた。ランナーとしての半生は自伝的長編『冬の喝采』に綴られている。1988年より英国在住。

国家とハイエナ
2016年10月25日　第1刷発行

著　者　黒木 亮
発行者　見城 徹

発行所　株式会社 幻冬舎
〒151-0051 東京都渋谷区千駄ヶ谷4-9-7

GENTOSHA

電話:03(5411)6211(編集)
03(5411)6222(営業)
振替:00120-8-767643
印刷・製本所:図書印刷株式会社

検印廃止

ISBN978-4-344-03017-6 C0093
幻冬舎ホームページアドレス　http://www.gentosha.co.jp/

この本に関するご意見・ご感想をメールでお寄せいただく場合は、
comment@gentosha.co.jpまで。